Judith Redline Coopey

Redfield Farm

amazon crossing

Das Buch

Der Hass der Quäker-Geschwister Ann und Jesse Redfield auf die Sklaverei ist so unerschütterlich wie der Kalkstein aus Pennsylvania. Als Jesse sich bei der *Underground Railroad* engagiert, einem illegalen Netzwerk, das entflohene Sklaven in US-Staaten ohne Sklaverei oder nach Kanada bringt, schließt Ann sich seinem Kampf an.

Eines Tages kehrt Jesse todkrank nach Hause, im Gepäck den entlaufenen Sklaven Josiah. Auch Josiah ist dem Tode nahe. Ann pflegt beide gesund und wird während des Winters auf Redfield Farm Josiahs Lehrerin und Vertraute. Nach einer schweren Enttäuschung wendet sie sich an ihn, um Trost zu finden – und sucht auch die körperliche Nähe zu ihm. Wird sie noch einmal enttäuscht werden?

Redfield Farm ist eine große Geschichte über Mitmenschlichkeit und Liebe. Die fundierten Kenntnisse Judith Redline Coopeys über die *Underground Railroad* machen diese Erzählung authentisch und wirklichkeitsgetreu – die Geschichte eines erfüllten Lebens und einer unverbrüchlichen Liebe.

Die Autorin

Judith Redline Coopey wurde in Altoona im US-Bundesstaat Pennsylvania geboren und wuchs in der Nähe der Kleinstadt Williamsburg/PA auf. Als Nachkommin unbeugsamer deutscher Quäker ist sie tief in der Geschichte und Kultur Pennsylvanias verwurzelt. Die unverbrüchliche Liebe zu ihrer Heimat spiegelt sich in ihren Büchern wider. Sie hat ihr Studium an der *Penn State University* und der *Arizona State University* abgeschlossen und viele Jahre an Schulen Geschichte unterrichtet. Ihre erste Liebe gilt jedoch dem Schreiben – und das Schreiben über Pennsylvania ist ihre Leidenschaft. Zu Ihren Werken gehören *Redfield Farm*, ein Roman über ein mutiges Leben im Kampf gegen die Sklaverei; *Waterproof*, ein Roman über die verheerende Flut in Johnstown/PA im Jahre 1889 und *Looking For Jane*, die Geschichte einer jungen Frau auf der Suche nach ihrem Platz in der Welt.

JUDITH
REDLINE COOPEY

REDFIELD FARM

Übersetzt von Marianne Hartz-Poseck

amazon crossing

Die Originalausgabe erschien 2011 unter dem Titel »Redfield Farm«.

Deutsche Erstveröffentlichung bei AmazonCrossing, Luxemburg, 2014

Umschlaggestaltung: bürosüd⁰ München, www.buerosued.de
Lektorat: Kay D. Szantyr
Satz: Monika Daimer, www.buch-macher.de

Printed in Germany
by Amazon Distribution GmbH, Leipzig

ISBN 978-1-477-82129-9

www.amazon.com/crossing

Kapitel 1

1903…

Heute ist Jesse gestorben. Genau hier auf der Redfield Farm, wo wir aufgewachsen sind. Ich bin froh, dass es hier geschehen ist und nicht irgendwo fern im Westen, wo sie ihn nicht kannten und es niemanden gegeben hätte, der um ihn trauert. Und was noch schlimmer gewesen wäre: Dort gibt es auch niemanden, der ihn kannte, als er jung war und für seine Überzeugung brannte. Vermutlich werde ich ihm in etwa zwei Jahren folgen. Das habe ich immer getan. So kam ich zur Welt. So bin ich aufgewachsen, so bin ich alt geworden. Immer zwei Jahre nach Jesse.

Wir werden ihn auf dem Friedhof der Freunde in Spring Meadow begraben. Bei Mama und Papa und Abby. Dort wird er zusammen mit den anderen Freunden glücklich sein. Und mit der Stille. Jesse hat die Stille der Andacht immer geliebt. Er sagte, sie berühre ihn. Jetzt kann er sie für immer haben.

Als wir jung waren, hat er jede Menge Staub in unserer Gegend hier aufgewirbelt. Hat uns fast während unserer ganzen Jugend mit seinem Hass auf die Sklaverei in Atem gehalten. Verstehen Sie mich nicht falsch, ich habe sie auch gehasst. Aber Jesses Hass hat nicht nur unter seinem Hut vor sich hingeglüht. Er hat gehandelt – und das seit seiner Kindheit.

… 1837

Zum ersten Mal habe ich damals davon erfahren, im Jahre 1837, als ich neun und Jesse elf Jahre alt war. Die Redfield Farm lag so wie heute auf einem Hügel mit Blick auf den Dunning Creek in Bedford County. Der Hügel fällt sanft ab und eröffnet einen weiten Blick auf den sich nach Norden wendenden Fluss. Zu jener Zeit war das Gelände noch Weideland. In der Hitze des Nachmittags drängten Kühe sich im Schatten der wenigen Bäume und peitschten mit ihren Schwänzen die Fliegen fort. Jesse und ich trotteten barfuß den Hügel hinab, er mit seiner Angelrute, ich mit einem Eimer für die Beeren, die ich sammeln wollte.

»Ooooh, Jesse! Eine Schlange!« Ich schreckte zurück, als sie quer über den Weg glitt.

»Tritt nicht drauf«, mehr sagte er nicht. So war Jesse. Unbekümmert. Er ging vor mir, schritt stolz einher, die Angel in der Rechten, Würmer in der Tasche, Strohhut auf dem Kopf.

Ich rannte einige Schritte, um ihn einzuholen. Offensichtlich war ich immer einige Schritte hinter Jesse. So habe ich mein Leben verbracht. »Warum rennst du bloß immer so?« Ich machte einen Satz, um nicht in einen Kuhfladen zu treten.

»Hab' nicht viel Zeit zum Angeln.«

Das stimmte. Die Arbeit auf der Farm bedeutete Verantwortung rund um die Uhr, und das nicht nur für Erwachsene. Von meinem Bruder wurde erwartet, dass er Tag für Tag wie ein Mann arbeitete. Jener Sommernachmittag, als das Heu schon eingebracht war und der Mais noch wuchs, war fast so etwas wie Ferien, da nur morgens und abends Arbeiten zu erledigen waren. Und Jesse war jemand, der sich eine solche Gelegenheit niemals entgehen ließ.

Und dann erblickte ich sie. Nun ja, eigentlich habe ich sie nicht wirklich gesehen – es war nur ein flüchtiger Eindruck. Mehr brauchte ich auch gar nicht, um zu wissen, dass es Pru Hartley war, die dort umherschlich und spionierte. Sie spionierte immer herum. Ich wusste nicht einmal, warum ich sie so gar nicht leiden konnte. Vielleicht lag es an ihrem Äußeren. Kränklich. Dürr. Blass.

Vielleicht war es diese Heimlichtuerei, die ich nicht ertragen konnte, oder dass ihr Auftauchen zumeist Unannehmlichkeiten nach sich zog. Was es auch war… wenn sie da war, kam mir immer die Galle hoch.

»Jesse!«, rief ich mit gedämpfter Stimme.

Er drehte sich um. Ich deutete mit dem Kopf auf das gegenüberliegende Ufer und formte mit den Lippen lautlos ihren Namen. Pru zeigte sich einzig und allein dann, wenn es ihr unmöglich war, ungesehen davonzukommen. Jesse nickte. Wir machten nach rechts kehrt und folgten dem Weg den Fluss entlang.

»Willst du hier angeln?«, wollte ich wissen. Die Brombeerbüsche standen weiter flussabwärts, in der Nähe des kleinen Wäldchens, aber ich wollte lieber nicht zu weit von Jesse weg sein. Vielleicht gab es dort ja Schlangen. Ich mochte keine Schlangen. Das hat sich bis heute nicht geändert. Und auf keinen Fall wollte ich Pru ganz allein in die Arme laufen. Sie hatte die unangenehme Art, so lange zu warten, bis man mit irgendetwas beschäftigt war, und dann ganz plötzlich zu erscheinen – wie ein Gespenst.

»Hier nicht«, antwortete Jesse. »Zu viel Sonne. Hinten im Wäldchen, wo es schattig ist. Fische sind nicht dumm. Sie suchen Schatten, wenn es heiß ist.«

Ich sprang auf, den Eimer in der Hand. »Dann los! Ich kann die saftigen Brombeeren schon von hier sehen.« Ich hüpfte am Flussufer entlang und hielt an, um einige Blüten der Schwarzäugigen Susanne zu pflücken, mit denen ich die Tasche meiner Schürze schmücken konnte. Es machte mir Freude, damit mein schlichtes braunes Kleid und die Schürze herauszuputzen. Papa hätte gesagt, das ist eitel. Doch ich dachte mir, da Blumen Geschöpfe Gottes sind, muss Er schöne Dinge doch eigentlich mögen – jedenfalls ein wenig.

Ich war schon bei den Brombeerhecken am Rande des Wäldchens angelangt – meine ersten Beeren klackerten auf den Boden des Eimers, als Jesse auf der Suche nach einem Platz zum Auswerfen seiner Angel am Ufer an mir vorbeiging. Ich war so sehr damit beschäftigt, meinen Eimer zu füllen, und gleichzeitig aufmerksam zu beobachteten, ob Pru mir hinterherzuschleichen versuchte, dass ich ihn aus den Augen verlor. Als ich aufblickte, war Jesse nirgends zu sehen. Mein Eimer war fast voll und so setzte ich ihn in der Nähe des Weges ab und machte mich auf die Suche nach meinem Bruder. Dann aber, nach reiflicher Überlegung, nahm ich die Beeren doch lieber mit. Wer wusste schon, wo Pru gerade war – auf jeden Fall würde sie eher Beeren stehlen als sich selbst welche zu pflücken. Das war sicher.

Dann erblickte ich Jesse, geduckt, hinter einem gefällten Baum versteckt. Seine verlassene Angelrute ruhte in einer Astgabel. Mit einer verärgerten Handbewegung bedeutete er mir, ruhig zu sein. Ich hielt inne und versuchte herauszufinden, warum er sich versteckte. Ich verließ den Weg und schlich mich nah an ihn heran.

»Was ist da?«, fragte ich ihn flüsternd.

Er zeigte auf eine Biegung des Flusses, die ganz im Schatten gelegen war, wo die Zweige des Ahorns fast das Wasser berührten. Zunächst konnte ich nichts erkennen. Dann machte ich im Fluss die Beine eines Mannes aus, der ansonsten hinter den Blättern verborgen stand. Die Beine steckten in zerrissenen, ausgefransten Kniehosen. Die entblößte Haut war unverkennbar schwarz. Ich atmete heftig ein. Ich hatte noch niemals zuvor einen Schwarzen gesehen. Als wir ihn von unserem Platz hinter dem Baumstamm beobachteten, bewegten sich die Beine vorsichtig aus dem Schutz der Ahornzweige, bis ein großer dunkelhäutiger Neger, in Lumpen gekleidet, deutlich sichtbar dastand, keine zwanzig Schritte von uns entfernt.

Wir beobachteten die Szene schweigend, aufgewühlt, alle Sinne angespannt. Es waren zwei Männer – jung, stark und offensichtlich sehr auf der Hut. Sie wateten durch das flache Wasser, blickten ständig um sich und bahnten sich ihren Weg flussabwärts, von uns fort. Ihre Rücken schimmerten in der Sonne. Auch etliche Minuten, nachdem sie verschwunden waren, blieben wir noch in unserem Versteck und wagten kaum zu atmen.

»Meinst du, es sind entflohene Sklaven?«, fragte ich Jesse leise.

»Natürlich sind sie das.«

»Wohin wollen sie?«

»Das weiß ich nicht. Nach Norden. Weg von der Sklaverei.« Jesse hatte schon damals so eine Art an sich, als wisse er alles.

»Wohin im Norden?«

»Kanada, wahrscheinlich. Die haben dort oben keine Sklaven.«

»Wir haben hier auch keine Sklaven. Warum bleiben sie nicht hier?« Ich ließ meinen Blick über das Gebüsch auf der gegenüberliegenden Seite des Flusses schweifen. Irgendwo dort drüben versteckte Pru sich. Ich fragte mich, ob sie die Neger wohl auch gesehen hatte.

Jesse ärgerte sich darüber, dass ich so wenig Ahnung hatte. »Zu nah bei den Sklavenfängern. Sie könnten gefangen werden.«

»Sklavenfänger?«

»Menschen, die Jagd auf sie machen, weil sie dann Kopfgeld bekommen.«

»Kopfgeld?« Jetzt war ich wirklich mit meinem Latein am Ende.

»Geld eben. Ihre Besitzer wollen sie zurückhaben. Also geben sie das öffentlich bekannt und bieten Belohnungen an. Sklavenfänger verdienen sich damit ihren Lebensunterhalt.«

Auf der anderen Seite des Flusses konnte ich kurz Pru ausmachen, deren weißblondes Haar sie sogar verriet, wenn sie sich hinter einem Busch versteckte. Ich wandte mich wieder Jesse zu. »Das ist gemein. Wie sollen die beiden denn nach Kanada kommen, ohne gefangen zu werden?«

»Es gibt Menschen, die ihnen helfen.«

»Was sind das für Menschen?«

»Menschen wie wir. Freunde. Freunde und andere, die die Sklaverei für einen Frevel halten.«

Seine Gewandtheit im Gebrauch großer Worte verblüffte mich. Frevel. Das hatte ich schon einmal gehört – in der Andacht. Doch ich hatte nur eine vage Vorstellung davon, was es bedeutete. Ich wäre nicht so selbstsicher genug gewesen, es zu benutzen. Jesse schon. Er stand in der Andacht auf – mit seinen gerade mal elf Jahren – und sprach, predigte, brachte die Freunde mit seinen

Standpauken wieder auf den rechten Weg. Er zeigte mit erhobenem Zeigefinger auf sie und lief rot an in seinem gerechten Zorn.

Wir warteten, bis die beiden Neger nicht mehr zu sehen und zu hören waren, bevor wir zu Jesses Angelrute zurückgingen. Er hatte einen Fisch an der Leine, nahm ihn vom Haken und ließ ihn in eine Netztasche fallen, die an seiner Hose hing.

»Nimm deine Beeren«, wies er mich an. »Gehen wir!«

Ich hatte Pru Hartleys Versteck im Visier und rief: »Warum kommst du nicht raus, Pru? Wir können dich dort drüben sowieso sehen!«

Jesse bedeutete mir, still zu sein. Er wollte nicht, dass sie herauskam, und auch nicht mit ihr sprechen. Das wollte ich auch nicht. Dass sie allerdings meinte, uns zum Narren halten zu können, wurmte mich.

Ich ging einige Schritte hinter ihm und machte mir während des Nachhausewegs viele Gedanken. Es war immer noch heiß. Fliegen flogen brummend um unsere Köpfe herum, Schweiß tropfte unter Jesses Strohhut hervor. Ich beobachtete das Gebüsch auf der gegenüberliegenden Seite des Flusses. Ich wusste, dass Pru irgendwo da drüben war. Sie belauerte uns. Die andere Sache beschäftigte mich allerdings stärker.

»Jesse, wer hilft ihnen? Welche Freunde, meine ich.«

»Kann ich nicht sagen. Und wenn ich's könnte, würde ich's nicht tun«, antwortete er. »So wenige Leute wie möglich wissen es. Dann müssen wir nicht lügen, wenn uns jemand fragt.«

»Ich habe vorher noch nie einen Neger gesehen.«

»Ich schon. In Bedford. Dort leben einige freie Neger. Und einmal, als ich mit Papa dort war, habe ich einen Sklavenfänger gesehen, der auf seinem Pferd saß und einen gefesselten Neger mit sich führte, der zu Fuß neben ihm lief. Das hat mein Blut zum Kochen gebracht, kann ich dir sagen!«

»Oh.« Ich stellte mir den Mann vor, der hinter dem Pferd einherstolperte. »Das ist grausam.«

Wir waren zuhause angekommen und Jesse gab Mutter den Fisch, den sie für das Abendessen zubereiten konnte.

»Oh, Jesse, du sorgst wirklich gut für uns«, sagte sie lächelnd. »Und du auch, Ann!«, fügte sie hinzu und nahm den Eimer mit den Beeren.

Jesse rannte hinaus in Richtung Scheune zu Papa. Ich brachte die Beeren zum Brunnen, um den Staub abzuspülen, und dachte die ganze Zeit über die elende Lage der Sklaven nach. Als ich einige Minuten später aufblickte, sah ich Jesse, der auf Old Hand, einem der Arbeitspferde, saß und hinter unserem großen Bruder Ben herritt. Jesse machte den Eindruck, als habe er Wichtiges zu erledigen. Er nahm mein Winken kaum zur Kenntnis, als die beiden barfüßigen Jungen, breitbeinig auf den Rücken der Pferde sitzend, aus dem Scheunenhof die Straße hoch preschten.

Ich ging zurück zum Haus, wo meine Schwester Mary gerade zwei Laibe Brot zum Auskühlen auf die Fensterbank legte und mein kleiner Bruder Nathaniel im Vorgarten mit einer Katze spielte.

»Mama?«

»Ja, Ann.«

»Warum haben Menschen Sklaven?«

»Damit die Sklaven für sie arbeiten, mein Kind. Warum fragst du?«

»Jesse und ich haben unten am Fluss zwei schwarze Männer gesehen. Jesse hat gesagt, dass es entflohene Sklaven waren.«

In Mutters Gesicht zeigte sich Besorgnis. »Das ist ein schlimmer Brauch«, mehr sagte sie nicht dazu. »Hol das Butterfass, damit du und Rachel euch beim Buttern abwechseln könnt.«

»Mama?«

»Hmm?«

»Warum ist Pru Hartley so neugierig?«

»Wer weiß, Liebes? Vielleicht ist sie gar nicht neugierig. Nur wissbegierig. Armes Kind. So bettelarm. Nun los, hol das Butterfass!«

Gehorsam trat ich aus dem Haus, ging zum Brunnenhäuschen und mühte mich mit dem schweren Butterfass ab, das Mutter mit Milch füllen wollte. Dann schleppten wir beide das volle Fass in den Schatten einer riesigen Eiche im seitlichen Hof und ich setzte mich auf eine Bank und machte mich an die verhasste Tätigkeit. Es war eine lange, langweilige und schwere Arbeit. Sogar am späten Nachmittag herrschte noch eine drückende Hitze und die Fliegen wollten mich einfach nicht in Ruhe lassen. Ich zählte die erforderlichen tausend Stöße und sah mich nach Rachel um. Schon damals, im Alter von nur sieben Jahren, war sie ein verträumtes und bezauberndes Kind und ich wäre versucht gewesen, sie faul zu nennen, wäre ich nicht ein so gut erzogenes Quäker-Mädchen gewesen.

»Rachel!«, rief ich. »Du bist dran!«

Rachels Antwort kam vom Hügelrand oberhalb des Hauses, sie klang weit entfernt. »Ich bin hier!«

»Du bist dort und ich bin hier«, dachte ich. Dann fuhr ich mit der stumpfsinnigen Arbeit des Butterns fort. Ich hatte kaum Hoffnung, dass Rachel tatsächlich kommen und mich ablösen würde. Mit ihrem blonden Haar und den blauen Augen hatte sie einen besonderen Platz im Herzen unseres Vaters. Nicht, dass er uns andere nicht liebte. Das tat er. Aber Rachel musste sich seine Liebe nicht verdienen. Sie war ihr Geburtsrecht – weil sie schön war.

Ich butterte weiter, die Schatten wurden immer länger. Da kam Papa auf seinem Weg von der Scheune an mir vorbei, beugte sich zu mir und streichelte mir über den Kopf. »Du bist unsere Fleißige, Ann«, sagte er. »Du bist für ein Leben voller Arbeit geschaffen.«

Ich wusste, dass das ein Kompliment war, aber es fühlte sich nicht so an. Ich frage mich, wie es sich wohl anfühlen mochte, Rachel zu sein – immer unbeschwert und glücklich, jedermanns Liebling, hübsch, lächelnd, mit großem Charme, voller Lachen, und selten getadelt für ihren Müßiggang. Doch mich hätte auch ein härteres Los treffen können. Ich hätte Pru Hartley sein können, Kleider aus Mehlsäcken tragen und mit neun Brüdern und Schwestern um jedes Fitzelchen kämpfen müssen.

Ich spürte, dass sich Butter bildete, und fuhr in gleichmäßigem Rhythmus fort, obgleich mir die Arme und der Rücken schmerzten. Ich hatte aufgehört zu zählen, nachdem klar war, dass Rachel mich nicht ablösen würde. Langsam, langsam kam die Butter.

»Mama! Es ist Butter!«

Mary kam mit einer großen Holzschüssel und zwei Butterspachteln über den Hof. Wir gossen die Molke für die Schweine in einen Eimer, schabten das Butterfass aus und schichteten die Butter in die Schüssel.

»Die wird auf meinem frisch gebackenen Brot wunderbar schmecken«, sagte Mary lächelnd. Ich wuchtete das Butterfass zurück ins Brunnenhäuschen, um es auszuwaschen, während Mary die Schüssel mit Butter ins Haus brachte.

Als ich endlich wieder im Haus war, war der Tisch für das Abendessen schon gedeckt. An jeder der beiden Längsseiten stand eine Bank. Papa hatte bereits am Kopf des Tisches Platz genommen, Mutter teilte Eintopf aus dem über dem Feuer hängenden Topf aus.

Jesse und Ben kamen gerade noch rechtzeitig durch die Tür, um den dreijährigen Nathaniel und die fünfjährige Elizabeth hochzuheben und ans Ende der Bank zu setzen, sodass sie am nächsten bei Mama saßen. Die Familie von Amos Redfield saß zu Tisch, drei Jungen auf der einen Bank und vier Mädchen auf der anderen. Wir hielten ein stilles Dankgebet, das nach meinem Empfinden viel zu lang war. Ich blickte immer mal wieder auf, um zu sehen, ob Papa seinen Kopf bereits erhoben hatte. Endlich tat er es, schnitt ein großes Stück Brot ab und bestrich es mit reichlich Butter. Er nahm den ersten Bissen – für uns das Signal, dass wir jetzt essen durften. Wir stürzten uns auf das Essen, begleitet vom Klirren der Löffel in den Zinntellern.

Jesse konnte es kaum abwarten, seine Neuigkeiten zu erzählen. Er rutschte auf seinem Platz hin und her und wartete darauf, dass Papa ihm das Zeichen gab, sprechen zu dürfen. Amos nickte ihm zu.

»Es gibt Probleme, Pa«, sagte er.

»Und zwar?«

»Du hast doch von den beiden Negern gehört, die ich und Ann heute Nachmittag gesehen haben? Die, von denen ich dir erzählt habe?«

»Ja.«

»Also, ich und Ben sind zu Onkel Sammy Grainger geritten, um zu klären, ob wir sie ankoppeln können, wie du gesagt hattest.«

»Was heißt das – ›sie ankoppeln‹?«, wollte ich wissen.

»Pssst jetzt, mein Mädchen! Lass die beiden sprechen«, ermahnte Mutter mich.

»Und…?«, trieb Amos Jesse zur Eile an.

»Und als Onkel Sammy und wir zum Fluss kamen, haben wir überall gesucht und konnten sie nicht finden. Deshalb sind wir zurückgeritten und da haben wir Zeke Barnes gesehen, der neben der Schule in Alum Bank auf dem Zaun saß. Er sagte, er passt auf zwei Neger auf, die für Charlie Marsh und Rad Hartley in der Schule eingeschlossen worden wurden.«

»In der Schule eingeschlossen?«

»Ja, Vater. Charlie und Rad haben die beiden Neger wohl entdeckt, kurz nachdem ich und Ann sie gesehen hatten, und sie haben ihnen gesagt, dass sie sie solange in der Schule verstecken, bis es sicher ist. Dann haben sie sich nach Bedford aufgemacht, um sich mit einem Sklavenfänger zu treffen, den sie gestern kennengelernt haben. Es hatte ihnen eine Belohnung für zwei Sklaven angeboten, die aus North Carolina geflohen waren.« Jesse geriet völlig außer Atem, als er die Geschichte erzählte. Dann erzählte Ben weiter.

»Während wir so dastanden und mit Zeke sprachen, erschienen Rad und Charlie mit dem Sklavenfänger. Er holte seine Ketten aus den Satteltaschen und hatte die beiden im Handumdrehen gefesselt. Sie versuchten, sich gegen ihn zu wehren, aber Zeke, Rad und Charlie haben ihm geholfen. Er hat Rad und Charlie je ein Goldstück im Wert von zwanzig Dollar gegeben! Und sie haben Zeke einen Dollar gegeben, weil er aufgepasst hatte!«

»Onkel Sammy war wütend«, fügte Jesse hinzu. »Er hat nichts gesagt, aber du weißt, wie er aussieht, wenn er in Fahrt ist. Wie ein Gockelhahn, rotes Gesicht und geschwollener Kamm!«

Ich hörte schweigend zu, meine Gedanken überschlugen sich. Das war es also, was Pru Hartley unten am Fluss getan hatte. Sie hatte die Neger gesehen, genau wie wir. Dann ist sie zu ihrem

Nichtsnutz von Vater gelaufen und hat ihm davon erzählt und jetzt war klar, was dann passiert war!

Papa hörte dem Bericht der Jungen zu, ohne eine Miene zu verziehen. Ein- oder zweimal trafen seine Augen die von Mama und blickten dann weg. Auch er war voller Zorn – Zorn, der sich irgendwann Bahn brechen würde. Diese Woche, nächste Woche, in einem Monat würde er in der Andacht aufstehen und sich über den Fluch der Sklaverei ergehen.

Aber Rad Hartley und Charlie Marsh würden nicht da sein, um ihm zuzuhören. Sie waren keine Freunde – jedenfalls nicht mehr. Rad war von den Andachten ausgeschlossen worden, weil er Alkohol trank, und Mama sagte, der Rest der Familie sei abgefallen. Ich stellte mir die Hartleys vor, alle zwölf – alle mit diesem Flachshaar –, wie sie auf einem Vorsprung über dem Fluss stehen, wie das Wasser unter ihnen den Vorsprung abnagt und sie dann herabfallen. Und auch dann noch würden Freunde angehalten, sich von Rad und Charlie fernzuhalten, ihnen keine Arbeit zu geben, nichts von ihnen zu kaufen und ihnen nichts zu leihen. Für ihren Verrat hatten sie einen Preis zu zahlen.

Jesses Gesicht war rot vor Wut, als er gemeinsam mit Ben schilderte, wie der Sklavenfänger Richtung Süden davonritt – mit den beiden schwarzen Männern im Schlepp, die mit gesenkten Köpfen, hinter dem Rücken gefesselten Händen und Metallreifen, die mit Ketten an ihrem Hals befestigt waren, hinter ihm herstolperten.

Ich hatte es vor Augen, als sei ich selbst dabei gewesen. Mein Herz schlug schneller. Schon damals wusste ich, dass jeder Mensch mit Respekt behandelt werden muss, sogar Menschen wie Zeke und Rad und Charlie. Sogar sie – und Pru. So schwer das auch sein mochte.

So fing alles an. Das war das erste Mal, dass ich hörte, wie über schwarze Sklaven gesprochen wurde, die ihren Besitzern fortgelaufen waren. Und über Weiße, die ihnen dabei halfen. Ich hatte keine Vorstellung davon, wohin dieses Wissen mich – und mein Bruder Jesse – führen würden.

Kapitel 2

1847

Pru Hartley war noch nicht fertig mit mir. Noch lange nicht. Der Clan der Hartleys lebte jenseits des Hügels auf der anderen Seite des Flusses. Man konnte ihr heruntergekommenes Haus von der Redfield Farm aus nicht sehen. Doch es war da. Die Beweise waren überall: Im Stall fehlte ein Huhn, eine liegengelassene Sichel verschwand… Papa sagte, sie stöhlen alles, was nicht niet- und nagelfest sei. Die ganze Sippschaft war einfach nur niederträchtig. Ganz besonders traf das auf Pru zu – zumindest empfand ich es so. Sie wusste sehr genau, wie unangenehm sie mir war, und kostete es voll aus.

Mama starb bei der Geburt ihres achten Kindes, als ich zwölf Jahre alt war, und ließ Papa mit sieben noch großzuziehenden Kindern allein. Das Kind, ein Junge, starb auch. Mary war sechzehn und hatte daher die meiste Arbeit, aber ich tat fast genauso viel. Ben und Jesse halfen auf der Farm. Mary und ich kochten, machten sauber und versorgten die Jüngeren, Betsy und Nathaniel, ohne dabei allzu viel Hilfe von Rachel zu erhalten, die mit ihren zehn Jahren noch weit davon entfernt war, erwachsen zu sein.

Mary war liebenswürdig, Mama sehr ähnlich. Damals habe ich das natürlich noch nicht bemerkt. Erst später sah ich Mama in ihrem Gesichtsausdruck und ihren Gesten. Sie wurde schnell erwachsen und als sie zwanzig war, im Jahre 1844, kamen die jungen Männer und machten ihr den Hof. Als diese erst einmal angefangen hatten, sie bei den Andachten mit großen, schmachtenden Augen anzuschauen, wusste ich, dass ihre Zeit bei uns ihrem Ende entgegenging. Dann kam ein junger Bursche aus Osterburg daher – groß, mit roten Gesicht, freundlich und umgänglich. Sein Name war Noah Poole und er war ein Freund. Das war gut. Denn Amos Redfield war dagegen, dass seine Töchter Männer heirateten, die nicht den Quäkern angehörten.

Jedenfalls dauerte es nicht lange und Mary war fort nach Osterburg, um dort zu heiraten. Wenig später war sie selbst Mutter. Damit lag also die gesamte Verantwortung bei mir. Ich dachte, das sei nur vorübergehend und ich würde selbst verheiratet sein, wenn ich erst einmal zwanzig wäre. Aber ich täuschte mich. Ich habe gelernt, dass ›vorübergehend‹ eine sehr lange Zeit sein kann.

Rachel ist niemals eingesprungen. Sie kam immer nur, wenn es ihr gerade mal Spaß machte, die Gute. Ich hätte gerne mehr Unterstützung gehabt. Mit sechzehn ist man sehr jung, das alles allein zu schultern. Rachel war kein schlechter Mensch – es war kein Quäntchen Böses in ihr. Aber sie hat niemals das gesehen, was sich genau vor ihr befand. Die Arbeit, meine ich. Sie konnte neben einem Stapel Bügelwäsche sitzen und dir alles über ihren Besuch bei Cousine Eva Blackburn erzählen, ohne die Situation auch nur wahrzunehmen. Jeder mochte sie gern, also sagte ich nichts. Doch ich muss zugeben, dass das nicht immer leicht war.

Wenn Papa jetzt seinen Platz am Tisch einnahm, saß niemand an der gegenüberliegenden Seite. Drei Söhne auf der einen, drei Töchter auf der anderen. Dann, an einem Frühlingsabend im Jahre 1847, gab Ben eine Erklärung ab.

»Papa«, wagte er sich hervor.

Amos sah ihn an. »Ben.«

»Ich denke daran, mich zu verheiraten.«

»Denkst du nur daran oder wirst du es auch tun?«, frotzelte Jesse.

Amos sagte nichts dazu. Einen Sohn weniger auf der Farm zu haben, war eine ernste Angelegenheit. Er blickte auf seinen Teller.

Um den Tisch herum war Bens Erklärung mit Gekicher von den Mädchen, einem Jauchzer von Nathaniel und noch mehr Neckerei von Jesse beantwortet worden.

»Du alter Fuchs, Ben!«, sagte er grinsend. »Ich habe gesehen, welche Blicke du und Rebecca Finley einander zugeworfen habt. Allerdings dachte ich, bis zur Hochzeit dauert es noch ein bisschen.« Er stieß Ben den Ellenbogen in die Rippen.

Ben errötete. »Na ja, ich bin fünfundzwanzig. Es wird allmählich Zeit«, murmelte er.

Das fand ich auch. Es hatte bereits lange auf sich warten lassen. Wie sollte ich eine Ehe eingehen, da meine beiden älteren Brüder noch unverheiratet waren? Ich war neunzehn und hatte bereits mit dem Gedanken gespielt. Doch es wäre nicht richtig gewesen, mich einfach davonzumachen. Egal. Wie gesagt, ich hatte mit dem Gedanken gespielt, was nicht heißt, dass jemand anders das auch tat.

Amos nickte ernst. »Wo willst du dich niederlassen?«

»Conway will seine Farm verkaufen. Er hat vor, in den Westen zu gehen. Ich habe etwas Geld gespart. Die eine Hälfte kann ich jetzt bezahlen, die andere in drei Jahren. Er sagt, das ist ihm recht.«

»Mit der Farm ist nicht viel los«, bemerkte Amos.

»Ich möchte eine Pferdefarm daraus zu machen. Pferde aufziehen, züchten, verkaufen. Es gibt dort sehr viel Weideland und auf dem großen Feld könnte ich Hafer anpflanzen.«

Amos lächelte. »Du willst dich spezialisieren, was?«

Ben senkte den Blick. »Ja, Vater. Rebeccas Bruder Elias möchte es mit mir zusammen machen.«

»Kann er denn auch Geld einbringen?«

»Noch nicht. Aber er hat einige Zuchttiere. Ich habe noch kein besseres Gespann gesehen als seine beiden Arbeitspferde.« Bens Augen begannen zu leuchten – wie immer, wenn er von Pferden sprach.

»Wirst du auch Reitpferde haben, Ben?« Der Gedanke, Pferde zum Reiten, nicht nur zum Arbeiten zu haben, gefiel Nathaniel außerordentlich.

»Das würde ich gerne. Vielleicht später.«

»Erzähl uns nichts vom Pferd, Ben! Du sagtest gerade, dass du dich verheiraten willst«, witzelte Rachel. »Wann?«

»Wir werden unsere Absicht bei der Versammlung in dieser Woche bekanntgeben. Wenn alles gutgeht, also in etwa zwei Monaten.«

»Zwei Monate! Bist du sicher, dass du so lange warten kannst, Bruder?«, zog Ben ihn auf.

Ben errötete erneut und ich schmunzelte in mich hinein. Dass Ben und Rebecca nur eine halbe Meile von uns entfernt leben würden, war ein guter Plan. Und dass Rebeccas Bruder Elias mit Ben zusammenarbeiten würde, war noch besser. Denn Elias war Teil meines eigenen Planes. Wir kannten einander schon unser ganzes Leben lang und seit Marys Hochzeit hatten viele in uns bereits ein Paar gesehen. Wir waren befreundet, doch ich hoffte, dass daraus eines Tages mehr werden würde.

Amos schob seinen Stuhl vom Tisch zurück, erhob sich und reichte Ben die Hand. »Seid fruchtbar und mehret euch.« Mehr sagte er nicht. Dann nahm er seinen Hut vom Haken neben der Tür und ging hinaus in den Frühlingsabend.

Rachel, Betsy und ich standen auf und deckten den Tisch ab. Ich reichte Nathaniel einen Eimer, damit er Wasser vom Brunnen holen konnte. Jesse legte seinen Arm um Bens Schulter und begleitete ihn zur Hintertür. Als das Wasser heiß genug für den Abwasch war, überließ ich Rachel und Betsy die Hausarbeit und ging die schmale, gewundene Treppe hinauf ins Dachgeschoss, vorbei am Zimmer der Jungen, in das Zimmer, das wir drei Mädchen uns teilten. Dort standen zwei Betten. Rachel und Betsy schliefen in einem, das andere hatte ich für mich allein, seit Mary fort war. An einer Wand standen drei Holztruhen nebeneinander, jeweils eine für jede von uns.

Ich öffnete meine und durchstöberte meine Kleidung: zwei graue Kleider, zwei Hauben, ein Schal, Strümpfe, Unterwäsche und die Oberseite eines Quilts, die ich zusammengesetzt hatte. Mit etwas Unterstützung und bei schneller Arbeit könnte der Quilt ein Hochzeitsgeschenk für Ben und Rebecca werden. Ich schaute die

Oberseite mit ganz neuen Augen an. Sie wäre gut geeignet, aber ich müsste mich beeilen, wenn ich den Quilt in zwei Monaten fertig bekommen wollte. Ich konnte hören, wie Jesse unten mit den Mädchen herumflachste, das Geschirr auch schön sauber zu machen. Ich rief ihn.

»Ich komme, Mutter«, antwortete er und kam die Treppe hochgesprungen, immer zwei Stufen auf einmal.

»Wo ist Ben?«, fragte ich und blickte hinter ihn.

»Auf zu seinem Schätzchen«, sagte Jesse grinsend.

»Ich hab mir gedacht, dass ich diesen Quilt fertigmache und ihnen zur Hochzeit schenke. Was schenkst du ihnen?«

»Natty und ich werden ihnen eine Ofenbank bauen. So eine wie Onkel Sammy hat, die man auch als Tisch benutzen kann. Ich habe in der Scheune etwas trockenes Holz, das dafür gut ausreicht.«

»Ich werde Rachel und Betsy auftragen, Kopfkissenbezüge zu nähen und vielleicht auch eine Tischdecke. Jesse?«

»Hmmm?«

»Ach, nichts. Ich hab nur so überlegt. Was hältst du von Bens Plänen? Das mit der Pferdefarm, meine ich.«

»Toll«, antwortete Jesse. »Jeder braucht Pferde. Und du kennst Ben. Er wird so hart arbeiten, dass es einfach klappen muss.«

»Und Elias?« Ich versuchte, mir nicht anmerken zu lassen, wie sehr mich das interessierte.

»Er wird es auch gut machen. Du siehst die beiden doch immer nach der Andacht. Stecken die Köpfe zusammen, sprechen den ganzen Nachmittag über nichts als Pferde. Elias erkennt ein gutes Pferd – und wenn ich mich nicht täusche«, sagte er verschmitzt, »erkennt er auch eine gute Frau!«

»Pssst, Jesse!« Ich schlug mit dem Quilt nach ihm, aber er duckte sich schnell und lief die Treppe hinunter. Ich saß allein in der heraufziehenden Dunkelheit, warm und glücklich. Das Leben verhieß viel.

Mai und Juni vergingen rasend schnell mit Pflanzarbeit und Heuernte. An Arbeit mangelte es auf einer Farm nie und glücklicherweise auch nicht an vielen helfenden Händen, um sie zu erleichtern. Die Farmerfamilien gingen im Ort von einem zum anderen, um einander beim Pflügen, Anpflanzen und bei der Heuernte zu helfen. Die Frauen sorgten gemeinsam dafür, dass die hungrigen Arbeiter satt wurden. Die größeren Mädchen passten auf die Kleinen auf. Die größeren Jungen gingen den Männern zur Hand.

Irgendeiner der Hartleys tauchte immer auf – auf der Suche nach einer kostenlosen Mahlzeit für möglichst wenig Arbeit. Alle Brüder von Pru hatten Vornamen, die Handwerke bezeichneten: Smith, Weaver, Miller, Cooper und Sawyer. Und alle Schwestern hatten Namen wie Faith, Charity, Honesty und Truth. Jesse nannte sie daher ›die tugendhaften Schwestern‹. Er sagte, die ganze Familie sollte lieber ihren Vornamen Ehre machen, statt ständig auf der Suche nach etwas zu sein, was man mitgehen lassen konnte. Ich mochte es nicht, wenn die Hartleys auftauchten. Am wenigsten Pru. Sie ließ mich nicht aus den Augen, wohin ich auch ging. Nichts, was ich tat, entging ihr.

Mit Familienmitgliedern und Freunden zusammen sein zu können, war ein kleiner Ausgleich für die Plackerei. Beim Heu machen waren Ben und Rebecca Ziel vieler liebenswürdiger Scherze. Doch sie blickten einander nur an und lächelten. Ich nutzte die Gelegenheit dieser Zusammenkünfte, um in Elias Finleys Nähe zu sein. Ich war immer die Erste, die mit einem Eimer und einem Schöpflöffel umherging, um den Arbeitern etwas zu trinken anzubieten. Dabei war ich sehr darauf bedacht, dass Elias seinen Anteil an allem erhielt, was es gab – und eine doppelte Portion Mürbegebäck, gedeckten Obstkuchen, Pastete oder Obstauflauf zum Nachtisch.

Elias verstand meine Absichten und entmutigte mich in keiner Weise. Er war erst einundzwanzig, sehr fleißig und ernsthaft. Nicht albern oder aufgedreht wie Jesse manchmal. Vielleicht etwas schüchtern und unbeholfen, aber meiner Meinung nach würde er ein guter Fang sein. Ich war sehr darauf bedacht, mir meine Gefühle nicht anmerken zu lassen. Die meisten Leute bemerkten kaum etwas. Pru Hartley allerdings hatte diesen wissenden Blick in den Augen, wenn sie uns beide zusammen sah.

Bens Hochzeitstag Ende Juni brach warm und sonnig an. Das Heu war schon eingebracht und man konnte sich ein wenig von der harten Arbeit erholen. Jesse bemerkte das Ben gegenüber mit einem Augenzwinkern. Ben errötete.

Ich hatte ihm ein Hochzeitshemd genäht, das er unter seinem neuen grauen Anzug trug, den ein Schneider von der Monatsversammlung in Menallen genäht hatte. Ich fand, er sah gut aus, ohne hochmütig zu wirken. Groß und schlank, mit vollem braunem Haar und freundlichen blauen Augen.

Er kam auf Webster, seinem edlen schwarzen Reitpferd, zum Versammlungshaus geritten. Die Familie folgte im Wagen. Am Versammlungshaus in Dunning's Creek trafen wir uns mit der Familie Finley. Mutter und Kinder kamen in einem robusten Wagen, Rebecca im Damensitz hinter ihrem Vater auf dessen bestem Pferd. Auch sie fand ich sehr schön. Sie hatte rote Haare und braune Augen, ihr Gesicht war jung und lebendig. Im Durcheinander der vielen Wagen suchte ich nach Elias. Dann erblickte ich ihn auf einem temperamentvollen Fuchshengst dahinter heranreiten. Ihn aufrecht auf so einem stolzen Tier sitzen zu sehen, ließ mein Herz schneller schlagen.

Trotz des schönen Wetters war es im Versammlungshaus kalt, feucht und es roch nach altem Holz. Am Ende der Monatsversammlung standen Ben und Rebecca mit ineinandergelegten Händen schüchtern und unsicher vor die Versammlung. Ben gelobte, »diese Frau, meine Freundin, Rebecca Finley zur Frau zu nehmen und ihr mit Gottes Hilfe ein liebender und treuer Gatte zu sein, bis der Tod uns scheidet.« Rebeccas Ehegelöbnis wurde von einem Husten und dem Knarzen von Holzbänken untermalt.

Dann unterzeichnete das Paar die Urkunde, zunächst der Bräutigam, dann die Braut, die mit ihrem Ehenamen unterschrieb: Benjamin Redfield – Rebecca Redfield.

Auf ihre Unterschriften folgten die aller Anwesenden, wobei die Familienmitglieder auf der rechten Seite unterzeichneten. Das Papier war hart und die Feder kratzte. Ich setzte meine Unterschrift unter die von Elias Finley – und erlaubte mir den kurzen Traum, dass ich eines Tages ›Ann Finley‹ schreiben würde. Dann reichte ich Rachel die Feder.

Die Feier im Hause der Finley war so fröhlich wie eine Feier bei den Quäkern eben sein konnte: keine Musik, kein Tanz, kein Alkohol, kein lautes oder unziemliches Verhalten, aber Essen, Herzlichkeit und Geselligkeit im Übermaß. Ben war zuvorkommend seiner Braut gegenüber, enthielt sich aller Pferdegespräche und nahm die Glückwünsche der Freunde ruhig entgegen.

Jesse und Elias verhielten sich nicht ganz so gesetzt. Elias fing an, mit seinem Fuchshengst zu prahlen und Jesse ließ sich eine Herausforderung niemals entgehen. Es dauerte nicht lange und die beiden hatten ein Rennen verabredet – diskret abseits der Hochzeitsfeier, aber mit Wissen aller außer der Älteren der Festgesellschaft. Denn die hätten ein strenges Auge auf ein derartiges Treiben geworfen.

Jesse, Elias und die meisten anderen jungen Männer machten sich in Richtung Dunning' Creek auf. Dort gab es ein großes, flaches Gelände, an dessen einer Seite sich eine Bahn von einer Viertelmeile befand, die bei den jungen Leuten der Versammlung als ›Saratoga‹ bekannt war. Hier wurden häufig Pferderennen veranstaltet, wenngleich unsere Älteren dies entschieden missbilligten.

Jesse hatte zwar kein eigenes Pferd, doch das bremste ihn nicht im Geringsten. Wenn Elias den Mund so voll nahm, so war er, Jesse, fest entschlossen, »ihn bis zum Schritt durchzuparieren«. Bens Pferd Webster stand geduldig bereit, grasend wartete es auf seinen Herrn. Jesse fasste es ruhig beim Zaumzeug und führte es ein Stück weiter, bevor er aufsaß. Elias ritt im leichten Galopp lässig voraus. Ihnen folgten, einzeln und zu zweit, die unverheirateten jungen Männer von der Versammlung aus Dunning's Creek, nach ›Saratoga‹ – erpicht darauf, etwas Spaß zu haben.

In jenen Tagen entging mir wenig, was meinen Bruder betraf, und nichts, was Elias Finley betraf. Daher hatte ich ihr Verschwinden bemerkt. Auch mir selbst gefiel ein gutes Rennen, so unziemlich dies auch gewesen sein mochte. Allerdings fiel mir keine gute Ausrede ein, um mich davonmachen zu können. So blieb ich auf

»Wir haben vor, mit meinen beiden Arbeitspferden eine Zucht zu beginnen. Ben wird Verwalter und Trainer, ich Züchter und Verkäufer«, erläuterte er.

Elias war so erfüllt von seinen geschäftlichen Plänen, dass er eine Stunde lang ununterbrochen darüber sprach.

Ich hörte zu, machte an den richtigen Stellen begeisterte Einwürfe und war mitgerissen von den Perspektiven, die sich da zu eröffnen schienen.

Als die Schatten länger wurden, erhob er sich und half mir auf. Er nahm meine Hand und blickte mir in die Augen.

»Ich hoffe, dieses Geschäft mit Ben wird ein Erfolg«, sagte er, »sodass ich noch auf eine andere Weise in seine Fußstapfen treten kann.« Das war kein ausdrückliches Versprechen. Mehr Zusicherung benötigte ich jedoch nicht, um in Gedanken Pläne zu schmieden.

»Oh, Elias. Das hoffe ich auch.«

Als wir zur Hochzeitsfeier zurückgingen, legte er meine Hand auf seinen Arm. Ich schwelgte in der Freude, diejenige zu sein, der Elias' Zuneigung galt, und hoffte, dass ich eines Tages die Rolle von Rebecca und Elias die von Ben spielen würde. Dass wir einander Gesellschaft leisteten, führte unter den Hochzeitsgästen zu Spekulationen über eine weitere ›Redfield–Finley‹-Party, wenngleich wir davon aller Wahrscheinlichkeit nach noch viele Jahre entfernt waren.

Als wir uns der Hochzeitsfeier wieder anschlossen, sah ich Pru Hartley durch das Wäldchen davongehen – frech wie Oskar mit einem Teller voller Schinken und Hühnchen. Den Teller würde Mr Finley wohl auch nie wieder sehen.

Wir Redfields ließen uns von Onkel Sammy Grainger nach Hause mitnehmen, da Ben anderweitig beschäftigt war und Jesse noch nicht mit dem Wagen zurückgekehrt war. Es wurde langsam Abend und wir sprachen nur leise und recht wenig. Von Jesse war im Haus weit und breit nichts zu sehen. Alle anderen wollten sich möglichst rasch zur Ruhe begeben. Daher bemerkte niemand, dass ich durch die Hintertür hinausschlich und über den Hof zur

Scheune ging. Es war dunkel, doch ich konnte das schwere Atmen der Pferde hören und wusste daher, dass Jesse zurückgekommen war. Aber wo steckte er?

Als ich mich umdrehte, um zurückzugehen, vernahm ich ein Geräusch, das sich anhörte, als würde jemand mit dem Kopf gegen einen Balken stoßen. Bumm. Es kam vom Heuboden. Also schlüpfte ich unter der Leiter hindurch und rief: »Jesse?«

Keine Antwort. Doch ich war sicher, etwas gehört zu haben. Ich setzte meinen Fuß auf die Leiter und stieg hinauf. Als ich mit dem Kopf auf der Höhe des Heubodens angelangt war, hielt ich inne… in Augenhöhe mit Jesses Stiefeln.

»Komm nicht hier hoch, Ann«, sagte er mit Nachdruck.

Ich konnte es nicht lassen, mich umzublicken. Auf dem Heuboden sah man kaum die Hand vor Augen, aber ich spürte, dass noch jemand zugegen war. Außer Jesse und mir war da noch ein Dritter. »Jesse, was ist da los?«

»Geh einfach nach unten und zurück ins Haus. Vergiss, dass du hier warst«, sagte er.

»Sind es Sklaven, Jesse?«

Er beugte sich zu mir herab und nahm mich bei den Schultern. »Ann, du musst gehorchen. Geh zurück ins Haus. Sag niemandem, dass du hier draußen warst. Jetzt geh!«

Ich stieg die Leiter hinab, machte kehrt und rannte zur Tür. Jesses Zurückweisung hatte meinen Stolz verletzt. Mein Herz raste. Jesse hatte mit der Underground Railroad zu tun! Diese Erkenntnis drängte meine anderen Gedanken in den Hintergrund. Er versteckte die Sklaven, die sie unten am Fluss entdeckt hatten. In meinem Herzen vermischten sich Stolz und Angst. Oh Jesse. Sei vorsichtig!

Leise ging ich die Treppe hoch und an Nathaniel vorbei, der bereits schnarchend im Bett lag. Im Mädchenzimmer entkleidete ich mich im Dunkeln. Betsy schlief, aber Rachel flüsterte: »Was hast du draußen gemacht, Ann? Nach Elias Finley geschmachtet?«

»Ja, so ähnlich.«

Die Nacht war still und ich fiel in einen leichten Schlaf, aus dem ich immer mal wieder erwachte. Nach Mitternacht hörte ich, dass der Wagen aus der Scheune gezogen wurde. Und noch vor Tagesanbruch hörte ich, dass er zurückkam. Beim ersten Tageslicht stand ich auf und zog mich leise an, sodass ich niemanden aus der Familie weckte. Ich sah Jesses leeres Bett und schlich die Treppe hinunter. Papa schnarchte laut in seinem Bett, das in der hinteren Ecke der Küche stand. Ich entriegelte die Tür und trat hinaus in den taufrischen Morgen.

Während ich zur Scheune rannte, schwor ich mir, herauszufinden, was Jesse vorhatte – wie tief er in das alles verwickelt war. Es war zu gefährlich. Diese Risiken sollten andere auf sich nehmen. Nicht mein Bruder!

Als ich bei der Scheune ankam, öffnete sich die Tür und Jesse trat heraus. Er lächelte.

»Guten Morgen, Schwester«, sagte er.

»Guten Morgen, Bruder.«

»Lass uns frühstücken.«

Kapitel 3

1854

Jesse steckte da also mit drin. Er arbeitete hart auf der Farm, ließ keinen Zweifel daran aufkommen, dass er seinen angemessenen Anteil beitrug. Doch seine Gedanken waren woanders. Er dachte darüber nach, wie er den Frevel bekämpfen konnte. Ich sorgte mich um ihn, aber er äußerte sich dazu nicht. Er wollte nicht, dass sonst jemand aus der Familie mitmacht. Das ärgerte mich. Ich wollte Bescheid wissen, etwas tun, helfen. Aber trotz allem ging das Leben auf der Redfield Farm seinen normalen Gang – zumindest sah es so aus.

Amos war kein Mensch, der Veränderungen besonders schätzte. Er bewegte sich langsam, dachte viel nach und handelte mit Bedacht. Daher war es eine Überraschung, als er eines Abends im Jahre 1854 beim Essen ankündigte, dass er beabsichtige, »anzubauen«.

»Wo anzubauen?», fragte Jesse und zwinkerte uns Mädchen zu. »An die Scheune?«

»An das Haus«, antwortete Amos, ohne auf Jesses Neckerei einzugehen.

Wir drei Schwestern sahen einander ungläubig an. Rachel reagierte als erste. »Oh, Papa! Wie schön!«

Amos lächelte sie an. Rachels Meinung schien ihm immer wichtig zu sein.

Doch Elias schäkerte nur herum und vertrödelte die Zeit. Ich war sicher, dass er mir einen Antrag machen würde. Aber wann? Wenn er gefragt wurde, antwortete er, dass er einer Frau nicht viel zu bieten habe. Doch er und Ben bauten eine Zucht für edle Pferde auf. Er hatte eine vielversprechende Zukunft vor sich. Ich tröstete mich mit dem Gedanken, dass sich das Warten lohnen würde.

Am Morgen, nachdem alle Schindeln angebracht worden waren, schaute ich aus der Hintertür und sah Pru Hartley neben dem Brunnenhäuschen stehen. Eine Hand in die Hüfte gestemmt, schaute sie hinüber zu unserem neuen Haus.

»Morgen, Pru! Brauchst du etwas?«

»Krieg' ich hier sowieso nich«, antwortete sie mit schief gelegtem Kopf. »Ihr Redfields werdet jetzt bestimmt ganz angeberisch.«

»Angeberisch? Warum?«

»Schickes neues Haus und so.« Als sie das sagte, verzog sie das Gesicht, als hätte sie einen schlechten Geschmack im Mund.

Ich hatte keine Lust, dort herumzustehen und mir anzuhören, was Pru Hartley über meine Familie dachte. Daher ging ich lieber ins Haus. Die Männer hatten ihr Tagewerk in der Scheune begonnen und meine Schwestern waren noch oben im Zimmer. Pru blieb auf dem Hof, ging ganz um das Haus herum, den Kopf in der aufgesetzt überheblichen Art zur Seite geneigt, die sie an sich hatte. Ich ging zurück an meine Arbeit, schaute aber ab und an aus dem Fenster, um nachzusehen, wo sie war, und hoffte, dass sie fortging.

Doch dann kam sie auf die Veranda und rief: »Du denkst wohl, du bist was Besseres. Bist du aber nich! Mit euerm neuen großen Haus und so. Du glaubst bestimmt, Elias Finley heiratet dich, was? Hätt' er schon lang gemacht, wenn er wollte, sag' ich dir!«

Warum machte es ihr nur so einen Spaß, mich derart zu triezen? Warum war es ihr Lebenszweck, mir Qualen zu bereiten? Ich war drauf und dran, ihr zu antworten. Sie zu fragen, warum sie – nur ein Jahr älter als ich – zwei Kinder hatte, ohne dass auch nur ein einziger Ehemann in Sicht war. Aber dadurch hätte ich nur noch mehr Zorn auf mich gezogen. Also schloss ich die Tür, um ihr Krakeelen draußen zu halten. Rachel kam langsam die Treppe hinuntergeschlendert. Sie hielt sich die Ohren zu.

»Das hört sich ja ganz so an, als ob Pru heute Morgen mal wieder den Teufel im Leibe hätte«, bemerkte sie.

»Ich habe keine Ahnung, was sie umtreibt. Sie scheint es darauf abgesehen zu haben, dass ich mich erbärmlich fühle.«

»Sie ist selbst erbärmlich. Das hat wenig mit dir zu tun, Schwester. Du bist nur ein willkommenes Opfer.«

Ich seufzte. »Wenn sie sich doch mitsamt ihrer Misere auf und davon machen würde. Ich kann gut ohne sie auskommen.«

Jetzt erschien Betsy. »Worüber quasselt Pru denn schon wieder?«, fragte sie gähnend.

Pru stand immer noch draußen auf der Veranda, barfuß und breitbeinig, die Arme in die Seiten gestemmt, herausfordernd. Amos, Jesse und Nathaniel kamen im Gespräch miteinander aus der Scheune. Als sie sie erblickte, drehte Pru sich um und verließ die Veranda, raffte ihre Röcke zusammen und rannte den Hügel hinab.

Der Anbau war groß und stattlich geworden und ließ das alte Haus sehr klein erscheinen. Jesse und Nathaniel dichteten die Fugen so, dass es zum älteren Teil passte. Nachdem das geschehen war, sah das gesamte Gebäude aus, als sei es schon immer so gewesen. Als Nächstes musste verputzt werden – sowohl der alte als auch der neue Teil des Hauses.

Das Verputzen konnte nur von bezahlten Handwerkern ausgeführt werden. Für Häuser auf dem Land gab es normalerweise umherziehende Verputzer, die auf der Suche nach Arbeit waren und so lange im Haus blieben, bis ihr Auftrag erledigt war.

Amos gab bekannt, dass er einen Verputzer suchte und es dauerte keinen Tag, schon stand einer vor der Tür. Sein Name war Jacob Schilling, er war deutscher Abstammung, und kam aus Dauphin County.

»Was treibt dich hierher in den Westen?«, fragte Amos.

»Ich folge der Arbeit«, lautete die Antwort. »Wenn der nächste Auftrag im Norden ist, gehe ich nach Norden. Ich habe gehört, dass es in Altoona viel Arbeit gibt. Dort schießt eine ganz neue Stadt aus dem Boden – nur für die Eisenbahn. Und es werden viele neue Häuser gebaut. Dorthin werde ich von hier aus wohl gehen.«

Amos nickte. Er zeigte Jacob Schilling den neuen Anbau und erklärte ihm, was gemacht werden musste. Nachdem sie sich auf einen Preis geeinigt hatten, führte Amos ihn zur Unterkunft in der Sattelkammer der Scheune.

Wir drei Mädchen beobachteten vom Eingang aus, wie Jacob Schilling sein Pferd versorgte. Wir fanden den gutaussehenden jungen Mann alle interessant. Ganz besonders allerdings Rachel.

»Habt ihr seine Armmuskeln gesehen?«, fragte sie. »Wie die sich abzeichnen!«

»Rachel! Quäkermädchen achten nicht auf die Muskeln eines Mannes, und sie kommentieren sie auch nicht!«

»Einige schon«, antwortete Rachel keck. »Ach, Ann, ich mach doch nur Spaß. Du hast es doch auch bemerkt. Das weiß ich ganz genau.«

Widerstrebend gab ich – zumindest vor mir selbst – zu, dass ich es tatsächlich bemerkt hatte, wenn auch nicht auf die überdrehte, atemlose Art wie Rachel.

»Ich mache mir Sorgen um dich, Rachel. Du sprichst zu schnell mit Fremden und bist zu kess. Ich hoffe, das geht gut, aber ich mache mir Sorgen deswegen.«

Rachel lachte und warf den Kopf in den Nacken. »Das Leben ist zu kurz, um sich Sorgen zu machen«, antwortete sie. Sie hatte ja keine Ahnung.

Wie sich herausstellte, waren meine Sorgen nicht unbegründet. Rachel fand Mr Schilling so interessant, dass sie ihm kaum widerstehen konnte. Sie erfand alle nur denkbaren Entschuldigungen, sich in seiner Nähe aufzuhalten. Rachel, die von einem Verehrer zum nächsten irrlichterte, war wie besessen von Jacob Schilling. Sie beobachtete ihn bei der Arbeit, sie brachte ihm zwischendurch etwas zu essen und zu trinken, sie saß ihm am Tisch direkt gegenüber und lauschte auf das, was er sagte, als hätte sie noch niemals zuvor die englische Sprache vernommen. Die beiden machten es sich zur Gewohnheit, nach dem Abendessen hinauszugehen und lange Spaziergänge in der sommerlichen Abenddämmerung zu unternehmen. Nach dem zweiten Spaziergang kamen sie Hand in Hand zurück. Eines Abends entdeckte ich getrocknetes Gras am Rückenteil von Rachels Kleid.

Ich konnte ihre Schwärmerei gut verstehen. Verglichen mit den Männern, die ich kannte, war Mr Schilling weltgewandt. Er war nördlich von Harrisburg aufgewachsen, hatte aber nichts mit dem Leben auf dem Land im Sinn. Er war sogar schon einmal verheiratet gewesen. Seine Frau war nach zwei Jahren Ehe im Kindbett gestorben. Das Kind wuchs bei Jacobs Eltern auf. Der Tod seiner Frau hatte Fernweh bei Jacob ausgelöst und so nutzte er sein Handwerk, um die Welt kennenzulernen.

Oh, er war attraktiv, keine Frage! Gescheit, umgänglich, gesprächig. Das konnte ich durchaus erkennen, dennoch fürchtete ich um meine Schwester. Wenn dies zu einer Ehe führte, nun ja… Nein! Quäkerinnen wussten, dass sie für die Hochzeit mit einem Nicht-Quäker von der Gesellschaft der Freunde verstoßen würden. Rachel würde das nicht wollen. Und ganz abgesehen davon, was würde Papa sagen? Ganz sicher war ihm nicht entgangen, was da vor sich ging.

Das Verputzen dauerte zwei Wochen, in denen Rachel keine Arbeit auf der Farm übernahm, bei der sie Jacob Schilling nicht hören oder sehen konnte. Zwei Wochen, in denen ich mehr als nur ein wenig neidisch war und mehr als nur ein wenig überarbeitet. Ich machte mir Sorgen um meine Schwester und – nur ein wenig – missgönnte ich es ihr auch.

Als die Arbeit getan war, gab Amos Jacob Schilling seinen Lohn, und dieser ritt gen Norden davon, in Richtung Altoona. Rachel war seltsam gelassen bei seiner Abreise. Ich war erleichtert, dass die Versuchung fort war, und versuchte, meiner Stellung als weibliches Familienoberhaupt neue Geltung zu verschaffen.

»Es gibt viel zu spinnen«, sagte ich am nächsten Morgen zu Rachel. »Betsy und ich werden Wäsche waschen.«

Rachel antwortete nicht und machte sich auch nicht ans Spinnen. Sie saß den ganzen Tag nur verträumt da und trug demonstrativ zur Schau, dass sie einen Brief schrieb, von dem ich stark annahm, dass er an Jacob gerichtet war.

Als ich an dem Abend auf der Verandabank saß, sprach ich mit Jesse darüber, wie enttäuscht ich war. »Was denkt sie sich bloß, Jesse? Wie kann sie nur so dumm sein? Jacob Schilling geht von einem Auftrag zum nächsten und lässt entlang seines Weges überall verliebte junge Mädchen zurück.«

»Sie ist eine vierundzwanzigjährige Frau, Ann. Du kannst sie nicht verändern, so sehr du das auch versuchen magst. Wenn sie Jacob will und er sie, musst du das akzeptieren. Du kannst nicht ständig umherlaufen und sie vor sich selbst schützen wollen.«

Ich blickte den Hügel hinab zum Dunning's Creek, der im Abenddunst lag. »Ich weiß, dass du Recht hast, aber es fällt mir schwer, mich zurückzuhalten. Sie war schon immer ein bisschen unbesonnen. Weißt du, so unbeschwert und glücklich – man fragt sich, ob sie überhaupt versteht, worum es im Leben eigentlich geht. Ich machte mir Sorgen darum, welche Folgen eine unglückliche Verbindung für sie haben würde.«

»Du kannst doch gar nicht wissen, ob es eine unglückliche Verbindung sein wird. Es kommt, wie es kommt. Übrigens ist er doch jetzt fort. Wenn du Recht hast, was ihn angeht, hört sie wohlmöglich nie wieder etwas von ihm.«

Am darauf folgenden Samstag fuhr Jacob Schilling mit einem Fuhrwerk auf der Redfield Farm vor. Ohne im Geringsten überrascht zu sein, rannte Rachel hinaus zu ihm und fiel ihm in die Arme, als er vom Wagen stieg.

»Ich bin gekommen, um dich abzuholen«, sagte er so laut zu ihr, dass alle es hören konnten.

Amos ging hinaus, um die beiden zur Rede zu stellen. »Was bedeutet das alles?«, fragte er.

»Ich bin hergekommen, um Rachel mitzunehmen, Amos. Um sie zur Frau zu nehmen.«

»Das ist nicht die Art, in der wir diese Dinge hier regeln. Du hast mich nicht einmal um die Erlaubnis gebeten, um ihre Hand anzuhalten. Eine Ehe zu schließen, bedarf bei uns Quäkern einiger Monate. Ihr kennt einander doch kaum.«

»Wir kennen uns genug. Und wir werden keine Quäkerehe schließen. Wir gehen heute fort und lassen uns auf dem Weg nach Altoona von einem Priester trauen.«

Amos blickte von Schilling zu Rachel. »Geh jetzt ins Haus. Dies ist eine Sache unter Männern«, sagte er ruhig.

Rachel ging zu ihm, streckte die Hand aus und berührte seine spröde, wettergegerbte Wange. »Es tut mir leid, Papa, aber ich werde mit Jacob fortgehen.«

»Du wirst der Versammlung verwiesen!«, schimpfte Amos, mit seiner Geduld am Ende. »Fort mit dir, Mädchen, bevor ich dir eine Tracht Prügel verabreiche!«

Ich fuhr zusammen. Papa hatte niemals die Hand gegen irgendeinen von uns erhoben. Wir gehorchten immer aus Respekt vor ihm, niemals aus Angst.

Jacob trat einen Schritt vor und griff Rachel am Handgelenk. »Sie ist erwachsen, Sir. Eine selbstständige junge Frau. Die Welt ändert sich und Sie müssen sich mit ihr ändern.«

Er führte Rachel zum Wagen. Sie saß aufrecht und stolz da, selbst dann noch, als ihr eine Träne die Wange hinunterlief.

Jacob drehte sich um und sprach Jesse an, der hinter Amos stand. »Hilfst du mir mit ihrer Truhe?«

»Nein.«

Dann blickte Jacob zu Nathaniel. Der schüttelte den Kopf.

»In Ordnung. Dann hole ich sie allein.« Ärgerlich stiefelte er über den Hof ins Haus. Rachel sprang vom Wagen und rannte ihm nach. Einige Minuten danach kamen sie, die schwere Truhe gemeinsam schleppend, heraus. Fast hätte Jacob es nicht geschafft, sie auf den Wagen zu hieven aber mein Vater und meine Brüder blieben dennoch wie angewurzelt im Vorgarten stehen. Dann stieg Jacob auf den Wagen neben Rachel, legte einen Arm um ihre Schulter und ließ die Zügel auf die Rücken der Pferde schnalzen.

Ich sah zu, wie der Wagen die Straße hinunterfuhr und verschwand. »Nun sind wir nur noch fünf«, dachte ich. »Und bald noch weniger.« Ich schlang mir meine Schürze um den Kopf, um meine Tränen zu verbergen, und ging ins Haus. Betsy folgte mir, die Männer gingen in die Scheune.

Ab jenem Tag gefiel Amos Redfield das neue Haus nicht mehr. Er bezog keines der Zimmer im Dachgeschoss des alten Hauses. Er behielt sein in der Küche aufgestelltes Seilbett. Einen Monat später wurde Rachel Redfield »wegen Eheschließung durch einen Priester« von der Versammlung ausgeschlossen.

Betsy und ich nahmen je eines der neuen Schlafzimmer oberhalb des Wohnzimmers und benutzten die neue Treppe zum Kommen und Gehen. Das alte Haus mit seinen unebenen Fußböden und der gewundenen Treppe wurde den Männern überlassen. Nathaniel und Jesse hatten jeweils ein Zimmer im Dachgeschoss und Papa blieb in der Küche. Wenn wir nicht gerade kochten oder aßen, verbrachten wir Frauen einen Großteil unserer Zeit im neuen Teil des Hauses.

Als der Sommer sich seinem Ende näherte, schien Jesse unruhig zu werden. Er konnte nicht lange stillsitzen. Manchmal schlief er in der Scheune oder ging alleine fort, ohne auch nur ein Wort zu sagen. Ich vermutete, dass er wieder Flüchtlingen half, aber ich schwieg dazu, und er auch. Eines Tages trug er Holz und Zimmermannswerkzeug ins Haus.

»Ich renoviere mal das kleine Zimmer im Dachgeschoss«, kündigte er an. Er stattete den Raum unter den Dachschrägen an beiden Seiten mit niedrigen Wänden und Schranktüren aus, sodass sich ein kleines, aber luftiges rechteckiges Zimmer ergab. Es reichte bis zur Dachverkleidung und hatte an beiden Seiten des Schornsteins ein kleines Fenster. Er tünchte die Wände und ich brachte ihm einen geflochtenen ovalen Teppich für den Fußboden. Er kaufte bei einem Ausverkauf ein Bettgestell, einen Tisch und einen Schaukelstuhl.

Es war ein freundliches Zimmer. Mich allerdings verwirrte dieser plötzliche Hang zur Häuslichkeit bei einem Mann, der sich wenig aus Gemütlichkeit und überhaupt nichts aus schönen Dingen machte. Vielleicht plante er also doch zu heiraten. Vielleicht waren seine Träume, in den Westen zu gehen, erloschen.

Was Jesse mit der Aufteilung seines Zimmers bezweckt hatte, sollte mir Mitte September klar werden, als er eines Morgens kurz vor Sonnenaufgang nach drei Tagen Abwesenheit ins Haus gestolpert kam – fiebrig und aufgewühlt. Da seine Ankunft mich geweckt hatte, ging ich ihm mit einer Lampe auf dem Flur entgegen.

»Jesse! Wo bist du gewesen?« Ich hielt die Lampe hoch und blickte in sein fahles, gerötetes Gesicht. »Was ist los mit dir?«

»Frag nicht«, antwortete er matt. »Hilf mir ins Bett, ich bin krank.«

Er stützte sich schwer auf mich und wir stiegen die Treppen hoch ins Dachgeschoss; ich konnte seinen heißen Atem an meinem Hals spüren.

»Nathaniel«, sagte er heiser, als er vor seinem schlafenden Bruder stand.

Nate bewegte sich im Schlaf, drehte sich um und erwachte langsam beim Licht der Lampe, die einen großen Schatten auf die Wand warf. »Hä? Was ist los?«, fragte er blinzelnd.

»Draußen im Wagen ist eine Lieferung. Kümmere dich darum und um die Pferde«, flüsterte Jesse, sein Blick war verschleiert.

Nathaniel stand sofort auf, zog sich Hose und Stiefel an und ging noch etwas schläfrig in die Küche. Während ich Jesse ins Bett half, hörte ich, dass die Tür geschlossen wurde. Er fiel schwer ins Bett, atmete krächzend. Ich entkleidete ihn und schwitzte vor Anstrengung, obwohl das Zimmer kalt war.

»Deck mich nicht zu«, protestierte Jesse. »Ich glühe.«

Als ich die Treppe hinunter rannte, um ihm einen Tee gegen sein Fieber aufzubrühen, traf ich Papa und Nathaniel in der Küche.

»Ann«, sagte Amos. »Wir brauchen deine Hilfe. Es gibt noch einen Kranken.«

Ich blickte von Papa zu Nate, dann aus dem Fenster in Richtung Scheune. Es bedurfte keiner weiteren Erklärung. Ich wusste Bescheid.

Kapitel 4

1854 – Herbst

Jesses Fieber wütete tagelang. Er verlor immer wieder das Bewusstsein. Ich machte mir große Sorgen um ihn und versuchte, seine Beschwerden zu lindern und herauszufinden, was ihm fehlte. Draußen in der Scheune lag der Schwarze. Er war genauso krank. Beide zu versorgen war eine anstrengende Aufgabe. Doch es war klar, dass sich niemand außer mir dem aussetzen sollte: Zum einen stellte die Krankheit eine Gefahr dar, zum anderen bestand das Risiko, entdeckt zu werden. Ich allein trug die Verantwortung, und meine Erfahrung mit Krankheiten war begrenzt. Die Redfields waren eine gesunde Sippe, wobei unsere Abgeschiedenheit ihren Teil dazu beitrug, uns vor dem meisten zu schützen, was so die Runde machte.

»Am besten, wie lassen den Mann fürs Erste in der Scheune. Er scheint ziemlich krank zu sein. Eigentlich sollte er heute Nacht übergeben werden, aber wir haben keine andere Wahl. Wir müssen ihn hier behalten, bis es ihm besser geht. Alles andere wäre Mord, sei es an ihm oder möglicherweise an anderen.«

Ich nickte. Ich sorgte mich um Jesse, aber nachdem ich alles mir Mögliche getan hatte, um seine Beschwerden zu lindern, ging ich mit einem Arm voller Quilts und einem Kessel heißen Wassers in die Scheune. Ich wollte den Mann auf eine dickere Heuunterlage betten, damit er es wärmer und bequemer hatte. Doch er war zu krank, um sich selbständig bewegen zu können und zu groß, als dass ich ihn anders hätte lagern können. Daher deckte ich ihn mit den Quilts zu und flößte ihm etwas Fieberkrauttee ein.

Jesse schwebte tagelang zwischen Leben und Tod. Ich hatte solche Angst um ihn. Warum tat er das alles? Warum brachte er sich selbst in so große Schwierigkeiten? Er hätte sich ebenso gut nur um seine eigenen Angelegenheiten kümmern können, eine Farm bewirtschaften und zu den Andachten gehen. Warum musste er sich immer wieder in Schwierigkeiten bringen? Als sein Fieber schließlich nachließ, war er immer noch zu schwach, um aufzustehen.

Das Fieber des Sklaven wütete weiter. Ich tat, was ich konnte, damit es ihm in der Scheune möglichst gut ging, denn es war leichter, ihn dort zu verstecken. Man konnte nie wissen, wann Besucher ins Haus kamen oder Pru Hartley herumstrolchen und uns beobachten würde. Jesse hatte schweigend gezittert und geschlottert, dieser Kranke aber neigte zum Stöhnen und schlug mitunter um sich. Zum Sprechen war er zu krank. Doch immer wenn er mal wieder aus seiner Bewusstlosigkeit erwachte, sah ich die Angst und die Hilflosigkeit in seinen Augen.

Nach über einer Woche, als es ihm so viel besser ging, dass er sprechen konnte, fragte Jesse: »Wie geht es dem Neger?«

»Immer noch furchtbar krank. Das Fieber hat kein bisschen nachgelassen. Er ist noch nicht tot – mehr kann ich nicht sagen.«

»Kannst du ihn ins Haus bringen?« Es musste seine ganze Kraft zusammennehmen für diese wenigen Worte.

»Ich weiß nicht wie, wenn er nicht selbst gehen kann. Er ist entsetzlich krank, Jesse. Sogar schlimmer als du.«

»Hol Nathaniel, damit er dir hilft. Die Nächte in der Scheune sind zu kalt. Er muss hier im Haus sein.« Er legte den Kopf wieder auf das Kopfkissen und ruhte sich aus.

»Wohin sollen wir ihn denn bringen? Ich habe schon alle Hände voll zu tun, ihn ruhig zu halten.«

Jesse deutete mit einem schwachen Nicken auf die kleine Abstellkammer, die er in seinem Zimmer eingerichtet hatte.

»Bring ihn dort hinein.«

Ich sah auf die durchgehende Wand an der Südseite des Zimmers. »Wo hinein?«

Jesse machte ein Zeichen, und ich glitt mit der Hand die Wand entlang, bis ich unter der Verkleidung einen Riegel spürte. Ich schob ihn zur Seite, und zwei der breiten Paneele schwenkten auf, sodass sich eine Öffnung auftat, die so groß war, dass ein Mann hindurchkriechen konnte. Die Türangeln waren gut versteckt, kein Türknauf verriet irgendetwas. Das also war der Grund für Jesses ›Renovierung‹ gewesen.

Nachdem wir an diesem Abend – im Schutz der Dunkelheit – gegessen hatten, gingen Nathaniel und ich in die Scheune und sagten dem Mann, dass wir ihn ins Haus bringen würden.

»Danke«, murmelte er. »Hier ist es so kalt. Ist es dort sicher?« Es war das erste Mal, dass er vernünftige Worte hervorbrachte.

Nate nickte mir zu. Dann setzen wir ihn auf und halfen ihm auf die Beine. Er war ein kräftiger junger Mann Ende Zwanzig oder Anfang Dreißig. Er stützte sich schwer auf Nathaniel und wäre zweimal fast zusammengebrochen, hätte ich es nicht gerade noch geschafft, mir seinen Arm um die Schulter zu legen. Gemeinsam gelang es uns, ihn ins Haus zu bringen, wobei wir ihn halb trugen und halb über den Hof zogen. Er war wirklich noch schwerer krank als Jesse.

Beinahe hätten wir es nicht geschafft, ihn die enge, gewundene Treppe hoch und durch Nathaniels Zimmer in das von Jesse zu bringen. Ich hatte auf dem Boden unter den Dachschrägen eine Lagerstatt hergerichtet. Als wir den Mann dort hinlegten, erfüllte sein schweres Atmen den Raum. Solange niemand in der Nähe war, ließen wir den Durchgang geöffnet, um Licht und Wärme hineinzulassen. Ich tat mein Möglichstes, seine Beschwerden zu lindern. Doch sein Zustand änderte sich nicht. Er schwebte zwischen Leben und Tod. Ich befürchtete, dass die Verlegung sein Ende bedeuten könnte.

Jesse blieb noch etliche Tage im Bett, und ich wehrte Besucher mit Warnungen vor dem Fieber ab. Wir wussten nicht, wie die

Krankheit hieß, aber wir wussten, dass sie ernst war. Auch ich fühlte mich etwas heiß und benommen. Aber wahrscheinlich lag das nur an meiner Müdigkeit.

Eines eiskalten Morgens, als ich zum Brunnenhäuschen ging, wurde ich kurz von Pru Hartley abgelenkt, die tief gebeugt unter einer Ladung Feuerholz die Straße entlang schlurfte.

»Morgen, Pru«, sagte ich mit wenig Begeisterung und hoffte, sie würde nicht anhalten, um mit mir zu sprechen. Doch genau das tat sie. Sie ließ ihre Last zu Boden fallen und sah mich von der Seite an, wie es ihre Art war, sodass ich mir wünschte, ich wäre unbemerkt ins Brunnenhäuschen geschlüpft.

»Morgen, Ann. Wie geht's Jesse? Hab gehört, er ist sehr krank.«

»Wird schon besser, könnte aber ansteckend sein. Du bleibst besser weg.«

»Aha.« Sie stand neben dem Bündel Holz und stützte mit einer Hand auf eine sehr spezielle Art ihren Rücken. Selbst unter ihrem schweren Mantel war zu erkennen, dass sie schwanger war.

»Pru, bekommst du wieder ein Kind?«

»Sieht so aus, oder?«

»Wär' es nicht besser, jemand anders würde das Holz für dich schleppen?«

»Wen würd'ste denn vorschlagen? Einen von meinen Brüdern? Meinen Pa? Die bestimmt nich'.« Sie beugte sich hinunter, um das Holz wieder zusammenzuschieben. »Das Haus ist kalt. Pa ist betrunken. Meine Brüder sind weg – schlafen, wo sie können. Keiner kümmert sich um was, nur ich.«

Mir kam der Gedanke, sie sanft darüber zu belehren, welche Früchte ihre Entscheidungen trugen. Aber ich entschied mich dann doch dagegen. Sie hätte mir ohnehin nicht zugehört.

»Geh jetzt nach Hause! Ich schicke Nathaniel heute Nachmittag mit einer Ladung Holz zu dir.«

Ihr Gesicht hellte sich auf. »Na, das ist aber wirklich nett von dir. Die Hilfe kann ich gut brauchen.« Dann fügte sie – ihrem Wesen getreu – hinzu: »Bin ja nich' so reich wie du.«

Mein gerade aufkeimendes Mitgefühl verflüchtigte sich und ich ging ins Brunnenhäuschen, während Pru ihr Holzbündel aufhob und sich auf den Heimweg machte.

Die Hartleys gehörten nun einmal zu unserer Welt. Rad war ein ›Taugenichts‹, wie Papa sagte, und zeugte zehn mehr von seiner Art. Seine Frau, so sagte jedenfalls Tante Alice Grainger, war früher einmal hübsch gewesen. Ihre zehn Kinder hatten sie zwar nicht umgebracht, aber doch ausgelaugt. Sie verlosch langsam und starb so geräuschlos, dass die Menschen es damals, vor fünf Jahren, kaum bemerkten. Rad machte weiter wie zuvor – er ließ sich volllaufen und nüchterte wieder aus, ließ sich volllaufen und nüchterte wieder aus.

Die drei ältesten Söhne hatten eigene Häuser, wenn man sie denn so bezeichnen konnte. Smith, der Älteste, lebte mit der Familie seiner Frau unten am Mühlteich. Weaver hielt sich mit seltsamen Arbeiten über Wasser und kümmerte sich um den Friedhof der Freunde. Er lebte mit seiner Frau und einem halben Dutzend Nachkömmlingen in einem Verschlag am Rande des Friedhofs. Sogar um die ›abgefallenen‹ Quäker kümmerten sich die Freunde. Miller Hartley kam dem, was man eine ehrenwerte Existenz nennen konnte, von allen Mitgliedern seiner Familie noch am nächsten. Er wohnte bei Franklin Adams zur Untermiete und arbeitete auf dessen Farm. Einige sagten, dass er plante, in die Familie einzuheiraten, sobald Franks älteste Tochter Eve alt genug war. Die beiden jüngsten Hartleys, Cooper und Sawyer, lebten noch zu Hause und arbeiteten sonstwo – sie nahmen jeden noch so seltsamen Job an, der ihnen über den Weg kam und der ihnen nicht allzu viel Einsatz abverlangte.

Pru war die Jüngste. Ihre vier älteren Schwestern waren bereits verheiratet und fortgegangen. Truth, Honesty, Faith und Charity lebten weit verstreut im ganzen County, produzierten in einer Besorgnis erregenden Geschwindigkeit Kinder und riefen damit in vielen Versammlungen Befürchtungen hervor, dass man von ›Hartleys‹ überrannt werde. Denn als solche waren die Kinder bekannt, welchen Nachnamen sie auch tragen mochten.

Mit einer Mischung aus Mitleid und Unbehagen sah ich Pru den Hügel hinuntergehen. Einige Menschen änderten sich nie; dennoch war es schwer zu begreifen, wie jemand so tief sinken konnte. Ich drehte mich um und nahm den Weg hinauf zum Haus.

»Was ist das für eine Krankheit? Wie hast du sie dir zugezogen?«, fragte ich Jesse, als es ihm wieder so gut ging, dass er etwas verstehen konnte.

»Im letzten Bahnhof lag die ganze Familie damit darnieder. Sie hatten gedacht, sie könnten den Neger übergeben, bevor er sich ansteckt. Er schien auch gesund zu sein, als wir fortfuhren. Doch kaum waren wir auf der Straße, begann er zu husten«, erklärte Jesse.

»Ich bin einen Tag zuvor am frühen Nachmittag dort angekommen, so dass ich wie ein Besucher aussah, aber in der Nachbarschaft wurden einige Sklavenfänger gesichtet. Deshalb bin ich noch einen Tag länger geblieben. Dabei hatte ich allerdings noch mehr Angst davor, krank zu werden, als vor den Sklavenfängern.« Er schüttelte den Kopf. »Auf dem Heimweg, so gegen zwei Uhr morgens, fühlte ich mich schon etwas krank, der Neger aber hatte bereits Schüttelfrost. Mir war klar, dass wir in Schwierigkeiten waren.«

Ich berührte Jesses Stirn. »Wenn es ihm nicht bald besser geht, wird es zu spät sein, ihn weiterzuschicken. Was sollen wir dann tun?«

»Was getan werden muss. Erstmal müssen wir dafür sorgen, dass er gesund wird. Und dann machen wir uns Gedanken darum, was als Nächstes kommt.«

Jesse erholte sich nur langsam, er blieb noch weitere zwei Wochen im Bett. Eines Morgens hörte ich ein Pferd kommen und als ich aus dem Fenster sah, saß Elias Finley gerade ab. Ich rannte zum Flur, um ihn abzufangen.

»Morgen, Elias.«

»Morgen, Ann. Wo ist Jesse? Ich hab ihn so lange nicht gesehen.«

»Geh zurück, Elias. Jesse hat Fieber. Ich möchte nicht, dass du dich ansteckst.«

»Das hört sich ernst an.»

»Das ist es auch. Husten. Schüttelfrost. Schmerzen. Sehr krank. Wir waren in den vergangenen zwei Wochen nicht zu den Andachten am Ersttag, und wir werden diese Woche vermutlich auch nicht kommen können. Wir möchten es nicht weiter verbreiten.«

Elias legte die Stirn in Falten. »Nein. Natürlich nicht.« Dann lächelte er mich an. »Sieht ganz so aus, als hättest du alle Hände voll zu tun.« Ich lächelte zurück. »Ja. Wir haben Betsy schnell fortgeschickt, als Jesse krank wurde. Nun muss ich alles alleine machen.«

»Du siehst müde aus.«

»Das bin ich auch.«

»Also, ich wollte dir und Jesse nur sagen, dass ich eine Zeit lang in Chambersburg bei einem Freund meines Onkels James sein werde. Er hat eine Farm mit edlen Pferden, auf der ich etwas über die Zucht lernen kann. Vielleicht mache ich auch ein paar Geschäftsreisen mit ihm. Ben und ich brauchen Zuchtstuten.«

»Oh, Elias, das hört sich wunderbar an! Wie lange wirst du fort sein?«

»Einige Monate vielleicht. Ich werde dir schreiben. Vor Weihnachten bin ich bestimmt zurück.« Er lächelte. »Ich werde dich vermissen, Ann.«

»Ich dich auch. Es ist eine lange Zeit.«

»Ich weiß, aber wenn ich das bekomme, was ich mir erhoffe, ist es das wert.«

Sein Lächeln enthielt ein Versprechen – oder wollte ich das nur sehen? »Pass gut auf dich auf, Elias! Du wirst in meinen Gedanken und in meinen Gebeten sein.«

»Ja, und du in meinen.« Er stand da, den Hut in der Hand, etwa zehn Schritte entfernt, und sah aus, als fühle er sich etwas unbehaglich, als gäbe es noch etwas, was er sagen wollte. »Dann gehe ich am besten mal.«

»Ja. Auf Wiedersehen, Elias. Gott behüte dich! Vergiss mich nicht.« Das sagte sich so leicht. Doch bei dem Gedanken an die langen Tage ohne ihn fühlte ich mich leer.

Er drehte sich zu mir um, seinen linken Fuß schon im Steigbügel. »Ich werde dich nie vergessen, Ann.«

Bei diesen Worten überlief es mich kalt. Ich liebte Elias Finley. Hatte ihn immer geliebt. Er war auf seine Art recht langsam. Doch ich wusste tief in meinem Inneren, dass er der Richtige für mich war. Die Zeit eilte dahin, aber vor mir lag das Versprechen eines gemeinsamen Lebens, eines Zuhauses mit Kindern und vielleicht auch eines gewissen Wohlstands. Ich sah, wie er sein Pferd bestieg, es wendete und vom Hof ritt, seine kräftigen Schultern zeichneten sich gegen den Himmel ab. Ein prickelndes Gefühl stieg in mir auf – von den Füßen bis hinauf ins Gesicht. Mir wurde ganz warm…

Als ich zurück im Haus und wieder bei der Hausarbeit war, nahm ich mir etwas Zeit und dachte an Elias. Es war traurig, dass er so lange fort sein würde, aber nach seiner Rückkehr würde – so hoffte ich – das geschehen, was ich mehr als alles andere ersehnte. Ich fühlte mich wie ein Schulmädchen, albern und aufgedreht. Es war kindisch, aber bisweilen überwältigten mich meine Träume.

»Ann!« Das war Jesse.

»Schon da!« Ich raffte meine Röcke zusammen und ging die steile, enge Treppe hoch.

»Was ist los?«

»Er ist wach. Er möchte Wasser haben.«

Schnell goss ich ein Glas Wasser aus dem Krug ein und bückte mich, um in das Versteck zu kriechen. Der Schwarze starrte mich an, als habe er mich nie zuvor gesehen.

»Wer bist du?«, fragte er.

»Ann Redfield«, antwortete ich. »Und wer bist du?«

»Josiah.«

»Du warst sehr, sehr krank, Josiah. Schön, dass du wieder sprechen kannst. Woher kommst du?»

»Virginia. Culpeper County.« Er zog sich hoch, stützte sich auf einen Ellenbogen und trank das Glas Wasser bis zum letzten Tropfen aus. »Bitte, mehr.«

Ich kämpfte mich auf Knien aus dem Versteck, um das Glas noch einmal zu füllen.

»Wo sind wir hier?«, fragte Josiah und schaute suchend unter den Dachschrägen umher.

»Bedford County, Pennsylvania.« Er schien erleichtert zu sein. »Ist das weit weg von Kanada?«

»Ja. Ziemlich weit. Aber jedenfalls bist du nicht mehr im Sklavengebiet.«

»Welcher Tag ist heute?«

»Freitag. 29. September 1854.«

»September? Ich kann mich gar nicht an September erinnern.«

»Du warst fast einen Monat lang krank. Wann bist du fortgegangen aus Culpeper County?«

»Spät im Juli. Samstagnacht. Bis Montagmorgen würde mich keiner vermissen.« Die Anstrengung, die ihm das Sprechen bereitete, forderte bereits ihren Tribut. Er legte sich wieder hin. Dann fragte er, ganz schwach: »Ihr seid Freunde?«

»Ja, Josiah. Wir sind Freunde.«

Er schloss die Augen und schlief fast augenblicklich wieder ein. In der folgenden Woche schlief er mehr als er wach war, und ich war froh darüber, dass er Nahrung zu sich nahm. Allmählich kehrten seine Kräfte so weit zurück, dass er selbständig stehen konnte.

Die Krankheit, an der er litt, war Diphterie. Das erfuhr ich, als ich sie Tante Alice Grainger bei einer Versammlung beschrieb. Beide Männer hatten großes Glück, überlebt zu haben. Da wir im Haus geblieben waren, hatten wir vermutlich verhindert, dass sich die Krankheit weiter ausbreitete. Amos hatte sich nicht angesteckt. Nathaniel kämpfte mit einer milden Form, und sollte ich die Krankheit überhaupt bekommen haben, so konnte ich sie kaum von meiner Erschöpfung unterscheiden.

Als Amos Mitte Oktober Betsy zurückbrachte, konnte ich meine Erleichterung kaum verbergen. »Ich habe mich so sehr danach gesehnt, jemanden um mich zu haben, mit dem ich sprechen kann«, sagte ich ihr, »Und der mir bei der Arbeit hilft.«

Betsy musste in das ›Geheimnis‹ eingeweiht werden, denn das ›Geheimnis‹ war immer noch da: Es strich tagsüber im Haus und in der Nacht unterm Dach in Jesses Zimmer umher.

Sie war vollkommen überrascht. »Soll das heißen, wir machen bei der Underground Railroad mit? Ich wusste, dass einige Freunde dabei sind, aber ich hatte ja keine Ahnung, dass meine eigene Familie… Ann! Wie lange weißt du schon davon?« Ungläubig blickte sie von Jesse zu mir.

»Mindestens seit ich neunzehn war, aber ich hatte Jesse schon lange zuvor im Verdacht«, antwortete ich und sah ihn von der Seite an.

Jesse nickte. »Ich habe zum ersten Mal Passagiere als Schaffner begleitet, als ich siebzehn war.« In seiner Antwort lag keinerlei Stolz. Er war kein Mensch, der prahlte.

»Das hätte ich mir nie träumen lassen!«, rief Betsy, deren Gesicht bei dem Gedanken an das, was hier in ihrem eigenen Zuhause vor sich ging, ganz blass wurde.

»Dann bist du aber ziemlich schwer von Kapee, Schwester«, sagte Jesse lachend. »Ann etwas vorzumachen, war weit schwieriger.«

»Wer ist noch dabei?«, wollte Betsy wissen. »Machen die McKitricks mit?«

»Es tut mir leid, Betsy, aber je weniger davon wissen, umso besser. Und je weniger du weißt, umso besser.« Er zog den Kopf ein und ging die Treppen hinauf ins Dachgeschoss. Weiter äußerte er sich nicht mehr dazu.

Vernünftig und zuverlässig wie sie war, nahm Betsy sich seine Antwort zu Herzen und ließ die Angelegenheit auf sich beruhen. Dann ergriff sie meine Hand und flüsterte mir ein neues Geheimnis zu.

»Will wird Papa fragen, ob er um meine Hand anhalten darf«, vertraute sie mir kichernd an.

»Wirklich? Oh, Betsy! Schon bald?«

»Am Ersttag. Nach der Andacht.« Ihr Gesicht, offen und leicht zu entschlüsseln wie immer, ließ keinen Zweifel daran, wie sehr sie sich freute.

»Das heißt, dass du bald heiraten wirst.« Ich nahm mir ein Garnknäuel und meine Stricknadeln. Ich konnte kaum fassen, dass meine jüngste Schwester über das Heiraten sprach.

»Ich hoffe, im Frühling.«

Ich freute mich für Betsy und entschloss mich, ihr meinerseits etwas anzuvertrauen. »Ich habe auch ein Geheimnis. Elias ist nach Chambersburg gegangen, um das Züchten zu lernen und einige Zuchttiere zu kaufen. Ich hoffe, dass er Papa auch um Erlaubnis bittet, um meine Hand anzuhalten, wenn er wieder zurück ist!«

»Oh, Ann! Wir könnten zur gleichen Zeit heiraten!«, rief Betsy lachend. »Was werden Papa und die Jungen nur machen? Wer wird sich um diese drei hilflosen Männer kümmern?«

»Da ist jemand, der eine Frau braucht«, sagte ich so laut, dass Jesse es hören konnte.

»Wer?«, schallte die Antwort vom oberen Zimmer.

»Du!«, riefen wir beide im Chor.

Kapitel 5

1854 – Winter

Der Winter kam früh in jenem Jahr. Starke Nordwestwinde wehten schon Ende Oktober die Blätter von den Bäumen. Anfang November setzte viel zu früh Kälte ein, die von grauem Himmel und täglichen Schneeflocken begleitet wurde. Jesse kam mit einer ganz und gar schwarzen Bärenspinnerraupe nach Hause, die langsam seinen Ärmel hoch kroch – das deutete auf einen langen, harten Winter hin.

Die Arbeit auf der Farm ging wie gewohnt weiter. Da jedoch vier Männer zu versorgen waren und Betsy die einzige Hilfe war, blieb einiges liegen. Flachs schlagen und spinnen konnten wir erst, wenn das Backen, Kochen und Wäschewaschen erledigt war. Das Saubermachen bekamen wir mehr schlecht als recht auf die Reihe. Betsy war mir keine große Hilfe. Doch ich machte ihr keine Vorwürfe, wenn das Herz die Hände führte und sie dazu brachte, mit feinen Stichen Kopfkissenbezüge und Wäsche für ihre Aussteuertruhe zu nähen, obwohl eigentlich andere Arbeiten zu tun waren. Ich versuchte, Zeit zu erübrigen, um ihr zu helfen. Allerdings boten die kurzen Tage mit wenig Licht kaum Gelegenheit zum Nähen.

Eines Morgens entschuldigte Betsy sich bei mir: »Es tut mir Leid, Ann. Ich wollte dir nicht die ganze Arbeit überlassen, aber mein Herz ist nicht mehr bei der Sache. Ich kann nur noch daran denken, Will ein gutes Zuhause herzurichten.« Sie saß auf dem Fußboden neben ihrer geöffneten Aussteuertruhe und fuhr mit der Hand über eine Garnitur Kissenbezüge aus Leinen, die sie genäht hatte.

Ich klopfte ihr auf die Schulter. »Schon in Ordnung, Schwester. Mir würde es genauso gehen.« Ich ließ sie allein, ging in mein Zimmer, machte mein Bett und lief die Treppe hinunter ins Wohnzimmer. Ein kurzer Rundblick, und schon standen neue Aufgaben auf meiner Liste: den Ofen reinigen, die Dochte zurückschneiden, die Lampenzylinder abwaschen, den Teppich fegen. Ich seufzte. Die Arbeit hörte nie auf.

Jesse saß in der Küche auf einem Stuhl, die Füße hochgelegt, alle Viere von sich gestreckt. »Annie, wenn du hier so herumlungerst und nichts zu tun hast, könntest du doch eigentlich mal meinen Sattel reparieren, oder?«

Ich lachte und war froh, dass er zu seiner alten Neckerei zurückgefunden hatte. »Sicher, Bruder. Ich setze das auf meine Liste – sobald ich einen neuen Schweinestall gebaut habe, erledige ich das. Hast du heute nichts anderes zu tun, als mich zu schikanieren?«

»Ich dachte mir, ich mache mal einige Besuche. Zu Ike Miller – ich möchte gerne wissen, was sie von Simon gehört haben. Vielleicht gehe ich auch noch mal kurz zu Mrs Downings und lobpreise ihre Kuchen und Pasteten«, sagte er augenzwinkernd.

»Du nun wieder, Jesse! Wenn ich es dir überließe, müsste ich nie wieder Kuchen oder Pasteten backen.«

Er ließ sich den Hut auf den Kopf fallen. »Ich tu', was ich kann!«

Ich schüttelte den Kopf, und mir wurde bewusst, wie Recht er mit dem hatte, was er sagte. Jesse war sehr beliebt in der Quäkersiedlung. Im Winter kam er viel herum. Kaum ein Tag verging, an dem er nicht sein Pferd sattelte oder vor den Schlitten spannte, um Besuche zu machen. Nach der Andacht am Ersttag standen viele um ihn herum. Diejenigen, die nicht mit ihm sprachen, sprachen mit mir oder Amos über ihn.

»Er ist so ein gutaussehender junger Mann! Der wird sich ganz bestimmt demnächst eine ins Bett holen!«, flüsterte mir eine alte Dame zu, als seien wir miteinander verschworen.

»Ein Mann mit Prinzipien, kein Rohr im Wind«, so schätzte John Barrister ihn ein.

Wenn Jesse sich bei der Andacht erhob, um zu sprechen, verstummte die Versammlung. Er trug seine Meinung so offen, eindringlich und verantwortungsbewusst vor, dass es die anderen inspirierte. Er konnte Ihnen allen miteinander Strafpredigten halten, und es gefiel ihnen auch noch. Denn seine Überzeugungen und seine Handlungen passten zueinander.

Nach der Andacht war er wieder einfach nur Jesse, lächelte und neckte die Mädchen, ließ einen Säugling auf seinen Knien hüpfen und teilte überall großzügig Komplimente aus. Mindestens ein Dutzend junger Mädchenherzen schlug schneller, wenn er den Raum betrat, und er sorgte dafür, dass jede der jungen Damen mit einem kleinen Gespräch versorgt wurde, das mit nach Hause genommen, ausgekostet und erinnert werden konnte. So war Jesse!

Ich, die stets ernsthafte Redfield, beneidete ihn um die Ungezwungenheit und Leichtigkeit, mit der er sich zwischen den Freunden bewegte. Seltsamerweise war es keine meiner Schwestern, der ich mich am nächsten fühlte, sondern dieser Bruder. Ich beneidete ihn um seinen Charme. Jedoch wusste ich sehr wohl, dass sich darunter eine Überzeugung verbarg, die hart wie der Kalkstein aus Pennsylvania war. Ich fragte mich, ob seine Sehnsucht, in den Westen zu gehen, die Oberhand gewinnen würde, oder ob seine Hingabe an das, was er als seine Pflicht ansah, ihn so lange davon abhalten würde, bis es zu spät wäre?

Er legte eine Hand auf meine Schulter und unterbrach meine Gedanken. »Wo sind die anderen alle?«

»Nate ist im Wohnzimmer und arbeitet wieder die Bücher durch.«

Jesse grinste. »Unser kleiner Bruder erstaunt mich immer wieder.«

Ich wusste genau, was er meinte. Nathaniel war von Natur aus akribisch. Er ging geradezu darin auf, über alles Buch zu führen und neue Möglichkeiten auszuprobieren, den Ertrag der Farm zu erhöhen.

»Wenn irgendeiner es schafft, diese steinige kleine Farm zum Florieren zu bringen, dann ist es Nathaniel.« Einzelgängerisch. Wortkarg. Planvoll. Genau wie Amos.

»Soll ich hingehen und ihm sein Tintenfass stibitzen?« Jesse versuchte immer, Nate etwas in Schwung zu bringen. »Wo ist Pa?«

»Draußen. Er reißt den alten Maisspeicher ab. Sawyer Hartley hilft ihm.«

»Sawyer kann bisweilen der Arbeit einfach nicht widerstehen. Ich frage mich, woher er das hat«, sagte Jesse grinsend.

Er schnitt sich ein großzügiges Stück vom Kuchen ab, setzte sich, ohne seinen Hut abzunehmen, und beobachtete mich bei der Arbeit. Da er offensichtlich nicht in Eile war, hielt ich beim Fegen inne und brachte zur Sprache, was mir durch den Kopf ging. »Was ist mit Josiah los?«

»Was soll mit ihm sein?«

»Er ist in etwa so glücklich wie ein eingesperrter Hahn. Mir wäre es lieb, wie könnten ihn weiterleiten. Irgendjemand wird es bestimmt bald herausfinden. Es wird viel geredet, weißt du.« Ich sah Jesse an. »Und dann die Hartleys, die hier immer herumschnüffeln. Wenn sie davon Wind bekommen, wird das ein böses Ende nehmen.«

»Ich habe den Eindruck, er ist wieder weitgehend hergestellt, aber wir können nicht riskieren, ihn weiterzuschicken – bei diesem Wetter und mit der Gefahr, gefangen zu werden«, antwortete er zwischen zwei Bissen Kuchen. »Die Straßen sind voller Sklavenfänger, die ihren Erstgeborenen für einige Dollar verkaufen würden. Wir brechen das Gesetz, Ann, und es gibt viele, auch unter unseren Nachbarn, die nur allzu gerne die Chance bekämen, es durchzusetzen.«

Ich erschauderte bei der Erinnerung daran, wie Charlie Marsh und Rad Hartley den beiden armen Sklaven Hilfe versprochen hatten und sie dann für schäbige zwanzig Dollar dem Sklavenfänger ausgeliefert hatten. Die Tat hatte ihnen Verachtung eingebracht und keiner trauerte, als Charlie einige Jahre danach in einem Kampf um eine Frau erschossen wurde. Rad war immer noch da, meistens betrunken, und von der Gemeinde verachtet. Das hatte er nun gehabt von seinen zwanzig Dollar!

»Aber Jesse, wir können ihn nicht den ganzen Winter über hier behalten!«

»Wenn wir es müssen, können wir es. Ihn jetzt fortzuschicken, wäre Mord. Wir werden ihn so lange verstecken, wie es nötig ist.«

Josiahs Anwesenheit weiter geheimhalten zu müssen, beunruhigte mich. Wenn jemand kam, versteckte er sich unter den Dachschrägen. In der übrigen Zeit hatte er im Haus aber alle Freiheiten, solange er sich von den Fenstern fernhielt. Dennoch fühlte ich mich dabei unwohl.

»Was, wenn jemand ganz plötzlich kommt? Zu Fuß.«

»Er kann sich in der Nähe der Treppe aufhalten und sich dann ganz schnell davonmachen. Das macht zwar keinen Spaß, ist aber ziemlich sicher. Achte aber immer gut darauf, was du sagst. Pass auf, dass dir nichts herausrutscht.« Jesse konnte das alles mühelos wegstecken. Er machte sich um nichts Sorgen.

Die Quäkersiedlung war eine sehr eng miteinander verwobene Gemeinschaft. Vor allem im Winter. Fast täglich kam Besuch, der bei schlechtem Wetter nicht selten über Nacht blieb. In solchen Nächten war Josiah gezwungen, in seinem winzigen Versteck zu verbleiben. Wir behielten unsere Tagesabläufe bei, sodass nicht einmal unsere besten Freunde von den Aktivitäten der Underground Railroad erfuhren. Doch es quälte mich. Ich duckte mich im Haus, wenn ich jemanden kommen sah, und sehnte mich nach dem normalen Leben zurück, als ich mich noch völlig sorgenfrei mit Nachbarn treffen konnte.

Trotz dieser Anspannung erwies sich Josiahs Anwesenheit als sehr angenehm. Er nahm die Mahlzeiten mit uns ein und saß dabei stets am Ende des Tisches in der Nähe der Treppe, sodass er sich schnell in Sicherheit bringen konnte. Ich hatte sogar im Geiste

Die Frau war gemein zu mir, weil ich Massas Sohn bin, hat meine Mutter gesagt.« Er hielt kurz inne, um meine Reaktion abzuwarten. »Sie hat dafür gesorgt, dass Massa meine Mutter verkauft, aber mich wollte er nicht verkaufen. Er hat nicht gesagt, dass ich sein Sohn bin. Gar nichts hat er gesagt. Hat mich aber gut behandelt und mir die Arbeit mit den Pferden gegeben. Er hat gesagt, dass er noch nie einen besseren Pferdetrainer hatte.«

»Dein Besitzer war dein Vater?«

»Ja, Ma'am. Das passiert oft.« Er sprach bedächtig, während er meine ›M‹ konzentriert und ungelenk abschrieb. Er hatte ein ansprechendes, wenngleich nicht ausgesprochen gutaussehendes Gesicht. Dieser Gedanke kam mir erst in jenem Augenblick. Ein Gesicht wie gemeißelt. Ich fragte mich, ob die afrikanischen Völker Götter hatten, die denen der Griechen glichen.

Er sprach weiter und holte mich in die Realität zurück. »Manchmal hassen sie ihr Kind, aber mein Massa hatte keine anderen Jungs. Nur drei Mädchen.«

»Diese Mädchen waren deine Schwestern! Wussten sie das?«

»Nein, Miss Ann. Hat ihnen keiner gesagt. Ich bestimmt nicht. Ich hatte Angst, dass ich sonst verkauft werde.»

»Wann hat die Frau deines Besitzers dafür gesorgt, dass deine Mutter verkauft wird?«

Sein Gesichts verfinsterte sich. »Als ich sechs war. Ich habe einen Monat lang jede Nacht geweint. Die Köchin hat mich großgezogen. Sie war nett, aber eben nicht meine Mutter.«

»Warum bist du fortgelaufen, Josiah?«

»Massa ist gestorben. Vom Pferd gefallen, als er aus der Stadt nach Hause kam. Die Leute haben gesagt, es war ein Schlaganfall. Keiner weiß so genau, was es war, glaube ich.« Ich hielt die Tafel hoch, um seine ›M‹ zu überprüfen. Ich nickte. »Danach war die Hölle los. Massas Frau hasst mich. Sie wollte mich los sein. Ich musste weg. Sonst hätte man mich verkauft… und wer weiß, was dann geworden wäre!«

»Also bist du geflohen. Woher wusstest du, wohin du gehen musst?« Ich beugte mich vor und nutzte die seltene Gelegenheit, einen unserer Reisenden näher kennenzulernen. Meist kamen und gingen sie wie Schatten.

»Die Schwarzen auf den Plantagen reden die ganze Zeit miteinander darüber, dass sie weg wollen. Sie sagen immer: Folge dem Nordstern! Sie singen sogar darüber. Man muss den Flüssen und Bächen folgen. Beobachten. Warten. Freie Schwarze helfen einem, wenn sie können. Sie leiten einen auf der Underground Railroad weiter.« Jetzt, da er über seine Flucht sprach, war die Tafel vergessen.

»Du brauchtest lange, um von Virginia hierher zu kommen.«

»Ja, Miss Ann. Ich bin drei-, viermal fast gefangen worden. Ich musste mich einige Tage in der Bachniederung verstecken, bis sie die Hunde zurückgeholt haben. Es gibt nicht viele freie Schwarze in Virginia und die haben jetzt auch Angst. Sie könnten ja gekidnappt und zurückgebracht werden.«

»Ach, Josiah, das ist so traurig!« Bei der Vorstellung, dass es Menschen gab, die kaltblütig freie Schwarze kidnappten und sie zurück in die Sklaverei verkauften, gefror mir das Blut. »Trotzdem hast du schließlich Hilfe gefunden.«

»Ja. Ich bin Richtung Washington, weil ich da freie Schwarze kenne. Ich hab mich im Gebüsch an einem Bach versteckt. Da kam ein Schwarzer vorbei, der einen Wagen lenkte. Ich war so hungrig, dass ich ihn anhalten musste. Er hat mich unter einigen Säcken versteckt und mich zu seinem Bruder gebracht, Harry Rutherford.« Josiah machte eine Pause, um sich ein Glas Wasser aus dem Krug auf dem Tisch einzugießen.

»Dieser Mann hat mich auf die Underground Railroad gesetzt. Ich bin von Washington nach Leesburg und Winchester gekommen, dann Richtung Norden nach Cumberland und weiter hierher. Jede Nacht ein kleines Stück gereist. Eines Tages bekam ich Fieber und musste einige Tage liegen. Die letzten Leute waren sehr nett, aber krank. Ich hatte es gleich gemerkt, als ich sie sah. Wärst du nicht gewesen, wäre ich gestorben.«

Seine tiefe Dankbarkeit war mir unangenehm. Daher wandte ich meinen Blick ab. »Wenn erst Frühling ist, wirst du wieder auf dem Weg sein. Nach Kanada, in dein eigenes Leben.«

»Ja. Ich habe eine Frau unten in Culpeper County. Sie heißt Lettie. Sie ist das Dienstmädchen der Hausherrin, wird also nicht verkauft. Ich hole sie dort raus, sobald ich ein Haus für uns in Kanada habe.«

»Eine Frau? Oh, Josiah! Auch Kinder?«

»Noch nicht. Wir wollten nicht noch mehr Sklaven in die Welt setzen. Aber Lettie hatte große Angst. Sie hat wie ein Kind geweint, als ich fortlief. Geweint und geweint, als ob sie sterben muss.«

Ich berührte seine Hand. »Das kann ich gut verstehen, Josiah.« Ich blickte auf, als er sich gerade eine Träne abwischte.

Ich hatte noch niemals zuvor einen Mann weinen sehen. Amos hatte nicht geweint, als Mama starb. Jedenfalls nicht so, dass ich es hätte sehen können. Sollte Jesse je weinen, so tat er es nicht in meiner Gegenwart. Ich spürte, dass es mir an Vertrautheit mit Männern mangelte. Seine Offenheit berührte mich und so gab ich dem Impuls nach und legte meine Hand auf seine. Der Kontrast unserer Hautfarben war nicht zu übersehen. Ich wollte meine Hand fortziehen, aber er hielt sie fest. Seine Schultern bebten, als er sich seinem Schluchzen hingab. Ich hob die andere Hand und berührte seine Schulter.

»Ach, Josiah. Ihr werdet wieder zusammen sein. Ihr werdet euch ein gemeinsames Leben aufbauen. In Freiheit. Mit einem Haus und Kindern. Vertrau auf Gott! Gott hat dich so weit geführt. Er wird dich nicht verlassen.«

An jenem Abend kam Jesse mit einer Fleischpastete und einem Bündel Post in der Hand nach Hause. Zwei der Briefe waren von Elias. Er schrieb regelmäßig, mindestens einmal wöchentlich. Diese waren aus der letzten und der ihr vorhergehenden Woche. Sie waren kurz. Ihm ging es gut und er lernte viel. Er hatte zwei ähnlich aussehende Zuchtstuten gekauft. Er wollte unbedingt bald nach Hause kommen. Er hatte mir etwas zu erzählen. Wir würden uns in etwa drei Wochen sehen.

Mitte Dezember. Kurz vor Weihnachten. Ich geriet in einen Vorbereitungsrausch für seine Heimkehr: Kochen, Saubermachen, Backen. Sollte ich mir vielleicht neuen Stoff besorgen und mir ein neues Kleid nähen, für ihn? Was sollte ich ihm zu Weihnachten schenken? Wir hatten zuvor niemals Geschenke ausgetauscht, aber dieses Jahr würden wir es tun – nachdem er mir seine ›Neuigkeiten‹ mitgeteilt haben würde. Da war ich mir ganz sicher. Ich wollte dieses Weihnachtsfest zu einem ganz besonderen machen.

Will McKitrick besuchte uns häufig und blieb lange, was zur Folge hatte, dass Betsy mir keine große Hilfe mehr war. Ich ging meiner Arbeit nach, ob sie da war oder nicht. Sie und Will turtelten im neuen Wohnzimmer, während ich in der Küche arbeitete und Weihnachtsleckereien zubereitete oder beim Schein der Lampe nähte.

Ich nähte Leinenhemden als Weihnachtsgeschenke für Papa, Jesse und Nathaniel und eine Garnitur Leinentischtücher für Betsy. Dennoch dachte ich intensiver über mein Geschenk für Elias nach als über alle anderen. Es sollte angemessen sein. Nicht zu vertraulich. Schließlich entschied ich mich für ein paar feingestrickter Wollsocken, die er zur Andacht und vielleicht, je nach Jahreszeit, an unserem Hochzeitstag tragen könnte.

Während ich die Maschen für dieses Geschenk aufnahm, hoffte ich, dass ich das nächste Weihnachtsfest in meinem eigenen Haus feiern würde – mit einem Ehemann, den ich versorgen könnte. Und vielleicht würde ich dann sogar schon klitzekleine Schühchen stricken.

Kapitel 6

1854 – Weihnachtszeit

Wie alle anderen, so nutzte auch ich jede freie Minute, um meine Weihnachtsgeschenke fertigzustellen. Amos und Jesse verbrachten so viel Zeit in der Scheune, dass ich lieber nicht unangekündigt dort erschien. Betsy nähte ein Hochzeitshemd für Will und hatte somit noch eine Entschuldigung mehr dafür, dass sie so viel Zeit miteinander verbrachten – »für die Anproben« – als ob sie noch eine Entschuldigung benötigten! Betsy strickte, nähte und steppte ohne Unterlass, wenn wir beide nicht gerade kochten, wuschen oder sauber machten.

Die Arbeit ließ die Zeit schneller vergehen und mit jedem Tag, der Elias Heimkehr näher rücken ließ, wurde ich aufgeregter. Ich konnte kaum noch an etwas anderes denken und fiel sogar während der Andacht in Tagträume.

Ich half Josiah bei seinen Lektionen ebenso zerfahren, wie ich meine Arbeiten erledigte. Er war ein begabter Schüler und machte schnell Fortschritte von Buchstaben zu Wörtern und Sätzen. Außer der Bibel gab es wenig Lektüre für ihn und so begann er mit der Genesis und war fest entschlossen, sich bis zur Offenbarung durchzuarbeiten. Es war eine gute Übung und zudem geistlich erhellend. Dennoch hätte ich lieber etwas Geografisches mit ihm gelesen, sodass er mehr über Kanada hätte lernen können, wohin er gehen wollte, und über Afrika, woher sein Volk stammte. Vielleicht könnte Nathaniel in Bedford ein Buch für ihn finden. Ein Weihnachtsgeschenk.

Mitte Dezember wartete ich so aufgeregt auf Elias' Rückkehr, dass ich mich auf fast nichts anderes mehr konzentrieren konnte. Weihnachten rückte schnell näher. Er schrieb nicht mehr, was ich als Zeichen dafür nahm, dass er auf dem Weg war oder bald da sein würde. Am Zwanzigsten, als ich es nicht mehr länger aushalten konnte, zog ich meinen Mantel und meine Stiefel an und machte mich auf den Weg durch den Schnee zu Ben. Rebecca begrüßte mich am Eingang. Ihr Gesicht war gerötet, sie war hochschwanger mit ihrem vierten Kind. Die zweijährige Alice hielt sich an ihrem Rockzipfel fest.

In der Küche war es warm, und der Geruch von Gewürzen und Korinthen und das Plappern der Kinder erfüllten den Raum. Ich sehnte mich danach, so etwas mein Eigen nennen zu können. So neugierig ich auch war, was Elias betraf, versuchte ich doch, nicht gleich mit der Tür ins Haus zu fallen. Schließlich war unsere Beziehung in keiner Weise beschlossen oder öffentlich. Es war nur eine Verbindung, von der alle erwarteten, dass sie früher oder später geschlossen werden würde. Daher bemühte ich mich, zu verbergen, wie dringlich die Sache für mich war.

»Oh, Ann! Wie schön, dich zu sehen!«, begrüßte Rebecca mich. »Ich brauche wirklich mal einen erwachsenen Menschen um mich. Seit Elias fort ist, arbeitet Ben nur noch, und wenn er nicht bei den Pferden ist, ist er in der Scheune und werkelt an den Weihnachtsgeschenken. Außer diesen Kleinen hier sehe ich von früh bis spät kaum eine Seele.«

»Das dachte ich mir schon«, antwortete ich. »Dafür habe ich jede Menge Erwachsene um mich. Bisweilen zu viele. Manchmal habe ich den Eindruck, als sei Will McKitrick ein Teil der Einrichtung.«

»Die beiden sind sehr verliebt, was?«, sagte Rebecca lachend. »Sag Betsy, sie soll vorsichtig sein, sonst geht es ihr noch wie mir: vier Kinder in sieben Jahren und kein Ende in Sicht!«

Ich band mir eine Schürze um, um sie beim Backen zu unterstützen. »Du bist wie dafür gemacht, Becky. Du gehst in der Mutterschaft geradezu auf.«

»Das stimmt. Doch das heißt nicht, dass ich nicht manchmal etwas Entspannung gebrauchen könnte.« Die kleine Alice lugte hinter den Röcken ihrer Mutter hervor und schaute mich an.

»Du wirst doch schon bald eine reiche Frau sein. Meinst du, es wird dieses Mal ein Junge?»

»Das hoffe ich. Um Bens willen. Drei Töchter nacheinander ist genug für jeden Mann. Er braucht einen Sohn.« Ich rollte den Plätzchenteig aus, während Rebecca ein Backblech aus dem Herd holte.

»Ich habe den Eindruck, er vermisst Elias sehr. Nur Frauen als Gesprächspartner und niemand da, mit dem er die viele Arbeit teilen kann.«

»Wohl wahr«, fuhr Rebecca fort. »Aber Elias sollte jetzt jeden Tag eintreffen. Ich hatte eigentlich erwartet, dass er schon früher kommt. Hast du etwas von ihm gehört?«

»Seit einigen Wochen nicht mehr.«

»Siehst du! Bestimmt ist er auf dem Wege. Er wird in Kürze hier sein. Wahrscheinlich überrascht er uns Heiligabend oder am Weihnachtstag.«

Die beiden älteren Mädchen, die vierjährige Ruth und die sechsjährige Jane, bestreuten die Plätzchen mit Zucker und drückten Nüsse in den Teig. Die kleine Alice schlief auf der Sitzbank am Kamin ein.

Das Gespräch besänftigte meine innere Unruhe. Rebecca müsste wissen, wenn Elias seine Pläne geändert hätte. Nachdem der Zweck meines Besuches erfüllt war, verging der Nachmittag nur langsam. Ich wäre lieber zurück nach Hause gegangen, wo eine Unmenge Arbeit auf mich wartete. Doch Rebecca war so gesprächsbedürftig und hätte es eigenartig gefunden, wenn ich zu schnell wieder gegangen wäre. Also blieb ich fast bis zum Einbruch der Dunkelheit, bis Ben aus der Scheune kam, den Schnee von seinen Stiefeln stampfend.

»Ann! Man hat dich ja den ganzen Winter noch nicht gesehen! Was hat dich so lange ferngehalten?«, fragte er.

»Sehr viel Arbeit. Papa, Jesse, Nathaniel, Betsy und ihr Galan.«

Ben lachte. »Ja, ich sehe Will McKitricks Pferd wirklich sehr oft in Papas Scheune.«

Die kleinen Mädchen stürzten übereinander und kämpften um die Aufmerksamkeit ihres Vaters.

»Ihnen wird es bald so gehen wie uns«, sagte er grinsend, »heimgesucht von einer solchen Bande.«

»Betsy würde sich darüber bestimmt freuen.«

»Und du auch, Ann. Derjenige, der dir dazu verhelfen könnte, ist wahrscheinlich in diesem Moment auf dem Heimweg von Chambersburg.«

Ich errötete und schlug die Augen nieder. »Vielleicht. Ich geh jetzt lieber. Sonst meint Betsy noch, ich hätte sie allein gelassen.«

Ich zog meine Stiefel und meinen Mantel für den langen Heimweg an, der durch tiefen Schnee und violette Schatten führte. Es war so kalt, dass der Schnee unter meinen Stiefeln knirschte. Als ich zum Bach hinunter blickte, sah ich Sawyer Hartley, der wie ich durch den Schnee stapfte, dabei allerdings eine frisch geschlagene Kiefer hinter sich her zog. Ich fragte mich, wie das Weihnachtsfest in seiner armseligen Hütte wohl aussehen werde. Der Mond ging bereits auf, als ich unsere hintere Veranda hinaufkam und mir den Schnee von den Stiefeln trat.

Als ich die Tür öffnete, fand ich die ganze Familie am Tisch sitzend vor. Ich zog meinen Mantel aus, hängte ihn an den Haken, band mir die Schürze um und half Betsy, das Abendessen aufzutragen.

»Was gibt es Neues bei Ben?«, wollte Jesse wissen.

»Er ist bei den Vorbereitungen für Weihnachten, genau wie wir«, antwortete ich. »Rebecca sieht gesund aus, aber es wird wohl bald losgehen. Die beiden hätten dieses Mal bestimmt gerne einen Jungen.«

Papa räusperte sich. »Höchste Zeit.«

»Irgendwas von Elias gehört?«, fragte Jesse.

Ich schüttelte den Kopf.

»Das hätte Ann uns als allererstes erzählt«, sagte Betsy lachend.

Mein Bruder lächelte verschmitzt, während Papa schweigend aß. Er erwähnte Elias mir gegenüber niemals und zog es vermutlich vor, auf Tatsachen zu warten.

Weihnachten kam. Elias nicht. Immer noch kämpfte ich darum, mir meine Enttäuschung nicht anmerken zu lassen. Es gab Andachten und Abendessen und Besuche von Familienmitgliedern und Freunden. Mary und Noah Poole kamen mit dem Schlitten und ihren fünf Kindern aus Osterburg, Ben und Rebecca besuchten uns mit ihren Mädchen. Das neue Wohnzimmer barst geradezu vor Gesprächen und Lachen. Ich bewirtete unsere Gäste, während ich mich mit aller Kraft bemühte, nicht an Elias zu denken. Es war das erste Mal seit Jahren, dass fast die ganze Familie beieinander war. Nur Rachel fehlte. Sie lebte allem Anschein nach in Altoona, doch niemand hatte etwas von ihr gehört, seit sie Mrs Jacob Schilling geworden war.

Weihnachten war schwer für Josiah. Zwar brachte ich ihm randvoll gefüllte Teller mit Essen, aber er musste in seinem Gelass unterm Dach mit nur einer Kerze und seiner Tafel als Beschäftigung bleiben. Wir überreichten ihm sein neues Geografiebuch am Morgen und er versuchte den ganzen Tag über mannhaft, es zu lesen und zu verstehen. Doch ich wusste, dass er einsam war und an Lettie dachte.

Er konnte ihr nicht schreiben. Jeder Brief wäre von der Hausherrin abgefangen wurde. Ohnehin konnte Lettie nicht lesen. Als ich einmal hinauf ging, um nach ihm zu sehen, bat Josiah mich, Letties Namen auf die Tafel zu schreiben, und er verbrachte den Nachmittag in seiner Kammer unter den Dachschrägen damit, ihn fleißig wieder und wieder abzuschreiben, zusammen mit seinem eigenen Namen – Josiah.

Der Neujahrstag kam und ging. Es war kalt, der Schnee lag an der Seite der Scheune drei Fuß hoch. Die Leute benutzten ihre Schlitten, um voranzukommen, die Glocken an den Pferdegeschirren klingelten fröhlich in der Kälte. Immer noch kein Zeichen von

Elias. Ich vermutete, dass seine Eltern mit Sicherheit mittlerweile etwas von ihm gehört hatte. Rebecca sprach allerdings nicht davon; ich nahm das als Hinweis darauf, dass sie nichts wusste. Angesichts dessen achtete ich sehr darauf, meine Gefühle für mich zu behalten, aber meine Ängste und Sorgen beunruhigten mich zutiefst. War er krank? War ihm etwas zugestoßen? Wen konnte ich fragen? An wen konnte ich mich wenden?

Tief in meinem Inneren braute sich die nagende Angst zusammen, dass ich ihn auf irgendeine Weise verloren hatte. Dass er überhaupt nicht mehr nach Hause kommen würde. Dass sich in seinem Herzen etwas verändert hatte. ›In seinem Herzen‹?, fragte ich mich. Wer kannte Elias' Herz? Ich sicherlich nicht. Zwischen uns war eigentlich nichts als Spekulation gewesen. Kein Übereinkommen. Kein Versprechen. Und sicherlich kein Verlöbnis. Es war alles nur in meinem Kopf, vorangetrieben durch den Schwatz wohlmeinender Außenstehender. Sie hatten meine Hoffnungen genährt und ich hatte angenommen, dass sich aus den Waldspaziergängen, häufigen Besuchen und den Briefwechseln etwas ergeben würde.

Jetzt teilte sich mein Kummer auf in Angst um seine Sicherheit und die Befürchtung, dass ich eigentlich keinerlei Anspruch auf ihn hatte. Letzteres war schlimmer.

Dann, am Nachmittag des achten Januars, hörte ich Pferdeglöckchen, und mit einer mir unerklärlichen Bangigkeit im Herzen wusste ich, dass Elias nach Hause gekommen war. Papa und Nathaniel waren geschäftlich in Bedford, Betsy und Will McKitrick zum Schlittschuhlaufen auf dem Teich bei Dunning's Mill. Nur Jesse und ich waren daheim.

Zwei edle schwarze Pferde zogen den Schlitten in den Vorgarten. Und da saß Elias, vorne, warm eingewickelt zum Schutz gegen die Kälte. An seiner Seite saß eine junge Frau. Sie lächelte schüchtern unter ihrer neuen Wollhaube hervor und stieg mit Elias' Hilfe anmutig vom Schlitten. Zunächst dachte ich, sie müsse eine Cousine aus Chambersburg sein, die zu Besuch kam. Als ich jedoch die Blicke sah, die sie austauschten, während sie uns über den Hof entgegenkamen, wusste ich Bescheid.

»Jesse, Ann, ich möchte euch meine Frau vorstellen. Melissa Finley«, sagte Elias lächelnd.

Jesse fasste sich als erster und bemühte sich, ganz natürlich zu klingen. »Na, Mensch, Elias, du alter Fuchs«, sagte er mit einem besorgten Seitenblick auf mich. »Du hast aber auch gar nichts durchblicken lassen!« Er lächelte und nahm Melissas kleine, in zierlichen Handschuhen steckende Hände in seine. »Ich freue mich sehr, Sie kennenzulernen, Mrs Finley.«

Ihre Augen sprühten, wenngleich sie etwas zögerlich wirkte. »Ganz meinerseits, Mr Redfield«, erwiderte sie lächelnd. Sie war jung. Nicht älter als zwanzig. Und hübsch. Sie drehte sich mir zu. Unter größter Mühe erlangte auch ich meine Fassung soweit wieder, dass ich lächeln konnte.

»Aber wirklich! Melissa, nicht wahr? Wie schön, dich kennenzulernen.«

Melissa streckte sich und küsste mich auf die Wange. »Ann Redfield. Ich fühle mich geehrt, dich kennenzulernen. Elias hat mir so viel von dir erzählt. Er hat eine so hohe Meinung von dir. Ich hoffe sehr, dass ich deinem Beispiel auch nur annähernd folgen kann.«

Verwirrt trat ich einen Schritt zurück. Ich konnte Elias nicht ansehen, der unbekümmert den Arm seiner Frau nahm und sie zur Haustür führte.

»Wir können nicht lange bleiben«, ließ er uns wissen, als sie das Wohnzimmer betraten. »Wir machen die Runde und stellen uns überall vor. Vor Einbruch der Dunkelheit müssen wir noch mindesten dreimal Halt machen.«

»Ja, natürlich«, antwortete ich. »Es muss eine stürmische Zeit für euch sein. Aber für ein Stück Kuchen habt ihr doch sicherlich Zeit. Ich habe heute Morgen gebacken.«

Bei der Aussicht auf gedeckten Obstkuchen strahlte Elias. »Jetzt wirst du selbst erfahren, Liebes«, sagte er zu Melissa, »was ich meinte, als ich von der ›besten Köchin der Gemeinde‹ sprach.« Er sah mich an. Unsere Blicke trafen sich zum ersten Mal – meiner voller Fragen, seiner nicht zu deuten. Er wandte sich an seine hübsche, frisch angetraute Frau, bedacht darauf, ihr jeden Wunsch von den Augen abzulesen.

Aber was, fragte ich mich, könnten seine Augen denn auch zu erkennen geben? ›Es tut mir Leid, Ann. Ich bin fortgegangen und habe mich verliebt... Ich wollte dir nicht wehtun, aber ich konnte nichts dagegen tun‹? Was hätte er schon sagen können? Was hätte überhaupt jemand sagen können? Es war nun einmal, wie es war.

Ich überließ es Jesse, unsere Gäste zu unterhalten, und entschuldigte mich, um in der Küche Tee aufzubrühen. Auf der Suche nach einer Zuflucht trat ich blindlings durch die niedrige Tür zum alten Haus und stieß dabei fast mit Josiah zusammen, der verloren in der Küche saß.

»Josiah!«, flüsterte ich. »Geh lieber nach oben.«

»Ich habe darauf gewartet, dass du kommst, Ann. Damit sich niemand etwas dabei denkt, wenn ich Geräusche mache.«

»Gut, aber jetzt geh lieber, bevor noch jemand auf den Gedanken kommt, hierher zu wollen.«

»Ja. Ist das Elias Finley, um den du dir solche Sorgen gemacht hast?« Er ging zur Tür, die zur Treppe führte.

Jetzt bedauerte ich, nicht verschwiegener gewesen zu sein, und flüsterte: »Ja.«

»Wer ist die Frau?«

»Seine Ehefrau.«

Josiah sah mich verdutzt an, die Hand an der Türklinke. »Seine Ehefrau?«, flüsterte er. »Hast du gesagt ›seine Ehefrau‹?«

Ich drehte mich um, pumpte den Kessel voll Wasser und setzte ihn aufs Feuer. Ich nahm vier Teller und stellte sie lautstark auf den Tisch, um das Geräusch zu übertönen, das Josiah machte, als er die Treppe hochging. Ich schnitt den gedeckten Obstkuchen, den ich an jenem Morgen mit den Kirschen gebacken hatte, die ich im vorausgegangenen Sommer eingemacht hatte. Meine Hände zitterten. Ich machte eine Pause und hielt mir den Magen. Ich öffnete den Schrank und nahm die Teedose heraus, holte Mamas beste Teekanne vom Regal und goss kochendes Wasser hinein. Tassen. Untertassen. Sahne. Tränen. Ich wischte sie ab, kämpfte darum, die

Kontrolle über mich zu behalten. Ich stellte das Teegeschirr auf das Zinntablett, das ich zu Weihnachten von Nathaniel bekommen hatte, trug es ins Wohnzimmer und stellte es auf den Tisch.

Wir aßen schweigend, während Melissa unbeschwert darüber plauderte, wie schön Bedford County sei. »Weiter im Westen war ich noch nie. Ich bin schon weiter im Osten gewesen, in Gettysburg, York, Lancaster, Chester und sogar in Philadelphia, aber noch niemals im Westen.«

Zwischen den Schlückchen Tee blickte sie sich im Wohnzimmer um. Wenn ihr Blick auf Elias fiel, sah ich, wie verliebt sie einander anblickten. Der Besuch war kurz. Elias wollte nicht, dass die Pferde froren. Nach dem Austausch einiger weiterer Freundlichkeiten machten sie sich wieder auf den Weg.

Ich deckte den Tisch ab, spülte das Geschirr, trocknete mir die Hände an der Schürze ab und ging hinaus in den späten Nachmittag. Da ich nicht wusste, wohin ich sonst gehen sollte, stolperte ich den verschneiten Weg entlang zur Scheune. In dem kalten, dunklen Gebäude stieg ich die Treppe hinauf zum Heuboden und sank im Heu auf meine Knie.

Meinem tiefsten Inneren entrang sich ein Wimmern, das anwuchs, aufwallte und anschwoll bis es ein Schrei war – voller Qualen, Sehnsucht und Enttäuschung.

Drinnen im Haus hörte Jesse ihn. Und Josiah auch.

Kapitel 7

1855

Danach stimmte einfach nichts mehr. Ich kämpfte mit meiner Wut, meinem Hass, meiner Eifersucht – Gefühle, die mir bis dahin fremd gewesen waren. Ich kämpfte mit Engeln und ich war erschöpft. Erschöpft davon, vorzugeben, es mache mir nichts aus, wo ich doch eigentlich nur schreien, meine Kleider in Stücke reißen oder schlafen wollte.

Jesse beobachtete mich. Er war besorgt, denn er wusste besser als jeder andere, wie sehr ich mir erträumt hatte, Elias zu heiraten. Ich ertappte mich dabei, sogar ihm vorzumachen, es sei gar nicht eine so große Enttäuschung. Als der Ersttag kam, konnte ich die Vorstellung nicht ertragen, schweigend in der Andacht zu sitzen und zu wissen, dass viele der Anwesenden sich Gedanken um mich machten. Ich hätte es nicht ertragen, wenn Elias Finley sich erheben würde, um die Frau vorzustellen, die er kürzlich geheiratet hatte. Hätte es nicht ertragen, nach der Andacht daneben zu stehen, wenn das glückliche Paar mit Glückwünschen überhäuft wurde.

An jenem Morgen stand ich früh auf und nahm mir fest vor, mein Leid zu bezwingen. Doch als es an der Zeit war, das Feuer mit Asche zu bedecken und meine Haube aufzusetzen, zögerte ich und suchte nach einer Entschuldigung dafür, zu Hause zu bleiben.

»Papa, ich fühle mich heute nicht gut. Ich glaube, ich kann nicht zur Andacht gehen.«

Amos sah mich an, verzog keine Miene, nickte und nahm sich seinen Hut. Betsy drückte mir die Hand, als sie Papa und Nathaniel durch die Tür folgte. Jesse blieb stehen und sah mir in die Augen.

»Irgendwann musst du wieder hingehen, weißt du?«

»Ja, das weiß ich, aber ich kann nicht. Noch nicht.«

»Je länger du fort bleibst, umso schwieriger wird es.«

»Ich passe schon auf, dass das nicht geschieht«, versprach ich, »aber bemitleide mich bitte nicht, Jesse. Das kann ich nicht ertragen. Ich komme schon wieder zurecht.«

»Das wirst du bestimmt. Im Moment bin ich jedenfalls fertig mit Elias. Man kann an der Sache nichts ändern. Aber wie er dich behandelt hat, das war nicht in Ordnung.« Er berührte meinen Arm.

»Elias hat das Recht zu heiraten, wen er möchte. Er war mir nicht versprochen.«

»Vielleicht nicht ausdrücklich, aber…«

»Beeil dich, Jesse! Sie warten auf dich.«

Er drehte sich um, setzte seinen Hut auf und folgte den anderen aus der Tür.

Der Schnee war an jenem kalten Januartag so hell, dass es in den Augen wehtat. Ich wusch das Frühstücksgeschirr ab und legte Fleisch zum Braten bereit. Ich ließ eine Schüssel Haferbrei für Josiah auf dem Tisch stehen. Er würde herunterkommen, wenn es sicher wäre. Ich schenkte mir eine Tasse Tee ein, stieg die Treppe hinauf in mein Schlafzimmer und ging mit meinem Tagebuch wieder ins Bett. Zum ersten Mal seit Elias' Heimkehr versuchte ich, den in mir brandenden und brodelnden Gefühlen Luft zu verschaffen.

Ich schrieb wie im Fieber – benutzte ungeschönte Worte wie ›Hass‹ und ›gemein‹ und ›Lügner‹ und ›Betrüger‹. Ich verwünschte ihn, ließ all den wütenden, bitteren und hasserfüllten Gefühlen freien Lauf, die in meinem Inneren durcheinanderwirbelten. Als ich es danach jedoch las, fühlte ich mich nicht besser. Ich schämte mich meiner Niedertracht und Verbitterung.

Ich hörte, dass Josiah über die Hintertreppe in die Küche ging. Kurz darauf kam er zurück und blieb an der niedrigen Tür stehen, die das alte Haus mit dem neuen verband. Er stand eine ganze Minute dort und lauschte. Ich lauschte auch. Dann hörte ich ihn in Jesses Zimmer gehen. Ich hoffte, dass er nicht zurück unters Dach kriechen würde. Es war so ein wunderschöner Tag. An einem solchen Tag sollte ein Mensch frei sein. Trotz all meiner Trauer und Wut machte ich mir Gedanken um ihn und schämte mich meiner Raserei gegen Elias, wo doch ein Mann wie Josiah so arm dran war. Ich schob das Tagebuch zur Seite, stieg aus dem Bett und ging zu der niedrigen Tür.

»Josiah«, rief ich leise.

»Ja.«

»Versteck dich nicht an einem so schönen Tag.«

»Nein. Ich schaue hinaus. Es ist wirklich schön«, stimmte er mir zu. »Wer ist die Frau da draußen?«

»Frau? Welche Frau?« Ich öffnete die Tür und ging hinunter in Nathaniels Zimmer. Hier war es wegen der aus der Küche aufsteigenden Hitze wärmer. Ich ging an Nathaniels Bett vorbei in Jesses Zimmer.

»Jetzt ist sie weg. Hinter der Scheune verschwunden. Sah aus, als ob sie nach Feuerholz oder so etwas sucht. Sie hatte ein Bündel auf dem Rücken.«

Pru Hartley. Wer sonst? »Wahrscheinlich suchte sie eher nach etwas zu essen als nach Feuerholz«, erwiderte ich. »Ich werde meine Hühner zählen müssen, wenn ich die Eier hole.« Ich sah lange aus dem Fenster, aber Pru tauchte nicht wieder auf. Vermutlich war sie direkt den Hügel hinuntergegangen. Ich wandte mich Josiah zu, der auf dem Fußboden saß und sich an die Wand lehnte. Er lächelte.

Ich setzte mich in Jesses Schaukelstuhl, sah ihn an, die Hände auf dem Schoß.

»Alles in Ordnung, Miss Ann?«

Ich setzte mich aufrecht hin und lächelte heiter. »Natürlich, Josiah. Warum fragst du?«

»Du bist nicht zur Andacht.«

»Ach ja, ich habe etwas Kopfschmerzen. Das geht schon vorüber.«

»Wegen Mr Finley?«, fragte er.

Ich runzelte die Stirn. »Mr Finley? Was ist mit Mr Finley?«

»Er hat eine Ehefrau mit nach Hause gebracht.«

»Ja. Ja, das hat er, aber was hat das mit mir zu tun?« Ich wollte ganz sicher sein, dass Josiah nicht dachte… nicht was dachte?

»Josiah, was geht in deinem Kopf vor?«, fragte ich und rieb mir die Tintenflecke von den Fingern.

»Ich dachte, du liebst ihn und hattest gedacht, dass du ihn heiraten wirst.«

»Nein, Josiah. So war es nicht. Wir waren nur Freunde. Mehr nicht.«

Josiah lächelte und schüttelte den Kopf. Seine Hände hingen schlaff von seinen Unterarmen, die er auf die Knie gestützt hatte. »Ich kann verstehen, dass du nicht mit mir sprechen willst.«

»Nicht mit dir sprechen? Warum sollte ich nicht mir dir sprechen wollen?«

»Weil ich ein Sklave bin. Oder war. Ich bin ja keiner mehr.«

»Du meinst, dass ich dich als einen Menschen ansehe, der mir nicht ebenbürtig ist? Denkst du das?«

Er nickte. »Ja, Ma'am.«

»Nein, Josiah. So etwas darfst du niemals denken. Du weißt doch, dass wir in den Augen Gottes alle gleichwertig sind.«

»›Gleichwertig in den Augen Gottes‹ heißt nicht ›gleichwertig in den Augen der Menschen‹.«

Ich studierte sein Gesicht, wollte ihn unbedingt beschwichtigen. »Du machst mich neugierig. Ich habe noch nie einen Neger kennengelernt. Noch nicht einmal mit einem gesprochen, schon gar nicht über meine Gefühle.« Ich spielte mit einem Faden meiner Schürzentasche. »Ich würde gerne wissen, wie du die Welt siehst. Was du so denkst.«

»Versuch nicht, aus mir schlau werden – so, als ob ich etwas ganz anderes wäre als du.« Er klang gekränkt. »Ich bin ein Mensch mit schwarzer Haut. Du kannst uns nicht alle zusammenpacken, in einen Karton auf ein Regal stellen und dann davon ausgehen, dass wir bleiben, wo wir abgestellt wurden. Wir sind Menschen, genau wir ihr.« Er sah mich mit seinen dunklen Augen an. »Und ich erkenne Verletzungen, wenn ich sie sehe. Du bist verletzt, Miss Ann. Du kannst mit mir sprechen oder nicht mit mir sprechen. Aber ich erkenne Verletzungen.«

Er sah, wie ich um Fassung rang. Ich war hergekommen, um mich abzulenken, nicht um mich meinem Schmerz hinzugeben. Eine Träne rann langsam meine Wange hinunter. Ich wischte sie fort, aber die nächste folgte.

»Ich wollte seine Frau werden«, flüsterte ich. »Ich dachte, er wollte es auch.« Jetzt flossen die Tränen ohne Unterlass. Ich suchte in meiner Schürzentasche nach einem Taschentuch.

Josiah streckte mir seinen Arm entgegen und nahm meine Hand. Ich erlaubte es ihm, während ich über meine Gefühle für Elias Finley sprach – eigentlich stammelte ich nur. »Er hat niemals gesagt… Ich dachte nur… Ich wusste, dass er mich mag. Was ist passiert? Was ist passiert?«

Er stand auf und zog mich zu sich auf den Fußboden, bis ich zwischen seinen Beinen kniete und ihm direkt ins Gesicht sah. Seine Hände lagen auf meinen Schultern. Er blickte mir fest in die Augen.

»Er hat sich verliebt«, sagte er. »Er wollte dir nicht wehtun. Es ist einfach passiert. Manchmal verlieben Menschen sich ganz plötzlich. Sie planen das nicht, aber sie tun es.«

»Er hat mich völlig vergessen«, sagte ich und dachte dabei an Melissa Finleys kecken kleinen Körper und ihr strahlendes Gesicht.

»Er hat dich nicht vergessen. Er will sie nur noch mehr als er dich will. Daran kann er nichts ändern.«

Jetzt lehnte ich mich an ihn und überließ mich meinen Tränen. Der Geruch seines Körpers, wie Herbstlaub, tröstete mich.

»Ich hasse ihn. Hasse seine Falschheit. Wie konnte er mir das antun, wo er doch wusste, dass ich auf ihn warte? Wie konnte er mich so leicht vergessen?«

»Ich weiß, dass du ihn jetzt hasst. Und sie vermutlich auch. Aber irgendwann ist alles wieder gut. Dann wirst du es verstehen. Die meisten Menschen tun Dinge, die andere verletzen, nicht weil sie es wollen, sondern weil sie einen Hunger in sich spüren, der nicht gestillt ist.« Seine Worte streichelten sanft mein Ohr, während ich mich an ihn lehnte.

»Ich weiß, dass du Recht hast, aber es tut so weh.«

»Tut es weh, weil dein Herz verletzt ist oder weil du dir Gedanken darüber machst, was die Leute denken?«

»Beides, glaube ich. Ich fühle mich so töricht, und das schmerzt noch mehr.«

»Das geht vorüber. Die meisten Menschen haben viel zu viel mit ihren eigenen Angelegenheiten zu tun und gar keine Zeit, sich allzu viele Gedanken um deine zu machen.«

Ich kniete mich wieder hin und schaute ihn an. »Du hast große Intuition.«

»Intuition? Was bedeutet das?«

»Es bedeutet, dass du Dinge verstehst, ohne dass sie dir gesagt wurden. Du kannst erkennen, was in einem Menschen vorgeht.«

»Oh. Überrascht dich das?«

»Ein bisschen. Ich versuche immer noch, dich zu enträtseln.«

»Mich zu enträtseln?«

»Du bist so intelligent – so würdevoll, und dabei ist deine Rasse doch nicht bekannt für…«

Sein Gesicht verfinsterte sich erneut. »Jedenfalls nicht bei den Weißen. Sklaven haben ihre Grundsätze, wie sie sich verhalten, wenn Weiße da sind. Wir zeigen nichts von uns. Das hat keinen Sinn. Dann werden sie nur misstrauisch. Beobachten dich, schlagen dich, verkaufen dich. Schwarze tragen ihre Würde innerlich. Sie bewahren sie füreinander auf.«

»Aber mir hast du deine Würde gezeigt.«

»Ich vertraue dir.«

Ich drehte mich um und machte es mir bequem, lehnte mich an seine Brust. Die eigenartige Vertrautheit stillte einen Hunger in mir, auch wenn mein Kopf darum kämpfte, sich zu sperren. »Erzähl mir mehr über dein Leben.«

»Da gibt es nicht viel zu erzählen. Das Leben eines Sklaven geht so dahin – ein Tag ist wie der nächste. Ich liebe Pferde und Massa hat gesehen, dass ich ein Händchen für sie habe. Deshalb hat er mir die Verantwortung für seine Pferde gegeben. Ich habe sie trainiert, gezähmt, gezüchtet und versorgt, wenn sie krank waren. Ich habe ihm mit der Zucht und dem Training der Pferde viel Geld eingebracht.« Vor lauter Stolz sprudelten seine Worte immer schneller hervor.

»Genau das macht mein Bruder Ben auch. Er und Elias sind Geschäftspartner.« Wieder Elias.

»Ich habe in der ersten Hütte der Reihe gewohnt, am nächsten zum großen Haus. Mit der Köchin, bis ich zwanzig war. Die Köchin gab mir einen Hieb mit dem Holzlöffel auf den Kopf, wenn ich nicht spurte. Massa war nicht nett zu mir, aber auch nicht gemein. Seine Frau war voller Hass, und ich verstehe, warum. Es war nicht meine Schuld und ich konnte ihr nicht helfen. Ich bin ihr aus dem Weg gegangen.« Ich konnte seinen Atem in meinem Nacken spüren.

»Die Mädchen waren ziemlich nett. Sie ritten gerne und ich habe mich um ihre Pferde gekümmert. Sie gestriegelt. Sie trainiert. Massa hat mir zugetraut, gute Pferde für sie auszusuchen.« Er stützte sein Kinn in die Hand.

»Massa hat mir eine Wohnung im Stall gegeben. Drei Zimmer. Schöner als die meisten Sklavenwohnungen. Einige waren neidisch. Sie wussten, dass ich sein Sohn bin, nicht der einzige. Ich wusste nichts davon. Er hat einem Sklaven nie irgendetwas erzählt.«

»Wie hieß er?«

»Frederick Colton.«

»So heißt du auch, weißt du?«

»So ist das wohl. Die Leute sagen, ein freier Mensch hat zwei Namen, also bin ich wohl Josiah Colton.«

»Wann hast du geheiratet?«

»Du meinst, wann wir über den Besen gesprungen sind? Vor zwei Jahren. Lettie ist wunderschön. Da kann man schon an die

Grenzen seiner Manneskraft kommen, so schön ist sie. Ich war so traurig, dass ich sie allein lassen musste – jede Nacht sehne ich mich nach ihr. Vielleicht werde ich sie nie wiedersehen.« Er hob seine Hand vom Knie und wischte sich eine Träne ab.

Da war sie wieder, die Vertrautheit, die ich nie zuvor mit einem Mann geteilt hatte. Die tiefen Gefühle – Verletzung, Seelenqual, Sehnsucht –, die man aus freien Stücken nur mit einem geliebten Menschen teilt.

Diese Erkenntnis machte mir Angst. Abrupt stand ich auf und ging zur Tür, ließ ihn auf dem Boden sitzen. »Ich muss mich um das Essen kümmern. Die Familie wird bald zurück sein.«

Ich rannte die Treppe hinunter in die Küche, zog meine Stiefel an und ging in den Rübenkeller, um Kartoffeln, Karotten und Zwiebeln zu holen. Die kalte Luft in meinem Gesicht weckte mich wie aus einem Traum und ich atmete so tief ein, dass meine Lungen schmerzten. Zurück in der Küche putzte ich das Gemüse für eine Fleischpastete, bereitete einen Teig zu und rollte ihn aus. Ich zerkleinerte das Fleisch, hob das Gemüse unter und fügte einige Gewürze hinzu, bedeckte das Ganze mit Teig und schob das Gericht in den Backofen.

Ich arbeitete mit außerordentlicher Anstrengung, um nicht an den Mann oben im Haus zu denken. Währenddessen kämpfte ich mit meinen alten Engeln – Wut, Eifersucht, Hass – und einigen neuen: Angst, Verlangen, Lust.

Kapitel 8

1855

Nach dem Mittagessen zogen sich die Männer ins Wohnzimmer zurück. Dort prasselte ein Kaminfeuer, das ebenso dieses Zimmer wärmte wie die darüber. Betsy und ich machten die Küche sauber und sprachen über das Wetter. Ein Unwetter zog auf, obgleich der Morgen so strahlend gewesen war. Während wir das Geschirr abtrockneten, fragte ich Betsy über das aus, was mich am meisten beschäftigte.

»Was war bei der Andacht los?«

»Nichts Besonderes.« Betsy war nicht gerade gesprächig.

»Und Elias?«

»Er war da; hat seine frisch angetraute Ehefrau vorgestellt. Die Leute haben gelächelt und genickt, und das war's.«

»Hat jemand nach mir gefragt?«, bohrte ich nach.

»Becky. Sie macht sich Sorgen um dich. Immerhin ist er ihr Bruder und Bens Geschäftspartner.«

»Sonst noch jemand?«

»Ach ja, Tante Alice Grainger sucht nach einem von Mutters Rezepten. Sie meint, dass du es haben könntest.«

Das Gespräch stellte mich nicht zufrieden. Ich konnte mir nicht vorstellen, dass alles so weiterging wie immer, als sei gar nichts geschehen. Den Menschen musste doch klar sein, dass mir der Himmel auf den Kopf gefallen war. Andererseits… vielleicht war es besser, wenn es ihnen nicht klar war. Vielleicht würde ich es leichter verbergen können, als ich gedacht hatte.

Der Nachmittag verlief ruhig. Jesse und Nathaniel fuhren mit dem Schlitten zu Onkel Sammy Grainger. Will McKitrick und Betsy verließen das Haus kurz nach dem Essen, um Mary in Osterburg zu besuchen. Amos fing neben dem eisernen Ofen im Wohnzimmer an zu schnarchen, und ich wandte mich wieder meiner Handarbeit zu.

Ich dachte an Josiah, der oben ganz allein in Jesses Zimmer war, überwand meine Befangenheit wegen unserer Begegnung am Morgen und rief ihn.

»Josiah, komm runter in die Küche. Hier ist es warm.«

Er kam, lächelte, freute sich offensichtlich über die Wärme und die Gesellschaft, beobachtete mich jedoch sehr aufmerksam.

»Ich würde wirklich gerne mal raus«, sinnierte er, während er am Fenster zum Bach hin stand. »Ich habe noch nie so viel Schnee gesehen. In Virginia gibt es nicht viel Schnee, und es wird nie so kalt.«

»Am besten, du gewöhnst dich an die Kälte, Josiah. Davon wirst du noch viel mehr erleben, und auch vom Schnee – in Kanada.«

»Wie weit ist es bis Kanada?«

»Nicht sehr weit. Nur ein paar Hundert Meilen Luftlinie. Aber es wird einige Zeit dauern, dort hinzulangen, weil die Railroad nicht den direkten Weg nimmt und unterwegs immer noch viele Gefahren lauern.«

»Am liebsten würde ich jetzt schon gehen«, sagte er. »Ich kann es so fast nicht mehr aushalten.«

»Ich weiß, dass es schwer ist, die ganze Zeit drinnen zu sein und sich immer verstecken zu müssen.«

»Ja. Das Verstecken macht mich fast verrückt. Und ich mache mir Sorgen, wie ich zurechtkommen werde, wenn ich erst da bin.«

»Dort gibt es auch Freunde und andere freie Neger. Ganze Gemeinden sogar. Sie werden dich dabei unterstützen, dich dort einzuleben und Fuß zu fassen.«

»Was machen die Menschen da? Gibt es dort Farmen? Was wird in Kanada angebaut?«

»Kein Tabak und keine Baumwolle. Sie bauen Getreide an – Weizen, Hafer, etwas Mais. Sie halten Tiere, haben Gärten und Obstgärten.«

Josiah lächelte. »Meinst du, ich kann mir dort ein eigenes Pferd zulegen?«

»Sicher. Wahrscheinlich wirst du sogar mehr als nur eines haben. Du wirst dort Fuß fassen und ganz schnell vorankommen.«

»Und dann werde ich es irgendwie schaffen, Lettie zu holen.«

Dass er seine Frau erwähnte, irritierte mich. Aber warum? Warum sollte er nicht über seine Frau sprechen?

»Bestimmt. Die Free Blacks haben ein ausgedehntes Netzwerk, um anderen zu helfen, nach Kanada zu kommen.»

Josiahs Gesicht erhellte sich. Meistens war er sehr ernst, aber dieses Lächeln, wenn es denn einmal erschien, war einfach nur strahlend. Ich erwischte mich dabei, wieder an ihn als einen Mann zu denken, rief mich jedoch selbst zurück, weil ich meine Verletzlichkeit fürchtete.

»Möchtest du noch etwas Brotpudding?«

»Ja bitte. Du bist wirklich eine gute Köchin.«

Ich fühlte mich geschmeichelt. Jesse war der einzige Mann, der meine Küche lobte. Alle anderen nahmen sie als selbstverständlich hin.

»Du bist der Fels in dieser Familie«, fuhr er fort. »Alle sind auf dich angewiesen.«

Jetzt war ich beschämt. So über mich selbst zu denken, kam mir überheblich vor.

»Ich tu nur, was getan werden muss«, wandte ich ein und trug den Brotpudding auf.

»Wo wären sie alle ohne dich? Wenn Miss Betsy fort ist, bist du ganz allein mit der vielen Arbeit.«

»Sie arbeiten auch schwer, Josiah.«

»Mr Jesse und Mr Nathaniel brauchen selbst eine Frau.«

»Ja, natürlich. Zu gegebener Zeit. Dann werde ich mich ganz allein um Papa kümmern müssen. Und was ist dann?«

Plötzlich hörte man ein Stampfen auf der hinteren Veranda. Jemand war zu Fuß gekommen! Josiah schlich wie eine Katze zur Treppe. Er war schon in Jesses Zimmer, als Ben durch die Tür trat.

»Guten Tag, Schwester«, sagte er und strich sich den Schnee von den Ärmeln. »Ich habe dich bei der Andacht vermisst.«

»Hallo, Ben. Ja, mir ging es nicht so gut.«

»Das hat doch nicht etwa was mit meinem Geschäftspartner zu tun, oder?«

Ich blickte zu Boden. »Nein. Nein, überhaupt nicht.«

Warum konnte ich es nicht einfach zugeben? Nicht einfach sagen: Ja, es hat wirklich mit ihm tun. Warum diese Heuchelei, wo wir beide doch wussten, dass Ben Recht hatte, mit dem, was er sagte? Er war kein Feind. Er war mein Bruder. Warum konnte ich nicht ehrlich mit ihm sein? Da war also noch ein Engel, mit dem ich kämpfen musste: Stolz.

»Also, Becky und ich finden, dass es unredlich war. Er hätte dir zumindest schreiben sollen. Er musste gewusst haben, dass du auf ihn gewartet hast. Das wussten wir alle.«

Seine Worte brachten mich wieder den Tränen nahe. Ich wandte mich ab und fragte: »Wir wär's mit einer Schüssel Brotpudding, Ben?«

»Nein, vielen Dank. Ich bin hergekommen, um mit Pa zu sprechen. Wo ist er?«

»Hier.« Amos stand auf Strumpfsocken in der Wohnzimmertür, sein graues Haar war ganz zerzaust.

»Eines meiner Pferde hat sich hingelegt. Ich kann es nicht wieder hoch bekommen. Könntest du mitkommen und es dir mal ansehen?«

Amos nickte und setzte sich, um sich die Stiefel anzuziehen. Ben sah zu und sprach weiter über sein Pferd.

»Wo ist Elias? Kann er dir nicht zur Hand gehen?«, fragte Amos.

Ben sah an mir vorbei und errötete. »Genießt wohl seine Flitterwochen.«

Amos nickte. Er erhob sich, zog seinen Mantel über und trat mit Ben zusammen in den Januarnachmittag hinaus.

Ich stützte mich auf den hinter mir stehenden Tisch, meine Gedanken rasten. Ich stellte mir vor, wie Elias und Melissa einander in den Armen lagen. Das Bild der Jungvermählten, die sich in Elias kleinem Haus wohlig und glücklich liebten, ließ Übelkeit in mir aufsteigen. Ich stand allein in der Küche und kämpfte gegen den Brechreiz. Dann erinnerte ich mich an die Wollsocken, die ich als Weihnachtsgeschenk für Elias gestrickt hatte. Sie lagen oben in meiner Truhe, immer noch in das bunte Papier vom Kaufmann in Bedford eingewickelt. Ich legte meinen Löffel hin und ging die Treppen hoch.

»Josiah!«, rief ich.

Seine Antwort klang gedämpft und verriet, dass er sich in seinem Versteck aufhielt. Schnell griff ich in die Truhe, holte die Strümpfe hervor und ging durch das Zimmer zurück, während ich das Geschenkpapier zerriss. Ich schlüpfte durch die niedrige Tür, ging die Stufen hinab, betrat resolut Jesses Zimmer und blieb vor der Wand unter den Dachschrägen stehen.

»Josiah, es ist alles in Ordnung. Ben war hier, um Papa zu bitten, ihn bei einem Pferd zu helfen. Ich habe ein Geschenk für dich.«

Er öffnete das Paneel und blickte heraus. Ich kniete neben dem Versteck und reichte ihm die Strümpfe.

»Bitte! Die kannst du in Kanada gut gebrauchen.«

Josiah betrachtete sie. Er wusste, für wen sie ursprünglich gedacht waren. Denn er hatte gesehen, wie ich sie im Dezember gestrickt hatte. Er schaute mir forschend ins Gesicht.

Dann streckte er seine Hände aus, ergriff meine und zog mich sanft in seine private Welt. Sie war winzig, doch überraschend warm, und die Kerzen verbreitete ein sanftes Licht. Ich begab mich bereitwillig, ohne zu zögern, in seine Arme. Er wiegte mich und raunte leise: »Oh, Annie. Annie. Er hätte dir nicht so wehtun dürfen.«

Zum zweiten Mal an diesem Tag weinte ich leise an seiner Brust. »Ich hasse ihn, Josiah. Ich hasse ihn über alle Maßen.«

»Es ist gut, den Hass herauszulassen, Miss Ann. Lass ihn raus! Lass ihn raus, jetzt! Schrei ihn heraus – so wie neulich in der Scheune.«

Er hatte es also gehört. Nun, dann war es eben so. Ich hatte nichts mehr zu verbergen. Ich presste meinen Schrei an seine starke Schulter. Seine kräftigen Arme machten mich wehrlos und ich weinte. Ich schluchzte lange und heftig, bis ich völlig erschöpft war und schwach in Josiahs Armen lag.

Er ergriff den Zipfel eines Quilts und wischte mir die Tränen ab. Ich lehnte mich bei ihm an, bis ich nicht mehr zitterte und in den Schlaf fiel. Ich erwachte, als er mich küsste… zunächst nur tastend, dann mit sanftem Verlangen. Als ich meine Augen öffnete, sah ich Tränen in seinen. Oh, Josiah.

Unsere Vereinigung war langsam und behutsam, voller Zärtlichkeit und Liebe. Ja, Liebe. Liebe, die der Trauer, dem Verlust und der Einsamkeit entsprungen war. Und doch eine Liebe, die so wahrhaftig war, wie ich es noch nie erlebt hatte. Ich gab mich bereitwillig hin. Als es vorüber war, lagen wir einander in den Armen und lauschten auf den Wind, der spielerisch gegen das Dach wehte.

»Josiah?« Ganz leise.

»Ann?«

»Was auch geschieht, wir wollen dies hier nie bereuen. Niemand wird je verstehen können, wie es war.»

»Keine Reue. Jetzt nicht und niemals«, versprach er.

In der Ferne waren Schlittenglöckchen zu hören. Sie kündigten Jesses und Nathaniels baldige Rückkehr an. Ich wusste, mir blieb noch etwas Zeit, bis sie die Pferde ausgespannt, gefüttert und für die Nacht fertiggemacht hätten.

Ich kniete vor Josiah, zog mich an und beobachtete, wie das Kerzenlicht auf seinem muskulösen dunklen Körper spielte. Das Wort ›hinreißend‹ kam mir in den Sinn. Das war kein Wort, das eine Quäkerfrau benutzt. Doch ich war glücklich, dass ich Gelegenheit hatte, zu erfahren, was es bedeutete.

Ich küsste ihn zögerlich, raffte meine Röcke zusammen und kroch aus dem Versteck. Als ich mich wieder hergerichtet hatte und aus dem Zimmer gehen wollte, streckte Josiah seine Hand aus und berührte meine.

Zurück in meinem Zimmer, bürstete ich mir die Haare und wischte mir mit einem kalten Tuch über das Gesicht. Trotz allem, was gerade vorgefallen war, sah ich in meinem winzigen Spiegel genau aus wie zuvor. Obwohl Papa Spiegel missbilligte, besaß ich einen; meine Cousine Eva Blackburn hatte ihn mir geschenkt. Was Papa nicht wusste, wusste er nicht. Ich studierte mein Gesicht, meine Augen, meinen Mund.

Seltsam, wie unverändert ich aussah. Dann versteckte ich den Spiegel wieder in einer Schublade. Ich zog meine Röcke zurecht und ging hinunter ins Wohnzimmer, gerade als Jesse und Nathaniel in die Küche kamen.

»Wo ist Pa?«, fragte Jesse.

»Drüben bei Ben. Eines seiner Pferde hat sich hingelegt.«

»Es wird schon dunkel. Ich gehe hinüber, um ihn zu holen.«

»Ich komme mit«, bot Nathaniel ihm an.

»Haltet euch an die Straße. Auf den Feldern liegt der Schnee zu tief. Wir essen in etwa einer Stunde. Trödelt also nicht herum.«

Im Nu waren sie wieder fort und ich war allein. Wieder erstaunte es mich, dass alles einfach so weiterging wie bisher.

Als das Abendessen aufgesetzt war, gab ich meinem Verlangen nach, noch einmal zu Josiah zu gehen. Ich schlich die Treppen hoch zu seinem Versteck. Er saß dort bei Kerzenlicht und machte seine Schreibübungen. Er lächelte, als ich das Paneel öffnete.

»Noch einen einzigen Kuss«, sagte ich zu ihm.

Eine halbe Stunde später war ich zurück in der Küche, als meine Brüder und mein Vater zurückkehrten und sich lautstark den Schnee von den Stiefeln stampften. Warum sie einen solchen Lärm machten, wurde schnell klar: Sie waren nicht allein. Der Constable von Bedford, Peter Ackroyd, sowie Smith und Weaver Hartley und zwei Fremde folgten ihnen.

»Ihr könnt überall nachsehen«, sagte Jesse laut. »Ihr werdet nichts finden.«

»Was ist los?«, fragte ich. »Was soll das alles?«

»Es geht um einen Sklaven, Ma'am«, sagte Constable Ackroyd. »Ich hab gehört, Sie verstecken hier einen entlaufenen Sklaven.«

Ich schlug die Hand vor den Mund. »Einen Sklaven? Einen Sklaven verstecken? Wer hat ihnen denn so etwas erzählt?« Als ob ich nicht gewusst hätte, dass die Hartleys etwas damit zu tun hatten.

»Darf ich Ihnen nicht sagen, Ma'am. Hier sind zwei Sklavenfänger aus Virginia. Sie sagen, auf seinen Kopf sind dreihundert Dollar ausgesetzt.«

Die Sklavenfänger sahen schäbig aus. Unsauber, unrasiert, zerlumpt und sie rochen unangenehm. Ich konnte mir eine höhnische Bemerkung nicht verkneifen. »Ja, es geht letztlich doch immer ums Geld und dieses Pack hier sieht aus, als brauchte es dringend welches. Sicher, um sich zu betrinken.«

Der Constable ging in der Küche umher und suchte nach Plätzen, an denen sich ein Mann verstecken könnte. Er stöberte hier und schubste dort, schaute hier hinter und da drunter. Dann nickte er Jesse zu.

»Sie sagen, du bist derjenige, der denen hilft. Mit dieser Underground Railroad. Ihr Quäker seid eine aufsässige Bande. Wir gucken uns mal das restliche Haus an.«

Jesse führte sie ins Wohnzimmer und entzündete in aller Ruhe eine Lampe. Sie trampelten durch das Haus – die drei Redfields ganz ruhig, während die anderen alles Mögliche anfassten und Dinge zur Seite schoben. Dann zogen sie die vordere Treppe hoch in mein Zimmer. Mein Herz raste wie wild. Josiah musste alles gehört haben und Jesse hatte ihm viel Zeit verschafft, sich in Sicherheit zu bringen. Dennoch herrschte immer noch Panik in meinem Inneren. Ich konnte hören, wie sie in Betsys Zimmer hinein und wieder herausgingen. Dann hinunter in Nathaniels Zimmer. Die Sklavenfänger wurden allmählich grantig.

»Ihr Niggerfreunde meint wohl, ihr könnt uns veralbern. Könnt ihr aber nicht. Wir kommen euch schon noch dahinter«, raunzte einer von ihnen.

Jetzt konnte ich sie über mir hören, acht Männer in Jesses kleinem Zimmer, während Josiah hinter der Wand kauerte. Sie standen endlose Minuten herum. Ich hörte, dass Möbel verrückt und gegen die Wand gestoßen wurden. Erneut ergriff mich die Angst. Ich pumpte Wasser in eine große Schüssel, um mich abzulenken. Der Schlegel der Pumpe übertönte mein laut pochendes Herz.

Dann kamen sie die Treppe hinuntergetrampelt, Jesse mit der Lampe voran, Amos und Nathaniel folgten unseren ›Gästen‹.

»Jetzt die Scheune«, knurrte der Constable. Es war eine kalte Nacht, und diese Arbeit war ihm verhasst. Ob er für oder gegen die Sklaverei war, spielte keine Rolle. Wegen des elenden *Fugitive Slave Law* war er verpflichtet, Flüchtlinge zu verfolgen und mit Sklavenfängern zusammenzuarbeiten.

»Selbstverständlich«, sagte Jesse äußerst verbindlich. »Ich muss nur meinen Mantel holen.«

Eine halbe Stunde später, nachdem mein Vater und meine Brüder wieder im Haus waren, öffnete ich die Küchengardinen einen Spalt und sah drei Schattengestalten über den Hof davonreiten. Zwei andere drehten sich um und gingen zu Fuß den Hügel hinab. Sie verschwanden in der Nacht. Doch mich verfolgte die Angst, dass sie zurückkehren und noch einmal genau nachschauen würden. Jesse stand im Schatten hinter mir.

»Sie werden wiederkommen«, sagte er. »Vielleicht heute Nacht. Wir müssen etwas tun.« Ich wartete auf seine Anweisungen.

»Warte nach dem Abendessen ein bisschen und bring Josiah dann über die Felder zu Ben. Achte dabei auf die Hartleys.«

»Was ist, wenn der Constable zurückkommt und ich nicht hier bin?«

»Wir werden ihm sagen, dass es bei Rebecca soweit ist, und man dich gerufen hat, um ihr beizustehen. Der Schnee wird immer tiefer. Du musst Bens und Pas Spuren über das Feld folgen.«

Zwei Stunden später traten Josiah und ich, in warme Mäntel gehüllt, hinaus in die Januarnacht. Es war kein Mond zu sehen. Dankbar für die Dunkelheit, hielten wir einander fest und stapften schweigend durch den tiefen Schnee. Ich achtete misstrauisch auf jedes Anzeichen der Hartleys oder ihrer Freunde, der Sklavenfänger. Bens Haus war nur spärlich erleuchtet. Als wir uns näherten, sah es aus, als sei niemand daheim. Ich klopfte vorsichtig und versuchte, die Tür zu öffnen. Das ging problemlos und wir traten ein.

Ben saß am Tisch und erhob sich, als er sah, was los war. »Was braucht ihr?«, fragte er.

»Unterkunft für die Nacht. Jesse wird morgen etwas unternehmen.«

Rebecca, hochschwanger, stand mit den drei kleinen Mädchen da, die bereits im Nachthemd waren und sich an ihrem Rockzipfel festhielten. Die Kinder hatten noch nie einen Schwarzen gesehen. Doch Rebecca würde alle, außer die sechsjährige Jane, davon überzeugen, dass sie geträumt hatten. Und darauf, dass Jane nichts verraten würde, war Verlass.

Ben führte Josiah die Leiter hoch in das Dachgeschoss, wo die Kinder schliefen, während Rebecca und ich die kleinen Mädchen mit Fingerspielen ablenkten. Ben kam allein zurück und setzte sich schweigend wieder an den Tisch.

»Ich gehe dann mal wieder. Jesse wird morgen etwas unternehmen«, versicherte ich ihm noch einmal. Ben hatte nichts gegen das, was wir taten, aber es war deutlich, dass er sich um seine Familie sorgte.

Ich dankte ihnen für die Hilfe. Rebecca nickte, als ich mir den Schal fest um den Kopf schlang und wieder hinaus in den Schnee trat. Ich stapfte die halbe Meile heim und beobachtete, zitternd vor Kälte und Angst, die Schatten. Mein vorheriger Kummer verlor sich angesichts der neuen Turbulenzen. Jetzt ging es um Leben und Tod.

Kapitel 9

1855

Inmitten des Unwetters, das über Nacht hereingebrochen war, graute der Morgen. Schon vor Tagesanbruch hatte es heftig geschneit. »Bei diesem Schneesturm werden die Sklavenfänger wahrscheinlich nicht hinausgehen. Jungs aus Virginia sind solch ein Wetter nicht gewöhnt«, erklärte Jesse beim Frühstück. »Aber ich muss Josiah weiterleiten. Solange die Hartleys hier herumschnüffeln, ist er nicht sicher.«

Nervös und verstört – aus mehr Gründen, als Jesse bekannt waren – stimmte ich zu. Ich stürzte mich in die Arbeit, um mich von meinen Ängsten abzulenken. »Was sollen wir jetzt tun, Jesse?«

»Ich warte, bis es dunkel wird, und bringe ihn dann weiter.«

Ich wusste, dass es besser war, ihn nicht zu fragen, wohin oder auf welche Weise. Ich vertraute darauf, dass Jesse sich in diesen Dingen gut auskannte, aber meine Angst um Josiah wuchs ins Unermessliche. Draußen im feindlichen Gebiet und im härtesten Wintermonat hatte er kaum eine Chance, Kanada zu erreichen. Allein den Elementen ausgesetzt zu sein, könnte ihm zum Verhängnis werden – von Sklavenfängern, die ihm auf den Fersen war, gar nicht zu reden. »Es ist keine gute Zeit zum Reisen«, wagte ich mich vor.

»Ja und nein«, antwortete Jesse. »Zumindest werden unsere Feinde der Meinung sein. Ich hoffe, sie gehen davon aus, dass ich auf einen Wetterumschwung warte, und lassen von mir ab, solange das Wetter so schlecht ist. Das hieße, dass sie mich erst wieder aufs Korn nehmen, sobald es etwas wärmer wird.«

Auf der hinteren Veranda stampfte sich jemand Schnee von den Stiefeln. Wer konnte da draußen schon so früh auf den Beinen sein? Jesse erhob sich und öffnete Bens sechsjähriger Tochter Jane die Tür.

»Tante Ann«, sagte das Kind, »Papa hat mich geschickt, dich zu holen. Es ist soweit bei Mama.«

Jesse setzte das Mädchen auf seine Knie und plauderte mit ihm, während ich herumwieselte, um eine kleine Tasche mit Medikamenten zu packen, und meine Stiefel und meinen Mantel anzog. Wir traten hinaus in einen heftigen Schneesturm, bei dem wir kaum den Weg finden konnten. Wir gingen langsam, stemmten uns gegen den Wind.

»Tante Ann?«

»Ja, Liebes?«

»Wer war der schwarze Mann, den ihr gestern Abend zu uns nach Hause gebracht habt?« Sie sprach ganz nah an meinem Ohr, sodass ich sie trotz des Windes hören konnte.

»Er heißt Josiah. Er ist aus der Sklaverei geflüchtet.«

»Warum habe ihr ihn zu uns gebracht?«

»Weil es einige böse Männer gibt, die ihn zurückbringen wollen. Onkel Jesse versteckt ihn vor denen.« Ich hielt sie am Arm, während wir uns den Weg durch den tiefen Schnee bahnten.

»Oh. Wird er lange bei uns bleiben?«

»Nein. Onkel Jesse wird ihn bald woanders hinbringen.«

»Papa hat ihn in die Truhe gesteckt.«

»In die Truhe?«

»Ja. In Mamas Truhe. Er hat ihre Sachen herausgenommen und unter dem Bett versteckt. Dann hat er den schwarzen Mann in die Truhe gesteckt.«

Es tat mir in der Seele weh, mir den armen Josiah eingezwängt in einer Truhe vorzustellen. Rebecca brauchte mich, das war sicher. Zudem würde ich aber auch beruhigter sein, wenn ich mit Josiah unter einem Dach wäre.

»Kommen die bösen Männer zurück, um ihn zu holen?«, fragte das Kind mit ängstlicher Stimme.

»Wir hoffen nicht, aber wir müssen sehr aufpassen, falls doch. Was auch immer geschieht, du darfst niemandem irgendetwas über den schwarzen Mann erzählen.«

»Ich weiß. Das hat Papa mir schon gesagt.«

Wir waren mittlerweile fast bei Ben angelangt. Das Haus war durch den fallenden Schnee hindurch kaum zu sehen. Ich hörte ein Pferd wiehern. Hinten auf der Straße konnte ich schwach drei Gestalten ausmachen, die langsam in Richtung Redfield Farm ritten. Oh, Jesse, sei vorsichtig!

Ich schaute Jane an, den Finger auf den Lippen. Wir standen unbewegt im Schneetreiben, als die Männer etwa dreißig Schritt entfernt an uns vorbeiritten. Schweigend gingen wir weiter.

Im Hause der Finleys lag Rebecca zusammengekrümmt auf ihrer Seite des Bettes, das in einer Ecke des Hauptraumes stand. Ben und die anderen beiden kleinen Mädchen saßen am Tisch. Ich legte meine Tücher ab und wärmte mir die Hände am Feuer, bevor ich zu Rebecca ging. Sie ruhte sich gerade zwischen zwei Wehen aus. Für mein ungeübtes Auge sah es wie eine ganz normale Geburt aus. Dennoch hoffte ich, dass jemand das bestätigen würde, der sich besser auskannte als ich.

»Ich gehe mit den Mädchen hinüber zu Rebeccas Mutter und hole ihre Schwester Hannah. Sie ist eine gute Hebamme. Bei euch beiden wird sie in guten Händen sein«, erklärte Ben.

Ich nickte. »Die Mädchen können bei Oma Finley bleiben, bis es vorüber ist. Ich passe hier auf, bis Hannah da ist.«

»Hier sind einige warme Ziegelsteine, mit denen wir unsere Füße wärmen können. Ich schirre gleich mal das Gespann an, wenn du die Mädchen anziehst.« Schon war Ben aus der Tür.

Alle drei Kinder waren schnell warm eingepackt und warteten auf ihren Vater. Ich wickelte die heißen Ziegelsteine in Fußsäcke und gab sie Ben, als er ins Haus zurückkam.

Sie waren kaum fort, als eine weitere Wehe Rebecca überfiel. Ich hielt ihre Hand und wischte ihr die Stirn, sprach sanft mit ihr und hoffte, dass Hannah rechtzeitig da sein würde. Es könnte einige Stunden dauern, bis Ben wieder zurück sein würde. Auch mit einem Schlitten kam man an jenem Tag nur langsam voran. Ich betete darum, dass das Kind sich Zeit lassen würde.

Sobald Rebeccas Schmerzen nachließen, deckte ich das Frühstücksgeschirr ab, machte den Abwasch und räumte das Zimmer auf. Dabei dachte ich die ganze Zeit an Josiah im oberen Stockwerk.

»Hat Josiah schon Frühstück bekommen?«, fragte ich.

»Nein, ich glaube nicht«, antwortete Rebecca.

Ich schnitt eine Scheibe Maisbrot ab und goss etwas Melasse darauf. Dann raffte ich meine Röcke zusammen und stieg die Leiter hinauf ins Dachgeschoss. Alles sah aus wie immer. Die Truhe war an die hintere Wand geschoben, die Kinderbetten ungemacht. Schnell ging ich zur Truhe und begann zu sprechen.

»Josiah. Ich bin's. Ann. Ich habe dir Frühstück gebracht.«

Langsam hob sich der Deckel der Truhe und Josiah richtete sich auf. Da er während der ganzen Nacht eingezwängt gewesen war, war er ganz steif und dehnte erst einmal seine schmerzenden Muskeln.

»Wie sieht es da draußen aus?«

»Es schneit heftig.«

»Ist jemand in der Gegend?«

»Nein.« Ich brachte es nicht über mich, ihm zu sagen, dass doch jemand da war.

»Jesse meint, dass sie wegen des Wetters wahrscheinlich heute nicht hinausgehen werden.«

»Wie geht's Rebecca?«

»Zwischen ihren Wehen sind noch recht lange Pausen. Ben holt die Hebamme.«

Josiah aß langsam sein Maisbrot. Seine Augen suchten meine und er berührte meine Hand. Bei der Berührung sah ich zu ihm auf und gab seinem Kuss nach. Dann, wieder zu mir gekommen, stand ich auf und breitete die Quilts über die Betten der kleinen Mädchen.

»Du kannst wahrscheinlich eine Zeit lang draußen bleiben. Wenn du magst, kannst du dich hier ausruhen.« Ich zeigte auf eines der Betten. Da ich befürchtete, Rebecca könnte Verdacht schöpfen, stieg ich nach einem letzten, sehnsuchtsvollen Blick auf Josiah die Leiter hinab.

Rebeccas Wehen kamen jetzt in kürzeren Abständen und ich betete inständig, Ben möge sich beeilen und zurückkommen. Da klopfte es an der Tür. Ich hatte niemanden heranreiten hören, aber im tiefen Schnee bewegten Pferde sich leise. Ich schob die Vorhänge zur Seite, sah draußen drei Pferde stehen und öffnete mit bis zum Hals klopfendem Herzen die Tür.

»Morgen, Ma'am«, sagte der Constable übertrieben höflich.

»Was wollen Sie denn hier?«, antwortete ich unwirsch.

»Mich ein bisschen umsehen. In Ihrem Haus war ich schon. Ich habe auch Ihren Bruder angehalten und seinen Schlitten durchsucht. Bleibt nur noch dieses Haus«, sagte er und wollte hereinkommen.

Ich versuchte, ihm den Weg zu versperren. »Sie können hier nicht einfach so hereinplatzen. Diese Frau hier liegt in den Wehen!« Ich zeigte auf Rebecca, die blass und ermattet auf dem Bett lag.

Die drei Männer schoben mich zur Seite und traten dennoch ein. »Wir wollen nur mal kurz nachsehen, Ma'am.«

Ich stand an der offenen Tür, meine Augen loderten. »Sie hätten wenigstens die Tür schließen können. Oder haben Ihre Mütter ihnen keine Manieren beigebracht? Wo sind denn Ihre Freunde, die Jungs von Hartley? Konnten Sie sie nicht aus den Federn bekommen?«

Ohne mich zu beachten, gingen die drei im Zimmer umher, schauten in die Küchenschränke und hinter die Möbel. Einer robbte sogar unter das Bett, in dem die Gebärende lag, um dort nachzusehen.

Ich betrachtete sie voller Verachtung. »Wo ihr herkommt, müssen die Dinge wirklich schlimm stehen, dass ihr euch derart erniedrigt – und alles nur für Geld! Wie könnt ihr euch eigentlich selbst ertragen? Schaut euch doch an! Ihr belästigt eine Frau, die gerade gebiert! Ihr seid nichts als Abschaum. Weniger wert als Schlangenköttel!«

Der Constable fühlte sich offensichtlich nicht wohl in seiner Haut. Dennoch ging er auf die Leiter zu, was mir Anlass gab, erneut über ihn herzuziehen.

»Was werden Sie Ihren Kindern sagen, wenn sie Sie fragen, was Sie heute getan haben? Dass Sie ein Kinderzimmer durchsucht und eine in den Wehen liegende Frau terrorisiert haben, um ein Paar Dieben zu helfen, einen Mann gefangen zu nehmen und zurück in die Sklaverei zu schleppen? Werden Sie ihnen das erzählen?«

Ackroyd drehte mir seinen Rücken zu und stieg auf die zweite Sprosse. Rebecca schrie in Schmerzen auf. »Oh, Ann! Es geht los! Es geht los!«

Ich rannte zu ihr, hielt ihre Hand. Rebecca krümmte sich vor Schmerzen, warf sich im Bett hin und her.

Die beiden Sklavenfänger traten den Rückzug Richtung Tür an. Der Constable spähte kurz ins Dachgeschoss, ließ sich aber in Nullkommanichts von der Leiter fallen, als ich aufgesprungen war und mir den Feuerhaken schnappte.

»Raus hier!«, schrie ich. »Raus, bevor ich euch eure blöden Schädel einschlage!« Ich ging auf die zurückweichenden Männer los, fuchtelte mit dem Feuerhaken und ließ keinerlei Zweifel daran, dass ich meine Drohung wahr machen würde. Die drei drängten durch die Tür, ich warf sie hinter ihnen zu und schob den Holzriegel vor.

Schwer atmend, den Feuerhaken noch in der Hand, lehnte ich mich gegen die Tür. Dann ging ich zur Feuerstelle und schob die Spitze in die Glut. Sollten sie wiederkommen, wäre ich vorbereitet.

Vom Bett kam ein leises Stöhnen, das mich an die Aufgabe erinnerte, die jetzt anlag.

»Rebecca? Alles in Ordnung?«

Die Antwort war schwach, aber triumphierend. »Ja, mir geht's gut. Die haben wir aber verscheucht, was, Ann?«

Ich lachte erleichtert. »Du hast mich auch getäuscht!«

Ich schob den Stuhl neben ihr Bett und nahm ihre Hand. »Oh, Becky. Du bist ein so guter Mensch. Gott segne dich.«

Rebecca lächelte.

Etwa eine halbe Stunde später kehrte Ben mit Hannah zurück, die mich von den Hebammendiensten befreite. Etwa um zwei Uhr nachmittags konnte man bis zur Truhe im Dachgeschoss ein kräftiges Schreien hören.

»So, Ben, nun hast du deinen Sohn«, verkündete ich und nahm Hannah das Kind vorsichtig ab. Ich wischte es mit einem weichen Tuch ab.

»Und noch einen als Zugabe!«, ergänzte Hannah, als ein zweiter Schrei in den ersten einstimmte. »Zwillingsjungen!«

Ben setzte sich neben seine Frau. »Danke, Rebecca. Ich danke Gott, dass es dich gibt.«

Mir oblag es, die Säuglinge zu baden und anzuziehen, da Hannah sich um meine Schwester kümmerte. Kurz darauf war alles still im Hause von Ben Redfield. Die Säuglinge und ihre Mutter schliefen. Hannah suchte ihre Sachen zusammen und sah Ben an.

»Es hat aufgehört zu schneien. Meinst du, du kannst mich vor Einbruch der Dunkelheit nach Hause bringen?«

»Ich versuche es. Ich werde kurz bei Jesse halten und ihm sagen, dass er herüberkommen soll, damit ihr Frauen nicht alleine seid, sollten unsere ›Freunde‹ zurückkommen.«

»Ich bezweifle, dass sie heute noch einmal kommen. Aber lass die Mädchen lieber einige Tage bei ihrer Großmutter. Rebecca muss sich ausruhen«, schlug ich ihm vor.

Nun, da Ben und Hannah fort waren und Rebecca und die Säuglinge schliefen, wandte sich meine Aufmerksamkeit wieder Josiah zu. Er hatte seit dem Morgen nichts gegessen. Es musste für ihn ein fast genauso aufwühlender Tag gewesen sein wie für mich. Ich war mir sicher, dass er alles gehört hatte. Ich füllte etwas Suppe in eine Schüssel und stieg hinauf ins Dachgeschoss.

»Josiah«, flüsterte ich. »Josiah.«

Wieder öffnete sich der Deckel der Truhe und er richtete sich auf. Doch seine verkrampften Beine konnten ihn kaum tragen.

Er setzte sich auf ein Bett, seine Hände zitterten, als ich ihm die Schüssel reichte. Er nahm sie, setzte sie aber sofort wieder ab. Als er mich in seine Arme nahm, flüsterte er mir zu: »Oh, Ann. Ann. Du bist eine wunderbare Frau. Wie kann ich das je gutmachen? Du hast mir das Leben gerettet.«

Ich zitterte in seinen Armen. Die Angst, die ich zuvor niedergekämpft hatte, trat jetzt mit aller Macht hervor. Ich sank leise weinend an seine Brust.

»Josiah, ich liebe dich.«

Er hielt mich fest und raunte mir ins Ohr. »Was für eine Frau du bist, Ann Redfield! Was für eine Frau, wirklich. Wie soll ich dir je für all das danken?« Es klopfte laut an der Haustür.

»Das wird Jesse sein.« Ich stieg die Leiter hinunter und ging zur Tür. Bevor ich den Holzriegel zur Seite schob, vergewisserte ich mich, dass es wirklich Jesse war.

»Hattest du einen arbeitsreichen Tag, Ann?«, begrüßte er mich.

»Irgendwie schon«, antwortete ich.

Jesse blieb an der Wiege stehen, in der die zwei Winzlinge schlummerten. Er lächelte und entfernte sich leise, sodass er weder die beiden noch ihre schlafende Mutter weckte. Dann setzte er sich auf eine Bank, zog mich an sich und sprach in gedämpften Ton.

»Ich habe einen Plan für Josiah, aber ich brauche deine Hilfe.«

Ich nickte.

»Ich nehme Bens Schlitten, wenn er wieder da ist. Wir beide werden uns als Mann und Frau ausgeben. Ich fahr dich zu deiner sterbenden Mutter nach Johnstown.«

»Johnstown! Jesse, das ist sehr weit weg.«

»Es ist die nächste sichere Ausstiegsstelle. Wir verstecken Josiah hinten im Schlitten und decken ihn mit Futtersäcken und dem Büffelfell zu. Wenn du dabei bist, erregt es keinen Verdacht, in der Nacht zu reisen.«

»In Ordnung. Ich mache uns zu Hause etwas zu essen. Du bleibst hier bei Rebecca. Ich glaube, sie schläft. Josiah ist oben.« Während ich noch sprach, zog ich meine Stiefel an und band meine Haube fest.

Jesse öffnete die Tür. »Wir holen dich ab, sobald es nach Einbruch der Dunkelheit sicher ist.«

Ich trat hinaus und folgte der Spur durch den tiefen Schnee – in Gedanken an Josiah, die Sklavenfänger und unsere verabscheuungswürdigen Nachbarn versunken. Amos und Nathaniel waren in der Küche, als ich ankam.

»Zwillinge, ja?«, fragte Amos, und in seinem faltigen Gesicht zeigte sich ein seltenes Lächeln.

»Zwei Jungen, Papa. Beide kerngesund. Jesse möchte, dass ich mit ihm gehe, um Josiah nach Johnstown zu bringen.«

»Wann?«

»Heute Abend.«

Amos nickte. Hier bei uns war es nirgends mehr sicher.

Ich trug das Abendessen auf. Wir aßen schweigen und warteten auf Jesse, der gegen sieben Uhr kam. Ich setzte mich zu ihm auf den Schlitten und warf einen Seitenblick auf das hinten liegende dunkle Bündel.

»Alles in Ordnung mit ihm«, versicherte Jesse mir, als wir in die Nacht hinausfuhren. Gegen drei Uhr hatte es aufgehört zu schneien, und da andere vor uns Spuren gezogen hatten, kamen wir recht zügig voran. Wir sprachen während der Fahrt ein wenig, vor allem über die Familie. Wann Betsy nach Hause kommen würde. Welche Namen Ben und Rebecca ihren Söhnen wohl geben würden. Wie stolz Amos auf seine Zwillingsenkelsöhne war.

Die Reise dauerte lang und es war kalt. Während die Kufen leise durch die schneebedeckte Welt schnitten, dachte ich an den Mann hinten im Schlitten. Dass es zweimal so knapp für ihn war, musste ihm Angst und Schrecken eingejagt haben. Mir jedenfalls ging es so. Ich antwortete, wenn Jesse mit mir sprach, doch meine Gedanken waren bei Josiah.

Um Mitternacht erreichten wir eine Farm in der Nähe von Geistown, östlich von Johnstown. Jesse sprang vom Schlitten und ging die Stufen zur Veranda hoch. Er klopfte an die Tür und wartete. Ich konnte an seinen Bewegungen erkennen, dass die Tür sich öffnete. Es war aber kein Licht zu sehen. Schaffner mussten mitten in der Nacht sehr vorsichtig sein. Flüchtlinge konnten während des gesamten Jahres mit der Railroad weiter gebracht werden, doch der Schnee erleichterte es, sie aufzuspüren. Deshalb versteckten sie sich normalerweise, wenn es schneite.

Jesse kam zurück und entfernte wortlos die Abdeckungen. Josiah kam zum Vorschein, er trug einen alten Mantel von Ben. Er beugte sich vor und berührte meine Schulter, als er vom Schlitten stieg.

»Auf Wiedersehen, Miss Ann. Danke«, flüsterte er.

»Auf Wiedersehen, Josiah.«

Jesse begleitete ihn zum Haus. Die Tür schloss sich. Jesse kam zurück zum Schlitten, wendete ihn, und wir machten uns auf den Weg Richtung Heimat. Das war es.

Kapitel 10

1855 – Vorfrühling

Mitte März wusste ich, dass ich schwanger war. Eigentlich wusste ich es schon vorher – etwa Mitte Februar –, aber ich wollte es nicht wahrhaben. Zwei Monate täglicher Übelkeitsanfälle waren allerdings Beweis genug, wenn ich denn noch einen benötigt hätte. Ich kann nicht beschreiben, wie ich mich fühlte. Eine entsetzliche Angst – Isolation, Resignation – umfing mich. Ich war so allein. Voller Verzweiflung suchte ich nach jemandem, an den ich mich wenden konnte. Der mir helfen konnte. Aber es gab niemanden. Daher war ich entschlossen, mein Geheimnis so lange wie irgend möglich für mich zu behalten und so weiterzumachen, als sei alles in Ordnung.

Ich machte mir zur Gewohnheit, ziellose, lange Spaziergänge entlang der Straßen oder in den Wäldern zu unternehmen – als sei dort draußen irgendeine Antwort, die ich nur finden musste. Eines Nachmittags hielt ich mich in der Bachniederung in der Nähe des Hauses der Hartleys auf. Ich wollte eigentlich nicht zu nah dort vorbeigehen. Doch kaum hatte ich bemerkt, wo ich war, war es auch schon zu spät. Pru hatte mich entdeckt.

»Ann Redfield! Was führt dich denn her?«, rief sie munter von der verrotteten Veranda herab. Es machte den Eindruck, als freute sie sich beinah über meinen Besuch.

»Tag, Pru. Ach, ich komme hier nur so vorbei. Wie geht's dir?«, Ich versuchte, vergnügt zu klingen.

»Geht so. Versteckt Ihr immer noch diesen Nigger bei euch im Haus?«

»Ich weiß nicht, was du da redest«, antwortete ich und versuchte, es ganz beiläufig klingen zu lassen. Pru ließ das allerdings nicht durchgehen.

»Du weißt ganz genau, wovon ich rede. Ich hab doch gesehen, wie dies schwarze Gesicht mich im Januar beobachtet hat. Denk bloß nich', ich hab das nich' gemerkt!«

»Sind deine Brüder deshalb zu uns nach Hause gekommen? Um nach einem flüchtigen Sklaven zu suchen? Ehrlich, Pru, du irrst dich.«

Sie spuckte auf die Veranda. »Ich irr mich? Zum Teufel! Ich kann einen Nigger erkennen, wenn ich einen sehe. Passt bloß auf, ihr Redfields! Die Leute sehen genau, was ihr so treibt.«

Ich ging am Haus vorbei und wäre am liebsten gerannt. »Ich bin auf dem Weg nach Alum Bank, um die Post zu holen. Soll ich eure mitbringen?«, fragte ich, obwohl ich sehr wohl wusste, dass die Hartleys niemals Post bekamen – und selbst wenn, hätten sie sie gar nicht lesen können.

»Nich nötig. Aber du kannst 'n Pfund Zucker und Tee für mich mitbringen, wenn du schon mal da bist.« Sie machte sich in der Tür etwas zurecht und tat ganz vornehm.

Ich war voller Hass auf sie. Auf sie und ihre ganze heruntergekommene, unverschämte, bösartige Familie. Ein Kind lugte hinter ihrem zerschlissenen Rock hervor und beäugte mich. Noch eins von der gleichen Sorte, dachte ich. Ich hastete den Weg hinab und musste darauf achten, nicht in irgendetwas hineinzutreten.

Das Aufgebot für Elizabeth Redfield und William McKitrick wurde bei der Zweiten Monatsversammlung (Februar) und dann noch einmal bei der Dritten (März) verlesen. Es wurden keine Hindernisse entdeckt, die der Verbindung im Wege standen, und so fand die Eheschließung im Vierten Monat (April) statt.

Ich tat alles mir Mögliche, mich mit den Vorbereitungen für Betsys Hochzeit zu betäuben. Ich machte sauber, nähte, buk und kochte, bis ich mich selbst nicht mehr spüren konnte. Will McKitrick hatte für seine Familie und seine Schuhmacherwerkstatt ein kleines Haus in New Paris gekauft. Es musste gereinigt und gemalt werden, Vorhänge waren zu nähen und Möbel zu rücken. Betsy und ich arbeiteten in beiden Häusern sehr viel und ich war dankbar, dass mich die Arbeit von den Gedanken an meine Situation ablenkte.

Aus einem Umkreis von Meilen rund um das Versammlungshaus in Dunning Creek reisten Freunde an. Denn sowohl die Redfields als auch die McKitricks waren wohl bekannt und angesehen. Das Wetter war für Mitte April ungewöhnlich warm und bescherte uns einen wundervollen Tag für das Hochzeitsessen auf der Redfield Farm. Ich stand im Morgengrauen auf, arbeitete vor dem Gottesdienst, arbeitete nach dem Gottesdienst, begrüßte Gäste, trug Essen auf, füllte Teller wieder auf, machte danach sauber und fiel gegen elf Uhr erschöpft ins Bett – zufrieden, dass ich meiner Schwester eine schöne Hochzeit ausgerichtet hatte.

Danach fühlte ich mich verlassen. Denn es gab nichts mehr, was mich ablenkte. Ich konnte meine Schwangerschaft nicht länger verleugnen, auch wenn sie für andere noch nicht erkennbar war. Ich bereute nicht, Josiah geliebt zu haben – dessen war ich mir sicher. Wie ich jedoch seinem Kind gerecht werden sollte, das bereitete mir große Ängste und Sorgen. Immer wieder überfiel mich Panik und ich hatte das dringende Gefühl, etwas unternehmen zu müssen. Das ist zwar normal, wenn man sich in einer Krise befindet; manchmal allerdings bleibt einem keine andere Möglichkeit, als sich der Realität zu stellen.

Nachdem Josiah fort war, war es von Seiten der Railroad eine Weile ruhig. Als es wärmer wurde, kam jedoch wieder Betriebsamkeit auf. Jesse war mir gegenüber jetzt offener, was seine Aktivitäten betraf, denn er wusste, dass er wahrscheinlich erneut meine Hilfe benötigen würde. Ich freute mich über seine Offenheit und sehnte mich danach, mehr zu tun.

Neben der Angst um Josiah und den Sorgen um meine eigene Zukunft und um die des winzigen Lebens, das in mir heranwuchs, schwirrten in meinem Kopf Ideen, wie man Flüchtlinge weiterleiten könnte. Meine Entschlossenheit wuchs. Ich konnte mich nicht heraushalten. Ich würde alles tun, was dazu beitrug, diesem Grauen ein Ende zu setzen. Um meine eigene Sicherheit hatte ich dabei keine Angst. Meine Stellung als Frau könnte möglicherweise sogar von Vorteil sein.

Nur eine Woche nach Betsys Hochzeit sagte ich zu ihm: »Jesse, ich möchte mehr bei der Railroad tun, als nur gelegentlich mal zu helfen. Ich meine, nicht nur manchmal, sondern immer.«

Jesse sah mich zunächst schweigend an. »Ich werde auf dich zukommen, wenn es sein muss, aber ich kann dich derartigen Gefahren nicht aussetzen.«

»Nein, Jesse. Nicht nur in Notfällen. Ich möchte kontinuierlich und gleichberechtigt mit dir zusammenarbeiten.«

»Ann, das ist eine Arbeit für Männer.«

»Es ist eine Arbeit, die Täuschung und List verlangt… Und ich kann genauso gut täuschen wie jeder andere.«

Jesse saß mit ausgestreckten Beinen auf einer Stufe hinter dem Haus und streichelte unseren alten Hund. Ich wusste schon mehr als ihm lieb war – mehr als für uns beide gut war. Er beobachtete mich nachdenklich und versuchte zu ergründen, was seine Intuition für Richtig oder Falsch ihm riet. Schließlich lenkte er ein: »In Ordnung. Lass uns zusammenarbeiten.«

»Ich bin der Einzige, der in dieser Gegend mitmacht«, erklärte er mir. »Es gibt ein kleines Netzwerk aus Freunden und freien Negern. Unsere Passagiere kommen meistens über Cumberland und Maryland, einige aber auch aus dem Osten.«

Ich hörte ihm aufmerksam zu, wollte mir unbedingt alles genau merken, was er sagte.

»Ich habe einige Linien, auf denen ich die Leute reisen lassen kann. Ich versuche, immer mal eine andere zu nutzen, für den Fall des Falles. Mein größtes Problem hier in unserer Gegend sind die Hartleys. Sie sind mir auf den Fersen, aber glücklicherweise ist es nicht so schwierig, sie zu täuschen.«

»Ich weiß. Pru scheint uns immer hinterherzuspionieren. Sie taucht zu den seltsamsten Zeiten auf und schleicht herum, wenn sie meint, dass ich sie nicht sehe.«

Jesse nickte. »Ich habe sie auch gesehen. Die Jungs machen mir aber mehr Sorgen. Sie sind immer darauf aus, irgendwie an Geld zu kommen – egal wie.«

»Jeder hier verabscheut sie, nicht nur die überzeugten Abolitionisten. Die meisten Menschen hier haben Mitleid mit den Entflohenen.« Meine eigene Verachtung für die Hartleys kannte keine Grenzen. »Sogar der alte Ackroyd hat womöglich mehr Mitleid, als es den Anschein hat. Doch er ist nun einmal gezwungen, das Fugitive Slave Law durchzusetzen. Die Freunde versuchen, es ihm nicht übelzunehmen.«

Amos und Nathaniel kamen aus der Scheune und ich wechselte das Gesprächsthema. Sie waren auf unserer Seite, aber nur am Rande beteiligt. Sie wollten oder brauchten die Einzelheiten nicht zu kennen.

Die Entflohenen kamen allein, paarweise oder in kleinen Gruppen. Bisweilen wurden sie von jemandem geführt, der es bis nach Kanada geschafft hatte und in den Süden zurückgekehrt war, um andere zu retten. Meistens waren es starke junge Menschen, die die Kraft hatten, zu laufen und sich zu verstecken, manchmal wochenlang ohne Unterlass. Doch gelegentlich waren auch Kinder und sogar Säuglinge darunter, die von denen, die sie liebten und die für die Freiheit alles riskierten, ernsten Gefahren ausgesetzt wurden. Die Schaffner gaben den Säuglingen Schmerzmittel zur Betäubung, damit sie still waren. Auch einige alte Leute schafften es. Mit Unterstützung ihrer Kinder oder Freunde boten sie ihre letzten Kräfte für die Chance auf, in Freiheit zu sterben. Es tat mir in der Seele weh, sie zu sehen – voller Angst, angewiesen auf die Nächstenliebe fremder Menschen.

Der April ging und mit dem Mai begann die Pflanzzeit. Und endlich kam der lang erwartete Brief von Rachel. Sie war mit Jacob Schilling verheiratet und lebte in Altoona. Dort gab es viel

Arbeit und sie hatten ein Haus in der Nähe der florierenden Eisenbahnwerkstätten gekauft. Die meisten Männer in der Stadt arbeiteten bei der Eisenbahn selbst. Rachel war froh, dass Jacob nicht dort arbeitete, denn diejenigen, die in den Werkstätten arbeiteten, wurden sehr schmutzig. Jacob kam mit Mörtelstaub bedeckt nach Hause, den er ›sauberen Schmutz‹ nannte, und das war nach Rachels Ansicht besser als der rußige Grobstaub der Eisenbahn. Sie beschrieb ihr nagelneues Haus mit drei Schlafzimmern im Obergeschoss und drei Räumen unten (Wohnzimmer, Esszimmer, Küche), einem geräumigen Dachgeschoss, Keller und je einer Veranda vorne und hinten.

»Hört sich nach einem großen Haus an«, bemerkte Jesse. »Das werden sie bestimmt bald mit Kindern füllen.«

»Könnte sein«, meinte Amos, ohne eine Miene zu verziehen. Er hatte nicht über Rachel gesprochen, seit sie uns verlassen hatte. Kein einziges Wort.

Über die Nachricht von Rachel hatte ich mich sehr gefreut. Zugleich wartete ich aber immer noch ungeduldig auf einen Brief von Josiah. Ich hatte ihm oft gesagt, wie unser Postamt hieß: Alum Bank. Er war mit dem Lesen und Schreiben so weit vorangekommen, dass er es einigermaßen beherrschte. Also wartete ich darauf, von ihm zu hören – und ich erwartete es. Nicht von ihm zu hören, ließ auf Probleme schließen.

Wochen vergingen ohne ein Wort von ihm. Ich befürchtete, dass er es nicht geschafft hatte. Der Kummer ließ Befürchtungen schlimmster Art in mir aufsteigen. Ich musste mich selbst ermahnen, diese Ängste nicht zuzulassen.

Dann, eines Tages Anfang Juni, kündigte Jesse an, dass er nach Alum Bank gehen würde, sollte einer von uns Briefe aufzugeben haben. Die Post war in jener Woche noch nicht abgeholt worden. Mary schrieb häufig aus Osterburg, und da der Kontakt wieder aufgenommen worden war, wurden viele Briefe von und nach Altoona verschickt. Ich gab ihm sowohl Briefe für unsere beiden Schwestern als auch für Freunde der Versammlungen in Menallen und Redstone mit.

Am späten Nachmittag kehrte er zurück. Er lächelte. »Hier ist einer, über den du dich besonders freuen wirst«, sagte er. »Von Josiah.«

Bei diesem Namen machte mein Herz einen Satz. Es ging ihm gut! Er hatte es nach Kanada geschafft. Der Brief war kurz, aber sauber und sorgfältig auf weißem Papier geschrieben, das in einem Papierwarenladen gekauft worden war.

DRESDEN, ONTARIO

LIEBER JESSE,
MIER GEHT ES GUT UND ICH HOFFE DIER AUCH. ICH BIN IM FEBUAR IN KANADA ANNGEKOMEN. ANDERE WECHGELAUFNE SKLAVEN HABN MICH AUFFGENOMMEN. ICH ARBEITE BEI EIN SCHMIED. SAG ANN, ICH LERNE IMMER BESSER SCHREIBEN. DANKE FÜR MEIN LEBEN.
DEIN FROIND, JOSIAH COLTON

Ich merkte mir ›Dresden, Ontario‹ und beantwortete seinen Brief noch am selben Abend. Ich berichtete Josiah von Betsys Hochzeit, der Farm und der Pflanzarbeit. Ich berichtete ihm, wie gut Bens Zwillinge gediehen. Ich berichtete ihm, dass Bens Stuten im Frühling bereits fünfmal gefohlt hatten. Doch ich erwähnte nichts von seinem Kind, das in mir heranwuchs und dessen Existenz immer schwieriger zu verbergen war. Ich schrieb auch nichts von meiner Einsamkeit jetzt, da Betsy fort war, oder den trüben Aussichten, dass es für mich immer so weitergehen würde wie bisher. Ich erwähnte nichts von meinen Ängsten um ihn und unser Kind.

Jesse gab den Brief am nächsten Tag bei der Post auf. Es war an der Zeit, die erste Heuernte einzubringen, und das bedeutete wieder viel Arbeit für uns alle. Rebecca war jetzt die Frau, die mir am nächsten stand. Wir halfen einander, so gut wir konnten, aber da sie sich um fünf kleine Kinder zu kümmern hatte, war sie stark beansprucht. Die Heuernte brachte es mit sich, dass die Männer mit Essen versorgt werden mussten; wir verlangten uns alles ab, um auch das noch zu schaffen. Doch unser beider Kräfte reichten nicht aus. Rebecca war als erste am Ende.

»Ich werde Ben bitten, uns jemanden zu besorgen, der uns hilft. Ich kenne zwei Mädchen, zwölf und vierzehn Jahre alt. Ihre Familie war auf dem Weg nach Westen, doch dann starb die Mutter. Du kennst sie auch: die Töchter von Robert Hill.«

Ich nickte.

»Robert hat die Mädchen zurück zu seiner Schwester, Ethan Rouzers Frau, geschickt. Doch die Familie ist selbst recht arm, sie haben sieben eigene Kinder. Ich werde Ben bitten, ihnen anzubieten, dass wir die beiden Mädchen aufnehmen.«

»Euer Haus wird voll bis unters Dach sein!«, sagte ich lachend.

»Ja, es wird ein ziemliches Gedrängel, aber wir brauchen einfach Hilfe.«

Ben war einverstanden und bei der Versammlung am nächsten Ersttag wurde vereinbart, Deborah und Abigail Hill aufzunehmen – zwei blasse Mädchen mit schmalen Gesichtern und traurigen Augen, aber gehorsam und arbeitswillig. Rebecca schickte sie mir in der darauffolgenden Woche, damit sie mir beim Kochen für die Männer auf den Feldern zur Hand gingen.

Deborah überblickte schnell, was getan werden musste, und arbeitete, ohne viel zu sprechen. Abigail, die Jüngere, brauchte mehr Anweisungen, und Schweigen war so gar nicht ihre Sache. Sie sprach viel und ohne sich vorher Gedanken darüber zu machen. Dennoch war sie die Liebenswertere der beiden und mir schnell ans Herz gewachsen.

Wir drei schaffen es problemlos, die Männer mit Essen zu versorgen, und als es soweit war, bedauerte ich, sie zu Rebecca zurückschicken zu müssen. Ich würde ihre Gesellschaft vermissen.

»Keine Sorge, Ann«, versicherte Abby mir. »Ich komme dich besuchen, wann immer ich kann.«

»Das ist schön.«

Sie waren etwa seit einer Woche fort, als Abby eines Tages mit einem Eimerchen wilder Erdbeeren vorbeikam, die sie für mich gepflückt hatte.

»Du könntest Marmelade davon machen, so wie meine Mama früher«, schlug sie vor. »Ich kann dir dabei helfen.«

»Vielen Dank, Abby.«

»Rebecca möchte wissen, ob du nächste Woche nach Oak Shade zum Kirschenpflücken kommst. Sie sagt, wir können uns dabei gegenseitig helfen und sie für beide Familien einmachen.«

»Ja. Sag ihr, dass ich komme. Vielleicht kann Jesse uns hinbringen. Die Heuernte ist ja jetzt getan.«

Ich wusch und putzte die Erdbeeren, während Abby ins Brunnenhäuschen ging, um einen Krug mit Sahne zu holen. Anschließend saßen wir einander gegenüber und aßen Schüsseln voller Erdbeeren mit Sahne.

»Ann?«

»Ja, Abby.«

»Wann kommt dein Kind?«

Ich war wie vor den Kopf geschlagen. Zunächst wollte ich es bestreiten. Das hätte jedoch nur bedeutet, das Unausweichliche hinauszuzögern. »Im Oktober – im Zehnten Monat, glaube ich.«

»Oh.«

Ich fragte mich, wie viele die Wahrheit bereits vermuteten. Wussten es schon alle? Oder hatte Abby nur ein besonderes Gespür? Ich blickte hinunter auf die ausgeprägte Vorwölbung in der Mitte meines Körpers. Ich konnte mich bemühen, wie ich wollte, sie war da. Wenn Abby es bemerkt hatte, hatten es vermutlich alle anderen auch.

»Du bist nicht verheiratet, oder?« Mit einer geradezu kindlichen Unschuld bohrte Abby weiter.

»Nein.«

»Wer ist denn der Vater?«

»Niemand. Zumindest niemand, den du kennst.«

»Wird er dich heiraten?«

»Nein.« Ich suchte nach einer Möglichkeit, das Thema zu wechseln, aber Abby war hartnäckig.

»Hmmm. Was sagt denn dein Pa dazu?«

»Abby, bitte! Das ist ja wie ein Verhör im Ausschuss!«

»Vermutlich wirst du schon bald einem gegenüberstehen. Das tut mir sehr Leid für dich. Das wird bestimmt kein Spaß.«

»Was? Dem Ausschuss gegenüberzustehen oder ein uneheliches Kind zu bekommen?«

»Beides«, stellte das Mädchen fest. »Aber mach dir keine Sorgen. Ich werde trotzdem deine Freundin bleiben und dir mit deinem Kind helfen.«

»Danke, Abby. Können wir jetzt bitte über etwas anderes sprechen?«

»Ja. Können wir. Soll ich das für mich behalten? Dass er dich nicht heiraten wird, meine ich.« Sie blickte mir direkt in die Augen, ihr blasses Gesicht war ernst.

»Ja, Abby. Tu das bitte. Erst einmal.«

»In Ordnung, aber es wird Gerede geben. Du wirst aus der Versammlung ausgeschlossen werden, weißt du?«

»Ich weiß, aber ich kann nichts daran ändern.«

»Nichts?«

»Nichts.«

Kapitel 11

1855 – Frühling/Sommer

Weder Amos noch Nathaniel äußerten sich in irgendeiner Weise zu meinem wachsenden Leibesumfang. Wenn sie es bemerkt haben sollten – und ich konnte mir nicht vorstellen, dass das nicht der Fall war –, so gingen sie dennoch weiter ihrem Alltag nach, als hätten sie es nicht. Nur Jesse sprach mich darauf an, an einem warmen Abend, als wir gemeinsam auf der hinteren Veranda saßen.

»Ann, bist du schwanger?«

»Ja.«

Eine lange Pause. Jesse saß schweigend da, offensichtlich bestürzt, obwohl er die Antwort gekannt haben musste. Ich wartete darauf, dass er etwas sagte.

»Wie ist das passiert?«

»Ein Augenblick törichten Leichtsinns, Jesse. Anders kann ich es nicht erklären.«

»Aber wer? Wann?« Jesse konnte sich an keinen möglichen Liebhaber, keine Gelegenheit erinnern, die das Rätsel hätten lösen können. Er sah ratlos aus.

»Ich möchte darüber im Moment noch nicht sprechen. Hab etwas Geduld. Ich muss über so vieles nachdenken.«

»In Ordnung. Aber ich erwarte, dass der Mann vortritt und dich heiratet. Tut er das nicht, wirst du ausgeschlossen und öffentlich gedemütigt. Er könnte das verhindern.«

»Ich weiß, dass ich von der Versammlung ausgeschlossen werde. Ich kann daran nichts ändern. Aber er kann nicht hervortreten. Er weiß es nicht.«

»Weiß nicht, dass du schwanger bist? Also, wenn er Augen im Kopf hat, kann er es sehen.«

»Es wird sich alles zu gegebener Zeit regeln.«

Er saß eine Zeit lang schweigend da, betrachtete seine Hände. »Wann kommt das Kind?«

»Irgendwann im Zehnten Monat. Genauer kann ich es nicht sagen.«

»Geht es dir gut? Brauchst du irgendetwas?«

»Mir geht es gut, danke. Falls nötig, komme ich auf dich zu, aber bis jetzt habe ich keine Probleme.« Ich stand auf, um ins Haus zu gehen.

»Weiß Papa davon?«, fragte Jesse unsicher.

»Ich habe den Eindruck, dass er es nicht wissen will.«

»Er wird entrüstet sein, wenn du nicht heiratest. Und wenn du heiratest, auch.«

»Ich weiß. Ich glaube, deshalb will er lieber nicht darüber sprechen.«

»Ann, du musst mir sagen, wer der Vater ist«, flehte Jesse. »Jemand muss ihm doch klarmachen, was er getan hat.«

Ich streichelte ihm die Hand. »Vielen Dank, Jesse, lieber nicht.«

»Es war doch nicht Elias, oder? Wenn es Elias war, werde ich ihn fertigmachen.«

»Nein. Elias war es nicht. Es tut mir weh, darüber zu sprechen. Lass uns bitte das Thema wechseln.«

Er ließ mich auf der Veranda stehen und ging – die Hände in den Hosentaschen – über den Hof in die Dämmerung, bis ich ihn in den abendlichen Schatten nicht mehr ausmachen konnte. Ich sah ihn gehen und war traurig, der Grund seines Schmerzes zu sein.

Die Arbeit der Underground Railroad ging trotz meiner Probleme weiter. Jesse wurde dafür mindestens einmal wöchentlich aus dem Bett geholt. Wir wussten nie, wie viele Flüchtlinge kommen würden – oder wann. Sicherheit war wichtiger als Geschwindigkeit. Deshalb mussten wir bereitstehen, um sie ein oder zwei Tage lang bei uns zu behalten, wenn die Lage angespannt war.

Diese armen Menschen, sprachlos vor Angst, berührten mein Herz. Sie taten, was immer sie vermochten, uns zu danken. Einmal fand ich ein Messer mit Perlmuttgriff, das in einem Balken in der Scheune steckte und dort als Zeichen von Dankbarkeit zurückgelassen worden war. Nur selten gab es Gelegenheit, auch nur ihre Namen zu erfahren. Ich behandelte Wunden, Blasen, Hundebisse, Bienenstiche und Vergiftungen, die von Kontakt mit Giftigem Efeu herrührten. Ich gab ihnen an Strümpfen, Schuhen und Kleidung, was ich hatte, und versorgte sie mit so vielen Lebensmitteln, wie unsere Speisekammer erübrigen konnte.

Es zirkulierten Flugblätter mit Beschreibungen entflohener Sklaven und die Bedford Gazette veröffentlichte Anzeigen, die denjenigen, die ›Eigentum‹ zurückbrachten, ansehnliche Belohnungen in Aussicht stellten.

Die Quäkersiedung war bekannt für ihre entschiedene Ablehnung der Sklaverei. Daher schenkte uns das Gesindel, das sich für die Südstaaten verdingte, mehr als genug Aufmerksamkeit. Doch wir waren gut in dem, was wir taten. Keine Maskerade und keine List gingen uns zu weit. Wir taten, was nötig war, um unsere ›Fracht‹ sicher weiterzuleiten.

Gelegentlich bekamen wir Nachrichten von Passagieren, die es bis Kanada geschafft hatten. Es waren nur wenige Briefe, denn die meisten Sklaven konnten weder lesen noch schreiben. Ich fungierte unter anderem als Vermittlerin, indem ich Briefe, die aus Kanada kamen, auf den Postweg nach Süden brachte. Ich schickte sie an eine Freundin in Virginia, die das ihr Mögliche tat, dafür zu sorgen, dass sie zugestellt wurden. Freie Schwarze im Süden, von denen viele lesen und schreiben konnten, sorgten dafür, dass die Nachrichten der Entflohenen diejenigen erreichten, die noch immer in Knechtschaft lebten. Einige derjenigen, die es nach Kanada geschafft hatten, verdienten sich ihr Geld damit, die Briefe zu schreiben, die weitergeleitet werden sollten.

Einer davon war Josiah. Er schickte die Briefe an mich und vertraute darauf, dass ich sie weiterschicken würde. Er legte immer eine Notiz bei, in der er Neuigkeiten über sich erzählte und sich nach uns erkundigte. Ich antwortete in ähnlicher Weise, behielt meinen Zustand jedoch für mich.

An einem heißen Abend im Spätsommer klopfte es leise und vorsichtig an einem Küchenfenster. Die Tür war geöffnet, aber Flüchtlinge zeigten sich niemals von sich aus. Jesse erhob sich und trat hinaus. An der Seitenwand des Hauses kauerten drei junge schwarze Männer und zwei schwarze Frauen in der Dunkelheit.

»Wie seid ihr hergekommen?«, fragte ich sie.

»Ein Mann hat uns heute Morgen beim Bach abgesetzt. Er hat uns Ihr Haus gezeigt und gesagt, dass es sicher ist. Wir haben uns versteckt, bis es dunkel ist. Sind Sie ein Freund?«

»Ja, ich bin ein Freund«, antwortete Jesse. »Kommt mit.«

Er geleitete die Gruppe zur Scheune und führte sie in ein notdürftiges Gelass unter dem Heu, das eine quadratische Grundfläche von ungefähr zwei Schritt hatte und etwa genauso hoch war. Damit war es gerade so groß, dass sich fünf Personen, wenn auch gedrängt, dort aufhalten konnten. Es wurde nur benutzt, wenn wirklich Gefahr bestand. Meistens war es sicher genug, im Heu zu schlafen.

»Habt Ihr Hunger?«, frage Jesse.

»Außer Beeren hatten wir heute noch nichts zu essen«, erfuhr er.

»Ich hole euch etwas.«

Er kam zurück zum Haus, wo ich bereits die Reste des Abendessens aufwärmte. Ich hatte mir schon lange zur Gewohnheit gemacht, etwas mehr zu kochen, da es ja immer sein konnte, dass wir Gäste bekamen. Ich legte Maisbrotscheiben in einen Eimer – meine Art, Lebensmittel in die Scheune zu bringen, ohne Verdacht zu erregen. Sollte uns tatsächlich jemand beobachten, so wunderte er sich vielleicht über die vielen Eimer, die in die Scheune gebracht wurden. Doch ich hoffte, dass niemand so genau hinsah.

Als Jesse mit zwei Eimern Lebensmittel aus der Hintertür trat, rannte er Abby fast in die Arme, die gerade über die Veranda kam.

»'tschuldigung, Jesse«, sagte sie und trat einen Schritt zur Seite, um nicht mit ihm zusammenzustoßen. »Wohin gehst du denn mit all dem Essen?«

Jesse drehte sich um und sah mich hilfesuchend an. Dann ging er wortlos von der Veranda in Richtung Scheune.

»Hallo, Abby! Was treibt dich noch so spät hierher?« Ich versuchte, mich ganz ungezwungen zu geben.

»Rebecca hat mich hergeschickt, damit ich über Nacht bleibe. Sie sagte, du brauchst morgen Hilfe beim Gurken einlegen.«

»Oh, ja. Ich habe sie gefragt, aber ich hatte dich erst morgen erwartet.«

»Sie dachte, dass du sehr früh anfangen willst. Wohin geht Jesse mit dem vielen Essen?«, fragte sie und blickte dabei aus der Hintertür.

»Ach, er bringt nur den Schweinen was zu fressen.«

»So spät? Für Schweinefutter war das aber ziemlich gutes Essen!«

»Abby, sei ruhig! Du bist so aufgedreht und ich habe Kopfschmerzen. Lass uns einfach früh ins Bett gehen, ja?« Ich nahm meine Schürze ab und hängte sie an den Haken.

»Ja. Einverstanden. Aber ich verstehe trotzdem nicht, warum ihr gutes Maisbrot an die Schweine verfüttert.«

»Es war schimmelig. Los! Du kannst in Betsys Zimmer schlafen. Du weißt ja, wo es ist, also beeile dich. Ich bin auch gleich oben. Ich will nur noch den anderen gute Nacht sagen.«

Ich hörte sie die Treppen hinaufgehen und ging dann ins Wohnzimmer, wo Amos und Nathaniel saßen und bei Lampenlicht lasen.

»Wir haben Gäste«, sagte ich ihnen,

Nathaniel lachte. »Es ist nicht zu überhören, wenn Abby hier ist.«

»Nicht nur Abby. Noch andere.«

Amos nickte. »Achte gut auf das Mädchen. Sie könnte euch in Schwierigkeiten bringen.«

Nathaniel stimmte zu.

»Ich weiß. Ich versuche, sie im Auge zu behalten.«

Ich ging zurück in die Küche und deckte den Tisch für das Frühstück, während ich auf Jesse wartete. Ich wollte sichergehen, dass er wusste, dass Abby am Morgen noch da sein würde.

Als er zurückkam, machte er keinen Hehl daraus, dass Abbys Gegenwart ihn störte. »Am besten, du wirst sie schnell wieder los, Ann. Sie könnte uns auf die Schliche kommen. Und sie redet zu viel.«

»Ich tu, was ich kann, aber wenn ich sie zu früh nach Hause schicke, weckt das ihre Neugier womöglich erst recht. Am besten, wir legen morgen wie geplant die Gurken ein.«

»Ich will diese Gruppe morgen Nacht weiterleiten. Vielleicht muss ich sie aufteilen – einige hinüber nach Windber, die anderen talaufwärts nach Hollidaysburg. In letzter Zeit habe ich Johnstown etwas zu viel genutzt.«

»Bis zum Abendbrot habe ich Abby weggeschickt.«

»In Ordnung. Pass auf, dass sie nicht in die Scheune geht.«

Ich nahm meine Befürchtungen mit ins Bett. Schon Abbys Neugier war Grund zur Beunruhigung, aber ihre Redseligkeit war erst recht besorgniserregend.

Am Morgen pflückte Abby Gurken, während ich die Lake mischte. Zusammen wuschen wir die Gurken ab, legten sie in drei große Kruken und gossen die Lake darüber. Dann brachten wir die mit Holzdeckeln abgedeckten Kruken ins Brunnenhäuschen. In einigen Wochen würden wir Essiggurken haben.

Abby plauderte darüber, was bei Ben zu Haus los war. Sie war ein liebenswertes Kind – offen, arglos, ohne jede Bosheit, aber mit einem Hang zum Schwatzen.

»Gefällt es dir bei den Andachten, Ann?«, fragte sie.

»Ja.«

»Mir nicht. Ich finde es langweilig. All die Leute sitzen nur da, sagen nichts. Mir gefällt, wenn jemand aufsteht und manchmal auch schimpft. Ihnen die Hölle heiß macht. Das macht Spaß, aber meistens wird ja einfach nur geschwiegen. Ich kann Schweigen nicht ertragen.«

»Ja, das weiß ich«, sagte ich lächelnd.

»Ich mag es, wenn Jesse aufsteht. Er hat wenigstens etwas zu sagen. Nicht wie Freund Marsh und Freund Thomas. Die sind langweilig, leiern immer nur endlos herum, dass die Leute sich nicht wie anständige Quäker benehmen. Jesse heizt ihnen richtig ein, sagt ihnen, dass sie verwerfliche Gesetze, wie dieses Fugitive Slave Law, übertreten müssen. Die Leute sagen, Jesse redet nicht nur darüber. Sie sagen, er hilft Flüchtlingen auch wirklich. Stimmt das, Ann?«

»Das kann ich dir nicht sagen, Abby.«

»Oh, das habe ich mir schon gedacht. Das musst du für dich behalten, wie?«

»Was Jesse macht, ist seine Angelegenheit. Wenn er möchte, dass wir davon erfahren, wird er es uns sagen.«

»Ich glaube, er hilft ihnen. Wer so viel Feuer in sich hat wie Jesse, der muss etwas tun und kann nicht nur reden.« Ihre Augen glühten voller Bewunderung. »Meinst du, er braucht jemanden, der ihm hilft? Mit den Flüchtlingen, meine ich. Ich könnte ihm helfen.«

»Jetzt geht deine Fantasie mal wieder mit dir durch«, sagte ich und versuchte, sie zu bremsen. »Als Nächstes erfindest du noch Ritter und Drachen.«

»Nein, bestimmt nicht! Ich helfe lieber Jesse.« Schweigen. »Ann?«

»Ja, Abby.«

»Hat Jesse jetzt gerade Flüchtlinge draußen in der Scheune? Sind die es, mit denen er gestern Nacht gesprochen hat?«

»Abby, red doch keinen Unsinn! Jesse ist gegen die Sklaverei. Das heißt aber nicht, dass er seine ganze Zeit damit verbringt, Sklaven zu retten. Jetzt lass uns in den Garten gehen und mal sehen, was wir als Nächstes einmachen müssen.«

Abby ging neben mir über den Hof, aber ihr Blick huschte immer wieder zur Scheune. Ihre Aufmerksamkeit war eindeutig nicht auf den Garten gerichtet. Ich setzte mich auf eine Bank und klopfte auf den Platz neben mir, damit sie sich zu mir setzte.

»Abby, hör jetzt mal gut zu«, sagte ich nachdrücklich. »Sklaven zu helfen, von ihren Besitzern fortzulaufen, ist für dich ein Abenteuer. Aber es ist kein Spaß und auch nicht romantisch. Wenn überhaupt darüber gesprochen wird, dann geschieht das sehr im Verborgenen. Denn dabei stehen Leben auf dem Spiel.«

Ich sah Abby unverwandt an, denn ich wollte unbedingt, dass das Mädchen verstand, worum es ging. »Du musst lernen, deine Zunge im Zaum zu halten – bevor du sprichst, darüber nachzudenken, was du sagst und wer es hören kann. Wenn Jesse damit zu tun hätte – und ich sage nicht, dass das wirklich so ist! – könnte dein Gerede ihn in große Schwierigkeiten bringen, ihm schaden oder ihn sogar töten. Also, Liebes, du weißt gar nichts. Vielleicht meinst du, du weißt etwas, aber das stimmt nicht. Also stell bitte nicht laut irgendwelche Vermutungen an.«

Abby saß eine Weile schweigend da und betrachtete ihre Schuhe. »Es tut mir Leid, Ann. Meine Mama hat auch immer gesagt, dass ich zu viel rede. Ich werde versuchen, still zu sein.«

Ich tätschelte ihr die Hand und stand dann auf, um Limabohnen zu pflücken. Abby gesellte sich mir zu und wir arbeiteten einige Zeit lang schweigend.

»Ann? Gestern Abend auf meinem Weg hierher habe ich gesehen, dass Jesse diese Leute in die Scheune geführt hat. Ich weiß, ich hätte es nicht tun dürfen, aber ich bin ihm gefolgt. Ich habe gehört, wie er ihnen von dem Gelass auf dem Heuboden erzählt hat. Es tut mir Leid. Ich hätte das nicht tun dürfen, aber ich konnte nicht anders.«

Ich bekam einen Riesenschrecken und beobachtete das blasse, dürre Mädchen schweigend. Eine Träne lief langsam ihr Gesicht hinab. Ich legte meine Arme um ihre mageren Schultern und umarmte sie. »Es ist in Ordnung, mein Kind. Du hast nur getan, was jeder andere auch getan hätte. Jetzt musst du es allerdings schaffen, das, was du gesehen hast, für dich zu behalten. Meinst du, dass du das kannst?«

»Ja. Ganz bestimmt.«

Kapitel 12

1855 – Sommer

Jesse kam kurz nachdem ich Abby nach Hause geschickt hatte. Meine Aufregung war nicht zu übersehen.

»Du siehst aus, als hättest du eine Klapperschlange in deinem Bett gefunden.«

Ich zuckte zusammen. »Es gibt ein Problem.«

»Was für ein Problem?«

»Ein Problem namens Abby. Sie hat gesehen, wie du die Flüchtlinge gestern Abend zur Scheune gebracht hast.«

»Oh.« Er atmete tief durch. »Das ist in der Tat ein Problem, wo Abby ein solches Plappermaul ist.« Er setzte sich hin, legte die Stirn in Falten. »Ich habe darüber nachgedacht, wie ich sie weiterleite, und ich brauche deine Hilfe. Aber wie können wir sicherstellen, dass das Mädchen nicht etwas ausplaudert und wir auffliegen?«

»Ich habe ihr erklärt, wie gefährlich es ist, und sie hat mir versprochen, nichts zu sagen. Sie ist ein gutes Mädchen und sehr klug. Allerdings habe ich Angst, dass sie es wieder vergisst und ihr etwas herausrutscht.«

»Wer weiß, was sie dann sagt oder wer es hört und weitergibt! Wenn Bens Mädchen etwas davon mitbekommen, könnte alles Mögliche passieren.« Jesse rieb sich die Stirn.

»Weiß du was? Ich werde diese Gruppe aufteilen. Sie sind nicht miteinander verwandt, deshalb werden sie nichts dagegen haben. Ich bringe die drei Männer heute Abend mit einer Wagenladung Kartoffeln nach Windber. Ich verstecke sie in Säcken, zwischen den Kartoffeln.«

»Es ist früh im Jahr für Kartoffeln.«

»Ich weiß, aber es ist früh für alles in Säcken. Wenn jemand nachhakt, sage ich, dass es der Rest der Vorjahresernte ist.«

Ich vertraute darauf, dass er wusste, was er tat. Das musste ich. »Was ist mit den Frauen?«

»Wir ziehen ihnen Quäkerkleider und Trauerhauben an und du bringst sie in Bens Buggy nach Hollidaysburg.«

»Am helllichtem Tage?«

»Ich gehe davon aus, dass trauernde Quäkerfrauen nicht allzu viel Verdacht erregen.«

»Vermutlich nicht.« Der Gedanke, dies allein tun zu müssen, flößte mir Angst ein, aber ich war auch begierig, Jesses Vertrauen zu gewinnen.

»Es wird fünf bis sechs Stunden dauern. Meinst du, dass du dem gewachsen bist?«, fragte er mit einem Blick auf meinen hervortretenden Bauch.

»Sicher.«

»Also machen wir es so. Ich gebe dir den Namen und die Adresse der Ausstiegsstelle in Hollidaysburg. Findest du genügend Kleidung?«

Ich war ihm einen Schritt voraus und arbeitete gedanklich bereits an den Einzelheiten. »Ich werde meine eigene Trauerhaube in Ordnung bringen. Und Mamas altes Kleid und ihre Haube müssten eigentlich noch in der Truhe oben liegen.«

»Das passt sicherlich der jüngeren Frau. Sie ist schlank. Was die ältere betrifft, bin ich mir nicht sicher. Sie ist für deine Kleider vielleicht etwas zu dick.«

Ich kicherte. »Mama wäre stolz auf uns, dass wir eines ihrer alten Kleider so nutzen.«

Jesse lächelte. »Ja, das wäre sie.«

Als Amos und Nathaniel von ihren abendlichen Arbeiten heimkamen, weihte Jesse sie in den Plan ein. Amos wollte nicht, dass ich mich allein auf den Weg machte. »Es muss jemand bei ihr sei. Du solltest mitgehen, oder auch Nate.« Offensichtlich war er besorgt um mich, ohne dabei auf meinen Zustand einzugehen.

»Es sollte mehr als einer hier bleiben, für den Fall, dass mir etwas passiert«, erklärte Jesse.

Amos nickte.

»Es gibt da jemanden, der mich begleiten könnte«, schlug ich zaghaft vor.

»Wer?«, fragte Amos.

»Abby.«

»Abby? Dieses plappernde Kind? Wir können sie doch in diese Dinge nicht einweihen!«

»Sie weiß es bereits, Papa. Sie hat letzte Nacht gesehen, wie Jesse die Entflohenen in die Scheune geführt hat.«

»Eine schöne Bescherung.«

»Vielleicht ist es ja auch von Vorteil«, fuhr ich fort. »Wenn wir ihr erlauben, uns zu helfen, erkennt sie vielleicht, wie wichtig es ist, nichts zu erzählen.«

»Sehr richtig, Schwester«, warf Nathaniel ein.

»Wie es aussieht, haben wir gar keine andere Wahl. Und sie könnte wirklich nützlich sein. Es ist klug, jemanden dabei zu haben, falls etwas schiefläuft.« Jesse rieb sich wieder die Stirn. »Ich gehe gleich zu Ben und leihe mir die Kutsche und das Gespann für euch.«

»Frag doch bitte, ob Rebecca ein schwarzes Kleid und eine schwarze Haube übrig hat. Und bring Abby über Nacht hierher, damit ich sie vorbereiten kann«, gab ich ihm mit auf den Weg.

Amos brachte den Negern das Abendessen und Nathaniel half, die Kartoffeln auf den Wagen zu laden. Als Jesse zurückkam, schirrte er Bens Gespann aus und bereitete die Pferde für die Nacht vor. Ich nahm Abby zu Seite und erläuterte ihr Bens Plan. Etwa eine Stunde nach Einbruch der Dunkelheit schirrte Ben die Pferde an und half den Männern, in die Säcke zu steigen. Nathaniel stellte sicher, dass sämtliche Säcke mit ›Kartoffeln‹ gut verstaut und sorgfältig angeordnet waren.

»Da ich ohnehin schon bis nach Hollidaysburg fahre, meinst du, ich könnte bis Altoona weiterfahren und Rachel besuchen? Vielleicht auch über Nacht dort bleiben?«, fragte ich Jesse, während er die Beladung überprüfte.

»Gute Idee. Sie wird sich freuen, dich zu sehen, und du kannst dich von der Fahrt erholen.« Er sprang auf den Sitz des Fuhrwerks, setzte die Pferde mit einem Schnalzen in Bewegung und fuhr aus der Scheune hinaus.

Ich stieg auf den Heuboden und rief die beiden Frauen, die aus dem Heu auftauchten und mir ins Haus folgten. Dort gab ich ihnen heißes Wasser und Seife und ließ sie allein in der Küche, während sie sich wuschen. Ich nahm eine Lampe, ging mit Abby hinauf in mein Zimmer und öffnete die Truhe. Abby hielt mir die Lampe, während ich die Kleidung meiner Mutter durchstöberte, bis ich ein schwarzes Kleid und eine Trauerhaube fand. Der feine schwarze, an die Krempe genähte Schleier war fast undurchsichtig und würde unserer Sache sehr dienlich sein.

Zurück in der Küche halfen wir den beiden Frauen, die Kleider anzuprobieren. Mamas Kleid passte der schlankeren der beiden – ein bisschen eng zwar, aber es würde schon gehen. Die kräftigere trug Rebeccas schwarzes Kleid, als wäre es für sie gemacht worden. Ihre Gesichter waren hinter den Schleiern kaum auszumachen, sodass einzig ihre Hände sichtbar waren. Meine Handschuhe hatten genau die richtige Größe für die kräftigere Frau, aber die von Mama mussten an der Handinnenfläche aufgetrennt werden, damit sie der schlankeren der beiden passten. Nachdem sie so ausgestattet waren, brachten wir sie hinauf in Jesses Zimmer, wo sie bequemer schlafen konnten als in der Scheune.

Abby hatte den ganzen Abend fast kein Wort gesagt. An einem so wichtigen Ereignis teilzunehmen, hatte eine geradezu magische Wirkung auf ihre Zunge: Ihre Selbstbeherrschung war vorbildlich. Vielleicht wäre auch ›Sprachlosigkeit‹ das richtige Wort gewesen. Wir verbrachten eine schlaflose Nacht, während Jesse und die drei anderen irgendwo weiter westlich durch die Dunkelheit Richtung Windber rumpelten.

Sobald die Sonne aufging, stand ich auf und arbeitete in der Küche. Jesse war noch nicht zurück und wir frühstückten schweigend. Amos tat seine Arbeit und schirrte Bens Gespann an die Kutsche. Wir Frauen kümmerten uns um unsere Kleidung, berieten einander und gaben einander Tipps, wie man sich in Trauerkleidung zu bewegen, wie man aufzustehen und zu sitzen hatte. Ich entschied, dass Abby aufgrund ihres Alters noch keine Haube tragen müsse. Mindestens eine von uns sollte einen ungehinderten Blick haben.

Um sieben Uhr saßen wir vier in der Kutsche und waren bereit für unsere siebenundzwanzig Meilen lange Fahrt. Amos nickte mir zu, als wir losfahren wollten.

»Papa«, sagte ich, »Abby und ich werden auch nach Altoona fahren, um Rachel zu besuchen. Wir bleiben über Nacht dort und kommen erst morgen zurück.«

»Wie du willst.« Mehr sagte Amos nicht. Der Stachel, der seit Rachels Abreise in seinem Fleisch steckte, war immer noch da. Er öffnete die Scheunentore und ich fuhr in das frühe Morgenlicht hinaus, die schwarzverhangene Haube fest auf dem Kopf.

Es war sehr kühl – fast kalt zu Anfang –, aber als die Sonne höher stieg, vertrieb sie die Morgenkälte mit aller Macht. Die Kutsche war vorne offen, die Rückbank war jedoch oben, hinten und an den Seiten verdeckt, sodass unsere Passagiere Schatten hatten und kaum sichtbar waren. Abby plauderte während der Fahrt mit ihnen, um ihnen die Zeit zu vertreiben. Die ältere Frau hoffte, in Kanada ihren Mann wiederzufinden. Er war vor einigen Monaten entflohen. Die jüngere war eine bedauernswerte Seele. Sie war ungefähr fünfzehn und einfach nur auf der Flucht. Sie wusste nicht ein noch aus. Ihre ganze Familie war verkauft worden und der Sohn ihres Besitzers hatte ein zu intensives Interesse an ihr entwickelt. Deshalb war sie fortgerannt, als sich die erstbeste Gelegenheit ergab.

Wir fuhren durch St. Clairsville und Osterburg – genau bei Mary vorbei, ohne auch nur einen Blick nach links oder rechts zu werfen – bevor allzu viele Menschen auf den Beinen waren. Bis zum Vormittag kamen wir durch King, das kaum ein Dorf zu nennen war, und Sproul, das auch nicht viel größer war, nach Claysburg. Dort hindurchzufahren, bedeutete eine große Anspannung für uns, denn es waren viele Leute unterwegs, doch niemand schenkte einer Quäkerkutsche mit Frauen in schwarzer Trauerkleidung besondere Aufmerksamkeit.

Später fuhren wir durch East Freedom und machten Mittagsrast an einem Picknickplatz außerhalb von Newry. Da niemand in der Nähe waren, schlugen wir unsere Schleier zurück und aßen gemütlich.

Etwa um halb zwei kamen wir in Hollidaysburg an und fuhren, wie Jesse uns instruiert hatte, die Montgomery Street hinunter zu einem großen gelben Backsteinhaus, das von Rasen umgeben war und auf einem Grundstück stand, um das ein Eisenzaun verlief. Ich lenkte die Pferde auf das Grundstück und folgte der Kiesauffahrt bis hinters Haus. Es war niemand zu sehen, also stieg ich aus der Kutsche und ging zur Hintertür. Nachdem ich mich vergewissert hatte, dass mich von der Straße aus niemand sehen konnte, klopfte ich. Eine Frau mit erschreckend abweisender Miene, offensichtlich das Dienstmädchen, öffnete die Tür.

»Ich möchte bitte zu Mr Thaddeus Burns.« Meine Stimme zitterte ein wenig und ich bemühte mich, ruhig zu bleiben. Es war die erste Fahrt für die Underground Railroad, die ich ganz alleine unternahm, und die Verantwortung lastete schwer auf mir.

»Mr Burns ist nicht da. Vor vier Uhr wird er nicht zurück sein«, sagte das Dienstmädchen ohne einen Anflug von Freundlichkeit.

»Oh. Wie spät ist es denn jetzt?« Mein schwaches Selbstvertrauen geriet angesichts dieses unterkühlten Empfangs noch mehr ins Wanken.

»Kurz nach zwei«, lautete die knappe Antwort.

Ich wusste nicht, was ich sagen sollte. »Ist Mr Burns zur Arbeit?«

»Mr Burns ist im Gericht. Er ist Anwalt.« Von dieser Seite war keine Hilfe zu erwarten.

»Danke. Vielen Dank«, stammelte ich. Ich ging zurück zur Kutsche und lenkte die Pferde über die Kehre der Auffahrt zurück auf die Straße.

Abby saß neben mir und schaute sich die Stadt genau an. »Der weiße Turm dahinten könnte das Gerichtsgebäude sein«, meinte sie.

»Ja, aber selbst wenn wir das Gerichtsgebäude finden, wie sollte der Mann uns helfen, wenn er im Gericht ist?«

»Na ja, wir könnten etwas herumfahren, einen Rastplatz oder so etwas finden und abwarten.« Abby sah ratlos aus.

»Haben die Damen sich verirrt?« Ein Mann, der die Straße entlanggekommen war, blieb vorne bei unseren Pferden stehen.

»Nein, vielen Dank. Wir warten auf jemanden«, antwortete ich. Mittlerweile war es sehr heiß geworden und die dunkle Kleidung nahm einem fast die Luft zum Atmen. Hätte ich doch wenigstens die Haube abnehmen können! Meine schweigenden Passagiere mussten schon zerfließen vor Hitze. Nur Abbys Kopf war unbedeckt, ihre blonden Zöpfe leuchteten in der Sonne.

Es musste doch irgendwo einen Platz geben, an dem wir einige Stunden lang rasten und uns außer Sicht bringen konnten. Da ich nicht wusste, was ich sonst tun sollte, bog ich rechts in die Montgomery Street ein und folgte der Straße über den Hügel Richtung Kanal. Am Ende bog ich nach links, überquerte den Kanal und fuhr dann durch eine kleine Gemeinde, deren Name einem Wegweiser zufolge Gaysport lautete. Hier standen die Häuser in größeren Abständen, zu jedem gehörten eine kleine Scheune und etwas Vieh. Wir fuhren langsam. Die Pferde mussten getränkt werden. Als wir ein sauber aussehendes Gehöft passierten, erblickten wir eine Frau, die in ihrem Garten Bohnen pflückte. Ich hielt die Kutsche an und ging hinüber, um mit ihr zu sprechen.

»Entschuldigen Sie, Ma'am. Dürfte ich meine Pferde an ihrem Trog tränken?«

Die Frau erhob sich und lächelte unter ihrer Sonnenhaube. »Aber natürlich. Fahren Sie nur hinein und lassen Sie sie saufen.«

»Danke, Ma'am.«

»Sie sehen müde aus«, sagte die Frau mit einem Blick auf meinen hervortretenden Bauch. »Wann ist es denn soweit? Wenn Sie mögen, können Sie hier eine Pause einlegen und sich eine Weile ausruhen.«

»Das ist sehr freundlich von Ihnen, aber ich glaube, es reicht schon, wenn die Pferde Wasser bekommen«, antwortete ich zurückhaltend. Ich stieg wieder in die Kutsche, lenkte die Pferde auf den Weg und hielt am Trog an. Die Pferde soffen, als hätten sie noch nie Wasser geschmeckt.

Die Frau kam mit ihrem Korb voller Bohnen vorbei. »Möchten Sie auch etwas zu trinken haben? Ich habe frische Kräuterlimonade.«

Ich zögerte, aber ein Blick auf meine ermatteten Passagiere ließ mich zustimmen. »Vielen Dank. Ja.«

Wir saßen in der Kutsche unter einer riesigen Kastanie, dankbar für den Schatten. Einige Minuten später war unsere Gastgeberin mit vier Gläsern Kräuterlimonade auf einem Tablett zurück. Als ich meine Haube löste, wurde mir klar, dass meine Passagiere das nicht tun konnten. Ich zögerte, doch Abby sprang hinab und nahm der Frau das Tablett ab. Sie rannte auf die andere Seite und reichte mir ein Glas und einer der Frauen hinten in der Kutsche ein weiteres. Dann kam sie zurück, reichte der anderen Passagierin das dritte Glas und nahm sich selbst das vierte.

Sie wandte sich an unsere Gastgeberin. »Ist das dahinten ein Rosengarten?«, fragte sie. »Würden Sie ihn mir zeigen? Ich liebe Rosen!« Geschickt lockte sie die Frau von der Kutsche fort, sodass wir alle Gelegenheit hatten, zu trinken. Kurz danach kehrten sie zurück. Abby hatte alles eingehend besichtigt.

»Das Warten macht ihnen nichts aus«, erklärte Abby der Frau. »Ihre Schwester, meine Tante Hattie, ist gestorben und sie fahren zur Beerdigung. Sie mögen allerdings Tante Hatties Mann nicht. Deshalb ist es besser, wenn sie möglichst spät da sind.«

»Oh. Wo hat ihre Schwester denn gelebt?«

»Da hinten, in der Nähe von Duncansville«, antwortete Abby, die sich an einen der Wegweiser erinnerte, den sie gesehen hatte.

»Vier allein reisende Frauen«, bemerkte die Frau mit sorgenvollem Gesicht.

»Oh, machen Sie sich um uns keine Sorgen! Mamas Schwestern sind Witwen. Pa konnte nicht von der Farm weg, aber wir kommen gut ohne Männer zurecht«, versicherte Abby ihr. »Vielen Dank für die Erfrischung und den Rundgang. Wir müssen jetzt weiter.« Sie stieg wieder in die Kutsche, winkte der Frau zu und ich lenkte das Gespann Richtung Straße. Als wir langsam die Straße in Richtung Stadt fuhren, sahen wir einander an und seufzten erleichtert.

Kurz vor vier Uhr waren wir zurück in Hollidaysburg und fuhren wieder zu Thaddeus Burns' Haus. Dieses Mal öffnete ein junger Mann die Tür.

»Sind Sie Thaddeus Burns?«, fragte ich. Ich war erleichtert, dass ich nicht wieder mit dem Dienstmädchen zu tun hatte, aber immer noch misstrauisch, weil ich es mit jemandem zu tun hatte, den ich nicht kannte.

»Nein, ich bin sein Sohn. Daniel. Was kann ich für Sie tun?«

Ich sah in sein offenes, junges Gesicht und entschied mich, ihm genügend zu vertrauen, um ein Gespräch zu beginnen.

»Ich habe eine Lieferung für Mr Burns, von Jesse Redfield.«

»Aus Alum Bank?«

»Ja.«

»Kommen Sie herein! Sie haben heute einen langen Weg hinter sich gebracht«, sagte er lächelnd.

Im Wohnzimmer erläuterte ich Daniel meinen Auftrag. Er hörte aufmerksam zu, nickte immer mal wieder. Seine freundliche Reaktion beruhigte mich, sodass meine Befürchtungen sich verflüchtigten. Wir traten aus dem Haus und er lenkte die Pferde in den Stall. Drinnen half er unseren Passagieren aus der Kutsche und führte sie in die Sattelkammer. Dort nahmen sie ihre Hauben ab, ihre Gesichter glänzten schweißnass.

»Sobald es sicher ist, bringe ich Sie in den Keller«, erklärte er ihnen. »Dies ist eine recht ruhige Stadt. Niemand wird das Geringste davon merken, dass Sie hier sind. Morgen werden wir Sie ohne Probleme weiterleiten.«

Ich seufzte erleichtert, Abby kicherte nervös.

»Sie sagten, Sie wollen jetzt weiter nach Altoona?«, fragte Daniel.

Ich nickte.

»Dann machen Sie sich am besten gleich auf den Weg. Es ist zwar nur etwa eine halbe Stunde, aber Sie sehen aus, als würde Sie auch nicht mehr viel länger durchhalten.«

»Haben Sie für die Frauen morgen vielleicht andere Kleider? Ich möchte unsere behalten, falls wir sie noch einmal benötigen. Ich kann auf dem Heimweg wieder hier vorbeikommen.«

»Das wird bestimmt gehen. Ich gebe dem Dienstmädchen die Kleider; dann können sie sie abholen.«

Vermutlich verzog ich das Gesicht, als er das Dienstmädchen erwähnte, denn Daniel lachte. »Wenn sie erst einmal erfahren hat, warum Sie hier sind, haben Sie eine lebenslange Freundin in ihr.«

Wir dankten ihm, verabschiedeten uns von unseren Schützlingen und folgten Daniels Wegbeschreibung nach Altoona. Die Stadt erwies sich als genau die schnell wachsende und florierende Stadt, die Rachel beschrieben hatte – voller Baustellen und lärmender Betriebsamkeit. Die Eisenbahn veränderte unser bisheriges Leben von Grund auf, und Altoona stand im Zentrum dieses Geschehens. Hier wurden Lokomotiven und Wagons so schnell gebaut, wie die Arbeiter es nur vermochten.

Wir hatten keine Schwierigkeiten, das Haus von Rachel und Jacob zu finden. Rachel war immer noch eine strahlende Jungverheiratete und freute sich über alle Maßen, uns zu sehen. Selbstverständlich war sie bestürzt wegen unserer Kleidung und meines Zustandes, aber ich wehrte ihre Fragen ab, bis sie schließlich aufgab. Danach redeten und kicherten wir miteinander wie Schulmädchen. Es gab so viel nachzuholen.

Jacob traf kurz nach uns ein und sagte nach einem langen und bedeutungsvollen Blick auf meinen Bauch: »Sieht ja ganz so aus, als ob der eine oder andere von uns gut beschäftigt war.«

Ich errötete und fragte mich, ob der Besuch wirklich eine gute Idee gewesen war. Aber ich hatte Sehnsucht danach, mit meiner Schwester zusammen zu sein, und daher ertrug ich seine anzüglichen und unfreundlichen Bemerkungen kommentarlos. Glücklicherweise ging er kurz nach dem Abendbrot mit seinen Freunden in den Saloon und ließ uns allein.

Wir verbrachten den Abend im ruhigen Gespräch. Rachel wollte unbedingt ihr Haus und Jacobs Wohlstand herzeigen. Über den wahren Grund unserer Reise erzählte ich ihr nur das Nötigste, brachte sie jedoch auf den neuesten Stand, was die Ereignisse in der Quäkersiedlung seit ihrem Fortgang betraf. Abby schwieg meist und sagte nur etwas, wenn sie gefragt wurde. Ich musste wirklich staunen, wie sehr sie sich verändert hatte. Unser Gespräch ging bis spät am Abend und drehte sich um fast alles außer dem Nächstliegenden: meine bevorstehende Mutterschaft.

Kapitel 13

1855 – Herbst

Der Herbst jenes Jahres war in Bedford County besonders schön. Zwar ließ der Strom der Flüchtlinge etwas nach, aber sie kamen nach wie vor, einzeln oder paarweise. Wegen meines Zustandes kümmerte sich Jesse um die meisten selbst. Ab und an half Abby ihm. Sie hatte ihre bescheidenen Habseligkeiten nach unserer Fahrt nach Hollidaysburg im Juli zu uns gebracht und wohnte jetzt auf der Redfield Farm.

»Ann braucht mich«, erklärte sie.

Je näher die Geburt kam, umso mehr zog ich es vor, im Hause zu bleiben. Dennoch besuchte ich immer noch die Wochenandachten. Mein Zustand war nicht mehr zu übersehen. Daher war es nur eine Frage der Zeit, dass ein Ausschuss bestimmt werden würde, der sich meines Falles anzunehmen hätte. Ich akzeptierte das. Freunde sannen nicht auf Rache. Mit Sünden musste man sich jedoch befassen.

Ich war sehr gern Quäkerin. Unsere schlichte Art passte zu mir. Ich war mit mir im Reinen und führte mein Leben im Einklang mit meinem Inneren Licht. Ich liebte die Stille der Andacht und ich mochte es, wenn jemand – von seiner starken Überzeugung getrieben – das Wort ergriff und sich zu einem Problem äußerte. Diese gemeinsam erlebte Sinnerfahrung und Innigkeit verband uns miteinander, wie es kein anderer Glaube vermochte. Ich liebte die Lehre der Gleichwertigkeit: Der Mann stand nicht über der Frau und kein Mensch über einem anderen. Ich liebte die Tradition der Quäker, in Fragen der Bildung keinen Unterschied zwischen Mädchen und Jungen zu machen, was zu jener Zeit sehr ungewöhnlich war.

Deshalb akzeptierte ich, dass die Versammlung handeln musste. Ich ging davon aus, dass die Freunde gerecht sein würden, und ich hatte mich damit abgefunden, dass ich mich an das Ergebnis zu halten hätte. Sollte man mich von der Versammlung ausschließen, so konnte ich irgendwann meine Wiederaufnahme beantragen. Es war nur eine Frage der Zeit... Zeit, das wusste ich, in der von mir erwartet wurde, über die Schwere meiner Verfehlungen nachzudenken und den festen Entschluss zu fassen, sie nicht zu wiederholen. Das war eine nicht allzu schwierige Sühne, hatte ich doch seit Januar kaum etwas anderes getan, als über die Schwere meiner Verfehlungen zu grübeln.

Eines Nachmittags, während ich über diese Dinge nachdachte, blickte ich aus dem Fenster und sah Pru Hartley im Hof stehen. Die Hände in die Hüfte gestemmt, starrte sie auf das Haus. Was in aller Welt konnte sie bloß wieder wollen? Ich öffnete die Tür, stand im Eingang und schirmte meine Augen gegen die Sonne. »Hallo, Pru!«

Sie stellte sich in Positur und forderte mich auf, herauszukommen. Ich war mir nicht sicher, was ich davon zu halten hatte. Immerhin war fast jede unsere Begegnungen bisher unerfreulich gewesen. Ich blieb in der Tür stehen.

»Na, da haben ja alle Recht, was sie über dich reden. Klar kriegst du ein Kind! Ein ordentlicher Brocken, würd' ich mal sagen.«

Ich wurde rot. Pru hatte wirklich so ihre Art, geradeheraus zu sagen, was sie dachte. Ich stand völlig verdattert da und wusste nicht, wie ich reagieren sollte.

»Was für eine Entschuldigung hast du denn dafür, Frau Saubermann? Das hast du dir doch bestimmt nich' bei den frommen Quäkerpredigten eingefangen!«

Mir war danach, ins Haus zu gehen und die Tür hinter mir zuzuschlagen, aber es war mir unmöglich, mich zu bewegen. Ganz so, als hätte ich den Eindruck, diese Beschimpfung irgendwie verdient zu haben. Ich stand etliche Sekunden lang verdutzt und schweigend da, bis ich endlich meine Stimme wiederfand. Streng genommen fand ich William Penns Stimme. »Sieh, was Liebe vermag!«

»Ich habe den Eindruck, dass du erschöpft bist, Pru. Komm doch herein und iss ein Stück Brot. Ich habe heute Morgen gebacken.« Angesichts ihrer Tirade war das eine rückgratlose Reaktion. Doch mir war einfach nicht nach einem Kampf zumute. Ich hoffte darauf, dass Freundlichkeit den Zorn besiegen würde.

Zu meiner Überraschung kam sie in Richtung Veranda auf mich zu. Sie schien fast ein wenig beschämt zu sein. »Nix dagegen. Hab heut noch nix gegessen.«

Sie trat in die Küche, verbreitete dabei einen starken Körpergeruch und setzte sich an den Tisch, wobei sie sich forschend umsah. Sie war zum ersten Mal seit Mutters Tod wieder in unserem Haus. Mutter hatten die armen, vernachlässigten Kinder der Hartleys Leid getan und sie hatte ihr Bestes getan, ihnen das Leben etwas leichter zu machen. Sie hatte sie in ihre Quäker-Schule eingeladen und sich immer um sie gekümmert, wenn sie auftauchten. Und das, obwohl sie nur sporadisch kamen und ihre Aufmerksamkeit begrenzt war. Da Pru mir das Leben schwer machte, wo sie nur konnte, war ich ihr gegenüber nicht so wohltätig. Üblicherweise setzte ich alles daran, ihr nicht zu begegnen.

»Wo sind denn deine Kinder heute, Pru?«

»Zuhause. Wo sonst?«

»Kannst du sie denn schon alleine lassen? Sind sie dafür nicht noch zu klein?«

»Erzähl du mir nich', wie ich meine Kinder erziehe!« Sie war empört und blickte mich finster an. »Mal sehen, wie du das hinkriegst. Wo du doch immer so angeberisch bist!«

Ich überging die Beleidigung, schnitt eine Scheibe Brot ab und bestrich sie mit Butter. Pru war auf Streit aus. Doch ich war entschlossen, ihr keinen Anlass dafür zu liefern. Ich stellte ihr das Brot hin und goss ihr heißes Wasser für den Tee ein. Sie schien ausgehungert zu sein und blickte in der Küche umher, während sie sich große Stücke Brot in den Mund stopfte. Ich fragte mich, ob sie nach etwas Ausschau hielt, das sie stehlen konnte, rügte mich dann aber selbst wegen meiner mangelnden Nächstenliebe.

Als ich sie essen sah, überkam mich ein wenig Mitgefühl – sehr wenig allerdings. Sie war struppig, schmutzig und halb verhungert. Ihr Kleid war zerschlissen und ihr einziger Schutz gegen die Kälte war ein alter Schal, der einst ihrer Mutter gehört haben musste. Sie trug Schuhe, die diesen Namen kaum verdienten – so abgelaufen und rissig, dass ihre nackten Füße zu sehen waren. Sie bemerkte, dass ich sie beobachtete, und straffte sich.

»Noch 'ne Scheibe«, erklärte sie, »und auch Honig drauf.«

Ich stand auf, um ihn zu holen, und fragte mich, wohin dieser Besuch wohl führen würde. »Könntest du ein paar Kartoffeln und Karotten gebrauchen? Wir haben mehr als genug. Wir hatten dieses Jahr eine riesige Ernte.«

»Nehm ich, wenn ihr welche habt«, antwortete sie zwischen zwei Bissen Brot. Ich reichte ihr einen Futtersack und sagte ihr, sie solle sich im Wurzelkeller bedienen, bevor sie nach Hause ging. Dann wickelte ich den Rest des Brotes in ein Tuch und gab ihn ihr. »Hier. Deine Kinder möchten bestimmt etwas davon.«

Pru wusste nicht, wie man Dankbarkeit zeigt. In ihrem Dank lag immer etwas Bedrohliches. Als schuldete man ihr etwas und würde es bitter zu bereuen haben, gäbe man es ihr nicht.

Sie schlürfte ihren Tee aus und nahm sich den Sack. »Ich geh jetzt. Pass gut auf dich auf, Süße!« Sie wischte sich den Mund mit dem Handrücken ab und war fort. Ich beobachtete sie, nachdem sie aus dem Wurzelkeller gekommen war, wie sie mit einem Sack auf dem Rücken den Hügel hinabging. Trotz all ihrer Gemeinheit war sie wirklich eine arme Seele. Seit ihr versoffener Vater gestorben war und ihre Brüder sich davongemacht hatten, war sie allein und auf Gedeih und Verderb allen und allem ausgeliefert.

Ich korrespondierte weiterhin mit Rachel, Mary, anderen Freunden und Verwandten und selbstverständlich auch mit Josiah.

Er schrieb etwa einmal monatlich. Mit jedem Brief konnte er besser schreiben. Er brachte jetzt anderen früheren Sklaven und deren Kindern das Lesen bei. Er bat mich, ihm Bücher zu empfehlen, was ich mit Freude tat. Ich sandte ihm sogar ein Exemplar von »Onkel Toms Hütte«, einem Buch, das bei den Quäkern von Hand zu Hand weitergereicht und über das bei den Andachten viel gesprochen wurde. Die Tatsache, dass es von einer Frau geschrieben worden war, machte es für mich noch bedeutsamer.

In Josiahs Briefe stand sehr viel über die Freude, in Freiheit zu sein, und die Einsamkeit des Alleinlebens. Ein- oder zweimal erwähnte er jemanden, der durch unsere Hände gegangen war. Denn frühere Sklaven erzählten die Geschichten ihrer Flucht sehr gern. Diese Verbindung machte uns beiden Freude. Er fragte nach meiner und Jesses Gesundheit und vergaß nie, wieviel er uns schuldete. Er war voller Dankbarkeit dafür, dass wir ihn gerettet, ihm ein Leben in Freiheit ermöglicht und Lesen und Schreiben beigebracht hatten.

Mindestens zweimal wöchentlich ging ich die halbe Meile zu Ben, um Rebecca zu besuchen. Ben hatte im vorhergehenden Sommer angebaut, denn sie brauchten mehr Platz, um ihre fünf Kinder unterzubringen. Das Haus bestand jetzt einfach aus zwei Blockhäusern, die durch eine große Küche miteinander verbunden waren. Es blieb aber noch viel zu tun und Ben arbeitete daran, wann immer ihm Zeit dafür blieb. Rebecca war begeistert vom neuen Haus und stolz auf ihre fünf kerngesunden Kinder, die es mit Leben erfüllten.

Die Besuche bei Rebecca waren schwierig. Wie alle anderen, so fragte auch sie sich, von wem ich schwanger war. Doch ihrem Wesen getreu, wartete sie darauf, dass ich mich ihr gegenüber öffnete. Ich schaffte es nicht, über Josiah zu sprechen. Nicht einmal mit ihr.

Elias hatte etwa eine halbe Meile von Ben entfernt gebaut und da Melissa sich in unserer Gegend nicht auskannte, war sie auf Rebeccas Freundschaft und Rat angewiesen. Anfangs war es peinlich, wenn wir drei zufällig aufeinandertrafen – am meisten für mich.

Doch nach zwei oder drei Treffen entwickelte sich eine angenehme, wenngleich nicht enge Freundschaft.

Melissa war erst zwanzig, weit entfernt von allem, was ihr vertraut war, und sehr in Elias verliebt. Sie war ein so naives Mädchen, dass sie meine frühere Liebe für ihren Mann nicht einmal erahnte. Ich mochte sie lieber, als ich es unter den gegebenen Umständen für möglich gehalten hätte.

Eines Tage Mitte Oktober, als Rebecca und ich unsere Köpfe über einen Quilt beugten, öffnete sich die Tür und Melissa trat unangekündigt ein. »Brrrrr, ich glaube in Bedford County ist es noch kälter als in Franklin County.« Sie nahm den um ihre Haube gewickelten Schal ab und lächelte uns an. »Ich habe eine wunderbare Neuigkeit für euch«, eröffnete sie uns. »Ich bekomme ein Kind!«

Rebecca machte ein großes Trara, gratulierte ihr und versprach, ihr Babykleidung und eine Wiege zu überlassen, während ich mich zu einem Lächeln und einer Umarmung zwingen musste. Schwatzend setzte Melissa sich zu uns und arbeitete mit uns gemeinsam an dem Quilt. Sie redete fast ununterbrochen, zumeist über Elias, und verriet dabei sehr persönliche und intime Einzelheiten, bei denen ich mich innerlich winden musste. Dennoch war sie so unschuldig und vertrauensselig, dass nicht einmal ich umhinkam, sie zu mögen.

»Oh, Annie, unsere Kinder werden die besten Freunde sein! Sie werden zusammen spielen, zusammen aufwachsen. Und wer weiß? Vielleicht heiraten sie sogar!«

Ich zuckte zusammen, als sie mich mit ›Annie‹ ansprach, lächelte jedoch und nickte zu ihren unschuldigen Gedankenspielen. Sie hatte etwas so Kindliches. Ich konnte verstehen, dass Elias sich in sie verliebt hatte, wenngleich die Wunde immer noch schmerzte.

Kurz darauf stand ich auf und rief nach Abby, die sich mit Deborah in der Küche getroffen hatte. Dann machten wir uns auf den Weg durch Bens neu angepflanzten Obstgarten nach Hause. Ich war auf dem ganzen Weg schweigsam und dachte an Elias und was hätte sein können. Ich wusste, dass ich ihn nicht mehr liebte. Die Schwärmerei war im Januar abrupt erloschen. Doch ich sehnte mich immer noch nach der ganzen Fülle des Lebens, zu der ein Ehemann, ein Vater für mein Kind, noch mehr Kinder und ein eigenes Zuhause gehörten. Nichts davon war jetzt noch möglich. Kein Mann würde mich haben wollen.

Als wir nach Hause kamen, fanden wir Papa und die Jungen in eine politische Diskussion mit Will McKitrick verwickelt, der auf seinem Rückweg von Alum Bank auf einen kurzen Besuch vorbeigekommen war.

»Ich sage euch, es wird Krieg geben«, sagte Will. »Der Süden wird seine Sklaven nicht aufgeben und der Norden wird nicht zusehen, dass sie die Sklaverei auf die neuen Gebiete ausweiten. Früher oder später werden wir kämpfen.«

»Der Süden wird Vernunft annehmen, bevor es so weit kommt«, versuchte Amos, ihn zu überzeugen. »Sie verlieren jeden Tag Eigentum. Mit einem so brüchigen System können sie nicht weitermachen.«

»Es hängt davon ab, was die westlichen Staaten tun werden«, ergänzte Jesse. »Ob sie der Union als Sklavenstaaten oder als Staaten ohne Sklaverei beitreten.«

»Vermutlich hat Will Recht«, pflichtete Nathaniel bei. »Es könnte darauf hinauslaufen, dass wir drei kämpfen müssen.«

»Wir Quäker sind Pazifisten!«, donnerte Amos. »Keiner meiner Söhne wird zu den Waffen greifen! Hört auf meine Worte. Wenn es Krieg gibt, werdet Ihr euch nicht beteiligen!«

Ich wollte das Gespräch in eine andere Richtung lenken. »Will, hat Betsy in diesem Herbst Apfelkraut gemacht?«

Amos sah mich an, ärgerlich über meine Unterbrechung, und wandte sich dann wieder Nathaniel zu. »Hör mir jetzt gut zu, Nathaniel. Du wirst nicht mitmachen!«

Will wandte sich mir zu. »Ja, sie und meine Schwester Virginia haben letzten Dienstag sehr viel gemacht. Brauchst du etwas?«

»Nein, ich wollte ihr etwas schicken, aber wie es aussieht, hat sie ja genug. Sag ihr doch, dass Pru Hartley schlecht zuwege ist. Sie könnte sicherlich etwas gebrauchen, wenn ihr etwas erübrigen könnt.«

Will blickte düster drein, versprach aber, es Betsy zu sagen. »Sie hat mich gebeten, dich einzuladen. Kommst du?«

Ich zögerte. Zwar vermisste ich meine Schwester, aber mein Kind würde demnächst kommen. »Vielleicht ein anderes Mal, Will. Diese Woche habe ich zu viel zu tun.«

»In Ordnung. Nächste Woche komme ich mit ihr gemeinsam.« Er nahm seinen Hut, nickte Papa und den Jungs zu und ging.

Ich stand mitten in der Küche, als ich mich plötzlich wegen eines langen, ziehenden Schmerzes krümmen musste. Ich griff nach dem Tisch, um mich abzustützen und versuchte, mich unauffällig zu verhalten. Doch ich konnte niemandem etwas vormachen. Jesse sprang auf.

»Ist es soweit? Hast du Wehen?«

»Könnte sein«, nickte ich. »Es ist an der Zeit, und die Schmerzen sind sehr stark.«

»Sollen wir Hilfe holen lassen?«

»Schick Abby zu Rebecca. Sie weiß, wann es an der Zeit ist, Hannah zu rufen.«

Abby war aus der Tür, bevor ich den Satz beenden hatte. Ich klammerte mich an Jesses Arm und als die Schmerzen nachließen, ging ich allein die Treppe hoch. Vorsichtshalber folgte Jesse mir. Er half mir, mich auf mein Bett zu setzen, und achtete aufmerksam auf Anzeichen weiterer Schmerzen.

»Ann«, flüsterte er inständig, »Bitte, sag mir, wer der Vater ist! Ich hole ihn her, wer es auch ist und wo er auch sein mag. Er sollte jetzt hier sein.«

»Lass gut sein, Jesse. Du kannst nichts machen. Lass mich jetzt bitte in Ruhe. Ich sehe zu, dass ich ins Bett komme.«

Widerstrebend ging er die Treppe hinunter. Ich zog mir mein Nachthemd an und kroch schwerfällig ins Bett. Ich hatte keine Ahnung, wie lange das hier dauern würde. Ich wusste nur, dass ich Hilfe brauchte und dass ich wollte, dass es vorbei war. Sie würden noch früh genug wissen, wer der Vater ist.

Dann kam Abby mit Rebecca zurück, die einen Stuhl an mein Bett stellte, mir die Hand hielt und leise mit mir sprach.

»Alles wird gut, Schwester. Ich bin hier, um mich für deine Hilfe zu revanchieren. Dieses Mal wird es hoffentlich eine Niederkunft ohne Constable und Sklavenfänger!«

Ich lachte. Rebecca hatte ja keine Ahnung von der Ironie dessen, was sie da sagte. Ich lag während des ganzen Nachmittags in den Wehen. Abby und Rebecca wichen nicht von meiner Seite. Um etwa fünf Uhr rief Rebecca Jesse unten im Haus zu, er solle die Hebamme holen. Als er etwa eine Stunde später mit ihr zurückkam, ging es immer schneller voran.

Hannah übernahm die Regie und entband mich mit Abbys und Rebeccas Unterstützung von einem starken, gesunden Jungen mit dichtem schwarzen Haar und breiten Gesichtszügen. Seine Haut war bei der Geburt hell und wurde dann etwas dunkler, behielt jedoch, da er zu drei Viertel weißer Abstammung war, einen zarten, sahnigen Beigeton.

Abgesehen vom kraftvollen Schreien des Kindes war im Haus kein Ton zu hören. Auch wenn ich erleichtert war, die Geburt hinter mir zu haben, fiel mir das Schweigen, mit der die Geburt meines Sohnes begrüßt wurde, deutlich auf. Hannah trug das Kind die Treppe hinunter und badete es in Anwesenheit seines Großvater und seiner Onkel, die ehrfürchtig dastanden.

Rebecca kümmerte sich um alles, dessen ich bedurfte, und versuchte, mich zu trösten. »Jetzt verstehe ich einiges«, sagte sie zu mir, als sie mir die Decke um die Beine wickelte.

»Ich wollte es dir immer sagen, aber ich habe es nicht geschafft.«

»Es ist in Ordnung. Das Herz hat seine Gründe.«

»Ich bin froh, dass es vorbei ist. Mir ist klar, dass es Menschen geben wird, die auf ihn oder mich herabblicken werde. Doch ich hoffe, du gehörst nicht dazu.«

»Mach dir keine Sorgen, Schwester. Ich ganz bestimmt nicht.«

Abby brachte das Kind, nachdem es gebadet war, wieder zu uns nach oben und redete – ganz wie es ihre Art war –, als niemand sonst es tat. »Na, das ist aber mal ein kräftiges Kerlchen. Schaut mal, wie fest er meinen Finger umfasst! Ein süßer kleiner Kerl. Sieht seiner Mama aber überhaupt nicht ähnlich, was?«

Nach Abby kamen Amos und die Jungs in mein Zimmer. Mein Vater sah mein Kind an, das in warme Decken gehüllt dalag. Sein Gesicht offenbarte nichts. »Ein gesundes Kind«, stellte er fest. »Ist mir dir alles in Ordnung?«

»Mir geht es gut, Papa. Rebecca ist eine gute Krankenschwester.«

Hannah schaute das Kind aufmerksam an. »Da kommst du also her!«, sagte sie lächelnd und sah ihm in die leuchtenden Augen. Er war zweifellos wunderschön und barst vor Leben. »So einen Knirps wie dich muss man einfach lieben.«

Jesse nahm das Kind und betrachtete es eingehend, während Nathaniel ihm über die Schulter blickte. Keiner wusste, was er sagen sollte. Welcher Herkunft es auch war, das Kind strahlte förmlich vor Gesundheit und Kraft. Es öffnete den Mund weit und gähnte seine beiden verblüfften Onkel an.

So kam Samuel Redfield Colton auf diese Welt. Den letzten Namen nahm er erst später an, aber ich hatte ihn mir für ihn gemerkt. Er trank, so viel er konnte, und gedieh vom ersten Tag an prächtig. Über seinen starken Überlebenswillen musste ich lächeln.

»Du hast dir den richtigen Platz ausgesucht, mein Sohn«, flüsterte ich in sein winziges Öhrchen. »Hier wirst du behütet und umsorgt. Hier wirst du zu einem Mann heranwachsen und deine Mutter stolz machen.« Worte, in denen mehr Hoffnung als Gewissheit lag.

Jesse brachte Rebecca und Hannah nach Hause und kehrte um Mitternacht zurück. Bevor er ins Bett ging, stieg er die Treppen aus dem Wohnzimmer hoch, um nach mir zu sehen. Ich war wach und sprach ihn an: »Verstehst du jetzt, dass ich dir nicht sagen konnte, wer der Vater ist?«

»Josiah. Aber warum, Ann?«

»Warum? Wer kann das schon sagen, Jesse? Er hat mich berührt, als ich Nähe brauchte…«

»Er hat die Gelegenheit ausgenutzt!«

»Nein, Jesse! Ich wollte es. Ich bin nicht traurig darum – und du solltest es auch nicht sein.«

»Ich möchte nicht, dass du traurig bist. Sam ist wunderschön. Aber dein Leben – und seines – werden sehr schwer sein.«

»Ich bete nicht um ein leichtes Leben. Ich bete darum, stark genug zu sein, um auszuhalten, was auf mich zukommt. Sam und ich werden das schon schaffen.«

»Daran habe ich keinen Zweifel, Schwester. Gute Nacht.«

Er stand auf, ging durch die niedrige Tür in Nathaniels Zimmer und von dort aus in seines. Ich lag in der Dunkelheit und dachte an mein Kind und seinen Vater. Ich wünschte mir, Josiah hätte von ihm gewusst. Mehr denn je war ich von Freude und Angst gleichermaßen erfüllt. Der Herr hat's gegeben, der Herr hat's genommen.

Kapitel 14

1856

Nach Sams Geburt ging das Leben fast wieder seinen gewohnten Gang. Er war ein gesundes, glückliches Kind und sein Lächeln, Glucksen und kräftiges, von Herzen kommendes Lachen sorgten für Entzücken. Sogar Amos, sonst wortkarg, sprach mit ihm und kitzelte ihn am Kinn. Jesse und Nathaniel lösten sich dabei ab, ihn auf ihren Knien reiten zu lassen, und Abby nahm ihn schon beim leisesten Wimmern auf und knuddelte ihn. Als ich wieder zu Kräften gekommen war, brannte ich geradezu darauf, meine Aufgaben als Mutter zu übernehmen.

Außerhalb der Redfield Farm war die Welt nicht so freundlich. Bei den Quäkern war Sam ein Kuriosum, das man sich aus der Ferne ansah, ohne auch nur ein Wort dazu zu sagen. Neugeborene waren Grund zum Feiern und lieferten willkommene Vorwände für Besuche aus Nah und Fern. Um Sam zu sehen, kam außer Tante Alice Grainger niemand. Und als ich ihn mit zur Andacht nahm, gab es kein großes Trara wie bei den anderen Neugeborenen. Es war nicht so, dass sie es darauf anlegten, gemein zu sein. Seine Existenz verwirrte sie einfach und zwang sie, sich mit der Frage zu beschäftigen, was Gleichwertigkeit tatsächlich bedeutete. Und das taten sie – sehr langsam und sorgfältig. Nach einer gewissen Zeit besuchten sie uns, einer nach dem anderen, unterhielten sich mit mir, erkundigten sich nach Sam und schäkerten und scherzten dann mit ihm. Mit seinem Lächeln nahm er sie für sich ein und bald war er der Liebling der alten Damen. Vor den Quäkern hatte ich keine Angst. Ich wusste, dass sie Sam gut behandeln würden, was immer sie von mir halten mochten.

Es würde nicht mehr lange dauern und ich würde von der Versammlung angeklagt werden. Zwischenzeitlich ging ich regelmäßig zu den Andachten und war gewissenhaft in meiner Hingabe an die Wahrheit der Quäker wie mein Inneres Licht sie mich verstehen ließ. Der Tag der Rechenschaft kam bei der Geschäftsversammlung im Erstmonat nach Sams Geburt. Alice Heaton erhob sich und brachte das Thema Ann Redfield vor, die – wie für alle Anwesenden offensichtlich – »die Sünde der Unzucht mit einem Mann begangen hat, der nicht ihr Ehemann war, und ein uneheliches Kind zur Welt gebracht hat.«

Ich saß mitten unter ihnen und hielt mein Kind fest im Arm. Ich hatte derartige Anklagen früher schon gehört. Manchmal standen die Angeklagten auf und baten um Vergebung. Andere waren bei dieser Versammlung und bisweilen auch bei anderen gar nicht erst anwesend und demonstrierten auf diese Weise, dass sie die Gesellschaft der Freunde geringschätzten. Ich entschied mich, die Versammlung tun zu lassen, was sie zu tun hatte.

Niemand antwortete auf die Anklage; es gab ja auch keinerlei Anlass zum Widerspruch. Allen waren meine Lebensumstände bekannt. Jetzt musste lediglich ein Ausschuss bestimmt werden. Ich wusste, wie das ablief. Ich hatte genügend ähnlicher Ausschüsse verfolgt – keinen, bei dem es um Unzucht ging, aber um Eheschließungen außerhalb der Glaubensgemeinschaft oder durch einen ›Priester‹ oder darum, dass die Kleidung oder das Benehmen nicht im Einklang mit den Grundsätzen der Quäker gestanden hatten.

Die Anklagepunkte wurden vorgelegt und ein Ausschuss bestimmt, der sie untersuchen und anschließend darüber Bericht erstatten sollte. Danach würde die gebührende Strafe ausgesprochen. Für eine schwere Verfehlung wie meine bestand die Strafe zumeist im Ausschluss – dem Ausschluss als offiziellem Mitglied der Gesellschaft der Freunde. Ein ausgeschlossener Quäker konnte immer noch an den Andachten teilnehmen. Doch er hatte kein Rederecht mehr. Nach einer angemessenen Zeit könnte ich um Wiederaufnahme bitten und sie würde mir gewährt werden, wenn man den Eindruck gewonnen hätte, dass ich wirklich bereute.

So war es zwar erniedrigend und peinlich, aber aller Wahrscheinlichkeit nach nicht von Dauer. Ich akzeptierte das Verfahren als unerlässlich, da alles seine gute Ordnung haben musste, und unterwarf mich ihm, ohne aufzubegehren. Ich kannte kein anderes Leben und dachte nicht einmal daran, mich dagegen aufzulehnen. Ich betrachtete die Strafe als verdient, obwohl ich wusste, dass ich unter den gleichen Bedingungen wieder so handeln würde, ungeachtet der Konsequenzen.

Es war falsch, Josiah geliebt zu haben, denn er war nicht mein Ehemann. Dennoch wusste ich, dass Angst, Kummer und Leid Eigentümliches in der menschlichen Seele hervorrufen – Grenzen werden verwischt und die Wahrnehmung verändert sich. Ich konnte verstehen, dass für die Gesellschaft der Freunde Ordnung in den eigenen Reihen unerlässlich war und sie sich einem derartigen Verhalten geschlossen entgegenstellen musste. Aber kein Mensch ist nur gut oder nur böse. Wir alle sind zu beidem fähig.

Ungeachtet meiner Verfehlung, war ich eine treue Quäkerin von Geburtsrecht wegen. Ich liebte die Glaubensgemeinschaft und wenngleich ich von ihren Lehren abgewichen war, bedeuteten sie mir viel. Daher war ich darauf vorbereitet, für meine Sünde zu bezahlen. Danach würde das Leben weitergehen.

In jenem Winter verließ ich das Haus kaum und ging mit Sam nur nach draußen, um an den Andachten teilzunehmen oder Rebecca zu besuchen. Eines Nachmittags, als ich allein zu Hause war, klopfte es an der Tür. Ich lugte durch das Fenster und sah Pru Hartley auf der Veranda stehen. Pru klopfte normalerweise nicht. Sie stand so lange im Hof, bis jemand sie bemerkte und hinausging, um sie zu fragen, was sie wollte. Wenn sie klopfen würde, hätte das ja bedeutet, dass sie hereinkommen wollte. Ich seufzte. Brachten wir das am besten schnell hinter uns!

»Tag, Pru.«

»Tag. Ich war grad hier auf dem Weg und dachte, ich komm mal vorbei und guck mir deinen Kleinen an.«

Mir war klar, dass sie nur eines wollte, nämlich bestätigt finden, was so gemunkelt wurde. Dennoch ließ ich sie herein. Pru zählte in der Gemeinde nichts. Dennoch ergriff sie jede Gelegenheit beim Schopfe, als erste mit irgendeinen Leckerbissen an Klatsch aufzutrumpfen, als würde ihr das einen Augenblick lang Respekt verschaffen.

Sam schlief in seiner Wiege am Fenster und ich zeigte mit einem Kopfnicken auf ihn. Pru reagierte sofort.

»Oh Gott, das ist ja wirklich ein Nigger! Die haben das ja schon gesagt, aber ich konnt's nich' glauben. Ausgerechnet du – Ann Redfield! Die sittsame Quäker-Lady! Hm. Ich hätt's mir ja denken können. Du bist gar nich' so anständig und sauber wie du immer tust.«

Ich stand entgeistert da. Was hatte ich bloß verbrochen, dass ich dieses Gift verdiente? Ich bemühte mich, meine Sprache wiederzufinden. »Es reicht, Pru! Du hast kein Recht, hier in mein Haus zu kommen und mich zu beschimpfen.«

»Oh, Verzeihung, sittsame Quäker-Lady! Habe ich Sie beleidigt? Das tut mir aber Leid!«, jaulte sie.

»Bitte, geh jetzt, Pru. Sieh zu, dass du nach Hause kommst! Es steht dir nicht zu, so zu reden.«

Sie drehte sich um und blickte mir gerade ins Gesicht, ihre Augen glühten vor Boshaftigkeit. »Ich geh, wenn ich fertig bin, vorher nich'. Du hast immer gedacht, dass du was Besseres bist. Jetzt kann man ja sehen, was es dir gebracht hat, Nigger zu retten.«

Ich griff nach dem Besen hinter mir und schwenkte ihn vor ihrem Gesicht hin und her. »Du gehst jetzt sofort! Ich lasse mir das nicht mehr bieten. Ich weiß nicht, warum du immer so gemein sein musst. Ich habe dir niemals etwas getan!« Ich ging auf sie zu.

Sie trat zur Seite und erhob die Arme, als müsse sie einen Schlag abwehren. Ich hatte niemals daran gedacht, sie tatsächlich zu schlagen. Ich wollte sie einfach nur loswerden. Jetzt ging ich drohend auf sie zu.

»Raus jetzt! Raus jetzt oder ich schlag dich windelweich – so wahr mir Gott helfe!«

Sie wich langsam zur Tür und beobachtete mich misstrauisch. »Kein Grund, so fies zu werden.«

»Fies! Ich werde dir gleich zeigen, was fies ist!« Ich stürzte auf sie zu, als sie aus der Tür schlüpfte. Als ich mir sicher war, dass sie fort war, setzte ich mich auf Papas Sessel vor der Feuerstelle, legte den Kopf in die Hände und weinte. Sam, den der Tumult geweckt hatte, weinte auch. Ich nahm ihn auf und hielt ihn fest im Arm, schaukelte und beruhigte ihn, während mein Herz raste. Das war erst der Anfang.

Mrs Mills und Mrs Baker, mein Ausschuss, würden mich wegen meiner Verfehlung befragen und Gespräche mit meinen Verwandten und engen Bekannten über meinen Charakter führen. Dann würden sie der Monatsversammlung Bericht erstatten und meine Strafe würde verkündet werden. Es war eine öffentliche Demütigung, aber ohne Niedertracht. Freunde hatten an so etwas keine Freude.

Sie kamen am Vierttag. Mrs Mill lenkte die Kutsche, Mrs Baker saß ihr zur Seite. Ich bat sie ins Wohnzimmer, während sich Abby, die sich um meinetwillen fast renitent aufführte, in der Küche um Sam kümmerte. Wir drei saßen einander im Wohnzimmer gegenüber.

Mrs Mill stellte die erste Frage: »Gibst du zu oder bestreitest du den Vorwurf, geschlechtlichen Umgang mit einem Mann gehabt zu haben, der nicht dein Ehemann war?«

»Ich gebe es zu«, sagte ich leise.

»Gibst du zu, dass dein Kind dieser Verbindung entsprungen ist?« Sie blickte hinab auf ein Papier, das sie in der Hand hielt.

»Ich gebe es zu.«

»Wie lange ging das?« Sie schaute immer noch auf das Papier.

»Nur einmal. Im Erstmonat, vor einem Jahr.«

»Pech gehabt.« Zum ersten Mal hatte Mrs Baker etwas gesagt.

Ich blickte sie direkt an. »Nein, Ma'am.«

»Willst du damit sagen, dass das, was du getan hast, rechtens war?«

»Nein, Ma'am. Aber Sie haben von Pech gesprochen. Es war weder Pech, von diesem Mann geliebt worden zu sein, noch war es Pech, sein Kind bekommen zu haben.«

Mrs Baker straffte sich. »Heißt das, du bist stolz auf das, was du getan hast?«

»Nicht stolz, aber ich schäme mich auch nicht. Ich bin dankbar. Für das Glück der Liebe und dafür, einen Sohn zu haben.«

Die beiden Frauen waren offensichtlich verblüfft. Sie hatten Zerknirschung, Unterwürfigkeit und Demut erwartet. Ich zeigte nichts dergleichen. Zwar räumte ich meine Verfehlung ein, doch weigerte ich mich, von Josiah oder Sam abzurücken.

»Beabsichtigst du, deine begangene Verfehlung hinter dir zu lassen?«

»Sie hinter mir lassen? Wie kann ich sie hinter mir lassen? Ich habe ein Kind. Es wird immer bei mir sein.«

»Beabsichtigst du, sie zu wiederholen?«

»Nein, und ich hatte auch niemals beabsichtigt, sie zu begehen.«

»Ann Redfield, deine Sünde ist bereits groß. Und jetzt kommt noch Arroganz hinzu. Stolz ist eine ebenso große Sünde wie Ehebruch«, verkündete Mrs Mills.

»Das mag sein«, antwortete ich, »aber meine Verstöße sind meine eigenen. Ich mache dafür nicht andere verantwortlich und suche nicht nach Entschuldigungen. Ich räume meine Sünde ein. Jetzt ist es an der Gesellschaft der Freunde, über mein Schicksal zu entscheiden.«

Die beiden Frauen schienen sich in ihrer Haut nicht recht wohl zu fühlen. Da nicht viel zu sagen blieb, erhoben sie sich und ich geleitete sie zur Tür.

»Wir müssen noch andere zu deinem Charakter befragen«, erinnerte Mrs Baker mich. »Das wird etwa eine Woche oder auch etwas länger in Anspruch nehmen. Auf der nächsten Monatsversammlung werden wir vortragen, was wir in Erfahrung gebracht haben.«

Ich nickte. Ich stand auf der vorderen Veranda und sah sie über den Hof fortfahren. Mir kam in den Sinn, dass ich vielleicht etwas entgegenkommender hätte sein können. Diese Gelegenheit hatte ich jedoch verpasst. Nun musste das Verfahren seinen Lauf nehmen.

Abby hatte an der Tür gelauscht und konnte in ihrer Wut kaum noch an sich halten. »Was meinen die eigentlich, wer sie sind?«, fauchte sie. »Wetten, dass die was mindestens so Schlimmes getan haben? Warte nur, wenn die mich über deinen Charakter befragen. Die kriegen was von mir zu hören!«

»Oh, Abby, beruhige dich! Sie hegen keine bösen Absichten. Sie tun nur ihre Pflicht so, wie sie sie verstehen.«

»Also ich kann es kaum abwarten, in einem Ausschuss zu sitzen, der sich um eine von ihnen oder eine ihrer Töchter kümmert. Denen werde ich beibringen, was Stolz bedeutet!«

»Das wirst du zweifellos«, sagte ich lachend.

Abby deckte den Tisch für das Mittagessen. Amos war zu Besuch bei Betsy geritten, Will war in New Paris und Nathaniel geschäftlich in Bedford.

Jesse kam aus der Scheune und wärmte seine Hände am Feuer, bevor er Sam aufnahm. Das Kind lächelte und strampelte vor Entzücken.

»Ich habe gesehen, dass dein Ausschuss zu Besuch war«, stellte Jesse fest. »Wie war's?«

»Ging so. Sie haben ihre Pflicht zu tun.«

»Ja. Aber es tut mir Leid, dass du dich dem unterwerfen musst.«

Ich blickte hinab auf das Kind in den Armen meines Bruders und antwortete: »Die Welt hat noch einen weiten Weg vor sich, Jesse. Sogar die Quäker. Sam sollte nicht für meine Sünden bezahlen, aber er wird es wohl müssen.«

»Ich weiß«, antwortete er. »Die Freunde werden ihn akzeptieren, aber viele andere werden es nicht.«

Ich seufzte. »Ein Mensch ist ein Mensch. Keiner ist besser als der andere. Was ist das im Menschen, das ihn immer wieder dazu bringt, Hierarchien aufzubauen?«

»Ich weiß es nicht. Aber es gibt immer eine Hackordnung und der Mensch ist nicht das einzige Wesen, das so handelt. Alle hacken auf denen herum, die schwächer oder anders sind.«

»Ja, aber der Mensch sollte doch von Vernunft geleitet sein. Und dennoch erliegen sie der Torheit, sich für etwas Besseres zu halten als andere.«

»Da kann man sich schon fragen, was Gott im Sinn hatte, als er diesen Samen säte.«

Abby hörte unserer Unterhaltung zu und legte die Stirn in kleine Fältchen. »Also, Sam sollte nicht so einen Start ins Leben haben. Er ist genauso gut wie jedes andere Kind. Wäre es nicht entsetzlich, wenn einer dieser Sklavenfänger ihn kidnappen und als Sklaven verkaufen würde?«

Ich bedeutete ihr, zu schweigen. Sie nannte beim Namen, wovor wir alle Angst hatten, und es auszusprechen, machte es noch furchtbarer.

Jesse legte das Kind in die Wiege und setzte sich an den Tisch. »Dazu wird es niemals kommen, Abby. Sam wird in Sicherheit sein. Dafür werden wir sorgen.« Ich hörte Jesses Worte und fragte mich, wie das gehen sollte.

Zur nächsten Monatsversammlung hatte der Ausschuss seine Arbeit beendet und die Anklage wurde vor der gesamten Versammlung verlesen. »Ann Redfield wird der Unzucht für schuldig befunden. Denn sie hat als unverheiratete Frau ein Kind zur Welt gebracht. Sie wird daher ausgeschlossen.«

Obwohl ich gewusst hatte, dass das kommen musste, war ich bei der Verkündung wie betäubt. Meinem Vater, meinen Brüdern und meinen Schwestern war meine öffentliche Demütigung peinlich, was mir entsetzlich Leid tat. Am meisten bereute ich, Schande über meine Familie gebracht zu haben.

Schweigend fuhren wir von der Versammlung nach Hause. Amos, Jesse, Nathaniel und ich. Abby kuschelte unter dicken

Quilts mit Sam. Niemand sagte etwas, nicht einmal Amos, der den größten Schmerz empfand. Aber es lag uns allen schwer auf der Seele.

Kapitel 15

1856 – Spätwinter

»Ann«, schlug Jesse vor, als wir zu Hause in unserer Küche saßen, »was hältst du davon, zu verreisen, bis dieser Sturm sich etwas gelegt hat? Vielleicht etwa eine Woche bei Mary und einige Zeit bei Rachel?« Ich dachte über die Idee nach. Es wäre in der Tat gut, eine Weile fort zu sein, und es machte mir immer viel Freude, meine Schwestern zu besuchen. »Meinst du denn, dass ihr ohne mich auskommt?«

Jesse nickte und Abby meldete sich zu Wort: »Natürlich! Ich könnte mich um den Haushalt kümmern, wenn du fort bist. Das würde mir Spaß machen!«

Also machten Sam und ich uns zu Besuchen auf. Jesse brachte uns im Schlitten zu Marys neuem großem Haus in Osterburg. Es war voller Kinder und Betriebsamkeit, der Mittelpunkt einer florierenden Farm. Mary und Noah Poole hatten fünf Kinder, zwanzig Kühe, sieben Schweine, vier Pferde, viele Hühner und siebzig Morgen Land. Ihr Leben war ausgefüllt, aber die Zeit, den kleinen Sam und mich willkommen zu heißen, hatten sie dennoch.

Die herzensgute Mary nahm Sam mit derselben überquellenden Liebe an, mit der sie auch ihre eigenen Kinder überschüttete.

»Oh, Ann, er ist wunderschön«, rief sie, als sie mir Sam aus dem Arm nahm. »Ich bin so froh, dass du gekommen bist. Wir hatten in den letzten neun Jahren so wenig Zeit füreinander.«

»Wir haben viel nachzuholen! Was für ein volles Haus du hast, Mary! Wie schaffst du das alles?«

»›Eines nach dem anderen‹, sagt Noah immer zu mir«, antwortete sie lächelnd. Dann blickte sie zu Sam. »Dieser Kleine hier. So ein Sonnenschein! Der wird dich auf Trab halten, Schwester.«

Ich lächelte. Sam war wunderschön. Da gab es keine zwei Meinungen.

»Der Umgebungswechsel wird mir gut tun. Mach dir aber keine Sorgen. Ich werde mitarbeiten. Gemeinsam geht die Arbeit leichter von der Hand.«

Mary nickte und rieb mit der Nase an Sams Hals.

Noah Poole, ein Mann mit rundlichem, gerötetem Gesicht, alberte und scherzte bei jeder Gelegenheit mit mir und seinen Kindern herum. »Weißt du, Ann, ich liebe deine Schwester jenseits aller Worte. Aber sie macht immer so viele Worte!« Er lachte, als sei der Witz ganz neu. Ich freute mich, Mary so glücklich mit einem liebenswürdigen Mann zu sehen.

Nach einigen Tagen in Osterburg schrieb ich Rachel und fragte sie, ob wir sie in Altoona besuchen könnten. Die Antwort kam schnell:

Liebe Ann,
Jacob und ich würden uns sehr freuen, dich und Sam zu Besuch zu haben. Wir vermissen unsere liebe Familie. Versuch doch bitte, Mary und Noah dazu zu bewegen, mitzukommen. Sie könnten eine Pause gut gebrauchen und es wäre so schön, die beiden wiederzusehen.
Herzliche Grüße,
Rachel

Mary und Noah freuten sich sehr über die Einladung und baten Noahs Bruder, die Arbeiten auf der Farm zu übernehmen. Zwei seiner Schwestern boten sich an, sich um die Kinder zu kümmern.

»Siehst du, meine Liebe«, sagte Noah zu Mary, »wie einfach es ist, mal fortzukommen? Das sollten wir häufiger machen!«

Wir kamen am späten Abend des Dritttags in Altoona an und waren froh darüber, dass es bei Rachel sowohl in der Küche wie auch im Wohnzimmer einen Eisenofen gab. An der Decke waren Gitter angebracht, die sich öffnen ließen, sodass die Hitze auch in die oberen Zimmer ziehen konnte. Rachel, die im Mai ihr erstes Kind erwartete, strahlte immer noch. Je älter sie wurde, umso stärker erinnerte mich ihre Schönheit an die unserer Mutter. Vielleicht hatte Amos sie deshalb auf eine besondere Art ins Herz geschlossen. Sie freute sich so sehr, uns zu sehen. Abgesehen von Abbys und meinem kurzen Übernachtungsbesuch vor einem Jahr hatte sie kein Mitglied unserer Familie mehr getroffen, seit sie Bedford County verlassen hatte.

Sam schlief, als wir ankamen, und ich kam nicht umhin, zu bemerken, dass Rachel die Augen niederschlug, als sie Sam zum ersten Mal ansah. Es fiel kein Wort, aber in meinem Inneren wurde es kalt. Konnte es sein, dass meine eigene Schwester von Hass erfüllt war? Als Jacob von der Arbeit nach Hause kam und Sam sah, war er schlicht fassungslos.

»Ich hatte ja keine Ahnung, dass du ein Niggerkind hast«, sagte er, ohne sich Mühe zu geben, sein Missfallen zu verbergen. »Schlimm genug, dass er ein Bastard ist – und obendrein ein schwarzer Bastard!«

»Jacob!« Rachel ging auf ihn zu, um ihn mit flehenden Augen zum Schweigen zu bringen. Er trat von Sam zurück, als habe das Kind etwas Ansteckendes an sich.

Noah Poole trat einen Schritt vor. »Es gibt keinen Grund, deshalb so grob zu werden«, sagte er zu Jacob.

»Ich habe Rachel gleich gesagt, dass bei diesen Rettungsaktionen für Sklaven nichts Gutes rauskommt. Jetzt hast du dich selbst in einen solchen Schlamassel gebracht. Was willst du denn mit dem da machen?«, fuhr Jacob unbeirrt fort und zeigte dabei mit dem Kopf kurz auf Sam.

Rachel fuhr zusammen. »Jacob, bitte! Du hast getrunken«, flüsterte sie ihm zu.

Ich holte tief Luft. »Es tut mir Leid, Rachel. Ich hätte nicht kommen sollen. Ich wusste nicht, dass Jacob so unfreundlich sein würde.«

»Meinst du etwa, ich will in meinem Haus Nigger haben – als ob sie genau so viel wert wären wie ich?«, fragte er herausfordernd.

»Sam ist ganz genauso wie jeder andere Mensch auf dieser Erde – und besser als manch einer!«, stieß ich hervor und blickte Jacob Schilling direkt in die Augen.

»Ganz ruhig jetzt, wir wollen nicht mit Beleidigungen um uns werfen«, ging Noah dazwischen, der fieberhaft versuchte, die guten Umgangsformen zu retten.

Jacob ging steifbeinig aus dem Zimmer und warf einen vielsagenden Blick auf Rachel. »Ich bin heute Abend nicht da, meine Liebe«, sagte er.

Nachdem er fort war, saßen wir eine Weile schweigend da. Was hätten wir auch sagen sollen? Endlich fand ich die Kraft, meine Entscheidung zu verkünden. »Rachel, ich kann nicht hier bleiben. Ich werde morgen mit Mary und Noah zurück nach Osterburg fahren.«

Sie blickte auf ihre Hände, die hilflos auf ihrem Schoß lagen. »Es wird schon gehen, Ann. Wahrscheinlich wird er kein Wort mehr sagen.«

»Nein, es geht nicht. Zumindest werde ich mich hier nicht wohlfühlen. Ich wollte keine Spannungen in euer Haus bringen.«

Mary nickte. »Vielleicht ist es das Beste, wenn Ann und Sam mit uns nach Hause kommen«, pflichtete sie mir leise bei.

Beim Abendessen wurde kaum gesprochen und sobald der Abwasch erledigt war, entschuldigte ich mich und ging nach oben, um Sam zu stillen. Ich legte ihn zum Schlafen in eine Wiege, die Rachel von einer Nachbarin geliehen hatte, und hoffte inständig, dass er die Nacht über ein braves, stilles Kind sein und Jacob keinen weiteren Anlass geben würde, ihn zu beschimpfen.

Mary und Noah blieben mit Rachel unten und unterhielten sich leise im Wohnzimmer bis zur Schlafenszeit. Ich blieb jedoch weiter bei Sam, weil ich Angst vor einer erneuten Szene hatte. Ich nahm das schlafende Kind aus dem Bettchen, wiegte es bis tief in die Nacht in meinem Arm und wünschte mir so sehr, ich könne ihm derartige Beleidigungen für immer ersparen.

Am Morgen wartete ich, bis ich gehört hatte, dass Jacob zur Arbeit gegangen war, bevor ich mit Sam hinunter zum Frühstücken ging. Ich war erleichtert über Jacobs Abwesenheit, und hatte das Gefühl, dass es den anderen ebenso ging.

»Es tut mir Leid wegen Jacob«, sagte Rachel zu mir. »Er hat manchmal etwas eigenartige Züge.«

»Bösartige Züge, würde ich sagen«, schimpfte Mary.

»Er ist gut zu mir«, verteidigte Rachel ihn. »Aber manchmal, wenn er Alkohol getrunken hat, achtet er nicht auf das, was er sagt.«

»Trinkt er oft Alkohol?«, fragte Noah.

Rachel blickte zu Boden. »Nicht sehr oft«, antwortete sie leise.

»Mach dir keine Gedanken, Rachel«, sagte ich zu ihr und versuchte, mir meine Wut und meine Verbitterung nicht anmerken zu lassen. Jacob Schilling und ich würden niemals Freunde werde. Ich würde seine Gegenwart in Zukunft möglichst meiden und unseren Umgang auf das Nötigste beschränken, wenn er sich nicht vermeiden ließ. Mein Groll saß tief und ich bemühte mich sehr, ihn nicht auf meine Schwester zu übertragen.

Wir fuhren zurück nach Osterburg, ohne viel miteinander zu sprechen. Noah machte sich Gedanken um Mary, die sich – gutherzig, wie sie nun einmal war – sicherlich wegen der schmerzhaften Ereignisse grämte und um mein armes Kind sorgte. Mary machte sich sowohl um Rachel als auch um mich Gedanken – die eine war mit einem gehässigen Trunkenbold verheiratet und die andere kämpfte darum, in einer weißen Welt ein Mischlingskind großzuziehen. Ich hielt Sam ganz fest und konnte nicht begreifen, wie jemand auf ein so unschuldiges und wunderschönes Kind wie ihn mit einer solchen Bösartigkeit herabschauen konnte.

Als wir bei der Poole-Farm ankamen, lud Mary mich ein, noch einige Tage zu bleiben, um meinen Wunden Zeit zur Heilung zu geben. Ich ließ Jesse benachrichtigen, uns am kommenden Zweittag abzuholen.

»Mach dir keine Sorgen, Ann. Gott wird einen Mann wie Jacob Schilling bestrafen«, sagte Mary zu mir, um mich zu beruhigen und mich aufzubauen.

»Ich hoffe, er bezieht Rachel dabei nicht ein«, antwortete ich. »Ich habe Angst um sie. Ich hätte nicht gedacht, dass Jacob ein so niederträchtiger Mensch ist. Das hat mich sehr überrascht.«

»Mich auch. Rachel hat nichts davon angedeutet, dass er sich ihr gegenüber unschön verhält. Mit seiner Trinkerei scheint sie sich allerdings nicht wohl zu fühlen.«

»Das würde wohl jeder. Ich wünsche mir einen Ehemann, aber keinen, der trinkt. Das ist schlimmer als unverheiratet zu sein.«

Ich nahm den pummeligen, strampelnden Sam auf den Arm, der zur Freude von Marys beiden Töchtern gurrte und gluckste. Das Gefühl, ihn beschützen zu müssen, überwältigte mich derart, dass ich unbedingt zurück nach Hause in die Sicherheit meiner Familie wollte. Die Reise hatte mir nicht so viel Freude gemacht, wie ich gehofft hatte. Der erste Ausflug in die weite Welt war schmerzhaft für mich gewesen, wenngleich nicht für Sam.

»Ich mache mir Sorgen um den Kleinen, Mary. Wenn ein Mensch so gemeine Dinge sagen kann, was mögen andere dann erst sagen oder tun? Ich frage mich, an welchem Punkt in seinem Leben ihm klarwerden wird, dass er zumindest für einige Leute ein Mensch von geringerem Wert ist. Was für ein trauriger Tag für ein Kind.«

»Ich weiß, Ann«, antwortete Mary und bemühte sich, tröstende Worte zu finden. »Vielleicht ändern sich die Dinge ja irgendwann.«

»Nein, das werden sie nicht. Böswillige wird es immer geben. Immer wird es Menschen geben, deren Nächstenliebe und Mitgefühl nur bis zu ihrer Nasenspitze reichen. Wir können nichts anderes tun, als damit zurechtzukommen und die zu trösten, die unterdrückt werden«, sagte ich seufzend.

Als Jesse am Zweittag ankam, war ich erleichtert.

»Tante Alice Grainger ist am Sechsttag gestorben«, sagte mir mit sanfter Stimme zu mir. »Die Beisetzung war gestern.«

»Oh, Jesse, nein!«, Meine Augen füllten sich mit Tränen. »Sie war meine Lieblingstante – und der einzige Mensch, der mich nach Sams Geburt besucht hat.«

Er nickte und legte mir hilflos die Hand auf die Schulter. »Ich weiß. Amos wird sie auch vermissen. Sie war seine Lieblingsschwester.« Er setzte sich an den Tisch, während Mary ihm einen Teller mit Hühnchen und Nudeln vorsetzte. »Abbott Conways Frau hat ein Kind bekommen. Einen Jungen.«

»Noch ein Junge. Wie viele sind es jetzt? Fünf?«

Jesse nickte, während er sein Hühnchen mit Nudeln aß. »Die Schwestern Lester sind zurück aus Menallen. Elias' kleiner Bruder James geht nach Westen, sobald das Wetter umschlägt.« Jesse sagte das in einem wehmütigen Ton, der mich an seinen Lebenstraum erinnerte, genau das Gleiche zu tun. Ich fragte mich, ob er es je wahrmachen würde.

»Bist du soweit, Ann?«, fragte er dann und schob seinen leeren Teller von sich. »Ich möchte so schnell wie möglich los. Es bewölkt sich und wird wohl bald einen heftigen Schneesturm geben.«

»Ich bin seit dem Morgengrauen startklar, Bruder«, antwortete ich und zeigte auf mein Gepäck an der Tür.

Jesse belud den Schlitten, half mir einzusteigen und reichte mir den kleinen Sam. Behaglich in schwere Quilts gehüllt, verabschiedeten wir uns von Mary, Noah und den Kindern und machten uns auf den Heimweg.

Es war ein gutes Gefühl, wieder bei Jesse zu sein. Schon bald hatte er es geschafft, mich mit Amos' neuestem Anfall von Entsetzen über die Demokraten zum Lachen zu bringen. »Papa hat gehört, dass sie wahrscheinlich James Buchanan als Präsidenten nominieren werden. Du weißt ja, was er über alle denkt, die den Süden beschwichtigen wollen. Ich dachte, er bekommt einen Schlag, er war so was von geladen!« Amos nahm seine Politik sehr ernst und ging davon aus, dass andere das auch taten.

»Wie geht es Rachel?«, fragte Jesse, während er die Pferde behutsam über einen vereisten Abhang lenkte.

»Ihr geht's gut. Ihr Kind kommt im Fünftmonat. Sie haben ein schönes Haus in Altoona, aber ich glaube, das Stadtleben wäre nichts für mich. Rachel scheint es zu gefallen.«

Dabei beließen wir es. Wir wechselten das Thema und ich war fest entschlossen, meine Traurigkeit hinter mir zu lassen und Jesse nicht zu offenbaren, wer in Sam ein Engelchen ganz eigener Art sah.

Kapitel 16

1856 – Vorfrühling/Frühsommer

Nachdem ich sie mit dem Besen verscheucht hatte, sah ich in jenem Winter nicht mehr viel von Pru Hartley. Doch ich wusste, dass die Zeiten schwer für sie waren. Jesse sah sie fast jedes Mal, wenn er zur Post ging, drüben in Alum Bank um Almosen betteln. Ich konnte kein Mitgefühl für sie aufbringen, obwohl in meiner Quäkererziehung die Nächstenliebe eine große Rolle spielte. Ihre Kinder jedoch taten mir leid. Derentwillen beschloss ich eines Tages, sie zu besuchen.

Die Hartleys waren immer arm gewesen. Als ich jedoch eines Nachmittags im März mit einem Korb voller Lebensmittel im Arm zu ihnen ging, sah es dort schlimmer aus denn je. Der Schnee war geschmolzen. Der Wind aber war immer noch so fürchterlich, dass er auch die wärmste Kleidung durchdrang. Außer zwei dürren Hunden, die anfingen, im Chor zu bellen, als ich näher kam, war niemand da. Ich war mir nicht sicher, ob sie mich näher ans Haus gehen lassen würden. Also blieb ich draußen stehen und rief.

»Pru! Pru Hartley!«

Pru trat heraus auf die Veranda und schrie die Hunde an. Ihr schmutziges, blondes Haar hing ihr bis weit unter die Brust, verdeckte aber nicht ihr zerschlissenes Kleid. Sie trug Männerstiefel, die vermutlich von ihrem Vater stammten. Ihre drei abgemagerten Kinder standen mit großen Augen schweigend hinter ihr.

»Was willst du?«

»Ich wollte dich nur mal besuchen. Ich dachte, ich bring dir ein paar Leckereien.« Ich wies auf den schweren Korb auf meinem Arm, den ich nur zu dringend absetzen wollte.

»Wir brauchen eure Almosen nich!«, antwortete sie trotzig.

Ich hatte bereits geplant, den Korb einfach stehen zu lassen und wieder nach Hause zu gehen, sollte sie wieder loslegen. »Hier ist etwas Brot und auch Marmelade. Eingelegtes Gemüse und ein bisschen Dörrfleisch.«

Die Kinder blickten hinauf zu ihr, in ihren Gesichtern zeigte sich Hoffnung. Sie hatten Hunger. Pru sah sie an und dann mich. »Lass das stehen.«

»In Ordnung. Ich wollte aber auch mit dir reden.«

»Was willst du denn mit mir reden? Letztes Mal hast du mich mit'm Besen weggejagt.«

Ich ging auf die Veranda zu. »Das hätte ich nicht machen sollen, aber du hast mein Kind beleidigt.«

»Ach was, beleidigt! 'n Nigger ist 'n Nigger. Ich hab nur gesagt, was er ist.«

Ihre Worte taten mir erneut weh und ich war drauf und dran, mich umzudrehen und fortzugehen, aber ein Blick auf die Gesichter der Kinder hielt mich davon ab.

»Lass gut sein, Pru. Willst du das Essen oder nicht?«

»Die Kleinen hier könnten's gebrauchen«, räumte sie ein.

Ich tat einen Schritt in Richtung Veranda, aber Pru baute sich zwischen mir und der Tür auf. »Weiter nich«, sagte sie.

Ich setzte den Korb an der Ecke der Veranda ab und die Kinder stürzten sich augenblicklich darauf. Sie rissen das Brot auseinander und stopften es sich in den Mund, ohne die Marmelade auch nur zu öffnen. Pru hielt sich kurz zurück, langte dann aber ebenfalls zu, um sich ihren Anteil zu schnappen.

Die Kinder sahen verwahrlost und verloren aus. Es waren zwei Jungen und ein Mädchen, offensichtlich von verschiedenen Vätern, denn sie glichen einander kaum. Sie waren schmutzig und ihre Kleidung war so zerschlissen, dass sie fast nackt waren. Ich dachte an Sam, der warm und behaglich in seiner Wiege lag, während diese Kinder hier froren und fast verhungerten. Meine Wut auf Pru ließ etwas nach. Sie hatte ein schweres Leben. In ein Eckchen meines Herzens stahl sich der Gedanke, dass sie es verdient hätte – aber nein! Dies hier hatte nicht einmal sie verdient.

»Hast du genug Feuerholz?«, fragte ich sie und hielt Ausschau nach Rauch aus dem Kamin.

»Wenn ich keins hole, haben wir keins, und ich kann nich viel schleppen. Die hier haben keine Schuhe.« Sie zeigte auf die Kinder.

Das konnte ich sehen. »Wo sind deine Brüder eigentlich jetzt? Ich habe sie seit einer Ewigkeit nicht gesehen.«

»Sawyer ist weg und jetzt Hausierer, 'n Buckelkrämer. Hab seit letztem Sommer nix von ihm gehört. Cooper kommt manchmal, aber er hat jetzt 'ne Frau unten in Cessna und kümmert sich nich' mehr um uns.«

Immer das Gleiche. Eine alleinstehende Frau, ohne jemanden, der pflanzt, jagt oder Holz sammelt. Kein Einkommen. Man konnte sie entweder verdammen oder ihr helfen. Eine andere Möglichkeit gab es nicht. Warum es auch so weit gekommen sein mochte, Pru brauchte Hilfe. Ich beobachtete sie, wie sie aßen, bis sie den Korb geleert hatten.

»Ich geh dann mal wieder. Wenn du nachher zu uns kommst, finde ich bestimmt noch mehr für euch.«

Ich kannte Pru schon mein ganzes Leben lang, aber in jenem Moment entdeckte ich zum ersten Mal einen Anflug von Wärme und Freundlichkeit in ihr. Sie lächelte und zeigte dabei ihre kaputten Zähne.

Ich behielt die Anzahl der Flüchtlinge im Auge, die wir Monat für Monat durchschleusten. In der dritten Woche des Siebtmonats im Jahre 1856 waren es bereits sechzehn gewesen. Jesse und ich standen unter erheblichem Druck. Ein- oder zweimal mussten wir uns an andere Freunde um Hilfe wenden. Sklavenfänger trieben sich auf den Straßen und den Hügeln herum. Jede Farm stand unter Verdacht, vor allem, wenn sie einem Quäker gehörte. Wir bewegten uns sehr vorsichtig, denn man konnte nie wissen, von wem man möglicherweise beobachtet wurde.

Am fünfundzwanzigsten Tag des Siebtmonats um etwa elf Uhr abends kam eine Gruppe von neun Personen aus Schellsburg an und holte Jesse aus dem Bett. Er brachte sie in die Scheune und versprach ihnen, sie in der kommenden Nacht weiterzubringen. Noch vor dem ersten Tageslicht gingen mein Vater und meine Brüder in die Scheune, jeder mit einem Werkzeugkasten oder einem Eimer mit Frühstück für unsere Gäste. Nach Sonnenaufgang ritt Jesse aus, um sich mit anderen zu beraten, wohin er eine so große Gruppe schicken könnte. Er kam ratlos zurück.

»Die Straße ist blockiert«, berichtete er. »Eine so große Gruppe kann man nirgends zusammen hinschicken. Ich werde sie aufteilen und nacheinander weiterleiten. Hoffentlich bekommen wir in der nächsten Zeit nicht wieder so viele auf einmal.«

Abby und ich standen bereit, ihn zu unterstützen. »Gibt es da nicht einen Schaffner in Claysburg?«, fragte ich.

»Ja. Joseph Dickerson nimmt ab und an welche auf. Er leitet sie dann auf der Route über Clearfield weiter.«

»Abby und ich könnten etwa zwei von ihnen heute im Wagen mitnehmen und auf dem Rückweg eine Ladung Pfirsiche von der Obstfarm in Pavia mitbringen.«

Jesse dachte über diese Möglichkeit nach. »Wir könnten sie, wie sonst auch, unter Heu und Jutesäcken verstecken«, sagte er. »Ich werde mal mit ihnen über die Aufteilung der Gruppe sprechen und schauen, wer bereit ist, zu gehen.«

Keine zehn Minuten später war er aus der Scheune zurück. »Es ist ein Ehepaar dabei. Sie sind bereit, sich von den anderen zu trennen, wenn sie zusammenbleiben können.«

»In Ordnung«, stimmte ich zu. »Wenn wir sofort nach Mittag losfahren, können wir vor Einbruch der Dunkelheit zurück sein.«

Abby und ich waren in diesen Dingen mittlerweile sehr erfahren, aber mit Sam wurde es immer schwieriger. Mit seinen neun Monaten war er schon zu quirlig für eine lange Fahrt im Wagen.

Daher ging ich in die Scheune, um nach einem Kindermädchen Ausschau zu halten.

»Bitte, Ma'am, ich kann das machen«, meldete sich eine der verbleibenden drei Frauen freiwillig. Sie war eine große dunkelhäutige Schönheit, etwas jünger als ich. Sie bewegte sich anmutig und selbstsicher, ganz anders als viele andere, deren Rücken durch zu viel Arbeit gebeugt waren.

Die Schwierigkeit bestand darin, sie unbemerkt von der Scheune ins Haus gelangen zu lassen. Sie war fast so groß wie Nathaniel. Daher brachte ich ihr einen seiner Anzüge und einen Hut mit einer breiten Krempe, die ich einem Jutesack versteckt hatte. Ich bat sie, die Kleidung anzuziehen und mit langen Schritten, gesenktem Kopf und den Händen in den Hosentaschen ins Haus zu gehen.

Im Hause angekommen, legte sie ihre Verkleidung ab. Ich erläuterte ihr den Plan für den Transport des Ehepaares und erklärte ihr, welche Rolle ihr dabei zukommen solle. Dann brachte Abby Sam zu seinem ›Kindermädchen‹.

Die Schwarze riss die Augen auf, als sie ihn erblickte. Fragend schaute sie zunächst mich, dann Abby und schließlich Sam an. Ich hatte keine Lust, alles zu erklären, und beeilte mich mit den Vorbereitungen für die Weiterleitung des Ehepaares. Jesse belud den Wagen mit leeren Körben, die mit Rupfensäcken bedeckt waren. Das Paar kauerte zusammengerollt zwischen den Körben, über sie war Heu gestreut, und das ganze sorgfältig arrangierte Durcheinander wurde mit Sackleinen bedeckt. Abby und ich luden Lebensmittel ein, gaben der Schwarzen Hinweise, was bei Sams Betreuung zu beachten war, und fuhren Richtung Claysburg los. Die Männer blieben zu Hause, um sich um die Farm zu kümmern und Jesses nächtliche Fahrt vorzubereiten.

Wir gaben ein reizendes Bild von Farmfrauen ab, die Besorgungen zu machen hatten, und rumpelten die Straße entlang nach Claysburg. Nach außen ganz ruhig, innerlich aber extrem angespannt, war uns bewusst, dass unsere Schützlinge völlig auf uns angewiesen waren. Als wir um etwa vier Uhr ankamen, war ich außerordentlich erleichtert, das Paar im Schutz der Obstfarm deren Eigentümer Joseph Dickerson übergeben zu können.

»Wir fahren über Pavia zurück, um Pfirsiche zu holen«, erzählte ich ihm.

»Ich habe hier auch Pfirsiche«, antwortete er und zeigte auf seine Bäume, die voller reifer Früchte hingen.

»Zu verkaufen?«

»Ja, Ma'am.«

»Das ist ja ein Glücksfall!«, sagte ich zu Abby und griff nach den leeren Körben.

Dank Joseph Dickerson und seiner vier stämmigen Söhne war der Wagen schnell mit saftigen, reifen Pfirsichen vollgeladen. Ich bemerkte, wie Abby die Jungen beobachtete und mir wurde mit einem Anflug von Traurigkeit, bewusst, dass sie langsam erwachsen wurde.

Bald waren wir wieder auf dem Weg nach Hause. Die schwere Ladung verlangsamte unsere Fahrt, sodass wir so gerade eben vor Einbruch der Dunkelheit ankamen. In stillem Stolz über unsere Leistung lächelten wir einander zu, als wir vom Wagen stiegen.

Als wir ins Haus kamen, lag Sam bereits tief schlafend in seinem Bettchen. Gemeinsam mit seinem Kindermädchen setzen wir uns zum Abendessen, als sei es ein Tag wie jeder andere auf der Farm.

Nach dem Essen entleerten Jesse und Nathaniel die Körbe voller Pfirsiche auf die hintere Veranda, während Amos gemütlich zu Bens Farm schlenderte. Er kam mit einem von Bens Gespannen zurück und schirrte die Pferde in der Scheune an den Wagen. Zwei der entflohenen Männer und zwei Frauen legten sich in den Wagen und wurden mit mehreren alten, unbenutzten Bienenkörben bedeckt. Allein die Vorstellung von Bienen reichte, die meisten allzu Zudringlichen zu verscheuchen. Die Sklaven lagen zusammen in einem winzigen Zwischenraum hinter und unter den Bienenkörben.

Nathaniel, der nur selten an unseren Aktionen für die Railroad teilnahm, fuhr in dieser Nacht gemeinsam mit Jesse. Obwohl er entschieden gegen die Sklaverei war, trieb seine Natur ihn nicht zum Handeln, und keiner hat ihn je dazu gezwungen.

Nachdem sie fort waren, dankte ich dem schwarzen Kindermädchen und schickte die Frau zurück in die Scheune.

»Das war überhaupt keine Mühe, Ma'am! Es ist eine Freude, sich um ihn zu kümmern.«

»Hast du so eine Arbeit auch dort gemacht, woher du kommst?«, fragte ich sie, da ihr unübersehbar kultiviertes Auftreten und ihre Intelligenz meine Neugier geweckt hatten.

»Nein, Ma'am. Ich war das persönliche Dienstmädchen der Hausherrin.«

»Oh«, antwortete ich. »Ich dachte mir schon, dass du eine Stellung im Haushalt hattest.«

Hausdiener flohen nicht so häufig wie die Arbeiter auf den Feldern, denn ihr Leben war viel leichter. In den unausweichlichen Hierarchien, die Menschen entwickeln, rangierten Hausdiener über den Feldarbeitern. Ihr Zugang zur feinen Lebensart und zu abgelegten Luxusgegenständen machte ihr Leben viel angenehmer als das vieler gewöhnlicher Sklaven. Das hatte zur Folge, dass sie ihren Besitzern gegenüber häufig loyaler waren als ihre Mitsklaven. Ich fragte mich, warum diese Frau wohl fortgelaufen war.

»Warum bist du nach Norden gekommen?«

»Ich wollte nicht Eigentum eines anderen sein, auch wenn er nett ist. Meine Hausherrin war gut zu mir, aber sie hasste meinen Mann, weil er der Sohn ihres Mannes ist. Der Hausherr ist gestorben. Die Hausherrin wollte meinen Mann unbedingt verkaufen. Deshalb ist er fortgelaufen. Ich will bei ihm sein.«

Ich schnappte nach Luft, mein Herz raste. »Wie heißt du?«, fragte ich und musste mich bemühen, dass meine Stimme ruhig blieb.

»Lettie.«

»Und woher kommst du, Lettie?«

»Virginia. Culpeper County.«

Kapitel 17

1856 – Hochsommer

Am nächsten Morgen luden Abby und ich die mit Pfirsichen gefüllten Körbe, bis auf zwei, wieder in den Wagen und verteilten sie, in Begleitung von Sam, an Freunde und Familie. Wir brachten Pfirsiche zu Ben, Elias Finley und Onkel Sammy Grainger und fuhren unsere Runde dann weiter nach New Paris. Dort übergaben wir Betsy, die gerade von einem einwöchigen Besuch bei Rachel in Altoona zurückgekehrt war, den letzten Korb.

Rachels Kind, ein Junge, war im Mai zur Welt gekommen. Es hatte den Namen James Buchanan Schilling erhalten, was Amos empörte. Nach Betsys Worten stand dort alles zum Besten, so dass ich meine Meinung über Jacob Schilling für mich behielt.

»Der Besuch in Altoona hat mir gut gefallen, aber ich war genauso glücklich, wieder zurück nach New Paris zukommen«, stellte Betsy fest. »Die Stadt ist so groß, immer so viel Lärm – es werden viele Häuser gebaut und dann die Eisenbahnzüge, der Pferdeverkehr. Jetzt pflastern sie die Straßen, so schnell es nur geht, aber mit dem vielen Bauen können sie gar nicht mithalten. Jacob spekuliert mit Immobilien. Er hat vier Grundstücke gekauft und will dort Häuser bauen und sie dann verkaufen. Rachel wird womöglich noch eine reiche Frau.«

Ich hörte mit Interesse zu, doch es fiel mir schwer, mich über Jacob Schillings Erfolge zu freuen. Nur Mary und ich wussten von seinem beleidigenden Verhalten und es war das Beste, es dabei zu belassen. Daher versuchte ich, den Eindruck zu erwecken, als interessierte mich das ganze Gerede über Altoona. Doch ich hegte einen unermesslichen Groll gegen Jacob.

Als Abby und ich heimfuhren, waren meine Gedanken woanders. Lettie. Josiahs Frau. Die Frau, der ich ein Unrecht angetan hatte. Ich kämpfte mit der Panik, die mich erfasst hatte, ebenso wie mit Wünschen und Sehnsüchten, die ich nicht eingestehen konnte – nicht einmal mir selbst.

Ich stellte mir vor, wie sehr Josiah sich freuen würde, wieder mit Lettie zusammen zu sein, und ich versuchte, mich für die beiden zu freuen. Sie hatten eine wunderbare gemeinsame Zukunft vor sich, ein freies Leben und die Gründung einer Familie in Kanada. Neid stieg in mir auf, so sehr ich auch versuchte, ihn zu unterdrücken. Denn meine eigene Zukunft versprach nichts dergleichen. Ich dachte an Sam, der als einziger Neger der Siedlung aufwachsen und niemals seinen Vater kennenlernen würde. Meine Traurigkeit um seinetwillen wurde immer stärker. Abby unterbrach meine Gedanken.

»Weißt du was, Ann?«

»Was denn, Abby?«

»Ich mag die Frau, die jetzt bei uns ist. Diese Lettie. Sie ist ein guter Mensch. Das sieht man an der Art, wie sie mit Sam umgeht.«

Ihre Worte trafen mich im Innersten.

»Ja. Ja, sie ist nett.«

Zu Hause übergaben wir den Wagen Jesse, der die übrigen Flüchtlinge in der kommenden Nacht weiterbringen sollte. Er verbrachte den Nachmittag damit, einen doppelten Boden einzubauen, sodass die Entflohenen sich flach auf den unteren Boden legen konnten – gut geschützt unter dem, was Jesse auch immer transportieren wollte. Er hatte das schon seit Langem vorgehabt. Wegen des starken Verkehrs wurde es immer dringender, sicherere Mittel einzusetzen. Dafür nutzte Jesse jetzt Holz von einem alten Nebengebäude, das Amos im vorangegangenen Winter abgerissen hatte.

Abby und ich machten uns an die Pfirsiche. Es dauerte nicht lange und sie kam auf die Idee, Lettie aus der Scheune zu holen, damit sie uns unterstützte. Sie rannte nach oben, um Nathaniels alte Kleidung zu holen und flitzte zur Scheune, um Lettie bei deren Verkleidung zu helfen.

Lettie war selig, aus der Scheune herauszukommen, half uns, die Pfirsiche einzumachen und kümmerte sich um Sam. Als ich sie mit Sam spielen sah, überkam mich ein nagendes Gefühl von Eifersucht. Er fühlte sich sofort zu ihr hingezogen, obwohl er in einem Alter war, in dem er eigentlich nur Abby und mich akzeptierte. Normalerweise weinte er und streckte sich nach mir aus, wenn ein Fremder ihn auf dem Arm hatte. Doch jetzt saß er zufrieden auf Letties Schoß, berührte ihr Gesicht und lächelte, als würde er sie aus einem früheren Leben kennen.

»Er ist ein wunderschönes Kind«, sagte Lettie mit einem fragenden Unterton. Sie sah mich forschend an und suchte in meinem Gesicht nach einer Lösung des Rätsels. Offensichtlich war ich seine leibliche Mutter, aber... ich versuchte, ihre Aufmerksamkeit auf etwas anderes zu lenken.

»Jesse meint, dass er dich heute Nacht weiterleiten kann«, bemerkte ich.

»Hmm. Ich kann gar nicht glauben, dass ich schon so nahe bei meinem Josiah bin«, antwortete Lettie. »Vielleicht bin ich heute in einer Woche schon mit ihm zusammen.«

Als sie Josiah erwähnte, wurde mir wieder kalt. Es wühlte mich so auf, dass ich mich nicht auf die Pfirsiche konzentrieren oder auch nur still sitzen konnte. Ohne den Namen hätte ich mir vielleicht vormachen können, sie sei irgendeine Frau. Eine andere Lettie aus Virginia. Jetzt drang die Gewissheit in meine allzu leicht zu erschütternde Ruhe ein.

Ich wollte allein sein. Daher entschuldigte ich mich und ging in Richtung Toilette. Dort konnte jedenfalls niemand sehen, wie sehr mich das Zusammentreffen mit Josiahs Frau zittern ließ und erschütterte. Ich setzte mich vollkommen angekleidet auf den heruntergeklappten Sitz, stützte den Kopf in die Hände und weinte.

Schuld, Scham, Zorn, Angst, Eifersucht und Elend überkamen mich. Ich war mit der Schwere dessen konfrontiert, was ich getan hatte, und überwältigt von dem Bedürfnis, es irgendwie wiedergutzumachen.

Mein Gewissen drängte mich, es zu beichten. Lettie alles zu erzählen. Aber warum? Wem würde das nützen? Mir, unmittelbar – es würde mich von meinen Schuldgefühlen erlösen. Das war aber auch alles. Es wäre selbstsüchtig gewesen, deshalb einen Keil zwischen Lettie und Josiah zu treiben, vor allem wegen Sam. Nein! Ich konnte es Lettie nicht sagen – und ich würde es ihr nicht sagen. Was sie auch über Sam denken mochte, das sollte sie dann eben denken. Unter großer Anstrengung riss ich mich zusammen und ging zurück ins Haus.

Jesse kam hinein, als wir gerade die letzten Pfirsiche reinigten. »Ich bin fertig. Ich glaube, ich kann die letzten drei im Wagen verstecken und heute Nacht weiterleiten.«

Ich war erleichtert, dass Lettie – und mit ihr hoffentlich auch mein Gefühlschaos – bald fort sein würde. Als ich die Küche wischte, legte Lettie ihre Verkleidung an und ging zurück zur Scheune. Es hatte zu regnen begonnen; ich nahm das als ein gutes Zeichen. So würde es auf den Straßen weniger Verkehr geben.

Wir aßen schweigend zu Abend. Wir wussten, dass diese Nacht Gefahren für Jesse barg. Er gab sich unbeschwert, was seinen Einsatz betraf. Wir kannten jedoch die Risiken, die auf ihn zukommen würden.

»Ich könnte dich begleiten«, bot Nathaniel an.

»Du wirst hier gebraucht, um Vater auf der Farm zu helfen. Ich komme schon zurecht«, antwortete Jesse.

Mir war bei diesem Einsatz nicht wohl, tat das jedoch als Beklemmung wegen meiner Schuld und meiner Scham ab. Nach Einbruch der Dunkelheit ging ich in die Scheune, um zu helfen. Es regnete immer noch, was die Polizei und die Sklavenfänger wahrscheinlich davon abhalten würde, hinauszugehen.

Die Flüchtlinge waren sicher untergebracht. Sie lagen unten im Wagen und der doppelte Boden war aufgelegt, sodass sie sich kaum bewegen konnten. Letties und meine Augen trafen sich, als Jesse den Boden fest einschob. Auf dem neuen Wagenboden lagen Werkzeuge, Teile von landwirtschaftlichen Utensilien, ein alter Krug und mehrere Eimer herum. Der übliche Krimskrams.

Als Jesse auf den Bock stieg, reichte ich ihm einen alten Regenmantel aus Ölzeug, der an einem Haken an der Tür gehangen hatte. Er legte ihn sich um die Schultern und schnalzte den Pferden zu. Mit deutlichem Widerwillen zogen sie an, hinaus in den heftigen Regen.

Es regnete die ganze Nacht und bei Morgengrauen kaum weniger. Ich schreckte aus dem Schlaf. Doch als ich Sam sah, der warm und behaglich in seinem Bettchen schlummerte, schob ich meine große Angst beiseite. Ich zog mich an, ging nach unten und überließ es Abby, sich um Sam zu kümmern, wenn sie wach wurde. Ich schürte das Feuer und legte ein Scheit auf. Die Wärme des Feuers machte den Raum freundlich und nahm ihm die Feuchtigkeit.

Ich entzündete eine Lampe und bereitete das Frühstück vor. Amos rührte sich in seinem Bett in der Ecke. Er zog seine Hose und seine Schuhe an und stand auf. »Jesse?«, fragte er.

»Noch nichts von ihm zu sehen. Ich habe ihn nicht zurückkommen hören.«

»Wahrscheinlich ist er über Nacht an der nächsten Station geblieben.«

»Ja, wahrscheinlich.«

Abby brachte das Kind hinunter in die warme Küche und zog es an. Nathaniel gesellte sich als letzter zu uns, vollständig angezogen und mit einem kräftigen Appetit. Wir frühstückten schweigend, die einzigen Laute kamen von Sam, der vor sich hin brabbelte und mit einem Holzlöffel auf den Tisch klopfte.

Der heftige Regen hielt den ganzen Morgen über an. Amos und Nathaniel erledigten ihre üblichen Arbeiten auf der Farm, während Abby und ich die Küche aufräumten und die Betten machten. Düsternis machte sich in unseren Seelen breit. Ich erwärmte die Kohlebügeleisen und Abby fegte die Küche aus. Der Geruch der heißen Bügeleisen ließ angenehme Wärme gegen die Feuchtigkeit aufsteigen.

Das Mittagessen verlief ähnlich wie das Frühstück – wir alle saßen schweigend da und gingen unseren eigenen Gedanken nach. Amos und Nathaniel lasen, während ich bügelte und Abby einen Eintopf für das Abendessen kochte. Die Anspannung wuchs, je weiter der Tag voranschritt, ohne dass es Nachricht von Jesse gab.

Amos, üblicherweise schweigsam, gab seiner Angst als erster Ausdruck: »Eigentlich müsste er längst zu Hause sein.«

Nathaniel brummte: »Es sei denn, er ist über Nacht geblieben und spät losgekommen.«

»Wenn er bis zum Abendessen nicht zurück ist, solltest du zu Ben gehen, und ihr macht euch auf die Suche«, erwiderte Amos.

Sie verfielen wieder in Schweigen, der Regen trommelte unablässig auf das Dach. Sam zog sich an der Bank hoch, die am Tisch stand, und schlug in kindlicher Freude rhythmisch mit dem Deckel der Teekanne darauf – unsere einzige Ablenkung während des langen Nachmittags. Gegen vier Uhr war es schon fast wieder dunkel. Als die Männer hinausgingen, um die abendlichen Arbeiten zu erledigen, reichte ihnen der Schlamm bis zu den Knöcheln. Zum Abendessen erschienen sie schlammverschmutzt und durchnässt.

Nach dem Abendessen erhob Nathaniel sich: »Ich gehe lieber allein. Wir müssen Ben ja nicht beunruhigen.«

»Nimm Ben mit! Wer weiß, was euch erwartet«, befahl Amos.

Dass Nathaniel sich auf den Weg machte, trug wenig dazu bei, unsere Angst zu lindern. Wir hatten in all den Jahren viel Glück gehabt. Zwar hatten wir keine genauen Aufzeichnungen gemacht, aber wahrscheinlich waren mindestens hundert Flüchtlinge ohne ernsthafte Zwischenfälle durch unsere Hände gegangen. Jesse steckte mit Sicherheit in Schwierigkeiten. Es ging nur darum herauszufinden, welcher Art und wie ernst sie waren. Ich hörte Ben und Nathaniel vorbeireiten, die Hufe ihrer Pferde schmatzten im Schlamm.

Ich blieb auf und nähte bei Lampenlicht bis elf Uhr. Abby hatte Sam früh schlafen gelegt und war selbst auch bereits ins Bett gegangen. Amos saß auf seinem Bett in der Ecke der Küche und starrte auf die Schatten. Draußen fiel immer noch Regen auf den durchnässten Boden.

Gegen zwei Uhr wurde ich durch etwas wie einen Ruf aus einem leichten Schlummer aufgeschreckt. Ich nahm mir die Lampe und lief zur Tür. Die Nacht war dunkel und nass, doch es hatte aufgehört zu regnen.

Draußen war eine traurige und niedergedrückte Prozession auf dem Weg in die Scheune. Nathaniel lenkte den Wagen, der an der Seite zertrümmert war und dessen eines Rad gefährlich auf der Nabe schlingerte. Ben ritt daneben und führte Nates Pferd. Jesse war nirgends zu sehen. Ich rannte hinaus, um das Scheunentor zu öffnen und entzündete zwei Laternen, als sie den halbzerstörten Wagen hineinfuhren. Dann sah ich Jesse – er lag seitlich auf dem doppelten Boden, sein Gesicht war kreidebleich und seine linke Schulter war auf beängstigende Weise nach oben verdreht.

»Jesse!«

»Augenblick, Ann«, sagte er schwach. »Lass sie mich erstmal ins Haus bringen.«

Ben schirrte die Pferde aus und untersuchte dabei voller Sorge ihre Beine. Nate und ich hoben Jesse aus dem Wagen. Er schrie vor Schmerzen auf, obwohl wir uns alle Mühe gaben, sanft vorzugehen. Ben half Nate, ihn ins Haus zu tragen, und legte ihn auf Amos' Bett. Papa stand verwirrt da und beobachtete, wie zwei seiner Söhne den dritten trugen, der ihnen mit seinem leisen Stöhnen Schrecken einjagte.

Ich tat mein Möglichstes, es ihm bequem zu machen. Ich wusste, dass seine Verletzungen für meine äußerst geringen medizinischen Kenntnisse zu schwer waren. Jesse brauchte einen Arzt. Nate versprach, bei Sonnenaufgang loszureiten, um einen zu holen. Zwischenzeitlich versorgte ich die sichtbaren Schnitte und Prellungen, während meine Brüder zurück in die Scheune gingen, um die Pferde zu versorgen. Gegen drei Uhr hörte ich Ben auf seinem Heimweg bei uns vorbeireiten.

Dann öffnete sich die Tür und Nate trat ein. Er schob Lettie vor sich her. »Fast hätten wir sie vergessen, weil wir uns so dringend um Jesse und die Pferde kümmern mussten«, sagte er. »Sie kann euch berichten, was passiert ist.«

Lettie stand da in ihrem zerrissenen, mit Schlamm beschmutzten Kleid, einem großen blauen Fleck auf dem Wangenknochen und zitterte. Ich brachte eine Schüssel ins Wohnzimmer, damit sie sich waschen konnte, und suchte dann schnell saubere Kleidung für sie. Etwa eine halbe Stunde später saß sie am Tisch, aß eine Schüssel Haferflocken und begann zu erzählen.

»Wir fuhren eine steilen Hügel hoch. Ich konnte spüren, wie steil er war. Auf einmal wurden die Pferde aufgeschreckt, von Blitz und Donner glaube ich, und sie fingen an zu bocken und sich aufzubäumen. Es fühlte sich an, als würde sich der ganze Wagen auf den Kopf stellen.« Zwischen zwei Löffeln mit Haferflocken schaute sie uns mit geweiteten Augen an. »Mr Jesse fiel nach hinten vom Bock herunter. Ich konnte es nicht sehen. Ich war ja unter dem Boden. Der Wagen rutschte langsam zur Seite und riss die Pferde, Mr Jesse, uns und alles andere von der Straße und die Böschung runter.«

Sie hörte auf zu essen, ihre Augen blitzten. »Die Pferde wieherten entsetzlich und der Wagen ging kaputt. Wir stürzten alle kreuz und quer durcheinander. Der doppelte Boden fiel heraus und ich und die anderen beiden fielen in den Schlamm.« Ihr Blick verdüsterte sich. »Feldarbeiter! Sie waren nicht so schwer verletzt, aber sie dachten, dass Mr Jesse tot ist, weil der Wagen auf ihm lag und sein Kopf blutete. Und so machten sie sich davon. Sie dachten, wenn sie da bleiben, gibt es nur Schwierigkeiten. Ich war mir nicht sicher, dass er tot ist. Deshalb habe ich versucht, die Pferde freizubekommen, damit sie mir helfen, ihn herauszuziehen.«

Ich hörte atemlos zu, während Lettie die Geschichte erzählte – ihre Augen auf uns gerichtet.

»Es war schlimm, Miss Ann. Ich hab die Pferde zwar auf die Beine gebracht – ich hab von Josiah viel über Pferde gelernt – aber sie waren so verschreckt, dass sie mir keine Hilfe waren. Deshalb habe ich sie an einem Baum festgemacht und alles vom Wagen geladen, damit er leichter wurde und ich ihn bewegen konnte. Das ging aber leider nicht. Mr Jesse lag da, stöhnte und es regnete immer weiter.«

Sie schob mir ihre leere Schüssel hin. »Nach einer Zeit beruhigten sich die Pferde und ich konnte sie an den Wagen binden und dazu bringen, zu ziehen. Ich zog von unten und irgendwann stand der Wagen aufrecht, an einem steilen Abhang. Dann habe ich versucht, Mr Jesse zu helfen, aber er war sehr verletzt.« Ihr sonst so lebhaftes Gesicht war leer, ausdruckslos.

»Ich wollte fliehen. Ich dachte, dass das meine einzige Chance war. Doch dann dachte ich, wenn ich verletzt wäre, würde er alles tun, um mir zu helfen. Ich wusste, dass seine Familie ihn suchen würde. Wir mussten nur warten. Wir warteten den ganzen Tag im Regen. Kein Mensch auf der Straße. Und die beiden Nigger waren weit und breit nicht zu sehen. Sie sind abgehauen, ohne sich auch nur zu verabschieden!« Ihre Verachtung für die beiden anderen war offensichtlich.

»Wir waren auf der anderen Seite der Böschung, sodass man vorbeikommen konnte, ohne uns zu sehen. Ich zog Mr Jesse unter dem Wagen hervor, kauerte mich zusammen, wartete und betete.«

»Oh, Lettie! Wenn du auch fortgelaufen wärst, hätte Jesse sterben können«, sagte ich weinend.

»Ich konnte doch nicht weglaufen und ihn allein lassen, nachdem er fast gestorben ist, um mich zu retten.«

Nate nahm den Faden wieder auf. »Wir haben sie hinter Pavia auf halber Berghöhe gefunden. Als wir endlich dort ankamen, hatten sie schon fast den ganzen Tag dort gelegen. Lettie hat uns kommen gehört, ist hinauf zur Straße gekrochen und hat uns gerufen.«

»Da hatte ich schon so eine Angst, fror so sehr und war so hungrig, dass es mir egal war, ob es Sklavenfänger oder irgendwelche anderen Leute waren.«

»Ben und ich setzten das Gespann und unsere Pferde ein, um den Wagen zurück auf die Straße zu ziehen. Er war ziemlich kaputt, aber wir wollten versuchen, ihn nach Hause zu bringen. Wir versteckten Lettie wieder und legten Jesse auf den doppelten Boden. Es hat etliche Stunden gedauert, zurückzukommen.«

Ich blickte in das Gesicht meines kleinsten Bruders, das im Lampenlicht fahl aussah. Mir fiel auf, wie jung er war. Jesse war an diesen Dingen bereits beteiligt gewesen, als er noch jünger war als Nate jetzt. Doch irgendwie schien mir Nate in jener Nacht zu jung dafür zu sein.

Ich schickte ihn ins Bett und sagte Lettie, sie könne in meinem Zimmer schlafen. Den Rest der Nacht verbrachte ich damit, meinen Bruder zu versorgen. Es tat mir in der Seele weh, ihn so zu sehen – schwer verletzt und übel zugerichtet, mit starken Schmerzen.

Dass Lettie zurück war, bereitete mir größtes Unbehagen. Ich hätte mich schämen sollen! Wäre sie nicht gewesen, hätte Jesse sterben können. Aber wie sollte ich sie jetzt, da Jesse dazu nicht in der Lage war, weiterleiten? Bei dem Gedanken, sie für wer weiß wie lange um mich zu haben, packte mich Panik. Ungeachtet ihrer Freundlichkeit, ihres Mutes und ihres Anstandes wollte ich nur eines: dass sie endlich fort war.

Kapitel 18

1856 – Spätsommer

Abby stand am nächsten Tag mit der Sonne auf und stieß in der Küche auf eine eigenartige Szene: Jesse lag auf die Seite gerollt auf Amos' Bett, Amos selbst schlief – mit offenem Mund schnarchend – auf dem Sessel und ich schlief auf die Arme gestützt auf einer Bank am Tisch.

Der Arzt traf am späten Vormittag ein. Er konnte jedoch nicht viel tun, um Jesses Schmerzen zu lindern. Er meinte, er habe gebrochene Rippen, ein gebrochenes Schlüsselbein und bezeichnete seine Schulter als ›zertrümmert‹. Eine Gehirnerschütterung, die ihm rasende Kopfschmerzen bereitete, verschlimmerte seine Lage weiter. Sein Brustkorb musste bandagiert, die Schulter und das Schlüsselbein bestmöglich gerichtet und der Arm in eine Schlinge gelegt werden, um beides ruhigzustellen. Ansonsten konnte man wenig tun.

Also riss der Arzt lange Streifen aus einem alten Bettlaken und legte Jesse, der dabei vor Schmerzen stöhnte, einen strammen Verband um Schulter und Schlüsselbein. Er zeigte mir, wie man die Streifen richtig anlegte und beobachtete mich dabei.

»Ich möchte Ihnen nichts vormachen«, sagte der Arzt und sah mir direkt in die Augen. »Sollte eine Rippe in die Lunge eingedrungen sein, könnte das tödlich sein. Seine Schulter? Das ist

Glückssache. Sie könnte gut ausheilen. Es kann aber auch sein, dass er seinen linken Arm nie wieder benutzen kann.«

»Ja, gut. Jetzt liegt alles in Gottes Hand«, antwortete ich.

Der Wagen wurde auf der Farm nahezu täglich benötigt. Deshalb reparierten Amos und Nathaniel ihn noch am selben Nachmittag. Die Pferde hatten zwar einige Schürfwunden und Prellungen abbekommen, sich aber nichts gebrochen. Sie würden sich also wieder erholen. Im Laufe des Tages klarte es auf und gegen Abend war das Sommergewitter nur noch Erinnerung.

Ich sorgte mich um Jesse und fragte mich, wie wir die Arbeit ohne ihn schaffen sollten. Doch ich hatte noch drängendere Sorgen. Ich grübelte über die Zukunft – meine eigene und die meines Kindes.

In meinem Kopf schwirrten Überlegungen, wie ich Lettie weiterleiten könnte. Die Verantwortung lag jetzt allein bei mir. Mich schauderte bei dem Gedanken. Wie sollte ich das bewältigen? Doch ich musste es schaffen. Langsam nahm mein Plan Gestalt an. Ich dachte lange darüber nach, war mir aber nicht sicher, ob ich es schaffen würde. Aber ich musste es schaffen.

Zunächst schrieb ich an Josiah. Ich teilte ihm mit, dass Lettie bei uns war, berichtete von dem Unfall und von Jesses Zustand. Ich beendete den Brief mit einer Enthüllung, von der ich nie gedacht hatte, sie jemals zu machen. Ich erzählte ihm von Sam. Ich schüttete ihm mein Herz aus und schilderte ihm seinen Sohn – wie stark, gesund und wunderschön Sam war und wieviel Freude er uns allen bereitete.

Dass ich aus der Gesellschaft der Freunde ausgeschlossen worden war, berichtete ich ihm jedoch nicht. Auch von Pru Hartley oder Jacob Schilling oder davon, wie befremdet die Leute blickten, wenn sie mich mit einem Negerkind sahen, erwähnte ich nichts. Das würde Josiah ohnehin selbst wissen. Ich beendete den Brief mit dem Versprechen, Lettie so schnell wie möglich zu ihm zu schicken. Der Brief war lang, der Umschlag dick. Nathaniel machte eine Bemerkung dazu, als ich ihm den Umschlag in die Hand drückte, um ihn zur Post zu bringen. Außer mir wusste niemand, dass Lettie Josiahs Frau war, und das war auch gut so. Erst einmal.

Für den zweiten Schritt benötigte ich Betsys Hilfe. Deshalb nahm ich am Zweittag Nathaniels Pferd und ritt nach New Paris. Sam ließ ich bei Lettie und Abby. Ich sagte ihnen, dass ich einen Besuch machen würde, um Betsy von Jesses Unglück zu erzählen. Das war allerdings noch nicht alles.

»Schwester, ich brauche deine Hilfe«, sagte ich zu Betsy, nachdem ich ihr die Geschichte von Jesses Unfall erzählt hatte. »Ich benötige schöne Kleider.«

Betsy hob die Augenbrauen. »Schöne Kleider? Warum denn das, Ann?«

»Ich benötige sie einfach. Ich erkläre es dir später, aber… bitte, kannst du mir welche besorgen? Etwas wirklich Un-Quäkerisches. Nur eine Ausstattung. Für mich.«

»Bestimmt«, antwortete Betsy. Wills Tante Edith hatte einen Rechtsanwalt geheiratet, der nicht den Quäkern angehörte, und lebte mit ihm und den zwei erwachsenen Töchtern in Bedford. Die Mädchen legten sehr viel Wert auf Mode. Daher ging Betsy davon aus, dass sie eine Ausstattung für mich bekommen würde. »Es wird einige Tage in Anspruch nehmen, aber ich glaube, das bekomme ich schon hin.« Betsy wusste genug über die Railroad, um mitzuarbeiten, ohne nach Erklärungen zu fragen.

Ich fuhr zurück nach Hause und war froh, den zweiten Teil meines Planes auf den Weg gebracht zu haben. Jetzt schrieb ich Rachel und bat sie um die Eisenbahnfahrpläne zwischen Altoona und Pittsburgh. Als Nächstes musste ich mich darum kümmern, Geld zu bekommen. Ich besaß nur sehr wenig und benötigte daher Hilfe. Außer Onkel Sammy Grainger war niemand in der Familie wohlhabend. Jesse ging immer zu ihm, wenn es Probleme mit der Railroad gab. Denn Onkel Sammy hatte die Mittel und sympathisierte mit der Railroad. Ich wartete auf eine Gelegenheit, ihn zu besuchen.

Am nächsten Ersttag verließen Amos, Nathaniel und Abby das Haus, um zur Andacht zu gehen. Hin- und hergerissen zwischen der erwarteten Langeweile während der Andacht und ihrem Bedürfnis nach Gesellschaft, muckte Abby kurz auf. Doch ich schob sie aus der Tür und war froh, etwas Zeit mit Jesse allein zu haben.

»Du siehst heute schon besser aus«, sagte ich zu ihm, während er mühsam versuchte, sich aufzusetzen. Er stöhnte vor Schmerzen, konnte sich aber schon leichter bewegen als zuvor.

»Ich hätte nichts dagegen, mich mal richtig zu waschen«, antwortete er, als er vorsichtig aus dem Bett stieg. Es war das erste Mal, dass er versuchte, aufzustehen.

Ich pumpte Wasser und setzte den Kessel auf das Feuer. Während Jesse mich beobachtete, dachte er laut nach: »Wir sollten uns für hier auch einen Eisenofen anschaffen, Ann. Das würde deine Arbeit sehr erleichtern.«

Ich nickte und half ihm, sich an den Tisch zu setzen, wo ich ihm bereits eine Schale Haferflocken mit Honig hingesetzt hatte. Während er aß, ging ich nach oben, um saubere Kleidung zu holen. Ich füllte eine Schüssel mit heißem Wasser und wusch ihm das Haar. Ich konnte die Beule an der Seite seines Kopfes fühlen, wo er die Gehirnerschütterung gehabt hatte.

»Tut das weh?«

»Nein, ist nur ein bisschen taub, wenn du daran kommst.«

Als Nächstes zog ich sein Rasiermesser ab und stellte Schüssel und Rasierseife bereit, um ihn zu rasieren. Dafür, dass es mein erster Rasierversuch war, ging es recht gut. Ich schnitt ihn nur einmal. Als ich fertig war, goss ich frisches, heißes Wasser in die Schüssel und half ihm, sich zu waschen. Ich ließ ihn kurz allein, während ich saubere Bettlaken holte und sein Bett frisch bezog. Dann half ich ihm, sich die Hose, das Hemd und die Socken anzuziehen. Mehr konnte er an einem Tag nicht schaffen. Also legte er sich wieder hin. Er grinste. »Ich bin ein ziemlicher Pflegefall, was?«

»Das wird schon wieder«, sagte ich zum ihm, ohne zu wissen, ob ich selbst daran glaubte oder nicht.

Es war ein warmer, sonniger Tag. Deshalb brachte Lettie Sam ins Wohnzimmer und öffnete alle Fenster, um das Zimmer gründlich zu lüften. Ich tat das Gleiche in der Küche, allerdings waren die Fenster dort sehr klein. Dennoch waren der Sonnenschein und die frische Luft sehr angenehm.

»Ich habe einen Plan, wie wir Lettie weiterleiten können«, sagte ich zu Jesse.

»Und wie sieht der aus?«

»Ich werde mich als vornehme Dame aus dem Süden verkleiden und sie auf dem Zug bis nach Pittsburgh als mein Dienstmädchen mitnehmen.«

Jesse nickte. »Und dann?«

»Wir werden eine Kutsche Richtung Norden nach Erie nehmen. So wird sie bis zum See in Sicherheit sein. Wenn ich sie bis dahin bekomme und ihr dann eine Fahrkarte für die Fähre kaufe, könnte sie noch am selben Abend in Kanada sein.«

»Vermutlich. Aber warum willst du das alles auf dich nehmen? Du könntest sie doch einfach nur an die nächste Station schicken und damit wäre die Sache für dich erledigt.«

»Weil sie dir das Leben gerettet hat, Jesse. Du hättest da draußen auf dem Berg sterben können. Und…« Ich zögerte, aber ich wusste, dass ich seine Einwände entkräften musste, »…weil sie Josiahs Frau ist.«

»Seine Frau?«

»Ja.«

»Woher weißt du das?« Jesse stützte sich auf seinen gesunden Ellenbogen.

»Aus dem, was er mir über sie und was sie mir über ihn erzählt hat.«

»Weiß sie auch, dass wir uns um ihn gekümmert haben?« Wir redeten leise, damit niemand mitbekam, worüber wir sprachen.

»Nein. Ich dachte, es ist besser, es ihr nicht zu erzählen.«

»Dann weiß sie also auch nicht, dass Sam Josiahs Sohn ist?«

»Nein.«

Jesse senkte den Kopf und dachte nach. Er mochte Josiah und er mochte auch Lettie. Daher hatte er Verständnis für mein Bedürfnis, etwas bei ihr gutzumachen. »In Ordnung, wenn du es organisieren kannst, werde ich dich unterstützen. Aber wie kommst du an genügend Geld dafür?«

»Daran arbeite ich gerade.«

»Ich habe ein bisschen Bargeld, aber nicht genug«, bot er an. »Ich würde gern mehr helfen und dich auch gern begleiten, aber die Schulter wird mich wohl noch länger lahmlegen.«

Ich klopfte ihm auf die gesunde Schulter. »Du hast schon genug getan. Mehr als genug. Diese Sache sollte ich alleine hinbekommen.«

Einige Tage danach nahm ich Nates Pferd und ritt nach Fishertown zu Onkel Sammy Grainger. Er begrüßte mich an der Tür, trotz seiner achtzig Jahre überaus rüstig. »Ann! Wir haben uns so lange nicht gesehen!«

»Ich hätte schon früher mal vorbeischauen sollen, Onkel.«

Onkel Sammy war eine gute Seele. Er war mit Amos' ältester Schwester verheiratet gewesen und hatte sein ganzes Leben damit verbracht, von Herzen für andere da zu sein. Er und Tante Alice hatten keine Kinder bekommen. Daher nahmen sie großen Anteil am Leben ihrer Nichten und Neffen. Tante Alice war die erste, die mich nach Sams Geburt besucht hatte, als alle anderen noch zögerten, eine Sünderin zu besuchen.

Onkel Sammy fragte mich nach meinen Geschwistern und ich berichtete pflichtschuldigst, vor allem über Jesses Probleme. Onkel Sammy ging nicht mehr oft zu den Andachten. Deshalb hatte er noch nichts von Jesse gehört. Er lauschte meinem Bericht über den Unfall und Letties heldenhaftes Verhalten gespannt. Während wir eine Tasse Tee miteinander tranken, offenbarte ich ihm den Grund meines Besuches.

»Onkel Sammy, ich brauche etwas Geld.«

»Wirklich, Liebes? Wofür denn?«

»Um sicherzustellen, dass Lettie bis nach Kanada kommt.«

Ich erklärte ihm meinen Plan und umriss die Schritte, die ich bereits unternommen hatte. »Ich möchte mich bei Lettie dafür revanchieren, dass sie Jesse das Leben gerettet hat.«

Der alte Mann wurde nachdenklich. »Kind, ich sollte dir das vermutlich gar nicht sagen, aber ich habe dich in meinem Testament bedacht.«

»Wirklich?« Meine Stimme drohte zu versagen.

»Ja. Dich und all deine Geschwister. Daher denke ich, ich könnte dir für diese Angelegenheit einen Vorschuss auf dein Erbe geben.«

»Oh, Onkel Sammy! Vielen Dank!«

Mein Plan kam voran. Anfang der darauffolgenden Woche kam der Brief von Rachel mit den Fahrkartenpreisen und dem Eisenbahnfahrplan und am Sechsttag kam Will McKitrick mit einem Bündel am Sattel zu uns geritten. Jetzt musste ich nur noch Ben um einen Gefallen bitten. An jenem Nachmittag nahm ich den Weg durch den Obstgarten zu seinem Haus. Als ich über den Hof kam, sah ich ihn am Scheunentor stehen und winkte ihm zu.

»Ben, ich brauche deine Hilfe. Ich werde Lettie in Kürze weiterleiten und ich muss irgendwie mit ihr nach Bedford kommen. Von dort nach Altoona können wir eine Postkutsche nehmen. Ich werde aber nicht gleich wieder zurückkommen. Ich würde gerne euren Buggy und ein Gespann leihen, um nach Bedford zu kommen, aber ich kann es nicht zurückbringen.«

»Ich kann euch hinfahren«, bot Ben an.

»Nein, Ben. Du hast genug zu tun. Ich hatte gedacht, ich könnte euren Buggy leihen und ihn dann in einem Mietstall lassen. Dann könnten Nate oder Elias ihn nach Hause zurückbringen, wenn sie wieder in der Stadt sind.«

Ben sah verwirrt aus. »Sicher. Das kannst du machen«, sagte er.

Als ich durch den Obstgarten zurücklief, ging ich den Plan im Kopf noch einmal durch. Wir könnten über Nacht bei Rachel in Altoona bleiben, trotz möglicher Anfeindungen von Jacob Schilling. Diese Sache war wichtiger als seine Mätzchen. Ich überdachte es, Schritt für Schritt. Es müsste klappen. Eine Dame aus den Südstaaten auf Reisen mit ihrem Dienstmädchen.

Am darauffolgenden Ersttag ging ich nicht zur Andacht. So hatte ich Zeit, einen kleinen Koffer zu packen, meine Garderobe als ›Südstaatenlady‹ anzulegen und Lettie mit einem meiner alten Kleider auszustaffieren. In der folgenden Nacht konnte ich kaum schlafen und kämpfte mit Albträumen, sobald ich einnickte. Als es endlich Tag wurde, weckte ich Lettie. Dann ging ich in mein Zimmer zurück, zog mich im Dunkeln an, um Abby nicht zu wecken, nahm ganz leise das schlafende Kind auf und brachte es nach unten.

Ich legte Lettie das Kind in den Arm, legte warnend den Finger auf den Mund und zeigte mit einem Kopfnicken auf die Tür. Lettie brachte Sam in die Scheune, wo ich Bens Gespann an den Buggy schirrte. In der Scheune entkam Lettie ein Aufschrei.

»Miss Ann! Wohin bringen wir das Kind?«, fragte sie.

»Wir nehmen ihn mit.«

»Warum, Miss Ann?«

»Weil er mit dir, Lettie, zusammen fortgehen wird.«

Sie sah mich entsetzt hat. »Mit mir? Warum?«

»Weil Josiah sein Vater ist.«

»Sein Vater? Mein Josiah? Wieso?«

»Setz dich in den Buggy Lettie! Ich werde es dir auf dem Weg erklären.«

Lettie starrte mich wütend mit ihren dunklen Augen an. »Mein Josiah?«, fragte sie erneut.

Ich öffnete das Scheunentor und wir fuhren in den frühen Morgen hinaus. Sam schlief ruhig in Letties Armen. Schweigend fuhren wir einige Meilen. Lettie sah wütend, verloren und verletzt aus.

»Josiah kam über die Railroad zu uns, genau wie du. Allerdings war er krank, als er ankam. Sehr krank. Deshalb blieb er bei uns, bis er wieder gesund war – fast den ganzen Winter über. Er war etwa fünf Monate lang bei uns.«

»Und du? Und Josiah?«, stammelte Lettie.

»Oh, Lettie, es tut mir so Leid. Es ist nur ein einziges Mal passiert und keiner von uns beiden hatte es darauf abgesehen. Ich war so traurig und er war so einsam. Bitte, vergib uns, Lettie! Wir wollten dir nicht wehtun.«

Lettie blickte auf das schlafende Kind auf ihrem Schoß. Sie berührte seine Pausbäckchen mit dem Fingerrücken. Eine Träne rann ihr über das Gesicht. Sie blickte zu mir und sah, dass ich auch weinte.

»Wie kannst du ihn weggeben?«, fragte sie. »Wie kannst du ihn fortschicken – ohne seine Mama?«

»Weil sein Leben hier die Hölle wäre, Lettie. Ich schicke ihn aus dem gleichen Grund fort, aus dem du nicht hierbleiben willst, und Josiah auch nicht. Sam hat ein besseres Leben verdient.«

Sam bewegte sich im Schlaf, streckte ein Händchen aus und umfing Letties Finger. Als ich das sah, überfiel mich ein stechendes Gefühl der Eifersucht. Wir fuhren schweigend weiter und blickten beide durch einen Schleier von Tränen auf die Welt.

»Lettie, ich kann nicht ungeschehen machen, was ich getan habe. Ich kann nur versuchen, das zu tun, was jetzt das Beste ist. Sam wird es so besser gehen. Josiah wird nicht um seinen Sohn betrogen und du – ich gebe dir das Wertvollste, was ich habe – weil ich dir vertraue und weiß, dass du ihm eine gute Mutter sein wirst.«

»Weiß Josiah von Sam?«, fragte Lettie.

»Jetzt ja. Ich habe es ihm vor einigen Wochen geschrieben, damit er nicht meint, dass du mit dem Kind eines anderen Mannes kommst.«

»Danke, dass du das getan hast.«

Lettie blickte hinab auf Sam, der mittlerweile wach war und auf sein Frühstück wartete. Er lächelte sie an und sie liebkoste ihn, bis er kicherte. Ich fuhr weiter, biss die Zähne zusammen und war fest entschlossen, meinen Plan jetzt, da die Räder in Bewegung gesetzt waren, zu Ende zu bringen.

Kapitel 19

1856 – Juli

Kurz nach neun Uhr rumpelten wir durch Bedford eine staubige Straße entlang in Richtung Mietstall. Wir stellten den Buggy dort unter und gingen zu Fuß zur Postkutschenstation, Lettie drei Schritte hinter mir mit dem weinenden Sam auf dem Arm und einem kleinen Koffer. Das gefiel mir ganz und gar nicht, aber wir mussten unsere Täuschung aufrechterhalten.

Im Holtern und Poltern, Schubsen und Drängeln der Postkutschenfahrt in Richtung Altoona nutzten wir die Gelegenheit, unsere Rollen einzuüben. Denn wir teilten die Kutsche mit zwei Herren und einer Dame. Altoona schien mir noch größer und noch geschäftiger zu sein als sechs Monate zuvor. Sam machte uns mittlerweile ganz schön zu schaffen: Er mochte einfach nicht mehr stillsitzen. Um etwa vier Uhr kamen wir an und gingen die drei Straßen von der Postkutschenstation zu Rachel.

Jacob Schilling war noch zur Arbeit. Daher hatten Rachel und ich etwas Zeit, um miteinander zu sprechen. Lettie und Sam in dieses Haus zu bringen, hieß, das Schicksal herauszufordern. Die Umstände erforderten jedoch die Herausforderung des Schicksals. Er sollte nur ein Wort sagen!

James Buchanan Schilling, drei Monate alt, schlief in seinem Körbchen. Sein Cousin, der neun Monate alte Sam, krabbelte auf dem Boden und war auf Unfug aus. Lettie saß still in einer Ecke der Küche und beobachtete alles. Ich hatte sie vorgewarnt, dass es mit Jacob eventuell Unannehmlichkeiten geben könnte.

Rachel brühte Tee auf und plapperte nervös über den kleinen James. Sie wusste, dass ich Lettie in die Freiheit brachte, und fragte sich ganz offensichtlich, warum ich Sam dabei hatte. Doch vermied sie es, direkt zu fragen.

»Du siehst wirklich wie eine Südstaatenlady aus«, meinte sie. Rachel erwähnte es zwar nicht, doch ich hatte den Eindruck, dass ihr meine Kleidung zu denken gab. Dabei hatte sie selbst die schlichte Art, sich zu kleiden, bereits aufgegeben.

Rachel lächelte Lettie an. »Ich habe gehört, dass du Jesse geholfen hast und bei ihm geblieben bist, bis Ben und Nate kamen. Vielen Dank dafür.«

Lettie nickte.

Ein Scharren und Klirren draußen verriet, dass Jacob von der Arbeit heimgekehrt war und seine Werkzeuge im Schuppen hinter dem Haus verstaute. Ich warf Lettie einen kurzen Blick zu. Rachel stand auf und brachte sie zusammen mit Sam und unserem Koffer nach oben.

»Jacob ist ein guter Mann«, erklärte sie Lettie, »aber wenn er trinkt, wird er manchmal gemein. Am besten, du kommst ihm gar nicht unter die Augen.«

»Müssen wir uns verstecken?«, fragte Lettie und schaute unschlüssig auf Sam.

»Nein. Versuch nur, ihm aus dem Weg zu gehen. Vermutlich geht er nach dem Abendessen aus, und am Morgen muss er früh zur Arbeit. Es könnte also sein, dass du ihn gar nicht zu Gesicht bekommst.«

Jacob zog seine Schuhe aus und klopfte sein mit Mörtelstaub bedecktes Hemd auf der hinteren Veranda aus. Rachel war zurück, bevor er hereinkam, und ging einen Schritt vor das Haus, um mit ihm zu sprechen. Ich vermutete, dass sie ihn auf die Besucher vorbereitete und ihn ermahnte, nicht die Beherrschung zu verlieren. Als ich die beiden auf der Veranda miteinander sprechen sah, erschien Rachel mir recht erschöpft. Das war nicht mehr das hübsche Mädchen, das zwei Jahre zuvor auf dem Pferdefuhrwerk fortgefahren war.

Jacob trat ein und nickte mir zu, während ich am Tisch vor meiner Tasse Tee saß. »Schickes Kleid für eine Quäker-Dame. Einen Augenblick dachte ich, du bist eine dieser hochnäsigen Schönheiten der besseren Gesellschaft«, bemerkte er.

»Ja, es fühlt sich eigenartig an«, antwortete ich und versuchte, freundlich zu klingen.

»Was hältst du von diesem Burschen hier?«, fragte er und zeigte stolz auf seinen schlafenden Sohn. »Ist er nicht prächtig?«

»Oh, ja«, sagte ich lächelnd. Wir redeten eine Zeit lang höflich miteinander, im Wesentlichen über Jesses Unfall. Das Gespräch war immerhin so angenehm, dass es mich daran erinnerte, früher einmal gut über dieses Mann gedacht zu haben.

Das Gespräch beim Abendbrot kreiste um das Wetter, das Wachstum Altoonas und den kleinen James. Sollte Jacob neugierig gewesen sein, was den Grund meiner Reise betraf, so fragte er dennoch nicht. Nach dem Essen erhob er sich abrupt und kündigte an, dass er noch ausgehen und spät zurücksein werde.

Als er fort war, fragte ich: »Wohin geht er, wenn er so fort geht?«

»In den Saloon, höchstwahrscheinlich«, antwortete Rachel.

»Macht er das oft?«

»Zwei oder drei Abende in der Woche. Er trifft sich dort mit Freunden. Sie spielen Karten, erzählen sich Geschichten und machen Geschäfte. Jacob sagt, dass er auf diese Weise von Geschäftsmöglichkeiten erfährt.«

Das war eine Welt, über die ich nichts wusste. Wo ich her kam, tranken Männer wenig, wenn überhaupt, und nur in Gesellschaft anderer Quäker, und Geschäfte wurden nach den Versammlungen gemacht. Daher fand ich Jacobs Verhalten seltsam, wenn nicht gar abstoßend.

»Trinkt er viel?«

»Normalerweise nicht. Nur manchmal.« Rachel drehte ein Handtuch in den Händen.

»Ist er gemein zu dir, wenn er danach wieder nach Hause kommt?«

Sie riss protestierend die Augen auf. »Nein! Nein! Er ist ein guter Mann. Er arbeitet hart. Er braucht nur manchmal etwas Abwechslung, mehr nicht.«

Ich nickte und zwang mich zu einem Lächeln. Immerhin machte ich mir ja gerade die Gastfreundschaft meines Schwagers zunutze. Allerdings schenkte ich Rachels Versicherung keinen Glauben und konnte nur hoffen, dass Jacob sie nicht misshandelte.

Ich ging zur Treppe und rief Lettie, zum Abendessen herunterzukommen. Sie kam mit Sam auf dem Arm, der ihr mit seiner Lebhaftigkeit ganz schön zu schaffen machte. Während Lettie aß, fütterte ich Sam und spielte mit ihm. Wir drei räumten kurz die Küche auf und zogen uns dann ins Wohnzimmer zurück. Das Gespräch tat mir gut. Es lenkte mich von meinen Gedanken ab.

»Ann«, begann Rachel, »deine Frisur ist zu schlicht. Sie passt nicht zu deinem Kleid. Das Haar muss eleganter hergerichtet werden.«

»Oh ja«, pflichtete Lettie ihr bei. »Miss Rachel, haben Sie ein Lockeneisen? Ich könnte Miss Ann für den Rest unserer Reise wie eine echte feine Lady aus den Südstaaten aussehen lassen.«

Das Lockeneisen wurde hervorgeholt, auf einen Lampenzylinder gesetzt, und Lettie begann ihr Wunderwerk. Mir war es unangenehm, mich so herauszuputzen. Ich ließ es jedoch über mich ergehen, weil es meine Verkleidung noch überzeugender machte.

»Oh, Ann, du siehst wunderschön aus!«, rief Rachel und gab mir den Spiegel. Ich hielt ihn hoch und musste zugeben, dass mir gefiel, was ich sah: Mein dunkles Haar war zu langen Locken gedreht, die aus dem Gesicht nach hinten frisiert waren.

Lettie badete Sam, kleidete ihn für die Nacht an und brachte ihn nach oben. An jenem warmen Augustabend sprachen Rachel und ich lange auf der vorderen Veranda miteinander. Rachel dachte, ich hätte Sam mitgebracht, weil das zu unserer Verkleidung gehörte. Fürs Erste widersprach ich ihr nicht.

»Ich weiß, du möchtest dich bei Lettie dafür revanchieren, dass sie Jesse geholfen hat. Sie allerdings bis nach Erie zu begleiten, finde ich etwas übertrieben«, bemerkte Rachel.

»Vielleicht«, antwortete ich, »aber jetzt habe ich alles schon so weit auf den Weg gebracht, dass es kein Zurück mehr gibt.«

»Aber du müsstest Sam das doch nicht alles zumuten. Du könntest ihn hier lassen und auf deinem Heimweg wieder abholen.«

Ich zögerte. Noch konnte ich mich anders entscheiden. Ihn hier lassen und dann wieder abholen. Ich saß in der Dunkelheit und kämpfte mit dem nahezu unbändigen Wunsch, ihr Angebot anzunehmen. Der Gedanke an Menschen wie Jacob hielt mich jedoch davon ab. Nein!

»Sam wird nicht wieder zurückkommen«, sagte ich leise. »Er geht mit Lettie nach Kanada.«

»Ann! Oh, Ann! Wie kannst du so etwas tun? Wie kannst du dein Kind einer Fremden geben?« Rachel Stimme brach, während sie sprach.

»Lettie bringt ihn zu seinem Vater. Sie ist Josiahs Frau.« Ich hatte so lange standgehalten, wie ich nur konnte. Jetzt kamen die Tränen. Ich ließ es geschehen und weinte, als würde ich niemals aufhören können. Und das konnte ich wirklich nicht. Niemals. Rachel verstand und tat das Einzige, was sie in dieser Situation tun konnte. Sie weinte mit mir.

Wir gingen um zehn Uhr ins Bett. In jener Nacht konnte ich schlafen, erschöpft von der Reise, der Trauer und von Mangel an Schlaf. Jacob Schillings Kommen und Gehen weckte mich nicht und am Morgen holte Sam sowohl Lettie als auch mich mit seinem Brabbeln aus dem Schlaf.

Der Eisenbahnzug nach Pittsburgh fuhr um zehn Uhr. Unsere kleine Gesellschaft stand mit den Fahrkarten in der Hand wartend auf dem Bahnsteig, als das eiserne Ungeheuer dampfend in die Stadt einfuhr. Es war immer noch ein Wunder – der Lärm und die Reisegeschwindigkeit. Einhundert Meilen in nur vier Stunden schien eine glatte Unmöglichkeit zu sein!

Die elegante Südstaatenlady mit den langen Locken und dem schicken Kleid bestieg den Zug, während sie leise mit ihrem farbigen Dienstmädchen sprach, das ein pummeliges, lächelndes Kind dabei hatte. Jeder, der uns erblickte, würde uns für echt halten. Es war für jeden von uns die allererste Eisenbahnfahrt. Ich hätte mir nichts von alledem jemals träumen lassen – das Kleid, die Frisur, der Zug, die große Entfernung von Bedford County. Leider war es mit keinerlei Freude verbunden.

Ich hörte den Rhythmus der Räder, jede Umdrehung brachte die Trennung näher. Ich versuchte, nicht daran zu denken. Sam machte mit seinem Schabernack die Fahrt noch quälender. Er krabbelte von einem Schoß auf den nächsten, hinterließ mit seinen patschenden Händchen Abdrücke auf dem Abteilfenster, schlug mit einer Holzrassel gegen die Rückenlehne und jauchzte den anderen Passagieren freudig zu. Als wir Pittsburgh erreichten, wusste jeder im Waggon, wie er hieß: Sa-um.

In Pittsburgh ließen wir uns in ein kleines Hotel fahren, in dem wir uns für den schwierigsten Teil unserer Reise ausruhten – einhundertfünfundzwanzig Meilen mit der Kutsche auf holprigen Straßen in einer fremden Gegend. Und jeder Schritt war ein Schritt auf den Abschied zu.

Wenn ich daran zurückdenke, frage ich mich, wie ich diese langen Tage überstanden habe. Sam war völlig neben sich. Er langweilte sich, brauchte Bewegung und widersetzte sich uns mit einem Nachdruck, den ich noch nie an ihm erlebt hatte. Die letzte Nacht verbrachten wir in einem kleinen Hotel in Meadville. Der Besitzer weigerte sich, eine schwarze Frau mit Kind bei sich unterzubringen. Als ich jedoch die entrüstete Lady aus den Südstaaten spielte, gab er klein bei. Zudem verfügte die Stadt über keine andere Unterkunft. Also führte er uns in eine winzige Dachkammer und ermahnte uns, uns ja nicht blicken zu lassen und dafür zu sorgen, dass das Kind leise war.

Die schon drei Tage dauernde Reise hatte uns erschöpft. Sam wunderte sich bestimmt, wo sein gemütliches Bettchen und all die Leute geblieben waren, die er kannte. Ich wäre so gerne draußen spazieren gegangen. Doch wir begnügten uns damit, die Fenster auf beiden Seiten der Kammer zu öffnen, sodass eine sanfte Brise das Zimmer durchlüftete.

Die Trennung lag wie ein Abgrund vor uns. Wir hatten immer noch nicht viel darüber gesprochen. Jedes Gespräch führte zu Tränen, und wir konnten es uns nicht leisten, Aufmerksamkeit auf uns zu ziehen. Aber jener Abend war unsere letzte Chance, alles auszusprechen.

Der Gedanke an die intime Begegnung zwischen Josiah und mir tat Lettie noch immer weh. »Josiah ist nie mit einer anderen Frau zusammen gewesen«, sagte sie.

»Ich weiß, Lettie. So ein Mann ist er nicht. Bitte, versuch doch zu verstehen. Er ist so ein guter Mann und er liebt dich. Ich weiß, dass er das tut.«

Ich erzählte Lettie von Elias Finley und wie wütend und verletzt ich an jenem Tag im Januar gewesen war. Lettie nickte.

»Dieser Mr Elias ist nicht recht bei Verstand. Er hat sich in ein hübsches Gesicht verliebt und dabei gab es eine gute Frau, die auf ihn wartete.«

»Das hat Josiah auch gesagt. Das Leben geht bisweilen eigenartige Wege und dann tun Menschen Dinge, die sie nicht erklären können.«

»Josiah wird so glücklich sein, Sam bei sich zu haben, Miss Ann. Er wünscht sich so sehr Kinder, wollte aber als Sklave keine.«

»Ich weiß. Das hat er mir erzählt.«

»Sam hat so ein Glück, dass du seine Mutter bist. Es gibt nicht viele, die ihre Kinder so sehr lieben, dass sie sie loslassen können.«

»Oh, Lettie, ich weiß gar nicht, ob ich das kann. Wenn ich daran denke, möchte ich ihn mir schnappen und ihn mit zurück nach Hause nehmen.«

Lettie richtete sich zu voller Größe auf. »Ann, du hast eine kluge Entscheidung getroffen. Es ist das Beste für Sam. Wir beide wissen das. Du wirst es schaffen, denn du schickst ihn nicht zu Fremden. Du schickst ihn zu Josiah. Er ist sein Vater.« Wir setzten uns auf die Bettkante, umarmten einander und weinten gemeinsam.

Am Morgen setzten wir unsere Reise fort. Gegen drei Uhr erreichten wir Erie. Ich mietete ein kleines Zimmer in einem Hotel in der Nähe des Sees und machte mich auf, um den Fahrkartenverkauf für die Fähre zu finden. Das Schiff würde am nächsten Morgen um acht Uhr ablegen und fünf Stunden später, kurz nach ein Uhr mittags, in Port Stanley/Ontario eintreffen. Ich kaufte eine Hinfahrkarte, machte mich widerstrebend auf den Weg zurück ins Hotel und schaute mir die Auslagen in den Geschäften an, um mich abzulenken.

Mein Blick fiel auf eine goldene Uhr mit graviertem Gehäuse, die im Schaufenster eines Juweliers lag. So ein Schmuckstück war nichts für schlichte, bescheidene Menschen. Doch ich war jetzt schon so lange als Südstaatenschönheit verkleidet, dass ich schon anfing, wie eine zu denken. Ich öffnete meinen Ridikül und zählte die Münzen. Dank Onkel Sams Großzügigkeit hatte ich mehr als genug, um nach Hause zurückzukommen. Wofür brauchte ich schon Geld, wenn ich erst einmal wieder zu Hause war? Ich ging in das Geschäft und fragte, in meinem besten Südstaatendialekt, ob ich die Uhr sehen könne.

Sie sah wunderbar aus und lag schwer in meiner Hand. Der Händler zählte mir ihre besonderen Eigenschaften an den Fingern ab und rühmte besonders ihre Genauigkeit und die lange Garantie.

»Können Sie auf der Rückseite eine Gravur anbringen?«

»Selbstverständlich, Ma'am.«

»Heute?«

Er blickte stirnrunzelnd auf die Uhr, gab dann jedoch nach.

»Ich denke, schon. Morgen wäre aber besser.«

»Morgen ist es zu spät«, entgegnete ich und rutschte dabei aus meinem Südstaatendialekt.

»Gut. Hm, was soll denn eingraviert werden?«

Ich sagte es ihm, beobachtete, wie er es aufschrieb, überprüfte die Rechtschreibung, gab ihm die Hälfte des Kaufpreises, verließ das Geschäft und versprach, um halb sechs wieder zu kommen.

An jenem Abend im Hotel spielten Lettie und ich mit Sam, bis er einschlief. Dann sahen wir hinaus auf den großen See, der alles repräsentierte, nach dem Lettie sich in ihrem Leben sehnte – und alles, was ich zu verlieren hatte. Lettie hatte Josiahs Untreue überwunden und sorgte sich um mich. »Bist du immer noch sicher, dass du es tun willst?«

»Ich will nicht. Ich muss.«

»Du weißt, dass du ihn immer noch wieder mit zurücknehmen kannst.«

»Wohin soll ich ihn zurücknehmen? An einen Ort, an dem er gekidnappt und in die Sklaverei verkauft werden kann? In ein Leben, in dem er das einzige schwarze Kind in der Gegend ist? Was passiert, wenn er alt genug zum Heiraten ist und die weißen Väter ihre Töchter nicht in seine Nähe lassen? Was dann? Oh, Lettie, er ist ein starker, intelligenter Mensch. Er soll in einer Familie mit Brüdern und Schwestern aufwachsen. Er soll einen Ort haben, wo er hingehört, und es nicht nötig haben, vor irgendjemandem den Hut zu ziehen.«

Wir saßen die lange Nacht über wach, beobachteten die Reflektionen des Mondes auf dem See, fühlten den leichte Wind durch unsere Haare wehen und hörten auf Sams unschuldiges Atmen.

Wir standen früh auf, kleideten uns mechanisch an und sprachen sehr wenig. Dann frühstückten wir im Speisesaal des Hotels, wo ich mich – wieder einmal – für mein Dienstmädchen einsetzen musste. Anschließend machten wir uns dann auf den langen Fußweg zum Dock. Jetzt wusste ich, wie sich ein Gefangener auf dem Weg zum Galgen fühlen musste. Ich sehnte mich nach einer Trauerhaube, um mein Gesicht zu verdecken. Ich sehnte mich nach meiner alten, vertrauten Quäkerkleidung und nach meinem alten, vertrauten Quäkerzuhause, von dem ich wusste, dass es nach diesem Tag nie wieder dasselbe sein würde.

Zu schnell und mit schwerem Herzen erreichten wir das Dock, wo bereits Passagiere an Bord der Fähre über den Eriesee strömten. An der Gangway blieben wir stehen. Ich griff in meinen Ridikül, fand Josiahs Adresse und drückte Lettie das Papier in die Hand.

»Sag Josiah, dass er mir schreiben soll, sobald du angekommen bist. Ich werde krank vor Sorgen sein.«

»Das mache ich. Versprochen.«

»Heute Nacht, Lettie. Heute Nacht wirst du in Josiahs Armen liegen.« Ich konnte nicht mehr anders und brach in Tränen aus. Aus Mitleid fing auch Sam an zu wimmern.

Ich nahm ein Taschentuch und wischte mir die Augen. Ich wollte so sehr, dass er mich glücklich in Erinnerung behalten würde. Ich griff noch einmal in meinen Ridikül und gab Lettie genügend Geld, um nach Dresden zu kommen. Dann holte ich die Uhr heraus und zeigte sie Sam. Seine Augen leuchteten und mit seinem Patschhändchen langte er danach. Er schnappte sie sich, inspizierte sie, drehte sie herum und nahm sie in den Mund. Die gravierte Rückseite glänzte in der Morgensonne.

FÜR SAMUEL REDFIELD COLTON
In Liebe von
Mutter
8. AUGUST 1856

Die Sirene des Dampfschiffs ertönte und der Festmacher rief: »Alle an Bord!« Lettie ging die Gangway hoch. Sie trug Sam, der immer noch die Uhr in der Hand hatte, auf dem einen Arm und den kleinen Koffer über der anderen Schulter. Sie blickte nicht zurück, und das war gut so. Ich stand allein da, mit gebrochenem Herzen. Ich konnte mich nicht bewegen, konnte nicht einmal mehr weinen. Ich beobachtete, wie der Seemann die Gangway hochklappte, und hörte die Maschinen stampfend anlaufen. Dann – ganz langsam, wie im Traum – legte das Schiff vom Dock ab. Sie standen an der Reling; Lettie winkte und Sam schaute auf all die Menschen um sich herum. Die Sirene ertönte dreimal kurz. Dann nahm der Dampfer Fahrt auf und bewegte sich schnell in Richtung Norden.

Ich beobachtete, wie er sich entfernte und auf dem riesigen See immer kleiner wurde. Ich fand einen vergessenen Koffer, setzte mich darauf und sah mein Leben entschwinden. Das Schiff verschwamm zu einem winzigen Fleck am Horizont.

»Dort, mein Kind! Dort wirst du in Sicherheit sein, geliebt und frei. Oh, mein Gott«, flüsterte ich, »Segne ihn. Behüte ihn. Hilf ihm, zu verstehen, warum ich das getan habe.«

Kapitel 20

1856 – Spätsommer/Herbst

Die Heimreise – allein mit meinen Gedanken – war ebenso schwer wie der Abschied von Sam. Die Rumpelei in der Kutsche und der Eisenbahn betäubte meinen Körper, aber nicht meine Seele. Ich konnte seine Gegenwart spüren, sein Lachen hören, sah den Widerschein seines Gesichts in den Zugfenstern und in meinen Träumen. Als ich nach zehn Tagen ununterbrochener Reise zu Hause ankam, wollte ich schlafen. Doch fürchtete ich mich vor den unausweichlichen Träumen von meinem Kind.

Abgesehen von Abby nahmen alle im Haus meine Entscheidung schweigend hin. Amos hörte zu, nickte und setzte sich wortlos. Ebenso Nathaniel, der zuhörte, ohne ein Wort zu sagen, und dann hinaus auf die Felder ging und vorgab, nach dem Mais sehen zu müssen. In Jesses Augen zeigte sich ein unendlicher Schmerz, der mich über Monate davon abhielt, mit ihm über Sam zu sprechen. Abby jedoch konnte ihre Gefühle nicht im Zaum halten. Sie schlug die Hände vors Gesicht, herzzerreißende Schreie entrangen sich ihr. Alle anderen hatten bereits vermutet, dass ich Sam abgeben würde. Abby jedoch hatte sich geweigert, es zu glauben. Jetzt, mit der Wahrheit konfrontiert, brach sie trauernd zusammen und drohte, mich mit in eine Dunkelheit hineinzuziehen, in die einzutreten ich mir nicht gestattete.

»Abby. Abby, hör zu! Du musst dem ins Auge sehen. Du musst. Sam ist jetzt bei seinem Vater. Er gehört zu einer Familie und einer Gemeinschaft, die ihn lieben und für ihn sorgen. Lass ihn los, Abby! Ich brauche deine Hilfe, um das alles durchzustehen.«

Sie hob das gequälte, verweinte Gesicht. »Oh, Ann. Es fühlt sich an, als ob er tot wäre«, klagte sie und fing erneut an zu weinen. Ich widerstand dem Bedürfnis, mit ihr zu weinen. Stattdessen band ich mir die Schürze um und warf ein Scheit ins Feuer. Die Arbeit würde mich retten.

Abby brauchte mehr als eine Woche, um ihre Trauer zumindest nach außen hin zu überwinden. Zuweilen beneidete ich sie um die Fähigkeit, sich ihr so ganz hinzugeben. So würde es vielleicht nicht bleiben.

Einige Tage, nachdem ich nach Hause zurückgekommen war, traf ein Brief von Josiah ein.

> *»Ich bin so glücklich, Lettie wiederzusehen – sie war ganz von den Socken! Dann hab ich das Kind gesehen. Oh, Ann! Wie kann ich dir das Gefühl beschreiben? Lettie hat gesagt, ›Ann hat ihn fortgegeben, damit er bei seinem Papa sein kann. So wird er ein besseres Leben haben‹. Ich konnte vor Freude gar nichts sagen, und weil ich das Kind so sehr liebe. Lettie ist noch verletzt, ganz klar, aber wir bekommen das hin. Es wird alles gut zwischen uns beiden. Was für ein Glück hat Sam, dass er zwei Mütter hat, die ihn so sehr lieben!«*

Diese Worte trösteten mich ein wenig. Als ich vom Brief aufsah, fühlte ich, dass Jesse mich beobachtete.

»Was ist los?«

»Es hat heftig geregnet, während du fort warst. Der Bach stand mehr als eine Woche lang sehr hoch. Pru Hartleys kleine Tochter Nancy ist hineingefallen und wurde mitgerissen. Sie haben sie gestern gefunden, eine Meile flussabwärts.«

Ich starrte ihn ungläubig an. Nancy konnte höchstens fünf Jahre alt gewesen sein. Eine Tragödie folgte der anderen. Vielleicht lag es an meiner eigenen Trauer, dass es mich so sehr berührte, aber ich wollte unbedingt zu Pru. Ich ging den Feldweg hinunter zum Bach und dann über die Holzbrücke zu ihrem Haus. Dieses Mal ging ich direkt darauf zu und klopfte an die Tür. Die Hunde waren mir dabei völlig gleichgültig.

Pru öffnete, schaute mich mit gequältem Blick an. »Was willst du denn?«, fragte sie.

Ich umarmte sie und musste darum kämpfen, nicht die Fassung zu verlieren. Sie stand stumm da, mit gesenktem Kopf, und erwiderte meine Umarmung nicht. So standen wir eine lange Zeit. Dann, ganz langsam, legte sie die Arme um mich. Die Trauer verband uns. Alte Verletzungen und Kränkungen schmolzen dahin.

»Möchtest du reden?«, fragte ich und führte sie zu einem Stuhl am Tisch.

»Ja«, flüsterte sie. Sie saß eine Weile still da, betrachtete ihre Handflächen, als sei dort die Antwort auf ihre Trauer zu finden. »Ich hab Schuld. Als wenn ich sie selbst untergetaucht hätte. Ich hab nich' aufgepasst. Sie hat immer am Wasser gespielt. Ich hab nich' drangedacht, dass der Bach ganz voll war.« Sie seufzte. Ihre beiden mageren Jungen standen mit ernsten Gesichtern hinter ihr, einer an jeder Seite ihres Stuhles.

»Ich habe mein Kind auch verloren«, sagte ich ihr.

Sie riss den Kopf hoch. »Wie?«

»Ich habe ihn abgegeben. Ihn nach Kanada zu seinem Vater geschickt.«

»Warum hast du das denn gemacht?«, fragte sie ungläubig.

»Ich glaube, das weißt du selbst.«

Sie saß da und blickte auf den Boden, die Hände auf dem Schoß. Die Feindseligkeit und die Aggressivität, die sie früher ständig an den Tag gelegt hatte, waren fort. Sie drehte sich um und sprach sanft mit den Jungen. »Spielt mal weiter. Ich möchte mit Miss Redfield sprechen.« Gehorsam marschierten die beiden ab.

»Hast du gedacht, ich würde ihn den Sklavenfängern ausliefern?«, fragte sie matt. »Hast du davor Angst gehabt?«

»Nein, Pru. Ich hätte gar keine bestimmte Angst nennen können. Es waren so viele. Ich will nur, dass er ein besseres Leben hat.«

»Hätt' ich natürlich nich'.«

Ich tätschelte ihre raue Hand.

Sie blickte zu mir auf. »Dann wissen wir jetzt beide, was Schmerz ist.«

Ich nickte und sah mich in dem kahlen Haus um, das sich nach der Tragödie verändert hatte. Der Fußboden war gefegt. Die Möbel waren ordentlich hingestellt. In einem Topf über dem Feuer köchelte das Mittagessen und sogar die Fenster waren sauber. Es war so schäbig wie eh und je, aber es war nicht mehr so schlampig wie früher.

»Arbeit hilft, den Schmerz zu lindern, nicht wahr?«, fragte ich sie.

»Ich weiß nich', was ich sonst machen soll. Er geht davon nich' weg, aber es beruhigt mich 'n bisschen.«

Nach Nancys Tod waren Nachbarn gekommen, um Hilfe zu leisten. Sie rissen einen alten Schuppen ab und machten Feuerholz daraus. Sie deckten das Dach neu und dichteten die Fugen ab. Das Ganze war jetzt fast ansehnlich. Jesse und einige Männer der Versammlung hatten einen neuen Hühnerstall gebaut und einen Hahn sowie ein paar Hennen gekauft. Ein anderer hatte Pru eine Ziege geschenkt, sodass sie Milch hatte. Traurig, dass es einer solchen Tragödie bedurfte, um die Menschen zusammenzubringen.

»Hat jemand dir schon einen Wurzelkeller gegraben?«, fragte ich auf meinem Weg nach draußen.

»Nein, aber ich hab vor, meinen Bruder Sawyer dranzusetzen, wenn er das nächste Mal kommt.«

»Ich dachte, Sawyer ist jetzt Hausierer.«

Pru nickte. »Ab und zu kommt er hier vorbei und guckt, ob ich was brauch.«

»Gut, dann setz ihn daran, wenn er das nächste Mal hier ist. Ich habe mehr Kartoffeln, Wurzeln, Rote Bete und Rüben als genug. Du kannst gerne kommen und dir alles holen, was du brauchst.«

Pru lächelte müde und traurig. »Wir können das gebrauchen. Auf jeden Fall.«

Einige Wochen lang besuchte ich sie regelmäßig und ließ sie über alles reden, worüber sie reden wollte. Es überraschte mich, wie vernünftig und sanft sie war. Eines Tages, als ich gerade fortgehen wollte, hielt sie mich an. »Würdest du am Ersttag mit mir zum Friedhof gehen?«

»Aber sicher, Pru. Es wäre mir eine Ehre.«

Unterdessen kamen mehr Flüchtlinge bei uns an. Ohne Vorankündigung tauchte eines Tages im späten September, um Mitternacht, eine Gruppe von fünf Personen vor unserer Tür auf. Die Verantwortung für sie fiel mir zu. Ich brachte sie so angenehm wie möglich in der Scheune unter. Am kommenden Morgen besprachen Jesse und ich den nächsten Schritt.

»Wir müssen sie zügig weiterschicken«, sagte er. »Wir können sie nicht einmal für einen Tag hier behalten. Das Wetter ist zu unbeständig.«

»Eine unserer Verbindungen in Johnstown ist stillgelegt. Prospect ist ja jetzt in den Westen gegangen«, antwortete ich.

»Ich gehe davon aus, dass wir sie heute zumindest bis zu Noah und Mary in Osterburg bringen können. Heute Nacht könnten sie dann nach Hollidaysburg weiter geleitet werden. Noah weiß schon, wie er das hinbekommt.«

»Du willst sie am helllichten Tag nach Osterburg bringen?«

»Warum nicht?«

»Aber in deiner Verfassung kannst du den Wagen nicht lenken. Ich müsste ihn fahren.«

»Nein. Seit dem Unfall gibt es zu viel Gerede über uns. Sklavenfänger hätten den Wagen sofort auf dem Kieker.«

Ich seufzte. »Ja, der doppelte Boden hat seine Schuldigkeit wohl getan – jedenfalls für dieses Jahr. Was sollen wir deiner Meinung nach tun?«

»Schick Abby zu Ben, damit er uns seine Schimmelstute leiht«, wies Jesse mich an. Kaum gesagt, warf Abby sich schon einen Schal um die Schulter und war aus der Tür.

»Du packst einige Lebensmittel zusammen und ich gehe hin und erkläre ihnen den Plan.«

Als Abby einige Minuten später angeritten kam, barfuß auf der Schimmelstute, wartete Jesse darauf, dass sie absaß. Doch sie saß hoch aufgerichtet auf dem Pferd und rührte sich nicht.

»Komm runter, Abby! Ab jetzt übernehme ich«, sagte er.

»Nein«, antwortete Abby.

»Nein? Was soll das heißen, ›Nein‹?«

»Das soll heißen, dass du noch nicht wieder gesund genug bist, um das hier zu übernehmen.« Abby sah Jesse direkt in die Augen. »Ich kann das machen.«

»Du kennst ja noch nicht einmal den Plan, Abby.«

»Na ja, du könntest ihn mir wahrscheinlich in einer Minute erklären, wenn du nicht so starrköpfig wärst.« Ich wandte mich schmunzelnd ab. »Du meinst immer, dass du der Einzige hier bist, der etwas kann, aber Ann und ich haben auch schon einiges an Abenteuern bestritten. Erzähl mir einfach, was ich tun soll, und ich mach's.«

Jesse legte die Stirn in Falten, zögerte, gab dann aber nach. »In Ordnung, Miss Abby. Du machst Folgendes. Du reitest von hier nach Osterburg den Kamm entlang, dann hinunter zu Bob's Creek. Die Neger werden oben im Wald sein und dir folgen, aber außer Sicht. Auf dem Schimmel bist du eine Art Leitfeuer für sie. Wenn du jemanden auf der Straße triffst, sagst du, du bist auf dem Weg zu einem Besuch bei Rebecca und hast Einiges für ihre Tante in Osterburg dabei. Die Leute werden sich nicht viele Gedanken um ein junges Mädchen machen, das allein unterwegs ist.«

Abby erkannte sofort, wie perfekt der Plan war, und nickte energisch. »In Ordnung. Bring sie in den Wald. Ich werde vor Dunkelheit zurück sein«, versprach sie.

Ich reichte ihr den Korb mit den Lebensmitteln. Abby setzte ihn vor sich ab und trieb die Stute behutsam mit den Fersen an. Langsam machte der Schimmel kehrt und ging zur Straße. Jesse rief die schwarzen Männer vom Heuboden und führte sie durch die Scheune zum Maisfeld einige Schritte dahinter. Sie gingen durch den hohen Mais und dann über den Hügel. Vom Kamm über dem Ort aus konnten sie Abby beobachten, bis sie nach rechts aus dem Ort heraus auf die Straße nach Weyant abbog. Dann zogen sie weiter auf halber Berghöhe durch den Wald, behielten sie auf ihrem Wege aber ständig in Sicht.

Jesse kam zurück zum Haus. Schon diese geringe Anstrengung hatte ihn erschöpft. Er setzte sich in einen Schaukelstuhl auf der Veranda, sein Arm lag immer noch in einer Schlinge.

»Ich hoffe, dass sie keinen Ärger bekommt«, sagte er voll Zweifel. »Sie ist noch ein Kind. Kaum dreizehn.«

»Das ist ein Vorteil. Davon abgesehen: Abby kann sich aus allem herausreden. Sie schafft das schon«, versicherte ich ihm.

Jesse nickte, aber er war den ganzen Nachmittag unruhig – setzt sich hin, stand auf, lief herum. Während ich ihn beobachtete, dachte ich an die vielen Male, als es mir genauso gegangen war, wenn ich mir um ihn Sorgen machte. Die Plätze zu tauschen, bringt einen zum Nachdenken – man versteht, was andere durchzumachen haben. Das war gut.

Als Abby zurückkehrte, voller Aufregung und zufrieden mit sich selbst, erzählte sie von ihrem Ausflug. »Ich bin ganz langsam geritten, habe immer über meine Schulter geschaut, um mit ihnen mitzuhalten. Ich konnte sie wegen der Blätter aber nicht sehr gut erkennen.«

Das Erzählen machte sie atemlos. »Ich ritt immer weiter, bis ich an den Stadtrand von Osterburg kam. Dann habe ich die Stute einige Minuten angehalten – hätte ja sein können, dass sie hinter mir zurückgefallen waren. Mary war ganz schön überrascht, mich zu sehen.«

Jesse lächelte, während er Abbys Geschichte anhörte. Er war glücklich über ihre Leistung.

»Ich bin gleich zu ihr hin und hab sie gefragt, ob ihr Mann da ist, und dann hat sie eine ihrer Töchter nach Noah geschickt.«

Abby beobachtete Jesse, während sie fortfuhr. »Dann kam Noah Poole und ich hab ihm erzählt, was los ist. Er wollte wissen, wo sie jetzt wären, und ich hab ihm gesagt, dass sie immer noch im Wald sind. Ich hab ihm erklärt, dass sie erst in der Dunkelheit herunterkommen. Und Mary habe ich gesagt, sie soll ein Bettlaken über das Geländer der oberen Veranda hängen, wenn es sicher ist, herunterzukommen.«

Abby neigte nicht zum Stolz. Doch es war nicht zu übersehen, wie sehr sie sich freute, eine wichtige Rolle bei der Railroad zu spielen.

»Mr Noah Poole war sehr nett«, erzählte sie weiter. »Mary hat mir Abendbrot gemacht und sie haben uns eingeladen, sie bald zu besuchen. Sie haben gesagt, dass einer ihrer Nachbarn die Neger ohne Probleme nach Hollidaysburg bringen könnte. Sie haben gerne geholfen. Mary macht sich große Sorgen um dich, Jesse. Sie hat mir gesagt, ich soll dir sagen, du sollst deiner Schulter unbedingt die Zeit geben, die sie braucht, um zu heilen.«

Jesse lächelte und nickte. »Es ist ein dichtes Netzwerk. Wenn du unter Quäkern bist, bist du unter Freunden.«

Abby plapperte weiter, breitete jedes Detail ihres Abenteuers vor uns aus. »Auf dem Wege nach Pavia habe ich die Conleys getroffen. Ich habe ihnen gesagt, dass ich Rebecca besuchen will. Ich kläre das mit ihr, wenn ich die Stute zurückbringe, damit sie weiß, was sie sagen muss.«

Jesse und ich hörten Abbys weitschweifiger Erzählung mit einem gewissen Stolz zu. »Abby«, sagte Jesse zu ihr. »Du hast heute sehr gute Arbeit geleistet. Ich vertraue dir von ganzem Herzen.«

Das Mädchen lächelte, trat von einem Fuß auf den anderen und schlug die Augen nieder. Sie freute sich offensichtlich sehr darüber, dass Jesse eine so hohe Meinung von ihr hatte.

»Sie ist ein seltenes Juwel«, sagte er zu mir, als Abby fortgeritten war, um die Stute zurückzubringen. »Ein kleines Persönchen, aber voller Feuer.«

Seit meinem Ausschluss fühlte ich mich nicht mehr zugehörig, obwohl die Freunde mich nicht gänzlich im Stich gelassen hatten. Ich nahm immer noch an den Andachten teil und saß auch während der Geschäftsversammlung still dabei. Dennoch war es anders. Das Bewusstsein, dass das, was ich getan hatte, Schande über meine Familie gebracht hatte, belastete mich. Ich hatte das Bedürfnis nach spirituellem Wachstum, nach der Gemeinschaft mit anderen Seelen. Ich wollte wieder so vollständig und umfassend dazugehören wie früher. Daher beschloss ich im späten September, um meine Wiederaufnahme zu bitten. Seit meinem Ausschluss waren acht Monate vergangen und mir graute bei dem Gedanken an einen langen, kalten Winter ohne die umfassende Verbundenheit mit den Freunden. Also setzte ich mich an meinen Schreibtisch und entwarf einen sorgfältig formulierten Brief, in dem ich meine Verfehlung anerkannte und um Wiederaufnahme bat. Als ich fertig war, verschloss ich den Brief und ließ ihn einige Tage lang auf meinem Schreibtisch liegen, um abzuwarten, was ich mit etwas Abstand dazu empfand. Als Papa und die Jungen am nächsten Ersttag zur Andacht gingen, entschuldigte ich mich, bat Jesse jedoch, den Brief der Geschäftsversammlung der Frauen zu übergeben.

Im späten Oktober kam die Antwort der Versammlung: »Ann Redfield darf ihren Platz als vollberechtigtes Mitglied der Versammlung wieder einnehmen.« Wie sehr mich das erleichterte, überraschte mich selbst. Ich hatte keine Vorstellung davon gehabt, wie wichtig es für mich war, wieder in die Gemeinschaft der Freude aufgenommen zu werden.

Kapitel 21

1856 – Herbst

Als die Blätter sich bunt färbten und es kühler wurde, stürzte ich mich in Vorbereitungen für den Winter, um meine anhaltende Trauer um Sam zu vergessen. Ich machte mich ans Einwecken und Einlegen, trocknete Mais, kochte Apfelkraut und half beim Schweineschlachten. Arbeit linderte meinen Kummer oder betäubte ihn. Harte Arbeit macht müde, und wer müde ist, kann schlafen – hoffte ich. Abby hielt tapfer mit, seufzte gelegentlich und fragte nur ein einziges Mal, wie viel getrockneten Mais fünf Personen in einem Winter essen könnten. Als Sams Geburtstag näher rückte, trieb die Leere mich nach draußen und fort vom Haus. Also machte ich die Runde bei Verwandten und Freunden mit Eingemachtem, Essiggurken und Kompott. Rebecca erkannte, was mich antrieb, als ich nach einem Besuch bei Betsy an einem Oktobernachmittag bei ihr anhielt.

»Versuchst du, durch Geschäftigkeit über Sams Geburtstag hinwegzukommen?« Ihre Stimme klang mitfühlend. »Das Beste ist, man hält die Trauer in Schach.«

Ich nickte. Rebecca kannte mich gut. Sogar an diesem Tag machte sie mir das Herz ein bisschen leichter.

Die Zwillinge waren schon zwei, und Rebecca war wieder schwanger.

»Ich hoffe, Gott hat ein Einsehen und schickt mir diesmal nur eines«, meinte sie. »Er müsste wissen, dass ich hier ohnehin schon an meine Grenzen stoße. Wenn Deborah nicht wäre, wüsste ich nicht, was ich tun sollte.«

»Sie und Abby sind zehn Dienstmädchen wert«, bestätigte ich. »Die beiden sind echte Glückstreffer.« Ich sah zu Abby hinüber, die Deborah beim Ausschütteln der Betten half. Redfield Farm tat ihr gut und sie tat uns gut. Sie war fast wie eine kleine Schwester.

Rebecca hob einen der Zwillinge hoch und schnüffelte an seiner Hose, während er versuchte, sich frei zu strampeln. »Hast du in letzter Zeit mal Melissa Finley gesehen?«

»Nein, sie ist seit Monaten nicht bei den Andachten erschienen.«

»Ben sagt, Elias macht sich Sorgen um sie. Sie tut sich recht schwer damit, Mutter zu sein. Sie sagt, das Kind sei ihr eine Last, und möchte, dass Elias sie den Winter über in ihr Elternhaus nach Chambersburg bringt.«

Rebecca neigte nicht zum müßigen Klatsch und Tratsch, vor allem nicht über die Familie. Daher ging ich davon aus, dass die Situation ernst sein musste.

»Vielleicht sollte ich mal mit Abby bei ihr vorbeischauen. Sie ist vermutlich einsam, Rebecca.«

»Wahrscheinlich. Sie ist oft hierhergekommen. Seit Lucys Geburt allerdings nicht mehr. Manchmal schicke ich Deborah und Jane auf einen Besuch zu ihr. Aber ich mache mir Sorgen, was aus ihr wird, wenn der Winter anbricht. Elias könnte ein Problem bekommen.«

»Ich habe noch ein paar Gläser mit Eingemachtem übrig. Wir halten gleich heute Nachmittag bei ihr an und besuchen sie, bevor wir nach Hause fahren.«

»Ja, das wird ihr guttun.«

Ich verließ Bens Vorgarten, bog nach rechts ab und fuhr die knappe halbe Meile zum Haus von Elias Finley. Als wir näherkamen, öffnete sich die Tür und gab den Blick auf eine derangierte

Melissa frei, die ein schreiendes, schmutziges Baby auf dem Arm hielt.

»Hallo, Melissa. Wir haben dir ein paar Essiggurken und etwas Kompott mitgebracht.« Ich zwang mich zu einem Lächeln und konnte nur mit Mühe meine Bestürzung verbergen.

Die junge Frau sah uns teilnahmslos an. »Das ist nett«, sagte sie kraftlos. »Elias wird sich freuen.«

Ich überreichte ihr den Korb und trat zur Seite, in der Erwartung, dass sie uns hereinbitten würde. Doch Melissa blieb schweigend stehen, das schreiende Kind auf der Hüfte, und musterte mich. Abby trat unruhig von einem Fuß auf den anderen.

Melissa sah von mir zu Abby und wieder zurück, schob mir wortlos das schreiende Kind in die Arme und schloss die Tür. Ich drückte die Kleine tröstend an mich und klopfte dann leise. Als Melissa nicht antwortete, öffnete ich die Tür und trug den Säugling hinein, gefolgt von einer sichtlich betretenen Abby.

Das Haus war dunkel, die Fensterläden geschlossen. Als Abby sie aufstieß, offenbarte sich ein vollständiges Chaos. Das Feuer war aus. Schmutziges Geschirr stapelte sich auf den Tischen und in der Spüle. Kleidungsstücke lagen verstreut auf Möbeln und auf dem Boden. Die Wiege des Kindes, fleckig und übelriechend, lag auf der Seite, und das Wirrwarr schmutziger Quilts auf dem Bett in der Ecke sah aus wie ein riesiger Lumpenberg.

Wie hatte Elias es so weit kommen lassen können? Ich machte das Feuer an und ließ Abby das Geschirr spülen, während ich den Säugling badete und saubere Sachen für das Kind suchte. Lucy war mager für ihre sechs Monate. Ihre Haut wund und schorfig, weil sie zu selten gebadet wurde. Abby rannte zu Ben, um ein Fläschchen und etwas Ziegenmilch zu holen. Ich wärmte die Milch auf und fütterte das Kind damit. Zufrieden schlief Lucy in meinen Armen ein, was mich mit einem schmerzlichen Stich wieder an Sam erinnerte. Ich legte sie in die saubere Wiege, wo sie eingekuschelt in einen gehäkelten Schal weiterschlummerte, den ich zusammengeknüllt in einem Geschirrschrank gefunden hatte. Melissa lag zusammengekrümmt auf dem Bett, mit dem Gesicht zur Wand. Sie nahm uns gar nicht wahr.

Wir brachten das Haus in Ordnung und packten die schmutzigen Sachen zu Bündeln zusammen, um sie mit nach Hause zu nehmen und zu waschen. Wir wischten den Boden, brachten die Asche nach draußen, putzten die Fenster und setzten den Kessel wieder auf. Melissa lag immer noch stumm und reglos auf dem Bett. Ich näherte mich ihr behutsam, um ihre Anspannung nicht noch zu vergrößern.

»Komm, Melissa, lass mich schnell das Bett frisch beziehen. Abby wird dir ein Bad einlassen. Danach wirst du dich besser fühlen.«

Die junge Frau schreckte zurück. »Nein, Elias wird mich sehen. Jedes Mal, wenn er mich sieht, will er mich. Ich kann es nicht ertragen, noch einmal schwanger zu werden.«

»Elias ist mit Ben draußen bei der Arbeit. Er kommt noch lange nicht nach Hause.«

»Er darf mich nicht anfassen!«, schrie Melissa weinend und drückte den schmutzigen Quilt an ihren Körper. »Bitte! Ich will zu meiner Mama.«

Als das Kind aufwachte, schickte ich Abby mit ihm nach Hause und setzte mich hin, um auf Elias zu warten. Ich fuhr ihn scharf an, als er kurz vor Einbruch der Dunkelheit nach Hause kam.

»Elias! Wie konntest du es so weit kommen lassen, ohne um Hilfe zu bitten?«

Er ließ den Kopf hängen. »Ich dachte immer, dass sie sich wieder erholt.«

»Nun, jetzt sitzt du ganz schön in der Bredouille! So kann es nicht weitergehen. Man muss Angst haben, dass sie sich selbst oder dem Kind etwas antut.«

»Was soll ich denn machen, Ann?«, fragte er hilflos. »Ich möchte mich ihr gegenüber anständig verhalten, aber sie ist so düsterer Stimmung, dass sie nichts mit mir zu tun haben will.«

»Bring sie nach Hause, Elias. Bring sie nach Chambersburg, in ihre vertraute Umgebung. Ihre Mutter wird wissen, wie am besten mit ihr umzugehen ist. Sie hat doch auch noch Schwestern, oder?«

»Ja. Zwei sind noch zu Hause.«

»Gut. Sie können sie pflegen, sich um Lucy kümmern und alles Nötige tun. Sag jetzt Ben Bescheid und mach dich fertig. Fahr morgen früh los. Abby kann euch begleiten, um sich um das Kind zu kümmern. Du musst sie aber recht schnell zurückschicken.«

Er nickte steif und wandte sich zur Tür. Dort zögerte er, schaute sich im Zimmer um, das jetzt aufgeräumt und sauber war. »Danke, Ann. Ich war ratlos, wusste nicht mehr, was ich tun sollte. Es ist lange her, dass es hier so ordentlich war.«

»Geh jetzt, Elias. Eigentlich solltest du heute lieber bei uns bleiben und übernachten. Nimm ein Bad und zieh dir frische Sachen an. Du siehst selbst zum Fürchten aus. Ich bleibe hier und passe auf Melissa auf.«

Gehorsam öffnete er die Tür und trat in den Oktoberabend hinaus. Als er fort war, schaute ich mich in dem trostlosen kleinen Haus um und seufzte. Wie schnell doch die schönsten Träume zerbrechen können…

Mir knurrte der Magen, aber es gab kaum etwas Essbares im Haus. Ich fragte mich, wie sie überhaupt so lange durchgehalten hatten, ohne dass gekocht wurde. Sie mussten sich von Trockenfleisch und Äpfeln ernährt haben. Kein Wunder, dass das Kind wund war. Trockenfleisch und Äpfel waren sicher keine gute Grundlage für nahrhafte Muttermilch. Ich sammelte einige Käfer aus dem Mehl, mischte ein bisschen Maisbrot an und setzte Teewasser auf, während das Brot backte. Als es fertig war, aß ich es mit einer Portion meiner selbst eingemachten Pfirsiche.

Dann weckte ich Melissa und wachte über sie, während sie aß und das Wasser für ihr Bad heiß wurde. Ich sprach leise und beruhigend auf die junge Frau ein, die niedergeschlagen schwieg, mit gesenktem Kopf dastand und sich entkleiden ließ. Ich badete sie, wusch ihr das Haar, streifte ihr ein sauberes Nachthemd über und setzte sie in einen Sessel ans Feuer, während ich das Bett abzog. Ich durchforstete das Haus nach sauberer Bettwäsche und hatte das Bett schnell frisch bezogen. Als ich Melissa an der Hand nahm, ließ sie sich ohne Widerrede zum Bett führen.

»Sag Elias bitte nichts«, murmelte Melissa, als sie ins Bett kroch, die Knie fast bis zum Kinn hochgezogen. »Er wird böse auf mich sein.«

»Mach dir keine Sorgen, Liebes. Elias ist nicht böse auf dich. Er wird dich nach Hause bringen.«

»Nach Hause? Zu meiner Mutter?«

»Ja, nach Hause zu deiner Mutter.« Ich deckte sie zu.

»Wann?«

»Morgen. Gleich morgen früh.«

»Oh«, Melissa seufzte. »Mama wird wissen, was man mit dem Kind macht. Es schreit immer.«

»Ja, Liebes. Deine Mama wird sich um euch beide kümmern.«

Ich blieb bei ihr sitzen, bis sie eingeschlafen war, und machte mich dann daran, alles für die Reise vorzubereiten. Zunächst suchte ich Kleidung für alle drei zusammen. Es gab nicht viele saubere Sachen, aber ich packte zusammen, was ich fand. Dann spülte ich das Geschirr ab, bedeckte das Feuer mit Asche, löschte die Lampe und entkleidete mich im Dunkeln.

Ich legte mich neben die schlafende junge Frau. Doch die Ironie des Schicksals, plötzlich eine so ungewohnte Nähe zum Leben von Elias Finley zu haben, hielt mich noch eine Weile wach. Es gab einmal eine Zeit, da bekam ich schon bei der bloßen Erwähnung seines Namens Herzklopfen. Jetzt empfand ich nur noch Mitleid für seine Schwäche und Unbeholfenheit.

Am nächsten Morgen kleidete ich mich an, schürte das Feuer und bereitete das Frühstück zu, bevor ich Melissa weckte. Sie hatte die Nacht durchgeschlafen und sah nicht mehr ganz so elend aus. Unter den Augen hatte sie noch immer dunkle Ringe, aber das Gesicht hatte wieder ein bisschen Farbe angenommen. Sie bemerkte sogar, dass das Haus sauber war. Aber erst als Abby und Elias mit Lucy eintrafen, fiel der jungen Mutter auf, dass ihr Kind vorher nicht da gewesen war.

»Abby, hast du eine Tasche für dich selbst gepackt?«, fragte ich, auf die Reisevorbereitungen bedacht. Ich reichte Elias einen Korb mit Essen und einige Wolldecken.

Er hatte den Buggy herausgeholt und seine besten Pferde eingespannt. Ich fragte mich, was stärker wog – sein Wunsch, mit edlen Rössern gesehen zu werden, oder die Sorge um seine verzweifelte Frau und sein armes, vernachlässigtes Kind. Ich zog Abby beiseite.

»Ich bin mir nicht sicher, ob Elias sich über das Ausmaß des Problems im Klaren ist. Lass nicht zu, dass er ihren Zustand beschönigt. Sorg dafür, dass ihre Mutter erfährt, wie ernst es ist.«

»Ja, das mache ich. Du kannst dich auf mich verlassen«, versicherte Abby und warf Elias einen verächtlichen Blick zu, als er die Taschen in den Buggy lud. Melissa wurde bei Elias' Anblick immer kleiner, ließ die Schultern sinken und zog den Schal fester um sich. Ich half ihr auf den Vordersitz, wo sie mit gebeugtem Kopf sitzenblieb, den Blick auf ihre Hände gerichtet. Abby nahm den Säugling mit nach hinten. Nachdem ich mich vergewissert hatte, dass alle warm eingepackt waren, trat ich beiseite. Die Pferde zogen an und verließen den Hof in Richtung Fishertown.

Sobald sie außer Sicht waren, ging ich ins Haus zurück, sammelte das schmutzige Bettzeug zusammen, machte das Feuer aus und schloss die Tür hinter mir. Ich legte die eine Meile zur Redfield Farm zu Fuß zurück, das Bündel schmutziger Wäsche auf dem Rücken.

Kapitel 22

1856–1857 – Spätherbst/Winter

Ein paar Tage später grinsten meine Brüder beim Frühstück die ganze Zeit albern vor sich hin. Ich fragte mich, was sie im Schilde führten. Sogar Amos wirkte amüsiert. Gegen elf Uhr klärte sich der Grund Ursache ihrer Heiterkeit, als ein Pferdekarren, beladen mit einer gusseisernen Kochmaschine, auf den Hof rollte. Mit großen Augen sah ich zu, wie Nathaniel dem Kutscher half, sie abzuladen.

Sie stellten das Gerät vor der Feuerstelle ab, die der Familie unter diesem Dach seit mehr als fünfzig Jahren treue Dienste geleistet hatte, und entfernten dann genügend Ziegel aus dem Schornstein, um das Rohr zu installieren. Ungläubig starrte ich abwechselnd den Herd und meine Brüder an.

»Also, ich hätte mir nie träumen lassen, dass ich je so etwas zum Kochen haben würde.«

»Na, Ann, da hab ich dich aber ausgetrickst, was?«, lachte Nathaniel. »Du hattest offensichtlich keine Ahnung, was wir vorhatten.«

»Du, Nathaniel? Das war deine Idee?«

Er nickte. »Ich bin gestern nach Bedford gefahren und hab ihn gekauft. Er hat einen eingebauten Boiler, du musst also das Badewasser nicht mehr im Kessel heiß machen und du musst auch nicht mehr darauf warten.«

Ich war verblüfft, wie sehr er sich für die Einzelheiten der Herdmechanik begeistern konnte. Dann wandte ich mich an Papa. »Hast du das auch mit ausgeheckt?«

Amos nickte. »Und Jesse«, antwortete er.

Ich lächelte. Ihr Wunsch, mich aufzuheitern, rührte mich.

Nicht lange, nachdem wir den Herd bekommen hatten, schaute Pru Hartley vorbei. Der Winter stand vor der Tür und sie brauchte wohl wieder einmal unsere Hilfe.

»Morgen, Pru.«

»Morgen.«

»Ist das Kleid neu?«

Sie nickte. »Ist der Herd neu?« Sie stellte sich davor und begutachtete ihn eingehend von allen Seiten. Sie öffnete den Backofen und spähte hinein. Sie öffnete die Wärmeschränke. Sie hob die Herdplatten an und beobachtete das Feuer. »Dolles Ding«, sagte sie.

»Nate, Jesse und Papa haben ihn gekauft. Ich freu mich drüber.«

»Glaub ich gern.« Sie schien gerade zu einer ihrer Tiraden ansetzen zu wollen, widerstand dann aber diesem Drang und lenkte die Aufmerksamkeit wieder auf ihr Kleid.

»Hab's vom Wohlfahrtsausschuss bekommen. Die Schuhe auch.« Sie streckte einen Fuß vor, der in einem ziemlich neu aussehenden schwarzen Lederschuh steckte. »Im Laden gekauft. Alles. Wer gibt so was bloß weg?«, fragte sie.

Wir wussten es beide. Irgendwo war eine Frau gestorben und die Familie hatte ihre Kleidung abgegeben, um die Trauer zu lindern. Ich lächelte, als Pru vor mir herumwirbelte, um mit ihren schicken Sachen zu prahlen.

»Jetzt brauche ich nur noch einen Mantel. Hab schon seit Jahren keinen mehr. Schultertücher taugen nix für draußen.«

»Wir werden sehen. Vielleicht können wir dir einen besorgen. Ich frag mal rum.« Seit dem Tod ihrer Tochter waren Prus Schärfe und Biestigkeit größtenteils verschwunden, wenngleich ich bezweifelte, dass sie sehr weit weg waren. Sie achtete jetzt mehr auf Ordnung und Sauberkeit bei sich selbst und ihren Jungs. Sie benahm sich – meistens – freundlich und höflich. Manchmal schien sie das allerdings zu wurmen. Sie schickte ihre Söhne als Wohlfahrtsempfänger auf die Quäker-Schule von Aaron Groves, versicherte mir aber, dies bedeute nicht, dass sie der Gesellschaft der Freunde wieder beitreten wolle. Sie wolle nur, dass ihre Kinder lesen, schreiben und rechnen lernten.

»Wie geht's Jesse?«, fragte sie, das Thema wechselnd.

»Ganz gut, aber der Arm wird nie wieder ganz so sein wie früher. Er kann ihn kaum anheben.«

»Äußerlich wirkt er wie 'n ganzer Kerl. Sieht blendend aus.«

»Ja, aber auf der Farm wird er keine große Hilfe mehr sein.«

»Mischt er immer noch bei dieser Underground Railroad mit?«

Ich hielt inne und sah sie an. Wieso war sie so interessiert an Jesses Arbeit für die Railroad? Sie spürte mein Misstrauen und beeilte sich, mich zu beruhigen.

»Keine Sorge. Ich werd euch nich anzeigen oder so was. Ich weiß aber, dass Jesse sich den Arm nich' verletzt hat, weil er vom Heuwagen gefallen ist. Das ist alles.«

Ich war immer noch aufgeschreckt von ihren Fragen und meine Ungeduld brach sich Bahn. »Warum bist du hergekommen, Pru?«

»Kein Grund, angeberisch zu werden. Hab ja bloß gefragt. Außerdem könnt ich euch bei der Sache vielleicht helfen.«

»Ich dachte, du hasst alle Schwarzen.« Angespannt wartete ich darauf, was als Nächstes kommen würde. Worauf wollte sie hinaus? Ich konnte sie ertragen, ja sogar ganz nett finden, wenn sie sich ordentlich benahm, aber jetzt gerade wusste ich nicht, was ich denken sollte.

»Hab nur 'n Hass aufs Armsein. Immer noch. Und 'n Hass, weil Leute wie du so 'n Brimborium um diese Nigger machen. Mir ging's aber mindestens genauso mies wie denen.« Ihre Stimme klang gehässig und ein bisschen traurig.

Ich wusste, Jesse würde es nicht gutheißen, wenn ich einer Hartley irgendetwas von unserem Tun erzählte. Dennoch wollte ich noch einmal nachhaken, um herauszufinden, was sie wollte. »Was meinst du mit ›helfen‹?«

»Naja, erstens würde ich meinem Bruder Cooper nichts davon verraten, was ich über euch Redfields weiß. Er hilft einem Sklavenfänger aus Maryland, so oft er kann. Kriegt 'n bisschen Kohle dafür. Was ich meine, ist: Ich könnte sozusagen blind sein für das, was ihr macht.«

»Du bist anscheinend der Überzeugung, wir stecken da ziemlich tief drin.«

»Klar.«

Ich musterte sie misstrauisch. Ich hatte keine Ahnung, was sie tatsächlich wusste und was reine Mutmaßung war. In Anbetracht der Familiengeschichte der Hartleys war mir allerdings klar, dass keiner von ihnen je früh genug aus den Federn kam, um tatsächlich irgendetwas mitzubekommen. Dennoch sollten Jesse und ich angesichts des Argwohns, den sie hegten, mehr als auf der Hut sein.

»Was müsste ich tun, damit du nicht mit Cooper redest?«

»Für diesen Winter würd's 'n neuer Mantel tun. So einer wie der grüne, den du letzte Woche oder so getragen hast. Das würd reichen.«

Mein Mantel war nicht neu. Er war ein Erbstück von Tante Alice Grainger. Onkel Sammy hatte ihn mir nach ihrem Tod gegeben. Ich hing an ihm, weil er ihr gehört hatte, weil er so gut passte und außerdem mollig warm war. Plötzlich wurde mir klar, wohin das hier führen würde. »Nein, ich werde dir meinen Mantel nicht geben. Du deutest viel mehr in diese Underground Railroad hinein, als wirklich dran ist. Ich werde sehen, ob ich dir einen Mantel beim Wohlfahrtsausschuss besorgen kann.«

Ihre Augen verengten sich. »Tja, ich kann nix dagegen tun, wenn Cooper und seine Freunde vorbeikommen.«

»Sollen sie«, sagte ich erschöpft. »Sie sind schon mal hiergewesen.«

Ich erzählte Jesse von Prus kaum versteckten Drohungen, als er aus der Scheune kam. »Nichts Neues«, meinte er. »Cooper Hartley ist genau wie sein Vater. Scharf auf jeden Penny, den er ergattern kann.«

»Klar, aber mir kommt es so vor, als würde dieses Geschäft täglich gemeiner und gefährlicher«, klagte ich.

»Der Verkehr nimmt zu und dasselbe gilt für den Zorn im Süden. Sie wollen den Norden zwingen, dem Gesetz Geltung zu verschaffen. Das macht Leuten wie Cooper Hoffnung, reich zu werden.«

»Ich fände es grässlich, Polizist zu sein. Selbst wenn sie Verständnis für die entlaufenen Sklaven haben, müssen sie den Sklavenjägern helfen.«

»Genau. Ich habe oft über den alten Ackroyd nachgedacht. Ob er wirklich so voller Hass ist, wie er immer tut. Wer weiß – vielleicht hilft er in Wahrheit auch Flüchtlingen.« Jesse grinste bei dem Gedanken, dass der Constable wohlmöglich sein eigenes Netzwerk in der Railroad unterhielt.

»Trotzdem, Jesse – es erstaunt mich immer wieder, wie viele Leute in Bedford County auf unserer Seite sind. Nicht alle Nordstaatler sind solche Hohlköpfe wie die Hartleys und unterstützen den Süden.«

Jesse griff nach seinem Hut und setzte ihn auf. »Ja, darüber können wir wirklich froh sein!«, sagte er. »Jetzt muss ich mit Ben reden. Kommst du mit?«

Ich sah mich nach dem Berg Wäsche um, den ich zu erledigen hatte, und lehnte ab. »Sag Rebecca, dass ich versuchen werde, gegen Ende der Woche vorbeizuschauen.«

Abby und Elias kehrten am Zweittag der ersten Novemberwoche zurück. Laut Abby schien Elias Melissas Zustand vollkommen konfus gegenüberzustehen. Er hatte es ganz und gar der Familie überlassen, sich um sie zu kümmern, und dann so schnell wie möglich das Weite gesucht. Abby machte ihrem Ärger Luft.

»In schweren Zeiten schert er sich keinen Deut um sie oder das Kind«, schimpfte sie. »Alles, was er wollte, war eine hübsche Frau, aber sobald Probleme auftauchen, will er nichts mehr mit ihr zu tun haben.« Sie schnalzte verächtlich mit der Zunge.

Ich muss zugeben, dass Elias' Schwierigkeiten mir zunächst eine gewisse ›Geschieht-dir-recht‹-Befriedigung verschafften.

Gleichwohl empfand ich mehr Mitleid mit Melissa, als ich erwartet hätte. Elias verdiente es, die Quittung dafür zu erhalten, wie er mich behandelt hatte. Dass er sich an mich gewandt hatte, als es ihm schlecht ging, gab mir eine gewisse Genugtuung. Das behielt ich allerdings für mich und tadelte mich selbst für meinen Stolz.

Melissa blieb den ganzen Winter über fort. Elias fuhr für kurze Besuche nach Chambersburg, aber die Zeiten meinten es nicht gut mit dem Paar. Obwohl Melissa sich bei ihrer Familie recht gut zu erholen schien, zeigte sie keinerlei Neigung, als Elias' Ehefrau nach Bedford County zurückzukehren. Ihre Angst vor erneuter Schwangerschaft und Geburt, vor der Last vieler Kinder und den Bedürfnissen ihres Ehemannes – kurz, vor dem üblichen Los vieler Frauen überall auf der Welt –, führte dazu, dass sie sich versteckte, wenn Elias kam. Sie blieb also in Franklin County, und Elias drängte nicht auf ihre Rückkehr. Er war nicht glücklich, lernte jedoch, dass es Dinge gab, die ein Mann nicht erzwingen kann.

Als ich miterlebte, wie die traurige Beziehung verlosch, schätzte ich mich glücklich, Elias Finley verloren zu haben. Er schien mir immer weniger als Ehemann geeignet zu sein. Bei solchen Gedanken musste ich über mich selbst lachen. Was wusste ich schon von Ehemännern?

Elias lebte allein, arbeitete regelmäßig bei Ben und blieb ansonsten für sich, außer, um zu den Andachten und Versammlungen zu gehen. Rebecca machte seine Wäsche und schickte Deborah einmal wöchentlich zu ihm, damit sie das Haus in Ordnung hielt. Er nahm seine Mahlzeiten bei Ben ein und ging allmählich zum Leben eines Junggesellen über. Im Frühjahr war allen – außer vielleicht Elias selbst – klar, dass Melissa nie zurückkommen würde. Er hing vorübergehend in der Luft, ein verheirateter Mann ohne Frau. Er sprach nur über Melissa, wenn jemand fragte, und tat die Fragen dann mit so knappen Erklärungen wie möglich ab. Seine Situation war ihm peinlich, und er versuchte, die Auseinandersetzung mit ihr zu vermeiden, indem er sie ignorierte.

Ich beobachtete, wie das Leben meines ehemaligen Verehrers aus den Fugen geriet. Dabei entwickelte ich überraschendes Mitgefühl. Mein Ärger klang ab; ich empfand nur noch Traurigkeit, für Elias und Melissa wie auch für ihre kleine Tochter Lucy. Ich konnte beide nicht wegen ihres Versagens verurteilen, weil mir klar war, dass sich derartige Tragödien im Leben der Menschen weit häufiger abspielen, als man annehmen sollte.

Obwohl Elias' Probleme mich abgelenkten, machte der Verlust von Sam mir immer noch schwer zu schaffen. Ich dachte ständig an ihn – überlegte, wie alt er jetzt war und was er wohl gerade tat. Ich stellte mir vor, wie er Laufen und Sprechen lernte. Josiah schrieb etwa einmal im Monat und schilderte ausführlich Sams neueste Leistungen und Fortschritte. Ich war dankbar, dass ich – wenngleich nur aus der Ferne – an seinem Leben teilhaben konnte. Ich strickte ihm Fäustlinge, eine Mütze und einen kleinen Schal, die ihn im kalten Ontario warmhalten sollten. Zu Weihnachten nähte ich ihm einen warmen Mantel aus blauem Wollstoff, den ich aufgespart hatte. Nach und nach konnte ich mich aus meinem Kummer herauskämpfen. Das Wissen, dass es ihm gut ging und dass er glücklich war, dass er umsorgt und geliebt wurde, linderte den Schmerz des Verlustes ein wenig – wenn auch nicht völlig.

Es war bereits mitten im Winter, bis ich mit Jesse darüber reden konnte, dass ich Sam fortgeschickt hatte. Ich wusste, dass er meine Gründe verstand. Trotzdem musste ich mit ihm sprechen. Eines Abends im Januar, als wir von Ben nach Hause gingen, schnitt ich das Thema an.

»Ich möchte mit dir über Sam reden.«

»Nicht nötig, Ann. Ich weiß schon Bescheid.«

»Deine Meinung ist mir wichtig.«

»Ich denke, du hast getan, was du tun musstest.«

»Ja, aber mein Herz ist mit ihm gegangen. Ich wollte nie etwas anderes sein als eine gute Mutter. Ich liebe ihn über alles.«

Jesse blieb stehen und sah mich in der mondhellen Schneelandschaft an. »Du musst mir das nicht erklären, Ann. Ich wusste, dass du allein zurückkehren würdest, als du mit ihm zusammen aufgebrochen bist. Und ich wusste warum. Ich hätte dir gern geholfen, es durchzustehen, wenn ich gekonnt hätte. Jetzt tut es mir

Leid, dass ich nicht stark genug war, dir eine Stütze zu sein. Ich brauchte eine Weile, um meinen eigenen Kummer in den Griff zu bekommen. Aber ich wusste, wir würden darüber reden, wenn der richtige Zeitpunkt kommt.«

»Ich konnte lange Zeit einfach nicht darüber sprechen. Danke, dass du das akzeptiert hast.« Ich hielt inne, um ihn anzuschauen.

»Klar.«

»Jesse?«

»Ja, was?«

»Wie geht mein Leben jetzt weiter? Wir wissen beide, dass mir wohl keine Ehe beschieden sein wird. Was jetzt?«

»Ich weiß es nicht. Vielleicht kommt eines Tages doch noch jemand für dich des Weges. Die Zeit verändert die Ansichten der Menschen. Doch eines weiß ich. Du bist diejenige, auf die wir alle bauen, wenn wir in Schwierigkeiten geraten. Ganz gleich, wer in Not ist. Ganz gleich, welche Art von Not. Denk doch bloß daran, wie Elias sich an dich gewandt hat, als sein Leben in die Brüche ging. Und ich. Was würde ich ohne dich machen, jetzt, wo mein Arm verkrüppelt ist? Irgendwie wird all dieses Gute zu dir zurückkommen.«

Schweigend gingen wir auf dem schneebedeckten Weg weiter. Ohne Vorwarnung rannte Jesse plötzlich los und wurde nur kurz langsamer, um eine Handvoll Schnee hochzunehmen. Er drehte sich um und warf einen Schneeball auf mich, dann noch einen. Die Arme schützend vors Gesicht haltend, formte ich mir auch einen Schneeball und warf ihn Jesse direkt ins Gesicht. Jetzt lief er mit einer Ladung Schneebälle im Arm auf mich zu und feuerte einen nach dem anderen ab. Ich duckte mich schnell hinter einen Baum, um den Geschossen zu entgehen. Aus dem Schutz des Baumes heraus ging ich zum Großangriff über und bewarf ihn mit einer Reihe gut gezielter breiiger Schneeklumpen. Jesse kämpfte sich mit gesenktem Kopf durch die Attacke, entschlossen, mich aus meiner Festung zu vertreiben. Er packte mich von der Seite, drückte mich mit einer Hand nach unten und wusch mein Gesicht im Schnee.

Ich schrie und lachte, als der kalte, feuchte Schnee an meinem Hals hinunterlief. »Hey Jesse! Verflixt, Bruder! Das ist nicht fair!«, beschwerte ich mich. »Du bist stärker als ich.«

»Klar ist das fair, Annie. Wir haben alle unsere Schwächen.«

Kapitel 23

1858 – Sommer

Eines Abends saß ich allein in der Küche und las. Da hörte ich ein leises Klopfen am Fenster, fast ein Kratzen. Jemand war dort draußen. Ich stand auf, machte die Lampe aus und ging auf die hintere Veranda. Entflohene Sklaven kamen oft im Schutze der Dunkelheit. Daher meinte ich zu wissen, was mich erwartete. Dennoch war ich vorsichtig, als ich von der Veranda hinunter und um das Haus herum ging. Es war Neumond, ein weiterer Grund, entlaufene Sklaven zu erwarten. Alles war dunkel und seltsam still. Ich spürte, dass jemand da war. In die Dunkelheit spähend, fragte ich: »Wer ist da?«

»Ein Freund.« Die Stimme war unverwechselbar. Josiah! Im Nu hatte er mich umarmt und wiegte mich zärtlich wie ein Kind.

»Josiah! Was machst du hier?«, fragte ich unter Tränen. »Was ist mit Sam? Und mit Lettie?«

Er hielt mich lange Zeit umfangen, sein Atem streifte mein Haar. »Es geht ihnen gut. Sie lassen dich grüßen.«

»Aber warum? Warum bist du hier?«

Er hielt mich auf Armeslänge von sich ab. »Ich habe eine Aufgabe zu erledigen, unten in Virginia. Wird nicht lange dauern.«

»In Virginia? Was für eine Aufgabe?«

»Meine Mama. Ich werd sie rausholen.«

»Oh, Josiah, nein! Was ist, wenn sie dich erwischen? Wenn dir etwas geschieht? Was sollen Sam und Lettie dann tun?«

»Sam, Lettie – und Ann«, fügte er hinzu.

»Ann?«

»Zwei Monate alt«, sagte er lachend. »Benannt nach ihrem Schutzengel.«

Die Tränen flossen erneut. »Ist bei dir und Lettie alles in Ordnung? Wegen Sam, meine ich.«

»Ja, Ann.« Er sah mich ernst an. »Bei uns ist alles in bester Ordnung. Lettie ist eine gute Frau. Das hab ich dir ja gesagt. Sie liebt Sam wie ihr eigenes Kind.«

Kaum noch meiner Gefühle mächtig, sah ich zu ihm auf: »Und was hat das mit deiner Mutter auf sich? Ich dachte, du wüsstest nicht, wo sie ist.«

»Wusste ich auch nicht. Anfang Frühjahr kam ein Mann aus Shenandoah County, Virginia, nach Dresden. Aus einem Ort namens Mount Jackson. Und genau dort ist meine Mutter. Wir haben lange darüber geredet, wo dieser Ort liegt und auf welchem Weg er von dort nach Cumberland und weiter nach Norden gelangt ist.«

Ich führte ihn in die Küche. »Woher weißt du, dass es tatsächlich deine Mutter ist?«

»Ihr Name ist Mandy. Sie ist Haussklavin, persönliche Dienerin der Hausherrin. Wie Lettie. Meiner Mutter war das auch beigebracht worden. Sie hat das richtige Alter, etwa fünfzig. Der Mann sagt, dass sie immer über ihren kleinen Jungen Josiah redet, von dem sie getrennt wurde, als man sie verkaufte.«

Bei diesen Worten musste ich lächeln. »Sie wird überrascht sein, zu sehen, wie groß ihr ›kleiner Junge‹ geworden ist.«

Ich entzündete die Lampe wieder, zog die Vorhänge zu, damit wir von der Straße aus nicht zu sehen waren, und goss ihm eine Tasse Kaffee ein.

»Du weißt von Jesses Unfall?«

Josiah nickte. »Das tut mir sehr Leid. Jesse ist ein guter Mensch. Er hat vielen Menschen geholfen.«

»Er ist nicht mehr derselbe. Sein linker Arm ist nicht völlig unbrauchbar, aber ziemlich schwach. Er kann kaum noch schwere Arbeit leisten.«

»Wo ist er jetzt?«

»Drüben in Osterburg, zu Besuch bei Mary und Noah Poole.«

»Ich kann mich hier nicht lange aufhalten. Ich muss so schnell wie möglich runter nach Virginia, meine Mutter holen und dann wieder zurück.«

»Weiß sie, dass du kommst?«

»Nein. Ich konnte nicht riskieren, ihr eine Nachricht zukommen zu lassen. Je weniger Leute davon wissen, umso besser. Ich muss die Plantage finden, so nah wie möglich mein Lager aufschlagen und dann versuchen, Kontakt zu ihr aufzunehmen.«

»Ich werde krank vor Sorge um dich sein. Die Sache ist so gefährlich, Josiah, und Sam braucht dich.«

Er nickte. »Ich weiß, aber ich kann Mama nicht als Sklavin sterben lassen, jetzt da ich weiß, wo sie ist.«

Ich seufzte. Ich konnte dieses große Verantwortungsgefühl nur allzu gut nachvollziehen. »In Ordnung. Ich kann dich vielleicht morgen oder übermorgen nach Cumberland bringen lassen. Ich kenne jemanden, der dort ein Geschäft hat. Er nimmt Leute aus dem Süden mit hoch, wenn es nötig ist. Dass er jemals jemanden mit runter genommen hat, bezweifle ich allerdings.«

»Danke, Ann. Ich wusste, dass du mir helfen würdest. Wenn ich Glück habe, sollte das Ganze nicht länger als eine Woche dauern. Ich hoffe, ich schaffe es über dieselben Bahnhöfe zurück in den Norden, über die ich damals gekommen bin.«

»Ich hoffe, dass du Glück hast. Sonst wüsste ich nicht, wohin vor lauter Sorge. Heute Nacht kannst du in Jesses Zimmer schlafen, er kommt erst morgen früh zurück.«

Ich ging nach oben, um Bettwäsche für ihn zu holen, und kämpfte mit dem Wunsch, in seinen Armen einzuschlafen. Als ich in die Küche zurückkam, fand ich Papa und Abby vor, die von einem Besuch bei Ben heimgekehrt waren.

»Josiah ist hier«, sagte ich.

»Josiah? Du meinst, der Josiah?«, platzte es aus Abby heraus. »Was macht der denn hier?«

»Er ist auf dem Weg in den Süden, um seine Mutter herauszuholen.«

»Wie lange bleibt er hier?«

»Nicht lange. Ich geh morgen früh zu Tyler Pell und frage ihn, ob er in nächster Zeit mal nach Cumberland fährt.«

Abby sah mich durchdringend an, forschte nach einem Zeichen der Nähe zwischen Josiah und mir. Das behielt ich jedoch gut verborgen in meinem Herzen.

»Was hat er über Sam gesagt?«, wollte sie wissen.

»Dass es ihm gut geht, dass er glücklich ist und ein kleines Schwesterchen bekommen hat.«

»Das ist schön!«, rief Abby aus, als würde es dadurch völlig unmöglich, dass Josiah und ich uns weiterhin zueinander hingezogen fühlen könnten.

Ich legte mich schlafen, spielte in Gedanken Josiahs Reise durch und kam nicht zur Ruhe. Er ging mir einfach nicht aus dem Kopf. Ich sehnte mich danach, das Bett mit ihm zu teilen, so gehalten zu werden, wie nur er mich gehalten hatte. Die Nacht wollte kein Ende nehmen, und das galt auch für meine Sehnsucht.

Ich machte Frühstück für Amos und Nathaniel und dann für Josiah, als er nach unten kam. Der wachsame Blick, mit dem Abby uns beobachtete, hätte jeden Luchs vor Neid erblassen lassen. Ich trug ihr auf, sich ans Spinnrad zu setzen, stieg auf das Pferd, das Nathaniel für mich gesattelt hatte, und ritt zur Pell Farm in der Nähe von Fishertown.

Tyler Pell arbeitete auf dem Feld, als ich ankam. Ich durchschritt die Maisreihen, um mit ihm zu reden. Tyler betrieb eine Gemüsefarm; Cumberland in Maryland war sein wichtigster Markt. Ja, er fahre später am Tag nach Cumberland, um morgen gleich als Erster auf dem Frühmarkt zu sein. Ja, er könne einen Mann verstecken und den Narren, der dumm genug sei, zurück in den Süden zu wollen, in sichere Hände weiterleiten. Ja, ich könne mich darauf verlassen, dass er eine Woche später, wiederum am Markttag, im Schutz der Dunkelheit den Rücktransport übernehme. Auf der Straße zwischen Cumberland und Bedford sei er bekannt, von daher sollte das kein Problem sein. Ich dankte ihm und versprach, das ›Paket‹ am frühen Nachmittag bei ihm abzuliefern.

Zuhause ging ich in die Scheune, sattelte das Pferd ab und fand Jesse und Josiah, die wie zwei Verschwörer auf umgekippten Holzblöcken saßen. Jesse hatte mit einem Hufnagel eine grobe Landkarte auf den Scheunenboden geritzt und weihte Josiah über sichere Stationen auf dem Weg in den Süden ein.

»Sobald du in Cumberland bist, kann Pell dich bei Jeremiah Hobbs absetzen. Er arbeitet seit vielen Jahren als Schaffner und kennt die sichersten Häuser bis mindestens Romney. Du wirst hauptsächlich in den Bergen unterwegs sein, auf relativ einsamen Wegen. Das ist einerseits ganz gut, andererseits auch wieder nicht so gut«, erklärte Jesse.

Ich gesellte mich zu ihnen und nickte Jesse zu. »Ich hoffe, Mary geht es gut?«

»Ja – und sie freut sich auf deinen Besuch.«

»Ich sehe, ihr beide habt einen Plan ausgetüftelt.«

Josiah lächelte. »Ann ist nicht glücklich darüber, dass ich wieder in den Süden will. Sie macht sich Sorgen um Sam.«

»Aus gutem Grund«, antwortete Jesse. »Ich würde nicht machen, was du vorhast, aber ich wünsche dir dennoch viel Erfolg und Gottes Segen bei deiner Unternehmung.«

»Josiah, brauchst du noch irgendetwas für die Reise?«, fragte ich.

»Nein, danke. Zu wissen, wohin ich gehen und auf wen ich zählen kann, ist alles, was ich brauche. Der Rest wird sich von allein ergeben.«

Mir fiel der Auftrag ein, den ich zu erledigen hatte. »Tyler Pell bricht heute Nachmittag nach Cumberland auf. Jesse kann dich mit dem Wagen zu ihm bringen. Tyler wird dich dann während der Fahrt zwischen seinem Gemüse verstecken.«

»Das ist prima. Danke, Ann! Ich müsste in zwei oder drei Tagen bis Mount Jackson kommen. Dann Kontakt zu Mama aufnehmen.

Wenn sie einverstanden ist, wird es ein oder zwei Tage dauern, einen Plan zu machen. Da sie im Haus hilft, werden wir bei Nacht fliehen, sobald sie mit ihrer Arbeit fertig ist. Das gibt uns einen Vorsprung, bevor ihre Flucht entdeckt wird. Ich hoffe, dass ich in einer Woche wieder hier bin.«

Jesse hörte aufmerksam zu, als Josiah seine Pläne darlegte. Sie waren zwangsläufig vage. Das war gar nicht anders möglich. Doch Jesse mochte nichts Vages.

»Am liebsten würde ich dich selbst runterbringen. Wir könnten es so machen wie Ann und Lettie auf ihrer Reise. Als Gentleman aus den Südstaaten auf Reisen mit seinem Sklaven«, sagte er.

Das Gespräch stockte. Josiah sah Jesse hoffnungsvoll an. Ich sah beide voller Angst an.

»Ich kenne die Straße nach Cumberland«, fuhr Jesse fort. »Ich könnte dich da genauso gut hinbringen wie Tyler Pell. Von dort aus lassen wir uns einfach von einem sicheren Haus zum nächsten weiterreichen. Was meinst du, Josiah? Wollen wir es versuchen?«

Josiah strahlte übers ganze Gesicht. Er schüttelte Jesses gesunde Hand. »Wenn wir beide es gemeinsam machen, wird alles gut.«

Ich sagte nichts. Denn ich war mir sicher, dass keiner der beiden seine Meinung ändern würde, wenn ich meine Befürchtungen äußerte. Ich entschuldigte mich und ging zum Haus zurück, in Gedanken bereits bei den Dingen, die sie brauchen würden. Jesse benötigte etwas Elegantes zum Anziehen. Vielleicht hatte Betsys Schwager ein paar Sachen. Das bedeutete ein oder zwei Tage Verzögerung, bis wir die beiden für die Maskerade ausstaffiert hatten. Meine Hände hörten nicht auf zu zittern, als ich das Mittagessen vorbereitete. Warum mussten Männer immer unbedingt mit der Gefahr spielen?

Zwei Tage später – zwei Tage und zwei Nächte voller Sorge und Sehnsucht – machten die beiden sich auf ihren Weg nach Cumberland. Nachdem wir sie verabschiedet hatten, richtete ich mich auf die härteste Geduldsprobe ein, die ich je zu bestehen hatte.

Jesse sah in den eleganten Sachen wie ein wirklich feiner Gentleman aus. Josiah rümpfte die Nase, weil er wieder Sklavenkleidung tragen musste. Sie nahmen Bens Buggy und zwei schöne Pferde. Nicht die besten, um nicht zu viel Aufmerksamkeit zu erregen, aber ein gutes, kräftiges und verlässliches Gespann. Der Plan war, bei Tage zu reisen. Ein weißer Gentleman mit einem Neger auf dem Weg nach Süden würde keinerlei Verdacht erregen. In Mount Jackson wollte Jesse sich an den Besitzer der Plantage wenden (tatsächlich war es laut Josiahs Quelle kaum mehr als eine Farm), ihm erzählen, er kehre mit einem entlaufenen Sklaven zurück, und um Gastfreundschaft bitten. Jesse würde dann wahrscheinlich fürstlich bewirtet werden, während man Josiah in der Scheune anketten würde, aber er hätte die Chance, Kontakt zu seiner Mutter aufzunehmen.

Am nächsten Morgen wollten sie sich bei ihrem Gastgeber für seine Freundlichkeit bedanken und gen Süden aufbrechen. Sie würden sich tagsüber draußen verstecken und sich nach Einbruch der Dunkelheit auf dem Weg nach Norden mit Josiahs Mutter treffen.

Es könnte klappen. Ich wusste, dass es funktionieren konnte, aber das änderte nichts an meiner Angst. Abby war keine Hilfe. Sie war genauso besorgt wie ich. Und so verbrachten wir einen Tag nach dem anderen zerfahren, nervös und ein bisschen reizbar miteinander. Nathaniel und Amos war nach Jesses letztem Missgeschick nur allzu bewusst, was alles geschehen konnte. Nathaniel wirkte noch besorgter als Amos – wahrscheinlich weil er, als der Jüngere, derjenige hätte sein sollen, der Josiah begleitete. Er hätte es getan, wenn man ihn gefragt hätte; sich jedoch freiwillig anzubieten, war nicht Nathaniels Art.

Ich versuchte, mir auszurechnen, wie weit sie an einem Tag kommen und wo sie zu einem bestimmten Zeitpunkt sein würden. Wenn ihr Plan aufging, würden sie Mount Jackson am Abend des Siebttages verlassen, ein günstiger Zeitpunkt, weil Sklaven am Ersttag frei hatten und man Amanda erst am Morgen des Zweittages vermissen würde. Mit etwas Glück konnten sie bis dahin fünfzig bis siebzig Meilen weit entfernt sein.

Als ich das Ganze in Gedanken durchspielte, stellte ich mir vor, dass sie an diesem ersten Abend noch vor Mitternacht ein sicheres Haus erreichten. Am Ersttag konnten sie wahrscheinlich unbehelligt einen wenig benutzten Weg durch die Berge nehmen und schafften, wenn sie Glück hatten, sogar die ganze Strecke bis Romney. Auf die Freunde in Cumberland konnte man sich verlassen. Sie würden bestimmt falsche Kaufurkunden für Amanda und Josiah besorgen, für den Fall, dass jemand danach fragen sollte.

Meinen Berechnungen zufolge konnten wir ihre Rückkehr frühestens für den folgenden Dritttag erwarten. Ich sagte mir selbst, dass ein derart schneller Verlauf unwahrscheinlich war und dass irgendetwas sie sicherlich aufhalten würde. Doch wider Willen fing ich am Dritttag an, auf sie zu warten. Ich behielt die Straße im Auge, hielt immer wieder mit der Arbeit inne, um durch die Bäume zu spähen, und versuchte, sie durch schiere Willenskraft nach Hause zu holen. Am Abend konnte ich nur noch unter größten Mühen meine Sorgen im Zaum halten. Um mich zu beschäftigen, häkelte ich einen Pullover für die kleine Ann. In dieser Nacht schlief ich unruhig, wachte immer wieder auf und lauschte auf jedes Geräusch.

Dass sie am Vierttag zurückkehrten, war eine realistischere Erwartung. Wenn alles glatt gelaufen war, konnten sie es leicht bis zum Abend schaffen. Sie kamen nicht. Mittlerweile war ich in ernsthafter Sorge. Ich häkelte den Pullover zu Ende; das reichte jedoch nicht aus, mich von meinen Ängsten abzulenken. Ich glaube, in jener Nacht habe ich kein Auge zugetan. Aber irgendwie muss ich wohl doch geschlafen haben. Ein bisschen jedenfalls.

Am Fünfttag kämpfte ich gegen aufkommende Panik an. Ich raunzte Abby an, und Abby, die genauso von Angs erfüllt war wie ich – vor allem wegen Jesse –, raunzte zurück. Amos hatte sich längst in ein Schneckenhaus des Schweigens zurückgezogen, und Nathaniel ritt die Straße nach Süden hinunter, in der Hoffnung, sie zu treffen. Nichts.

Ich verbrachte eine weitere Nacht in quälender Sorge und weinte still in mein Kissen. Ich schmiedete Pläne, wollte nach Kanada gehen und Sam zurückholen. Ich plante die Beerdigung für alle drei, war sicher, dass die Freunde mir erlauben würden, sie in

Spring Meadows zu begraben. Dann stand ich auf, kniete nieder und betete, wie ich noch nie gebetet hatte, verhandelte mit Gott, versprach alles, was mir einfiel, wenn sie nur sicher und gesund nach Hause kämen.

Am Sechsttag, kurz nach Einbruch der Dunkelheit, stieß Abby draußen auf der Veranda einen Freudenschrei aus.

»Ann! Ann! Sie sind da! Sie kommen! Da kommt jemand! Das müssen sie sein!«

Kapitel 24

1858 – Hochsommer

Als der Buggy durchs Tor rollte, hielt ich eine Laterne hoch und versuchte angestrengt, die Ankommenden zu zählen. Seltsamerweise sah es aus, als wären es vier. In der Scheune schloss ich die Tür, während Nathaniel zwei schwarzen Frauen aus dem Buggy half. Josiah stieg ab und ging um den Wagen herum zu der älteren der beiden. Die andere, kaum dem Teenageralter entwachsen, hielt ängstlich Abstand.

»Mama«, sagte Josiah lächelnd, »das ist Ann Redfield. Jesses Schwester, von der ich dir erzählt habe.«

Das Gesicht der zierlichen Frau hellte sich auf. »Du hast meinen Jungen gerettet«, flüsterte sie. Tränen glänzten in ihren Augen. »Und er hat mich gerettet. Dem Herrn sei Dank. Das ist meine Tochter Lovely.«

»Oh, Josiah, du hast eine Schwester!«, sagte ich lachend, ausgelassen vor Erleichterung, sie alle heil und unversehrt zu sehen. »Am Besten lassen wir euch jetzt erst mal schlafen. Ihr seid bestimmt müde. Morgen früh könnt ihr erzählen, was ihr erlebt habt.«

Josiah führte seine Mutter und Schwester die Leiter zum Heuboden hinauf. Nathaniel kümmerte sich um die Pferde, und Amos und ich halfen Jesse, den Buggy zu entladen. Josiah entschied sich, in der Scheune zu bleiben. Wir anderen gingen zum Haus.

Jesse legte den gesunden Arm um meine Schulter. »Das war genug Abenteuer für den Rest meines Lebens«, sagte er erschöpft. »Ich kann es kaum erwarten, aus diesen geckenhaften Sachen rauszukommen.«

In dieser Nacht schlief ich hervorragend – den tiefen Schlaf der Erleichterung nach entsetzlichsten Ängsten. Am nächsten Morgen schmiedete ich in Gedanken bereits Pläne für ihre Weiterreise und machte ausreichend Frühstück für Leute mit großem Hunger.

Jesse kam in seiner Farmkleidung herunter und sah sehr zufrieden aus.

»Lass uns das Frühstück in die Scheune bringen! Dann kannst du die Geschichte hören, während wir essen«, schlug er vor.

Abby half mir, das Essen in Körben und Eimern in die Scheune zu tragen. Nathaniel stellte einige Holzblöcke im Kreis auf und wir setzten uns zum Essen, die Teller auf dem Schoß.

»Nun, Jesse, dann schieß mal los«, drängte Nathaniel.

»Also, wir sind gut durchgekommen und waren nach zweieinhalb Tagen am Ziel. Haben die Plantage gefunden. Keine große Plantage – eher eine große Farm, eine Obstfarm. Sie bauen Äpfel, Pfirsiche, Birnen und ein paar Trauben an.«

»Schöne Pfirsiche, schöne Trauben«, fügte Amanda stolz hinzu.

Jesse nickte. »Amanda war fünfundzwanzig Jahre lang dort. Der Abschied ist ihr schwergefallen.«

»Das stimmt«, bestätigte Amanda. »Es war eine lange Zeit. Die Herrin war gut zu mir. Ich hab ihr geholfen, fünf Kinder großzuziehen. Sie sind wie meine eigenen für mich.« Sie sah Josiah an und lächelte. »Nicht ganz wie meine eigenen«, korrigierte sie sich. »Keines kann wie dein eigenes Kind sein!«

Ihre Worte berührten mein Herz. Ich suchte unwillkürlich Josiahs Blick, einen Moment lang sahen wir uns in die Augen, dann glitt mein Blick wieder ab.

»Der Besitzer«, fuhr Jesse fort, »ein Mr Robert Tull, war froh, Gesellschaft zu bekommen, und erwies sich als überaus großzügiger Gastgeber. Ich kam mir ein bisschen schäbig vor, weil ich schließlich in räuberischer Absicht da war. Dennoch spielte ich tapfer den Südstaaten-Gentleman, während Josiah die ganze Nacht angekettet in der Scheune verbrachte.«

Josiah nickte. »Reine Folter, diese Ketten! Aber ich hab dem Sklaven, der sie mir angelegt hat, zugeflüstert, dass ich mit Amanda sprechen muss.«

»Der alte Joe kam zu mir an die Hintertür«, berichtete Amanda. »Er sagte mir, in der Scheune ist jemand, der mich sehen will. Ich hab ihm gesagt, ich hab zu tun und bin ins Haus zurück. Ich hab mich aber schon gefragt, wer das wohl sein könnte. Als ich gegen acht zurück in meiner Hütte war, kommt der alte Joe noch mal. ›Was willst du schon wieder?‹, hab ich ihn gefragt. Er darauf nur: ›Du musst kommen.‹ Also schnappe ich mir meine Medizinsachen und gehe zur Scheune. Ich dachte, vielleicht ist jemand verletzt.«

Josiah ahmte nach, wie seine resolute Mutter mit ihrem Korb voller Kräuter und Mittelchen in die Scheune kam und erwartete, einen kranken Sklaven vorzufinden. Dann warf er ihr einen zärtlichen Blick zu: »Als ich sie gesehen habe, hätte ich fast geweint.«

Amanda kniff die Augen zusammen, um die Tränen zurückzuhalten. »Ich hab geweint. Mir fast die Augen ausgeheult. Ich hatte nicht damit gerechnet, ihn je wiederzusehen.«

»Ich habe eine Viertelstunde gebraucht, um sie so weit zu beruhigen, dass ich ihr den Plan erklären konnte.«

»Und dann hab ich ihm von Lovely erzählt. Er hat gesagt: ›Keine Sorge! Wir nehmen euch beide mit.‹«

»Mama hat einen der Feldarbeiter geheiratet. Er ist vor zwei Jahren gestorben«, erklärte Josiah. »Er war ein bisschen älter und sehr gut zu ihr. Lovelys Vater.«

Lovely saß still da, die Hände im Schoß, und hörte zu, wie die anderen die Geschichte erzählten.

»Sie ist der Grund, warum ich geflohen bin«, sagte Amanda. »Sie ist siebzehn. Verdient eine Chance auf ein besseres Leben. Der da«, sie deutete auf Josiah, »hat mir gesagt, dass ich zwei Enkelkinder habe. So eine Freude! Ich selbst habe fünf Kinder verloren. Dachte, es wären sechs. Doch Gott hat mir dieses hier zurückgegeben. Deshalb bin ich mitgegangen. Mistress Tull wird todunglücklich sein. Aber ich muss mein Bestes für meine eigenen Kinder geben.«

Jetzt meldete sich Lovely zu Wort: »Ich habe erfahren, dass ich einen Bruder, einen Neffen und eine Nichte habe. Alle auf einen Schlag!« Ihr junges Gesicht strahlte vor Glück über die Freiheit.

Jesse nahm den Faden wieder auf. »Am nächsten Morgen holte ich mir ›meinen Neger‹ aus der Scheune, bedankte mich bei meinem Gastgeber und machte mich auf den Weg Richtung Süden. Etwa fünf Meilen weiter entdeckten wir einen verlassenen Tabakschuppen. Dort versteckten wir uns und ließen den Tag verstreichen. Nach Einbruch der Dunkelheit fuhren wir wieder Richtung Norden und hofften, dass Amanda und Lovely auf uns warten würden, wenn wir die Tull-Plantage erreichten.«

»Und wir sind bereit!«, rief Amanda triumphierend. »Wir warten am Grenzzaun. Mit Gepäck und fertig angezogen für die Reise. Als der Buggy kommt und hält, steigen wir ein wie feine Ladys – und weg sind wir!«

»In dieser Nacht lief alles glatt«, fuhr Jesse fort. »Bis ungefähr elf Uhr fuhren wir Richtung Norden und kamen an einen kleinen Ort namens Lost City. Ein trostloses Nest, das seinem Namen alle Ehre macht, und eigentlich auch gar keine Stadt ist – nur etwa ein Dutzend verstreuter Häuser in den Bergen. Ungefähr eine Meile dahinter liegt das Haus der Easterbrooks, ein Bahnhof. Sie haben uns die Nacht über aufgenommen. Am nächsten Tag wurde es dann brenzlig.« Er wechselte einen Blick mit Josiah. Ich spürte eine Verbundenheit zwischen den beiden und freute mich darüber.

»Wir brachen so gegen acht Uhr auf, damit es so wirkte, als wollten wir zur Kirche. Alles lief glatt bis zum frühen Nachmittag, als wir drei Sklavenfänger auf ihrem Weg nach Süden trafen. Sie hielten uns an und verlangten, Papiere zu sehen. Ich hatte falsche Papiere für Josiah und Amanda, aber keine für Lovely. Ich holte sie ganz langsam heraus, um etwas Zeit herauszuschinden und überlegen zu können, wie ich die fehlenden Dokumente erklären könnte.

Ein bisschen hoffte ich auch darauf, dass die Rüpel nicht lesen und schreiben konnten – und hatte Recht. Sie warfen nur einen kurzen Blick auf die Papiere und fragten mich, wohin ich wollte.«

Jesse stand in der Mitte des Kreises wie auf einer Bühne – alle Augen waren auf ihn gerichtet. Staubpartikel tanzten in den Strahlen der Morgensonne, die durch die Scheunenbretter schien. »Ich sagte, ich sei ein Sklavenhändler aus Harrisonburg, auf dem Weg zu einem Käufer, um diese drei abzuliefern. Mir schwante Übles beim Anblick der Kerle, aber ich hoffte, sie würden mir meine Geschichte abkaufen und uns ziehen lassen. Dann sagte der eine von ihnen: ›Er sieht wie ein jämmerlicher Schwächling aus.‹, was natürlich auf mich gemünzt war. ›Wir könnten ihm einfach eins überbraten und die drei für uns selbst einkassieren. Allein für den Kerl da kriegen wir drüben in Winchester bestimmt vierhundert.‹«

Josiah erstarrte bei der Erinnerung. »Ich griff nach dem Stiel der Axt unter dem Sitz des Buggy. Wenn ich wieder in die Sklaverei sollte, dann jedenfalls nicht kampflos.«

»Ich versuchte, sie zur Vernunft zu bringen«, fuhr Jesse fort. »Schlug ein bisschen Zeit heraus. Sagte ihnen, mein Bruder, ein Constable in Harrisonburg, würde mich in etwa einem Tag zurückerwarten. Er würde keine Ruhe geben, bis sie am Galgen hingen, wenn sie mir auch nur ein Haar krümmten. Dann schnalzte ich den Pferden zu und lenkte den Buggy an ihnen vorbei. Sie blieben stehen, bis wir etwa eine Viertelmeile entfernt waren, dann nahmen sie die Verfolgung auf.«

Amos, Nathaniel, Abby und ich hörten gespannt zu. Amanda sah mit leuchtenden Augen von einem zum anderen und genoss die Geschichte.

»Ich wusste, ein paar Meilen vor uns war ein sicheres Haus. Trotzdem hoffte ich natürlich, unsere Freunde würden umkehren, damit sie nicht mitbekämen, wo wir anhielten. Man hatte mir gesagt, ich solle nach einem roten Backsteinhaus Ausschau halten und nach einem blau-weißen Quilt, der im ersten Stock aus dem Fenster hängen sollte. Wenn der Quilt nicht da wäre, sollten wir weiterfahren. Ich entdeckte das Haus, aber keinen Quilt. Also fuhren wir weiter.«

Er nahm einen Schluck Kaffee, das Frühstück auf seinem Holzblock hatte er noch nicht angerührt. »Der nächste sichere Ort, den ich kannte, lag etwa zwanzig Meilen hinter Moorefield. Ganz ehrlich – ich habe Blut und Wasser geschwitzt. In diesem Moment kam uns ein Pferdekarren entgegen, mit einem alten Schwarzen auf dem Kutschbock. Er hielt an und wir haben uns unterhalten.«

Jesse nahm einen Schluck Kaffee, stellte die Tasse auf dem Boden ab und wischte sich mit dem Handrücken über den Mund. »Ich sagte ihm, dass er vielleicht besser umkehren und mit uns zusammen fahren sollte. Er kam von einer nahegelegenen Farm und war auf dem Weg zu einer anderen Farm, die dem Sohn seines Besitzers gehörte. Mit einer Zuchtsau. Die Sau stank. Er meinte, ihm würden die Sklavenfänger nichts tun, aber wir sollten ein Stück die Straße hoch links abbiegen. Dort wären Leute, die uns helfen würden. Wir dankten ihm und fuhren weiter.«

Jesse setzte sich auf einen Holzblock und rieb sich mit den Händen die Oberschenkel. Er sah zur offenen Luke des Heubodens. »Bis zur nächsten Abzweigung war es etwa eine Meile. Ein schmaler Pfad, der zurück in den Wald führte. Ich hoffte, dass ich mich auf die Worte des Mannes verlassen konnte, und bog ab. Der Weg schlängelte sich kurvenreich etwa eine weitere Meile hinunter ins Tal. Schließlich kamen wir bei einem Haus mit einer Scheune und einigen Außengebäuden an.«

Nate stand auf. »Mensch, Jesse, woher wusstest du, dass das keine Falle war?«

»Wusste ich ja gar nicht. Manchmal muss man eben einfach hoffen und vertrauen. Ich konnte nicht erkennen, ob unsere Freunde uns gefolgt waren oder nicht, und so hielt ich vorm Haus und klopfte an die Tür.«

»Der Besitzer war ein Landarzt mit fünf Sklaven. Tate Woodruff. Er nutzte die Gelegenheit, uns zu helfen. Nahm mich mit in sein Haus und schickte die anderen drei zu den Sklavenquartieren. Er war tief gespalten, was das Thema Sklaverei anging. Er erklärte mir, er habe oft darüber nachgedacht, seine Sklaven freizulassen. Einem hat er erlaubt, sich freizukaufen, und dieser Schwarze spart jetzt darauf, auch seine Frau freizukaufen.«

Josiah mischte sich ein. »Er ist ein guter Mensch. Seine Sklaven bleiben bei ihm, weil sie ihn mögen.«

»Ich erzählte ihm, dass Josiah den ganzen Weg nach Kanada geflohen und zurückgekehrt sei, um seine Mutter zu befreien«, fuhr Jesse fort, »und dass unsere drei Freunde uns verfolgten. Und ich sagte ihm, dass wir eine Zeit lang Schutz bräuchten, um neu zu planen.«

Außer Jesses Stimme war kein Laut in der Scheune zu hören. Es war, als lauschten sogar die Tiere mit gespannter Aufmerksamkeit.

»Ist ein seltsamer Ort, diese Farm«, ergänzte Josiah. »Die Sklaven wissen, dass sie fliehen könnten. Wissen von der Railroad. Wissen Bescheid über das Wo und Wer und Wie. Aber sie lieben den Doktor.«

»Ich fragte ihn, ob er Angst hätte, dass die Gegenwart meiner Neger die Unzufriedenheit bei seinen schüren würde – den Wunsch zur Flucht in ihnen wecken würde«, fügte Jesse hinzu. »Er bejahte, meinte aber, Sklaven seien immer irgendwie unzufrieden, sodass es wohl keine große Rolle spiele würde.«

Josiah beschäftigten Woodruffs Sklaven ganz offensichtlich. Seine Stimme wurde leiser, als er über sie sprach. »Sie gehörten alle zu einer Familie, die Sklaven. Mann, Frau, erwachsene Tochter – die Frau desjenigen, der seine Freiheit erkauft hatte – und zwei Söhne, zehn und zwölf. Sie kennen kein anderes Leben. Der Doktor hat sie als junges Ehepaar gekauft und sie zusammen gelassen, bis er den jungen Mann kaufte, um eine neue Linie zu gründen.« Er war sichtlich bestürzt über Sklaven, die fliehen konnten, es jedoch nicht taten.

Jesse fuhr mit seiner Geschichte fort. »Ich überlegte mir, dass ich die Sklavenfänger, falls sie immer noch hinter uns her waren, in die Irre führen könnte, wenn ich mit einem leeren Wagen wieder aufbrechen und gen Süden fahren würde. Der Doktor meinte, es sei einen Versuch wert. Also tat ich es.«

Josiah unterbrach ihn. »Wir sahen, wie Jesse davonfuhr. Mama und Lovely hatten Angst, er wäre weg und hätte uns zurückgelassen. Ich hätte es ihm nicht verdenken können. Immerhin war sein Leben war in Gefahr. Doch ich wusste, dass er das niemals machen würde.«

»Ich bin zurück zur Straße – und da waren sie.« Jesse verzog das Gesicht bei der Erinnerung an die Situation. »Sie dachten wohl, ich wäre nur abgebogen, um sie auszutricksen. Ich lächelte, tippte an meinen Hut und lenkte den Wagen Richtung Süden – auf demselben Weg, den wir gekommen waren. Sie folgten mir, wieder im Abstand von etwa einer Viertel Meile. Ich fuhr den ganzen Weg zu den Easterbrooks. Mann, war ich nervös! Bei den Easterbrooks habe ich Halt gemacht, um zu sehen, ob meine Freunde die Lust verlieren und verschwinden würden, aber Pustekuchen! Easterbrook und ich beobachteten vom Wohnzimmerfenster aus, wie sie auf der Straße herumlungerten. Es sah ganz so aus, als würden sie sich darauf einrichten, mir den ganzen Weg nach Harrisonburg zu folgen.«

Während ich zuhörte, fasste ich den festen Entschluss, Jesse nie wieder in den Süden ziehen zu lassen. Das Leben war schon hier in Pennsylvania gefährlich genug. Ich fragte mich, wie ich selbst unter diesen Umständen gehandelt hätte. Ob ich auch so ruhig geblieben wäre wie Jesse.

»Mr Easterbrook war sich ziemlich sicher, dass sie abwarten wollten, ob ich zu den Sklaven zurückkehrte. In der Hoffnung, dass sie des Spiels überdrüssig werden würden, beschloss ich daher, mich ein paar Tage lang bedeckt zu halten. Die Easterbrooks tüftelten einen Plan aus, um Josiah wissen zu lassen, was ich vorhatte. Mrs Easterbrook und ihre beiden Töchter fuhren am nächsten Tag zum Einkaufen nach Moorefield. Auf dem Weg machten sie Halt bei Dr. Woodruff und sagten Josiah, er solle an Ort und Stelle bleiben, bis er von mir höre.«

»Ich war froh, eine Nachricht zu erhalten«, fügte Josiah hinzu. »Ich hatte schon überlegt, selbst mit Mama und Lovely weiterzuziehen. Hatte Angst, dass Jesse tot ist.«

Jesse nickte und fuhr fort: »In der Zwischenzeit hatte ich mir überlegt, dass die beste Methode, um die drei endgültig abzuschütteln, darin bestand, nach Harrisonburg zu fahren, so, als käme ich tatsächlich von dort. Easterbrook befürchtete, sie würden mich trotzdem überfallen – vor allem, falls sie annahmen, ich hätte Geld für die Sklaven bekommen. Deshalb begleitete er mich mit seinem Sohn. Jeder von uns mit einer Schrotflinte auf den Knien. Als die Kerle die Waffen sahen, folgten sie uns ein kleines Stück und bogen dann ab, als ob sie anderswo etwas zu erledigen hätten.«

»Am Zweittag übernachteten wir in Harrisonburg und fuhren dann am Dritttag zurück zu den Easterbrooks, ohne die Kerle noch einmal zu sehen. Am Morgen des Vierttages brach ich so früh wie möglich auf, sammelte meine Schützlinge ein und machte mich auf den Weg nach Moorefield. Wir fuhren die ganze Nacht durch bis Romney. Vom Reisen bei Tage hatte ich die Nase voll – sogar auf diesen Bergstraßen.«

»Die Nacht hat auch ihre Schrecken«, warf Amanda ein.

»Kommt drauf an, wovor man Angst hat – Mensch oder Tier«, sagte Josiah lachend.

»Nach unserer Ankunft in Romney wurden wir von einem Bahnhof zum nächsten weitergereicht, überwiegend bei Nacht. Und hier sind wir«, schloss Jesse. »Wir haben eine Menge guter Schaffner auf dieser Reise kennengelernt.« Er griff nach seinem Teller mit den kalten Eiern und machte sich ausgehungert darüber her.

Nach dem glücklichen Ende der Geschichte stand Amos auf und streckte sich. »Ich hoffe, das war dir eine Lehre, Jesse, und du gibst dich in Zukunft nicht mehr mit dieser Sache ab«, warnte er mit erhobenem Zeigefinger. »Es wird jeden Tag gefährlicher. Wir sind vor Sorge um dich fast umgekommen.«

Jesse nickte kauend. »Ich weiß, aber so kriege ich immerhin ein paar gute Geschichten zusammen, die ich meinen Enkeln erzählen kann.«

»Falls du je welche hast. Die kommen nämlich nicht von allein, weißt du«, bemerkte Amos und steuerte auf die Leiter zur unteren Scheune zu. »Ich muss jetzt arbeiten. Nathaniel?«

»Ich komme gleich runter«, versicherte Nate.

»Gott sei Dank seid ihr jetzt in Sicherheit«, meinte ich. »Aber jetzt müssen wir euch noch irgendwie nach Kanada bringen. Wir brauchen einen Plan.«

Plötzlich zuckte Lovely zusammen, die Augen schreckensweit. »Pst! Draußen ist ein Pferd.«

Kapitel 25

1858 – Hochsommer

Alle verstummten. Ein Pferd wieherte. Das Geräusch von knarrendem Leder und scharrenden Hufen drang in die Scheune. Nathaniel sah nach draußen, drehte sich um und gab den Schwarzen per Handzeichen zu verstehen, dass sie sich verstecken sollten. Jesse scheuchte die beiden Frauen die Leiter hoch, und Josiah sprang geschmeidig wie eine Katze zum Scheunentor und griff sich ein Maismesser von einem Haken.

»He da, in der Scheune«, erschallte ein Ruf von draußen. »Wir wissen, dass ihr da drin seid. Wir wissen auch, dass ihr Nigger da habt. Schickt sie raus und ihr kriegt keinen Ärger.«

Jesse schaute durch ein staubiges Fenster nach draußen. »Oh Gott!«, flüsterte er. »Sie sind es! Sie müssen uns den ganzen Weg von Virginia gefolgt sein!«

»Ich mach das«, sagte Nathaniel und bedeutete den anderen, zurückzubleiben, während er sich durch die Tür quetschte. »Was wollt ihr?«, fragte er.

»Ist doch wohl klar, was wir wollen. Gebt sie raus!«

»Ich weiß nicht, wovon ihr redet«, sagte Nathaniel.

In der Scheune zog ich Abby beiseite: »Geh nach unten und über den Scheunenhof nach draußen. Schleich dich hinter dem Maisspeicher an ihnen vorbei. Sobald du außer Sichtweite bist, lauf schnell und hol Ben und Elias. Sag Papa, er soll sich zurückhalten.«

Abby nickte und kletterte eilends die Leiter hinunter. Nur Sekunden später, als ich durch einen Spalt spähte, sah ich, wie sie sich vom Hof entfernte, die Rockzipfel hochgehoben und flink wie ein Reh.

Nachdem Abby sicher entkommen war, ging ich nach draußen zu Nathaniel, der sich immer noch mit den Sklavenfängern stritt. Die raubeinig aussehenden Gestalten waren schmutzig, zerlumpt und verlottert und rochen nach Tabak, Alkohol und Stallmist. Ihre vernachlässigten Pferde machten den Eindruck, als ob sie hart geschunden und halb verhungert wären.

»Worum geht's?«, fragte ich in gebieterischem Ton. »Was fällt euch ein, hierher zu kommen und mit grundlosen Anschuldigungen um euch zu werfen?«

»Das sind keine grundlosen Anschuldigungen. Wir sind dem Typ mit dem verkrüppelten Arm den ganzen Weg von Harrisonburg bis hierher gefolgt. Dachte wohl, er hat uns abgehängt. Hat er aber nicht.«

»Hier sind keine Neger.«

»Doch. Wir haben gesehen, wie sie letzte Nacht hier angekommen sind. Und wie du sie mit 'ner Laterne empfangen hast. Wir haben uns nur erstmal aufs Ohr gehauen und uns gedacht, dass wir genauso gut bis zum Morgen warten können, um sie zurückzubringen.«

Ich vermutete, dass es sich bei dem Trio, das erschöpft vom langen Ritt war, um einen Vater mit seinen zwei Söhnen handelte. Sie hatten etwas Niederträchtiges und Verschlagenes an sich. Ich zweifelte nicht, dass sie entschlossen waren, sich zu holen, wofür sie gekommen waren.

»Ihr könnt die Scheune durchsuchen, wenn ihr wollt«, bot Nathaniel an – in der Hoffnung, dass sie das Versteck nicht finden würden.

»Ich werd' überhaupt nichts durchsuchen«, erklärte der ältere Mann. »Ihr händigt uns die Nigger aus und damit basta. Wir wissen, dass ihr bei der Underground Railroad seid. Wir kennen jeden Ort, an dem ihr seit Harrisonburg Halt gemacht habt.« Sein Sattel ächzte, als er sein Gewicht verlagerte.

»Wir haben den Easterbrooks und den Woodruffs und all euren anderen Freunden einen Besuch abgestattet, nachdem ihr abgereist wart. Schätze, die werden in Zukunft nicht mehr so scharf darauf sein, euch zu helfen.« Er lehnte sich in seinem Sattel nach vorn und grinste mit schiefen, gelben Zähnen zu mir herunter. »Vor allem dieser Easterbrook. Hatte 'ne ziemlich blutige Visage, als ich ihn das letzte Mal gesehen hab.«

Im Innern der Scheune wechselten Jesse und Josiah einen Blick. Jesse stellte sich Josiah gegenüber an die andere Seite der Tür, eine Axt in der gesunden Hand.

Jetzt saß einer der Söhne ab und ging zielstrebig auf die Scheune zu. »Genug gequatscht«, erklärte er. »Ich hol sie jetzt.« Er ging mit gezogener Waffe zur Tür, schob sie auf und trat ein.

Josiah bewegte sich schnell und behände. Bevor der Kerl den Kopf wenden konnte, hatte er ihm den Arm auf den Rücken gedreht und hielt das Maismesser an seine Kehle. Das Gewehr fiel mit einem dumpfen Geräusch zu Boden.

Jesse, der sich nicht gerührt hatte, trat nach draußen. »Wir haben deinen Jungen«, sagte er. »Wenn du ihn zurückhaben willst, solltest du am besten aufgeben und Richtung Süden verschwinden. Wir schicken ihn nach, wenn wir sicher sind, dass ihr weg seid.«

Der ältere Mann warf seinem anderen Sohn einen wütenden Blick zu. »Verdammt, Abe! Wieso hast du ihn da einfach reingehen lassen? Du weißt doch, er ist ein Dummkopf.«

»Das macht nix, Pa. Wir brennen einfach die Scheune ab. Sie werden alle rausgerannt kommen wie die Ratten, wenn's da drin zu heiß wird«, sagte er grinsend. »Zach ist vielleicht dumm, aber bei einem Feuer weiß er, was zu tun ist.«

Der alte Mann zog die Idee in Betracht, überlegte es sich dann aber anders.

»Nee, sie könnten Zach umbringen. Außerdem lassen die Nigger sich vielleicht lieber abfackeln als zurückzugehen. Was haben wir dann? Nichts. Ich will die Belohnung.« Er zog ein zerknittertes Papier aus seinem Hemd und zeigte es Jesse. »Hier. Schau's dir an. Was steht da?«

Jesses früherer Verdacht bestätigte sich. Sie konnten nicht lesen. »Zweihundert Dollar Belohnung für zwei entlaufene Sklavinnen: Amanda, 49, und Lovely, 17, entflohen in der Nacht des 27. Juli in Shenandoah County. Beide Frauen sind dunkelhäutig, mittelgroß. Reisen möglicherweise in Gesellschaft eines Weißen und eines großen, hellhäutigen Negers. Zahle Belohnung für sichere Rückführung. Robert Tull, Mt. Jackson, Virginia.«

»Zweihundert Dollar! Da habt ihr so lange und hart geschuftet – für lumpige zweihundert Dollar«, höhnte ich.

»Das ist nicht alles. Der Bock da bringt auf 'ner Versteigerung locker drei- bis vierhundert ein, und niemand stellt dumme Fragen.«

Eine Welle der Panik rollte über mich hinweg.

Im Innern der Scheune drückte Josiah das Messer tiefer in Zachs Hals. Blut tropfte auf sein Hemd.

»Sag deinem Vater, dass er verschwinden soll«, flüsterte Josiah. »Sag ihm, ich bring dich jetzt augenblicklich um, wenn er nicht auf der Stelle kehrtmacht und hier wegreitet.«

»Pa!«, brüllte Zach. »Pa! Er hat mich verletzt. Dieser Nigger bringt mich um, Pa!«

Hektisch wandte der Vater sich an seinen anderen Sohn. »Tu was, Junge! Geh rein und hol ihn raus!«

Beide Männer hatten ihre Gewehre jetzt schussbereit. Nathaniel, Jesse und ich standen hilflos zwischen den beiden Reitern und der Scheune. Aus dem Innern der Scheune malträtierte Zachs lautes Gejaule unser Ohr.

»Pa, ich blute! Mach, dass sie aufhören, Pa!«

Plötzlich zerriss der Knall einer Schrotflinte die Luft hinter den drei Pferden, die sich heftig aufbäumten; der ältere Mann wurde abgeworfen. Pferd und Reiter waren von grobkörnigem Schrot durchsiebt, und beide schrien vor Schmerz. Abe hatte alle Hände voll damit zu tun, sich im Sattel seines verängstigten Pferdes zu halten, das um die Ecke der Scheune und zum Bach galoppierte. Das Gewehr flog ihm aus der Hand.

Hinter ihnen stand Amos Redfield und lud seine aufgeklappte Schrotflinte nach. »Von dieser Farm wird niemand niemanden nirgendwohin bringen«, erklärte er knapp. Er ging zu dem alten Mann, der ausgestreckt auf dem Boden lag. »Der hier wird's überleben«, sagte er zu Nathaniel. »Schau nach dem Pferd.«

Nach dem Knall kamen Ben und Elias, beide mit geladener Schrotflinte, angelaufen. Amos ließ den Blick über das Blutbad auf seinem Hof wandern. Josiah brachte den blutenden Zach aus der Scheune und hielt dabei das Maismesser immer noch einsatzbereit. Ich kniete mich über den alten Mann, untersuchte sein von Schrotkörnern durchsiebtes Hinterteil, während Nathaniel das unglückliche Pferd versorgte und Jesse die Gewehre einsammelte.

»Soweit ist es also gekommen«, erklärte Amos in ruhigem Ton. »Gewalt. Hier auf meinem eigenen Hof. Diese Leute, die die Sklaverei unbedingt erhalten wollen, haben keine Ahnung, wohin all das Leid führt, das sie anrichten. Oder auf wie viele kommende Generationen es sich auswirkt. Es ist eine Schande, dass die Freunde gezwungen sind, zu den Waffen zu greifen, um die Hilflosen zu verteidigen. Möge Gott uns allen vergeben!«

Der Schnitt in Zachs Hals war unbedeutend, ebenso die Wunden seines Vaters. Abe kam vom Bach zurück, kleinlaut, sein Pferd am Zügel führend. Eingeschüchtert von der eisernen Entschlossenheit der Familie Redfield saßen die drei auf und ritten Richtung Süden davon. Sie wussten sehr genau, dass es Tote geben würde, falls sie je zurückkehren sollten. Ich wusste es auch. Mein Vater, meine Brüder – nicht einmal Elias – ließen den geringsten Zweifel an ihrer Entschlossenheit aufkommen.

Jesse legte eine Hand auf meine Schulter, als die Kanaillen davonritten. Ich drehte mich um und entdeckte eine unbeugsame Entschlossenheit in seinen Augen. »Wir müssen sie sofort weiterleiten. Eines weiß ich mit Sicherheit – diese Lumpen werden innerhalb von einer Stunde einen Besuch beim Constable in Bedford machen.«

»Ich weiß. Aber wie sollen wir sie am helllichten Tage fortbringen?«

»Mit dem alten Wagen. Seit der Sache mit Lettie hab ich ihn nicht mehr benutzt. Komm! Wir haben keine Zeit zu verlieren.«

Ich rannte ins Haus, um Vorräte für Josiah und seine Familie zusammenzusuchen. Wir hatten keine Vorstellung davon, wo ihr nächster Halt sein würde oder ob sie etwas zu essen und ein Dach über dem Kopf haben würden. Der Weg nach Norden war sicherer als der Weg nach Süden, barg aber dennoch viele Gefahren.

Nathaniel blieb in der Scheune, um Jesse beim Anspannen der Pferde zu helfen und um Josiah, Amanda und Lovely auf der engen Ladefläche unterzubringen – zusammenzuquetschen, um genau zu sein. Sie mussten sich ganz flach hinlegen, Kopf an Fuß und Fuß an Kopf.

Innerhalb von zehn Minuten war ich wieder in der Scheune und hoffte, noch ein letztes Mal mit Josiah sprechen zu können. Doch ich kam zu spät. Nathaniel trat an den Wagen heran. »Ich komme mit. Die Schrotflinten sollten wir lieber auch mitnehmen, für den Fall, dass unsere Freunde beschließen, uns zu folgen.« Er schwang sich auf den Sitz neben Jesse, und ich öffnete die Scheunentore.

»Welche Strecke willst du nehmen?«, fragte ich, weil ich unbedingt wissen wollte, wo ich suchen sollte, falls sie nicht zurückkehrten.

»Eine andere als sonst. Ich fühle mich nicht mehr so sicher wie früher.«

Ich nickte.

»Vielleicht von Pavia nach Beaverdale. Die hab ich länger nicht benutzt.«

Mit Schaudern dachte ich an Jesses Unfall auf der Pavia-Route. »Na ja, wenigstens regnet es nicht«, meinte ich. »Bitte, Jesse, kann ich nicht mitkommen?«

Er wandte den Blick ab, ohne weiter auf mich einzugehen. Ich nahm das als Zustimmung und griff nach Nathaniels Hand, um mich hochzuziehen. Es war höchste Zeit, dass wir uns in Bewegung setzten.

»Jesse?«, fragte Abby mit hoffnungsvoller Miene. »Darf ich auch mit?«

»Warum nicht?«, antwortete Jesse zu meiner Überraschung.

»Abby, das ist nicht nötig«, setzte ich an, aber Jesse unterbrach mich.

»Es ist in Ordnung, Ann. Ich möchte, dass sie mitkommt.«

Kurz nach Mittag rumpelte der Wagen mit seinen sieben Insassen – vier oben und drei unten – an Amos vorbei, der allein im Vorgarten stand, und machte sich auf den Weg in Richtung Alum Bank. Es war ein typischer früher Augustnachmittag – heiß, schwül und still. Wir rollten über die Pavia-Straße und weiter den Berg hinauf. Jesse deutete ungefähr auf die Stelle, an der sein Unfall passiert war.

»Wenn ich nur dran denke, tut mir mein Arm weh«, sagte er.

Gegen fünf Uhr erreichten wir die Randbezirke von Beaverdale. Jesse ließ die Pferde langsamer gehen und sah nach den Torpfosten. Als er das Zeichen fand, das er suchte, bog er ab und lenkte den Wagen zur Scheune, die auf beiden Seiten offen war. Er stieg vom Wagen und wollte gerade zum Haus gehen, als ihm ein großer, krummschultriger Farmer gemächlichen Schrittes entgegenkam.

»Hallo. Ich bin Mathias Pierson. Habt ihr ein Paket für mich?«

»Jesse Redfield. Ja. Drei.«

»Gut. Ich kümmere mich darum«, sagte er und nickte in Richtung Scheune.

»Woher kommt ihr?«

»Aus der Gegend von Alum Bank.«

»Das ist ein weiter Weg. Wie wär's mit Abendbrot?«

»Das wäre prima«, antwortete Jesse nickend.

»Kommt rein und ruht euch aus. Heißer Kaffee und etwas zu essen werden euch guttun.«

Jesse und Nathaniel halfen unserem Gastgeber, den zweiten Boden hochzuheben und Josiah, Amanda und Lovely zu befreien. Ich hätte mein Essen lieber mit ihnen in der Scheune eingenommen, aber Mathias Pierson war flinker, als sein Aussehen vermuten ließ. Er hatte die drei sicher hinter eine Doppelwand in der Sattelkammer bugsiert, bevor ich noch zu Josiah gelangen konnte. Im schummrigen Licht suchten meine Augen die seinen. Als sich die Tür zu dem winzigen Raum schloss, griff er nach meiner Hand und drückte sie kurz. Mathias Pierson führte uns zum Haus.

Mrs Pierson tischte uns ein herzhaftes Mahl auf und ich aß, obwohl mein Herz schwer wie Blei war. Bald darauf brachen wir auf. Wir hofften, vor Mitternacht zu Hause zu sein. Die Rückfahrt war lang und einsam für mich, aber die Erleichterung darüber, dass wir Josiah und seine Familie weitergeschickt hatten, linderte meine Einsamkeit. Dennoch würde ich mir Sorgen machen, bis ich die Nachricht erhielt, dass sie sicher in Kanada angekommen waren.

Kapitel 26

1858

Amos, Jesse, Nathaniel und ich. Wir hatten uns miteinander eingerichtet und unser Leben ging seinen vertrauten Gang. Keine Veränderung am Horizont zu sehen, was ich vermutlich auch nicht erwarten sollte. An einem Augustnachmittag saßen wir draußen und lasen die Post, die Nathaniel mitgebracht hatte.

»Josiah, Amanda und Lovely nach Kanada zu bekommen, war leichter, als sie aus Virginia rauszubringen«, meinte Jesse, der einen Brief von Josiah las.

»Das ist gut. Mein Nervenkostüm braucht eine Verschnaufpause.« Ich öffnete einen Brief aus Altoona. »Rachel hat ihr Baby bekommen. Ein Mädchen, Ellen Louisa!«

Amos lächelte. »Wie viele sind es jetzt?«, fragte er und zählte sie an den Fingern ab. »Vierzehn Enkelkinder!« Es war klar, dass er stolz darauf war, obwohl sich das für einen Quäker eigentlich nicht gehörte.

»Und es werden wohl noch mehr. Jesse verkündet bestimmt bald, dass er heiraten wird.« Nathaniel warf unserem älteren Bruder einen kurzen Blick zu.

»Von dir gar nicht zu reden!« Ich schlug mit einer zusammengerollten Zeitung nach ihm. Es blieb ungesagt, aber ich war dazu bestimmt, als altes Fräulein zu enden. Gebrauchte Ware.

Eine Woche später nahm ich den Buggy und fuhr zusammen mit Abby zu Betsy, um die geliehenen Kleidungsstücke für Jesse zurückzubringen. Betsy eröffnete uns, dass sie in etwa sechs Monaten einen weiteren Beitrag zur Gesamtsumme der Enkel leisten würde. Glückliche Betsy! Ach was, immerhin hatte ich Josiah kennengelernt und Sam zur Welt gebracht. Und ich hatte ein erfülltes Leben. Das Klagen nützte nichts.

An jenem Abend schlug ich vor, einen kleinen Ausflug zu machen. »Jesse, der Herbst ist eine gute Zeit für Besuche. Wie wär's, wenn du mich zu Mary bringen würdest? Dann könnte ich mit ihr nach Altoona fahren, um Rachel und ihr Töchterchen zu sehen.«

Jesse war einverstanden. Also schrieb ich Mary, und der Plan stand fest. Ein Besuch bei Mary war immer lustig, vor allem, wenn auch Jesse noch ein oder zwei Tage blieb. Wir schwatzten und lachten die halbe Nacht. Unsere Abenteuer mit Josiahs Familie wirkten jetzt, wo alles gut ausgegangen war, fast komisch. Und wenn ich hörte, wie Jesse die Geschichte mit seinen ganz eigenen Gesten und nachgeahmten Stimmen erzählte, war es tatsächlich sehr lustig. Bei seiner Imitation von Zach, der seinem Pa zubrüllte, dass Josiah ihn massakrieren wollte, hielten Mary und Noah sich den Bauch vor Lachen.

»Unsere ältere Schwester wirkt ziemlich glücklich«, sagte ich zu Jesse.

Er stimmte mir zu. »Viel harte Arbeit, ausgeglichen durch Lachen und Freude.«

»Dieser Noah ist ein richtiger Schäker. Erstaunlich, dass Mary ihm nicht gelegentlich auf die Finger klopft.« Ich sagte es nicht, aber die Familie Poole zu beobachten, machte mich neidisch.

Im Gegensatz dazu trat bei unserem Besuch bei Rachel die Anspannung zutage, die ich schon lange befürchtet hatte. Rachel befolgte Jacobs Anweisungen widerspruchslos, da sie andernfalls offensichtlich seinen Zorn auf sich ziehen würde.

»Jacob trifft alle Entscheidungen im Haushalt«, meinte Mary zu mir, »und Rachel führt sie aus wie eine folgsame Dienerin.«

Ich nickte. »Ich habe noch nie einen Mann gesehen, der sich in wirklich alles einmischt, was die Familie betrifft. Über jede Kleinigkeit hat er eine feste Vorstellung. Die Kinder, das Haus, das Kochen, sogar Rachels Kleidung!«

»Ganz besonders Rachels Kleidung«, sagte Mary und schaute finster drein. »Ein Blick genügt, und sie rennt los, um sich umzuziehen.«

»Nun, sie beklagt sich nicht, aber ich bin sicher, das ist nicht gerade das, was sie sich erträumt hat.«

»Das stimmt«, bestätigte Mary. »Es scheint mir ein hartes Los für eine Frau zu sein, die so kapriziös war wie ein Schmetterling. Ihre Schönheit verblasst allmählich. Ihre Augen haben ihren Glanz verloren. Man kann leider nicht behaupten, dass die Ehe sie zum Vorteil verändert hätte.«

Auf der anderen Seite hatte Jacob Schilling immer noch mehr Erfolg. Seine Investitionen brachten ordentliche Gewinne ein. Zwar fehlte es Rachel an persönlicher Freiheit, doch sie hatte ein stattliches, schön eingerichtetes Haus mit allem Komfort. Da Jacob ihr das Reisen verbot, sah sie ihre Familie allerdings nur, wenn wir zu Besuch kamen. Mary und ich wanden uns innerlich angesichts seiner herrischen Art, sagten aber nichts, außer im vertraulichen Gespräch miteinander.

»Die meisten ihrer Sätze fangen an mit ›Jacob sagt…‹ oder ›Jacob meint…‹«, sagte ich zu Mary, als wir nach Hause fuhren. »Das ist so traurig! Lieber würde ich bis in alle Ewigkeit unverheiratet bleiben, als für einen Mann auf meine eigene Meinung zu verzichten.«

Im selben Moment musste ich über mich selber lachen. Vor nicht allzu langer Zeit hätte Elias Finley mich nur anlächeln müssen, und ich hätte zu allem, was er von sich gab, Ja und Amen gesagt. Erstaunlich, wie ein paar Jahre Lebenserfahrung die eigene Perspektive verändern konnten. Eines wusste ich allerdings genau: Hatte sich eine Wahrnehmung erst einmal geändert, gab es kein Zurück mehr.

Sobald wir zuhause angekommen waren, hatte ich keine Zeit mehr, mir viele Gedanken über meine beiden Schwestern zu machen. Der Herbst neigte sich dem Ende zu. Daher hatte ich alle Hände voll damit zu tun, Vorräte für den Winter anzulegen. Abby und ich machten wieder die Runde und verteilten alles, was wir an Eingemachtem übrig hatten, unter denjenigen, die bedürftig erschienen.

Auf dem Rückweg trafen wir eines Tages Pru Hartley und ihren Bruder Cooper, die auf der Pleasantville Road spazieren gingen. Ich hatte Cooper Hartley seit Jahren nicht mehr gesehen, und ich fand, er sah immer noch abstoßend aus. Er ließ sich gehen. Kein Freund von Seife oder Rasierschaum.

»Ach, Cooper Hartley! Wo hast du denn so lange gesteckt?«, grüßte ich ihn so heiter und freundlich ich nur konnte. Die Hartleys waren immer auf Beleidigungen aus. Am besten, man lieferte ihnen keinen Vorwand dafür.

»Viel unterwegs. Hier und da.« Er schielte lüstern auf Abbys knospende Weiblichkeit. »Und wer ist meine kleine Freundin hier?«

»Ich bin Abby Hill, und ich bin nicht deine Freundin. Du kannst also aufhören, mich so anzustarren.«

Cooper wich zurück. »Garstige kleine Natter, was? Ich wollte doch nur nett sein.«

Abby setzte sich kerzengerade auf und wandte den Blick ab. Auf der Suche nach einer schnellen Ablenkung wandte ich mich an Pru. »Brauchst du noch Tomaten zum Einmachen, Pru? Ich habe dieses Jahr mehr als genug.«

Sie schlängelte sich an Coopers Seite und hakte sich demonstrativ bei ihm ein. »Nein, danke. Mein Bruder kümmert sich fürs Erste um uns.«

Ich sah zu Cooper. »Du bleibst also eine Weile hier?«

»Lang genug, um ein paar Nigger auszuheben und ein bisschen Kohle zu machen«, sagte er spitz. »Ich hab 'ne Weile unten in Maryland gelebt. Hab viele Freunde da, die als Sklavenfänger reich geworden sind. Schätze, hier is ein gutes Revier, um selbst damit anzufangen«, meinte er und sah mir dabei direkt in die Augen.

Ich dachte an Josiah und Sam, die Gott sei Dank sicher in Kanada waren. Cooper Hartley wollte uns schaden, kein Zweifel.

»Du kümmerst dich also um Pru und ihre Jungs? Das ist schön. Sie brauchen einen Mann im Haus.«

»Den haben sie nu'«, erklärte er und streckte die Brust raus. »Manns genug, um mit allem fertigzuwerden, was kommt.« Er spuckte einen Strom Tabaksaft aus, der ein kleines Rinnsal an seinem Mundwinkel hinterließ, und wandte seine Aufmerksamkeit wieder Abby zu. »Bist du nich die Tochter von Robert Hill?«

Abby bestätigte die Frage mit einem kaum wahrnehmbaren Nicken.

»Dein alter Herr war ein ganz schönes Ekelpaket, was?«

Abby blickte auf ihren Schoß herunter. Sie sprach selten von ihrem Vater und wenn, dann nur beiläufig. Jetzt hielt sie sich an ihrem Rock fest und zwirbelte mit weißen Knöcheln daran herum.

»Schuldete mir ein bisschen Geld, der Alte. Is abgekratzt, bevor er seine Schulden bezahlt hat. Aber ich könnt es ja jetzt eintreiben«, sagte er mit einem erneuten lüsternen Blick auf Abby.

Ich hatte das dringende Bedürfnis, weiterzufahren, bevor mein Temperament mit mir durchging. Es war ein immerwährendes Überlebensgebot, die Hartleys nicht zu provozieren. Zwar konnte ich es nicht ausstehen, ihrer Bösartigkeit ausgeliefert zu sein. Zugleich war mir jedoch klar, dass es unklug ist, eine Schlange zu reizen.

»Also, war schön, dich getroffen zu haben, Pru. Pass auf dich auf und wenn du deine Meinung wegen der Tomaten änderst, sag mir Bescheid!«

»Wohl eher nich'.«

Ich schlug mit den Zügeln über den Rücken der Pferde und fuhr los, nicht zu schnell und nicht zu langsam. Abends erzählte ich Jesse von der Begegnung. Er ließ sich jedoch nicht aus der Ruhe bringen. Typisch Jesse.

»Cooper Hartley muss noch viel lernen, bevor er mich kriegt«, erklärte er. »Nicht, dass ich eingebildet bin, aber ich erkenne einfach einen Idioten, wenn ich einen vor mir habe.«

»Er war äußerst interessiert an Abby und meinte, ihr Pa hätte ihm Geld geschuldet.«

Jesse sah mich direkt an. »Er sollte sich besser von ihr fernhalten. Hol jetzt deine Haube und deinen Schal. Wir haben Besuch.«

Everett hatte uns ein Ehepaar gebracht, und Jesse achtete darauf, dass die Leute nicht zu lange bei uns blieben, solange die Hartleys jeden unserer Schritte mit Argusaugen beobachteten.

Ich suchte ein paar Quilts zusammen. Diese späten Augustnächte konnten recht kühl werden. Ich griff nach meiner Haube, meinem Schal und einer Laterne. Abby kam von oben herunter. »Wohin gehst du so spät noch?«, fragte sie gähnend.

»Arbeit. Ich muss den Hartleys eine Nasenlänge voraus bleiben.«

Abby schnappte sich ihren Schal und ihre Haube vom Haken. »Wohin bringt ihr sie?«

»Rüber zu Mary. Es ist schon zu spät, um noch was anderes zu unternehmen. Du musst nicht mitkommen«, antwortete ich.

»Je mehr Leute, desto besser. Sieht dann eher danach aus, als hättet ihr einen Grund, draußen zu sein. Außerdem denkt es sich leichter, wenn mehr Köpfe da sind.«

Jesse war bereits in der Scheune, um den Wagen anzuspannen, und ich hatte keine Lust zu streiten, also eilte ich mit Abby im Schlepptau hinaus. Jesse nickte uns zu und schwang sich auf den Bock. Ich öffnete das Tor und kletterte dann neben ihn auf den Sitz. Abby hatte sich, für uns beide kaum zu sehen, zwischen den Quilts auf der Ladefläche niedergelassen.

Es war eine dunkle Nacht. Später kam aber der Mond hervor und beleuchtete die vor uns liegende Straße. Doch sein Licht drang kaum durch die dichten Bäume, die beide Seiten des Weges säumten. Die Schatten wurden dichter, hüllten uns ein.

Plötzlich hörten wir aus den Bäumen auf der linken Seite ein Schnauben. Schlagartig war der Wald mit Leben erfüllt. Fünf Reiter brachen durch das Gehölz und versperrten uns den Weg. Jesse und ich hatten uns auf keine ›Geschichte‹ verständigt – leichtsinnig von uns. Jetzt überlegten wir fieberhaft, wie wir erklären sollten, dass wir so spät noch unterwegs waren.

»Anhalten!«, kam ein scharfes Kommando aus der Dunkelheit. »Hier ist Constable Bennett. Was macht ihr hier?«

»N'abend, Constable«, Jesse sprach langsam, um Zeit zu gewinnen. Ich zermarterte mir verzweifelt das Hirn nach einer Ausrede.

Dann hörten wir plötzlich eine Stimme von der Ladefläche: »Pa? Pa? Wo sind wir? Mein Kopf tut so weh. Ich verbrenne, Pa.«

Ich kletterte über den Fahrersitz an Abbys Seite und kümmerte mich um das ›kranke‹ Mädchen. »Pa? Wie weit ist es noch zum Arzt? Mir ist so übel.«

Die Reiter wichen ein paar Schritte zurück. »Was ist mit der los?«, fragte einer von ihnen.

»Ich weiß nicht«, antwortete Jesse. »Irgendein Fieber. Kam ganz plötzlich.«

Ich redete beruhigend auf Abby ein. Sanfte, tröstende Worte. »Es ist alles in Ordnung, Liebes. Mach dir keine Sorgen. Wir bringen dich hin. Alles wird gut.«

Die Reiter wurden nervös. Sie wichen noch etwas weiter zurück. Jesse ließ den Wagen ein Stück auf sie zurollen.

»He, bleib, wo du bist!«, rief einer der Männer. »Wir wollen uns nicht anstecken.«

»Am besten, ihr macht uns den Weg frei«, erklärte Jesse. »Je schneller ich sie hier wegbringe, desto sicherer seid ihr.«

Die fünf Reiter machten kehrt und verschwanden wieder zwischen den Bäumen. Jesse schnalzte den Pferden zu. Ich blieb neben Abby sitzen und gab weiterhin einen Schwall aufmunternder Worte von mir, die hauptsächlich an die beiden unter uns gerichtet waren.

Wir fuhren weiter durch die Nacht, die uns mit ihren ganz eigenen Geräuschen und dem Geruch von feuchtem, moderigem Laub umgab. Der Himmel wurde allmählich hell, als wir bei Marys Farm in der Nähe von Osterburg ankamen. Jesse fuhr hinter die Scheune. Wir luden unsere ›Fracht‹ aus, brachten sie in den Maisspeicher und bedeckten sie mit Maiskolben. Wir arbeiteten schweigend und schnell, dankbar, dass Noah seinen Hund nachts im Haus behielt. Als unsere Schützlinge sicher untergebracht waren, schirrte Jesse die Pferde aus und führte sie zur kleineren Scheune. Abby und ich begaben uns auf den Heuboden und legten uns hin, um auf den Sonnenaufgang zu warten.

Als Jesse zurückkam, lächelte er uns im grauen Halbdunkel zu. »Abby, du hast mehr Grips im kleinen Zeh als andere im Kopf«, sagte er. »Ich hätte dich gern immer an meiner Seite, Mädchen!«

Abby war selig und strahlte wie ein Honigkuchenpferd.

Als wir hörten, dass Noah und sein Sohn Adam hereinkamen, um ihr Tagwerk zu beginnen, riefen wir von oben nach ihnen und kletterten die Leiter nach unten.

»Wir haben euch ein paar Geschenke mitgebracht. Im Maisspeicher«, erklärte Jesse.

Noah nickte und begann zu melken. »Adam, sag deiner Mutter Bescheid. Sie werden sicherlich Hunger haben.«

»Das kann ich machen«, bot ich an. »Komm, Abby! Wir überraschen Mary. Zwei Besuche in einer Woche! Wir sind ganz schöne Herumtreiber!«

Kapitel 27

1858–1859

Etwa einen Monat später kam Abby eines Tages atemlos von Ben zurück. »Elias soll nach Chambersburg kommen«, verkündete sie. »Melissa liegt mit einer Lungenentzündung im Bett. Es sieht nicht gut aus.«

Elias brach am nächsten Morgen auf einem seiner besten Reitpferde auf. Er winkte – fast fröhlich, wie mir schien –, als er auf seinem Weg nach Fishertown bei uns vorbeikam.

»Dieser Elias«, empörte ich mich, als ich mit Jesse beim Frühstück saß. »Er hat seine Frau in diesen zwei Jahren kaum besucht. Nicht einmal Lucy scheint ihn besonders zu interessieren. Er interessiert sich nur für sich selbst.«

Jesse hielt ihn jedoch nur für überfordert. »Er ist kein schlechter Kerl. Er weiß nur oft nicht, was er tun soll – und tut dann gar nichts.«

Das überzeugte mich nicht. Ich hielt Elias für egoistisch. Doch auch Rebecca sprach in nachsichtigem Ton von ihrem Bruder.

»Elias meint es nicht böse. Er möchte niemandem wehtun. Er ist schlimmstenfalls unreif und findet in seinem Kopf einfach keinen Platz für die Bedürfnisse anderer. Er meint es gut, kann aber nicht über seine eigene Nasenspitze hinaussehen. So war er schon als kleiner Junge – manche Leute meinen, dass das noch nicht allzu lange her sein kann.«

»Ich frage mich, warum ich das nicht erkannt habe, als ich ihn heiraten wollte«, sinnierte ich. Es war klar, dass Elias mir nichts mehr bedeutete, wenngleich verbliebener Groll über seine Heirat mit Melissa meine Wahrnehmung trübte. Doch ich wünschte ihm weder Gutes noch Böses. Er gehörte einfach zu meinem Umfeld wie jeder andere in der Gesellschaft der Freunde. Nicht mehr. Nicht weniger.

Melissa starb im September. Es kam nicht unerwartet, war aber trotzdem sehr traurig. Ich erinnerte mich an die wunderschöne junge Frau, die so voller Liebe für Elias gewesen war und unwissentlich meine Welt zerstört hatte. Obwohl ich mir in den Kopf gesetzt hatte, sie nicht zu mögen, hatte ich sie als freundlich und liebenswürdig kennen gelernt. Die Tragödie ihrer Ehe und ihres kurzen Lebens stimmte mich traurig.

Einige Tage später brachte Abby weitere Neuigkeiten von Ben mit nach Hause. »Elias ist immer noch in Chambersburg. Sie hat sich lange gequält, die Arme. Er wird wohl in etwa einer Woche zurück sein. Ben ist ohne ihn ziemlich überarbeitet.«

»Was ist mit Lucy?«, wollte ich wissen. »Er wird sie bestimmt bei Melissas Eltern lassen, oder?«

»Bestimmt, wie ich Elias kenne«, antwortete Abby.

Offenbar kannte Abby Elias doch nicht so gut. Denn eine Woche später kam er nach Hause, seine kleine Tochter als Bündel vor sich im Sattel. Abby, Rebecca und ich wechselten ungläubige Blicke.

»Was denkt er sich dabei?«, fragte ich. »Wie will er sich um das Kind kümmern, wo er sich nicht mal um Melissa kümmern konnte, als sie ihn brauchte? Was meint er eigentlich, wer ihm helfen wird?«

Elias stellte als Erstes eines der Mädchen der Conleys ein, das sich tagsüber um Lucy kümmern sollte. Den Rest übernahm er selbst. Gelegentlich fragte er Rebecca oder mich um Rat, versorgte aber sein Kind mit einem neu entdeckten Verantwortungsgefühl. Elias und Lucy wurden zu einem vertrauten Anblick bei geselligen Anlässen, Versammlungen, Andachten und Familientreffen. Lucy trug Kleider und Schuhe, die im Laden gekauft waren. Noch vor

Weihnachten hatte sie reiten gelernt. Sie folgte ihrem Vater in die Ställe und hatte schon jede Menge über Pferde gehört, bevor sie groß genug war, eines mit einem Apfel zu füttern. Sie war bildschön wie ihre Mutter. Allerdings vertrat sie entschieden ihre eigene Meinung, war stärker als Melissa es je gewesen war, und der Nabel der Welt für ihren Vater.

Ich beobachtete Elias' Bemühungen um die Erziehung seiner Tochter mit distanziertem Interesse und nicht geringem Vergnügen. Eines Tages bat er mich, ihm beizubringen, dem kleinen Mädchen Zöpfe zu flechten. Lucy hatte ihr langes, blondes Haar, das seit der Säuglingszeit nie geschnitten worden war, immer offen getragen. Allmählich machte Elias sich aber Sorgen (wie eine alte Glucke, dachte ich im Stillen), dass es sich irgendwo verfangen und sie sich verletzen könnte. Elias und ich hatten viel Spaß, als er mit seinen ungeschickten Händen herumfuhrwerkte, um ihr Haar, das so weich wie Seide und ebenso glatt war, zu Zöpfen zu flechten.

»Tante Ann kann das besser als du, Papa«, erklärte seine Tochter ihm. »Ihre Zöpfe sind strammer. Deine fühlen sich an, als würden sie gleich wieder aufgehen.«

Elias schmunzelte über die Kritik. »Dafür, dass ich nur ein Mann bin, mache ich es aber ganz gut, findest du nicht?«, fragte er augenzwinkernd.

Abby sah interessiert zu, wie Elias sich nach und nach wieder einen Weg in mein Leben bahnte. »Er sucht nur nach Vorwänden, um dich zu besuchen«, meinte sie. »Höchstwahrscheinlich sucht er eine neue Frau.«

Ich schob den Gedanken schnell beiseite und versuchte, hilfsbereit zu sein, wenn Elias kam – um Lucys Willen, wie ich mir selber sagte.

Bewusst oder unbewusst schützte ich mich davor, erneut gedemütigt zu werden.

Eines Abends im darauffolgenden Sommer machte Elias einen Besuch mit Lucy, die wie immer vor ihm auf dem Sattel saß. Elias reichte sie zu mir herunter, saß ab und band sein Pferd an. Abby und ich hatten Pfirsiche eingemacht und mehrere große, saftige

Exemplare fürs Essen aufgespart. Ich schnitt einen davon in eine Schüssel für Lucy und setzte mich mit Elias zusammen an den Tisch, um ihr bei dem Festschmaus zuzuschauen.

»Ich habe über mein Haus nachgedacht«, begann Elias. »Ich glaub, ich werde anbauen, es doppelt so groß machen, hinten eine Veranda anfügen und ein paar neue Fenster einsetzen.«

»Wird ja auch Zeit, dass du dir ein paar Gedanken darüber machst«, merkte ich trocken an.

»Ich habe einen Entwurf gemacht.« Er breitete einen zusammengerollten Papierbogen auf dem Tisch vor mir aus. »Ich dachte mir, ich zeig ihn dir mal. Vielleicht hast du ja noch eine Idee.«

Ich studierte die Skizze und machte ein paar Vorschläge, stimmte einigen von Elias Ideen zu, verwarf andere.

»Wann willst du anfangen?«, fragte ich.

»Morgen.«

»Morgen? Das geht aber fix!«

»Zur Erntezeit möchte ich fertig sein. Damit wir den Winter im Haus genießen können. Ich möchte, dass Lucy ein schönes Zuhause hat. Mit einem Kochherd in der Küche und einem Ofen im Wohnzimmer. Ich überlege sogar, ob ich nicht statt einer Handpumpe fließendes Wasser in der Küche installieren sollte. Diese neuen Pumpen, die es gibt, können das.«

Ich war skeptisch. Fließendes Wasser schien mir doch etwas übertrieben zu sein.

»Oder ich lasse die Handpumpe, wenn dir das besser gefallen würde.«

»Würde es«, antwortete ich, bevor mir die Bedeutung seiner Bemerkung klar wurde. Er beobachtete mich, ein verhaltenes, erwartungsvolles Lächeln im Gesicht.

»Willst du, Ann?«, fragte er.

»Will ich was?«, entgegnete ich.

»Mich heiraten. Lucy eine Mutter sein. Die Frau des Hauses sein.«

Ich stand auf und entfernte mich von ihm, ging die Stufen der Veranda hinunter auf den Hof. Ich konnte nicht leugnen, mit diesem Gedanken gespielt zu haben. Er war irgendwo in meinem

Hinterkopf gewesen, seit Melissa gestorben war. Doch ich war noch nicht vorbereitet darauf, dass es tatsächlich geschah. Meine Gefühle für Elias hatten seit dem Januartag, an dem er mit Melissa an seiner Seite aufgetaucht war, ein ständiges Wechselbad durchlaufen. Ich hatte ihn geliebt, gehasst, ihm gegrollt, ihn bemitleidet, verachtet, seine Gesellschaft genossen, mich über ihn amüsiert, sogar Respekt für ihn empfunden. Jetzt suchte ich unter all diesen Gefühlen nach etwas Unverbrüchlichen, Unveränderlichem – nach etwas, das mich wünschen ließ, den Rest meines Lebens mit ihm zu verbringen.

Elias blieb ruhig mit Lucy auf der Veranda sitzen, ließ mir Zeit zum Nachdenken. Ich konnte mir einfach nicht vorstellen, tatsächlich seine Frau zu sein. Es war zu viel geschehen. Ich ging den ganzen Weg bis zu Bens Obstgarten und sah zum Haus meines Bruders hinüber, das durch die immer größer werdende Familie aus allen Nähten platzte. Rebecca und Ben erwarteten ihr siebtes Kind kurz vor Weihnachten.

Das war alles, was ich mir immer gewünscht hatte – ein Ehemann, ein Heim, eine Familie. Jetzt könnte ich all das haben – ich müsste nur zugreifen. Ich hatte weiß Gott keine anderen Perspektiven. Was hielt mich zurück? Ich wusste es nicht. Ich konnte es nicht benennen. Aber es war da – direkt vor mir wie ein großer Felsbrocken mitten im Weg. Ich konnte Elias nicht heiraten, weil ich ihn nicht liebte. Abgesehen von all den alten Verletzungen kannte ich ihn einfach zu gut, um ihn je auf die gleiche Weise lieben zu können. Auf welche Weise? So wie ich Josiah liebte. Ich machte kehrt und ging zur Veranda zurück, um Elias meine Antwort zu geben.

Anscheinend war Elias wild entschlossen, eine Frau zu finden. Denn schon zwei Wochen, nachdem ich seinen Antrag abgelehnt hatte, bat er Deborah Hill, Abbys achtzehnjährige Schwester, ihn zu heiraten. Rebecca war ziemlich erzürnt, weil er ihr das Dienstmädchen wegnahm, aber Elias wies darauf hin, dass sie Deborah ohnehin früher oder später an einen Mann verloren hätte. Es sei einfach nur eine Frage der Zeit gewesen.

Ich beobachtete, wie die Erweiterung des Hauses der Finleys Gestalt annahm. Zugleich gab es viel Gerede darüber, wie schnell dieser Heiratsantrag erfolgt war.

»Deborah hat Elias Antrag blitzschnell angenommen«, meinte Rebecca zu mir. »Ich vermute, das übertraf alles, was das Mädchen sich je erträumt hat. Mit einem Schlag nicht mehr bettelarm, sondern ein schönes, neues Haus und die Frau eines angesehenen Mannes in der Gemeinde. Das ist mehr, als sie vom Leben erwartet hat.«

»Ich hoffe, dass es so kommt. Um ihretwillen.«

Niemand konnte Deborah zum Vorwurf machen, dass sie Elias heiratete, auch wenn es von seiner Seite eher aus Gründen der Zweckmäßigkeit als aus irgendeinem anderen Grund geschah. Ihre Heiratsabsicht wurde auf der Versammlung verkündet und den entsprechenden Ausschüssen zugewiesen. Die Hochzeit fand im Oktober statt, gleich nach der Ernte. Ich saß im Versammlungshaus, sah zu, wie Elias Deborah zur Frau nahm, und war mit mir im Reinen.

Obwohl ich für mich behielt, dass ich Elias abgewiesen hatte, ahnte Jesse, was geschehen war, und konnte sich nicht verkneifen, mich aufzuziehen.

»Das wird garantiert ein tolles Haus, das Elias für seine Braut baut«, feixte er. »Nicht jede Frau bekommt die Chance auf so einen Fang wie Elias. Kann schick an seiner Seite sitzen, wenn er in seinem eleganten Buggy zur Versammlung fährt. Jepp, ich wette, den hätten viele Frauen gern an Land gezogen.«

»Ja, jede Menge. Wenn Deborah ihn abgewiesen hätte, wär da immer noch Pru Hartley gewesen! Hinweg von mir, du Satansbraten!«, schimpfte ich. »Du brauchst selbst eine Frau. Allerdings bezweifle ich, dass irgendeine dich haben will, nicht mal Pru. Vielleicht sollten wir eine Anzeige in der Bedford Gazette aufgeben und mal abwarten, wer da aufkreuzt!«

Kapitel 28

1860

Onkel Sammy Grainger starb im März. Ich war ihm zu großen Dank verpflichtet, weil er mir geholfen hatte, Sam zu Josiah zu schicken, und sein Tod berührte mich sehr. Jesse vertraute mir an, dass er derjenige gewesen war, der die Underground Railroad in der Quäkersiedlung gegründet hatte. Das hatte ich nicht gewusst. Als ich aber genauer darüber nachdachte, fiel mir auf, dass er bei allem immer am Rande dabei gewesen war. Vor Jahren schon hatte er jüngeren Männern Platz gemacht. Dennoch war die Arbeit für die Railroad nur ein Teil seines Vermächtnisses. Sein Tod brachte einige Veränderungen für die Redfield Farm.

Erstens war da das Testament von Onkel Sammy. Alle Kinder seiner Schwester Martha erbten zu gleichen Teilen. Es war keine Riesensumme, aber auf alle Fälle genug, um ein Leben zu verändern. Ich erfuhr, dass ich erst ein Viertel meines Anteils erhalten hatte und war angenehm überrascht, dass ich noch mehr bekam. Ben sprach davon, seinen Anteil zu nutzen, um mehr Tiere für die Zucht zu kaufen. Rebecca legte dabei jedoch die Stirn in Falten.

»Wir brauchen ein größeres Haus für diese siebeneinhalb Kinder!«

Ben griente und stimmte stillschweigend zu. Mary und Noah Poole nutzten ihr Erbe, um angrenzendes Land zu kaufen, das sie schon länger im Auge gehabt hatten. Niemand wusste, was mit Rachels Geld geschah. Doch wir vermuteten, dass Jacob Schilling es für seine Vermögensanlagen gut verwenden konnte. Betsy und Will bauten ihr Haus in New Paris aus, schufen mehr Raum für ihre Schuhmacherwerkstatt und ihre beiden Jungen. Nathaniel investierte sein Geld in Eisenbahnaktien, und ich bat ihn, dasselbe mit meinem Anteil zu machen, wobei ich in erster Linie an Sams Zukunft dachte. Jesse packte seinen Anteil beiseite, ohne ein Wort über seine Pläne zu verlieren.

Seit er ein kleiner Junge war, hatte Jesse davon geredet, dass er in den Westen ziehen wollte. Er hatte darüber gelesen, alles darüber in Erfahrung gebracht, sogar schon konkrete Pläne geschmiedet. Jetzt, wo er über das nötige Kleingeld verfügte, um sie verwirklichen zu können, schwankte er und war nicht in der Lage, eine Entscheidung zu treffen.

»Jesse, wirst du nach Westen gehen – jetzt, wo du es kannst?«, fragte ich ihn eines Abends im April.

»Ich weiß es nicht. Es gibt hier immer noch so viel zu tun.«

Ich wusste, er meinte die Railroad. »Aber es gibt andere, die deine Arbeit übernehmen können. Mir graut bei dem Gedanken, dich zu verlieren. Ich würde dich unendlich vermissen. Aber es ist deine große Chance.« Er saß mir gegenüber auf der hinteren Veranda und schnitzte mit seinem Taschenmesser an einem Stock herum.

»Ich weiß. Es ist das, was ich mir immer gewünscht habe. Matthew Miller schreibt, dass es sich in Indiana sehr gut leben lässt. Er hat 160 Morgen. Hat Apfelbäume gepflanzt. In der Nähe eines Ortes namens Edinburgh.« In seiner Stimme schwang Sehnsucht.

»Dann tu es, Jesse! Bleib nicht hier, um zum Märtyrer für die Railroad zu werden. Du hast der Sache schon deinen linken Arm geopfert.«

Ich hörte mich selbst diese Worte sagen, doch bei dem Gedanken, dass er gehen könnte, wurde mir das Herz schwer. Er war immer *mein* Jesse gewesen, mir zwei Jahre voraus, vernünftig, ausgeglichen, selbstsicher. Was würde ich ohne ihn tun? An wen sollte ich mich wenden, wenn mir alles über den Kopf wuchs? Wer würde mich so lange necken, bis ich aufhörte, Trübsal zu blasen? Wer würde mich dazu bringen, über mich selbst zu lachen und mich bei der Hand nehmen, wenn ich es brauchte?

Natürlich würde ich ihm nicht im Wege stehen. Niemand, zuallerletzt Jesse, würde je erfahren, wie einsam ich ohne ihn sein würde. Wenn irgendjemand das Recht hatte, seine Träume zu verwirklichen, dann er. Doch mich überkam bei der Aussicht, mich in Zukunft nur noch um Nate und Papa zu kümmern, ein Gefühl der Leere.

Er lächelte. »Mit dem Arm hast du Recht. Vielleicht sollte ich mich lieber auf den Weg machen, solange der andere noch gesund ist.« Er erhob sich, um nach drinnen zu gehen, hielt dann aber inne, als das Geräusch sich nähernder Hufe zu vernehmen war. Der Besucher war Constable Ackroyd aus Bedford. Die Aprilnacht war feucht und kühl, deshalb bat Jesse ihn ins Haus.

»Habt ihr gestern oder in den letzten Tagen irgendwelche entflohenen Sklaven hier in der Gegend gesehen?«

Jesse lächelte. »Selbst wenn, würde ich es dir wohl nicht sagen«, antwortete er.

»Nun, normalerweise würde ich nicht fragen, aber es gibt da ein Problem, von dem ihr wissen solltet.«

»Nämlich?«

»Einige Leute unten in Chaneysville wurden Montagnacht von einem bösartigen schwarzen Schurken ausgeraubt und ziemlich übel zusammengeschlagen. Ihr solltet einfach darauf achten, wen ihr aufnehmt. Das ist alles.«

»Oh.« Jesse trat einen Schritt zurück.

Ich sah ihn fragend an, erinnerte mich dann an meine Pflichten als Gastgeberin. »Danke für die Warnung. Darf ich Ihnen eine Tasse Kaffee bringen? Etwas zum Aufwärmen, bevor Sie wieder nach Hause reiten?«

»Würde nicht schaden«, antwortete er und nahm seinen Hut ab. Abby zog einen Stuhl für ihn heran. Ich schenkte Kaffee ein und schnitt ein Stück vom gedeckten Apfelkuchen ab, der vom Abendessen übriggeblieben war.

»Er wird vielleicht versuchen, hier irgendwo bei der Railroad angekoppelt zu werden, sollte er davon wissen. Gebt die Nachricht weiter. Ich sollte nicht so mit euch reden«, meinte der Constable zwischen zwei Bissen, »aber der Kerl ist gefährlich.«

Als der Constable ging, war ich nervös. Jesse ging irgendetwas im Kopf herum, aber ich musste warten, bis alle anderen im Bett waren, bevor ich ihn fragen konnte. Abby verschwand als Letzte. Dann war ich endlich allein mit Jesse.

»Jesse, was ist los?«

»Da ist heute Nacht einer in Spring Hope. Bei Ezra Warner. Er tauchte heute Nachmittag allein auf und bat darum, angekoppelt zu werden. Ben war bei Ezra, um über Vieh zu verhandeln, und hat mir davon erzählt, als er auf dem Nachhauseweg hier Halt machte.«

»Wir müssen Ezra warnen.«

»Vielleicht hat der Constable das schon gemacht.«

»Gehört Ezra zu den bekannten Schaffnern?«

»Nein. Er hat den Mann einfach aus Mitleid bei sich aufgenommen.«

»Dann wird niemand auf die Idee kommen, ihn zu warnen. Wir sollten es besser tun, Jesse.«

Er stand wie angewurzelt vor mir, einen gequälten Ausdruck im Gesicht. »Ich hoffe, wir kommen nicht zu spät.«

Ich verstand seinen Kummer. Es war eine Sache, wenn er sich selbst in Gefahr begab. Er hatte sich für diesen Weg entschieden. Etwas ganz anderes war es, wenn andere in Gefahr gerieten. Die Möglichkeit, dass jemand zu Schaden kommen könnte, hatte ihn immer geängstigt. Ich griff nach meinem Mantel und reichte Jesse seinen. Zusammen rannten wir mit einer Laterne zur Scheune.

Am Scheunentor hielt Jesse mich zurück. »Ich mach's allein. Reiten geht schneller«, sagte er. »Und wer weiß, was ich vorfinden werde!«

»Ich kann hier nicht herumsitzen und warten. Sattle Nates Stute für mich. Ich ziehe einfach den Rock ein wenig hoch.«

Wir ritten durch die Nacht in Richtung des kleinen Dorfes Hope Spring, südlich von Fishertown. Es war erst etwa zehn Uhr abends. Doch die Farmhäuser, an denen wir vorbeikamen, lagen schon im Dunkeln. Als wir Ezra Warners Farm erreichten, brannte auch hier kein Licht. Niemand antwortete auf Jesses Klopfen. Er schlug so laut gegen die Tür, dass die Fensterscheiben klirrten. Niemand antwortete. Er kam die Stufen wieder hinunter.

»Ich schau mal in der Scheune nach.«

Ich saß von meinem Pferd ab, um ihm zu folgen. Jesse fand eine Laterne an einem Haken und entzündete sie. Wir sahen uns in der Tenne um und steuerten den Heuboden an. Dann bemerkte ich Futtersäcke, die über einige Fässer gebreitet waren, und stieß Jesse an, damit er einen Blick darauf warf. Ich hielt die Laterne hoch und Jesse zog ruckartig einen Sack von einem der größeren Fässer herunter. Dahinter kauerte ein Schwarzer, die Hände über dem Kopf verschränkt.

»Bringt mich nicht zurück! Bitte, Massa!«, flehte er. »Bitte bringt mich nicht zurück. Ich tue alles. Bitte, Massa!«

»Wo ist die Familie Warner?«, wollte Jesse wissen.

»Weggefahren. Sie haben mir gesagt, dass ich hierbleiben soll. Sie sind morgen wieder zurück. Wollen mich dann weitersenden. Bitte, Massa! Schickt mich nicht zurück. Ich frier und hab Hunger, aber ich bin frei.«

Seine flehentlichen Bitten klangen aufrichtig, aber ich fand es seltsam, dass die gesamte Familie fort war.

»Woher kommst du?«, fragte Jesse.

»North Carolina. Halifax County. Bin jetzt seit zwei Wochen auf der Flucht. Ich hab versucht, die Railroad zu finden. Einige Leute haben mir geholfen, aber sie wussten nicht, wo ich ankoppeln kann. Mr Warner sagt, er kennt einen echten Schaffner.«

»Auf welchem Weg bist du aus Maryland gekommen?«

»Long Wills Creek. Durch Hyndman und hoch nach Mann's Choice.«

»Dort warst du heute Morgen?«, Jesse Stimme klang skeptisch.

»Ja, Sir.«

»Wie bist du von hier nach dort gekommen?«, fragte er in scharfem Ton und ließ den Mann dabei keinen Moment aus den Augen.

»Ich hab einfach die Morgensonne auf meiner rechten Seite behalten und bin immer weitergegangen. Hab mich hauptsächlich durch die Wälder bewegt. Mr Warner hat auf dem Feld gearbeitet. Ich hab ihn gefragt, ob er die Railroad kennt. Er hat Ja gesagt. Er hat mich hierher gebracht. Er hat gesagt, er muss heute Abend in die Stadt – sein Schwiegervater ist krank oder so was. Er hat gesagt, er regelt das für mich und ist morgen früh zurück.«

Ich nickte. Die Frau von Ezra Warner war eine geborene Baldwin. Die Tochter von Aaron Baldwin. Sie lebten in Schellsburg, und der alte Mann lag im Sterben. Das wusste ich.

»In Ordnung«, sagte ich zu dem Schwarzen. »Bleib hier. Morgen kommt Hilfe. Rühr dich nicht vom Fleck und verhalt dich still, bis entweder Ezra oder Jesse wieder zu dir kommen.«

Wir bedeckten das Fass wieder mit dem Sack und löschten das Licht. Draußen saßen wir auf unsere Pferde auf und machten uns auf den Heimweg.

»Wenn er durch Hyndman gekommen ist, kann er nicht der Schurke aus Chaneysville sein«, meinte ich.

»*Wenn* er durch Hyndman gekommen ist«, entgegnete Jesse.

»Ich bin eher geneigt, ihm zu glauben.«

»Ich weiß nicht. Er könnte die arme Seele sein, die er zu sein behauptet. Wenn das der Fall ist, braucht er tatsächlich unsere Hilfe. Er könnte aber auch ein gerissener Verbrecher sein, der die Gegend gut genug kennt, um uns hinters Licht zu führen.«

»Du glaubst doch nicht, dass er Ezra und seiner Familie etwas angetan hat?«

»Nein. Der Teil der Geschichte klingt glaubwürdig. Wenn er ihnen etwas getan hätte, wäre er schon weg.«

Schweigend ritten wir nach Hause und fragten uns, was wir als Nächstes tun sollten.

Jesse sprach laut aus, was er dachte. »Ich stehe früh auf und mache mich auf den Weg zu Ezra. Dann können wir gemeinsam entscheiden, ob wir den Mann für einen Lügner halten oder nicht. Wenn nicht, müssen wir ihn morgen Nacht weiterleiten. Wir haben keine Zeit zu verlieren. Immerhin liegt Cooper Hartley auf der Lauer.«

Am nächsten Morgen war Jesse vor Sonnenaufgang verschwunden und rechtzeitig für ein spätes Frühstück wieder zurück. Nachdem er mit Ezra gesprochen hatte, schien er überzeugt zu sein, dass es sich bei dem Mann um einen entlaufenen Sklaven in Not und nicht um einen Verbrecher handelte. Er hatte Ezra versprochen, am Abend wiederzukommen, um den Mann weiterzuleiten.

Jesses Zuversicht reichte aus, meine Zweifel zu zerstreuen. Erleichtert, dass die Familie Warner wohlauf und einverstanden mit Jesses Plan war, nahm ich die Hausarbeit in Angriff und machte mir keine Gedanken mehr über die Sache.

Worüber ich mir allerdings Gedanken machte, war die Möglichkeit, dass Jesse nach Westen gehen könnte. Eine Schwester muss damit rechnen, ihren Bruder früher oder später zu verlieren. Ich konnte mich glücklich schätzen, dass ich ihn überhaupt so lange bei mir gehabt hatte. Das war zwar alles richtig, nützte aber nichts. Das Herz war mir dennoch schwer.

Gleich nach dem Abendessen gingen Nate und Jesse zur Scheune, um die Pferde anzuschirren. Ich packte etwas zu essen und Wolldecken zusammen und band meine Haube fest.

»Wohin willst du?«, fragte Amos.

»Eine Lieferung nach Geistown bringen.«

»Ich hoffe, es ist nicht dieser Mörder«, meldete Abby sich zu Wort.

»Nein, Abby«, antwortete ich und klang überzeugter als es meiner Verfassung entsprach. »Außerdem ist niemand umgebracht worden.«

»Ach, stimmt ja. Entschuldigung! Nur zusammengeschlagen und ausgeraubt«, entgegnete Abby.

»In Ordnung, Abby. Das reicht.«

»Ich komme mit«, erklärte sie.

»Warum?«

»Damit jemand dabei ist, der seine fünf Sinne beisammen hat. Jemand, der nicht wie selbstverständlich davon ausgeht, dass die Welt voller guter Menschen ist. Oder dass alle entflohenen Sklaven freundlich und wohlwollend sind. Ehrlich, Ann – die bloße Tatsache, dass sie Sklaven waren, macht sie nicht alle zu Heiligen.«

»Danke für die Aufklärung, Abby. Nun, wenn du meinst, Jesse und ich wären der Aufgabe nicht gewachsen und deines Schutzes bedürftig, dann hol deine Haube!«

Amos schmunzelte hinter seiner Zeitung.

Wir machten uns auf den Weg durch eine Nacht, die wärmer war als die letzte, holten unseren Passagier in Spring Hope ab und fuhren zurück durch Fishertown nach Alum Bank, dann den Berg hinauf Richtung Geistown. Als wir den Bergrücken erreicht hatten, hielt Jesse an, um den Pferden eine Verschnaufpause zu gönnen. Im doppelten Boden des Wagens klopfte es und Jesse ging hin, um die Klappe zu öffnen. Als er in die Dunkelheit hinunterspähte, schlug ihm eine riesige, schwarze Faust ins Gesicht. Der Angriff kam so unerwartet, dass er über den Wagenrand auf die Erde stürzte.

Abby schrie auf und sprang hinunter zu Jesse. Ich fand mich von Angesicht zu Angesicht mit dem Mann wieder, der jetzt aufrecht auf der Ladefläche stand und nach meinem Arm griff.

»Zwei!«, rief er. »Ich krieg zwei weiße Ärsche in einer Nacht!« Mit einem lauten, widerlichen Lachen griff er nach meinen Händen, zog mich mit dem Rücken an sich heran und schob mich in den doppelten Boden. Er schlug die Klappe wieder zu, sprang vom Wagen und packte Abby am Arm, bevor sie weglaufen konnte. Er zerrte sie zurück auf den Wagen und schleuderte sie so brutal zu Boden, dass sie das Bewusstsein verlor. Dann hob er die Abdeckung des doppelten Bodens an und warf sie auf mich. Ich lag wie erstarrt da, zu benommen, einen vernünftigen Gedanken zu fassen. Ich konnte ihn keuchen hören, seinen Schweiß riechen. Er setzte sich auf den Fahrersitz, nahm die Zügel auf und lenkte die verstörten Pferde Richtung Ogletown den Berg hinunter.

Im doppelten Boden tastete ich verzweifelt nach irgendeinem Flucht- oder Verteidigungsmittel. Alles, was ich fand, war ein viereckiger Hufnagel. Das musste reichen. Ich lag auf dem Rücken mit der immer noch benommenen Abby an meiner Seite und wartete.

Nach etwa einer Meile lenkte der Schwarze die Pferde an den Wegrand und der Wagen kam rumpelnd zum Stehen. Der Mann stieg auf die Ladefläche, hob die Klappe an und stierte lüstern auf seine hilflose und halb ohnmächtige Beute herab. Beim Anblick der bedrohlichen Silhouette über mir tastete ich nach Abby, fand ihre Hand und drückte sie. Der Nagel, den ich in den Bund meiner Schürze gesteckt hatte, war alles, was zwischen uns und einer brutalen Schändung stand.

Unser Peiniger schlug die Klappe zurück, kroch in die Ladefläche hinunter und öffnete seine Hose. Schwer atmend und mit groteskem Stöhnen sah er von einer zur anderen, um zu entscheiden, welche er zuerst nehmen sollte. Ich versuchte aufzustehen, was ausreichte, um die Wahl auf mich fallen zu lassen. Er packte mich bei den Armen, hielt sie hinter meinem Rücken fest und drückte mich auf den doppelten Boden. Auf mir liegend, schlug er mir immer wieder mit der freien Hand ins Gesicht. Ich wehrte mich, aber er war zu stark für mich. Als ich hilflos unter seinem Gewicht lag, griff er nach unten, schob meinen Rock hoch und kämpfte sich zwischen meine Beine. In diesem Augenblick sprang Abby plötzlich auf seinen Rücken und griff von hinten in sein Gesicht. Er drehte sich um und rollte sich auf Abby. Als er von mir abließ, griff ich nach dem Hufnagel. Ich zog ihn durch sein Gesicht, grub und bohrte so tief ins Fleisch, wie ich konnte, und versuchte, die Augen zu treffen. Er umklammerte mein Handgelenk mit eisernem Griff, aber Abby griff erneut von hinten mit den Fingern in sein Gesicht, erwischte eines der Nasenlöcher und zog wie besessen daran. Er prügelte auf uns beide ein, schleuderte uns hart gegen die Seitenwände des Wagens, aber wir gaben nicht auf. Die Pferde, erschrocken von dem schrecklichen Lärm, drehten sich im Kreis und galoppierten geradewegs wieder den Pfad hinauf, den wir gekommen waren.

Wir schafften es, hochzukommen, eine von uns an jeder Seite, und wehrten uns verbissen. Ein heftiger Schlag seiner Faust schleuderte mich aus dem Wagen. Ich landete hart auf dem Rücken, mitten auf dem Weg, und sah nur noch Sterne. Als die Bestie zum Fahrersitz schwankte, um die verängstigten Pferde anzuhalten, sprang auch Abby heraus.

Sie lief zu mir zurück, ihre weiße Schürze leuchtete verschwommen in der Dunkelheit. Ich stolperte, schwankte auf sie zu. Wir duckten uns hinter einen großen Stein und klammerten uns zitternd aneinander. Unsere Hände suchten verzweifelt den Boden nach irgendetwas ab, was wir als Waffe benutzen konnten. Der Mann brachte die Pferde zum Stehen, sprang vom Wagen und machte sich zu Fuß auf die Suche nach uns. Wir hielten den Atem an und beobachteten ihn.

Er wankte nur wenige Schritte von uns entfernt vorbei. »Verdammte weiße Huren!«, hörten wir ihn fluchen. Plötzlich sprang Abby hinter ihm in die Höhe und ließ einen Stein auf seinen Schädel krachen. Ich hörte ein grässliches Knacken. Der Mann ächzte und fiel nach vorn. Blut lief seinen Hinterkopf hinab.

»Weg hier!«, schrie Abby und griff nach meinem Arm. Wir rannten blindlings den Weg hinauf und kletterten in den Wagen. Als Abby die Zügel aufnahm, blickte ich mich das erste Mal um. Ich konnte in der Dunkelheit nichts erkennen und nichts hören außer dem Knirschen des Geschirrs und dem Quietschen der Wagenfedern. Wir bewegten uns langsam durch die Nacht, zurück zur Bergkuppe. Dort lag Jesse, ausgestreckt neben dem Weg, und sah aus wie der leibhaftige Tod. Mit vereinten Kräften hoben wir ihn in den Wagen und setzten uns wieder in Bewegung. Keine von uns sprach ein Wort, bis wir weit nach Mitternacht zuhause ankamen.

In der Scheune spannten wir die Pferde aus und untersuchten uns selbst im Licht der Laterne. Die Verletzungen waren übel, aber nicht lebensbedrohlich. Jesse hingegen war schwer verletzt. Er lag immer noch bewusstlos auf der Ladefläche.

Abby rannte ins Haus, um Nathaniel zu holen, der schlaftrunken in seiner Unterwäsche erschien. »Was ist passiert?«, fragte er.

»Jesse ist schlimm verletzt, Nate. Hilf uns, ihn ins Haus zu bringen«, bat ich.

Wir trugen Jesse in die Küche und legten ihn auf das Bett von Amos – eine traurige Wiederholung jener anderen Nacht vor einigen Jahren. Die ganze Geschäftigkeit weckte auch Amos.

»Was ist geschehen?«, fragte er. »Was ist mit Jesse?«

Ich pumpte Wasser und schürte das Feuer im Ofen, während wir Papa und Nate berichteten, was sich ereignet hatte. Abby und ich inspizierten unsere Verletzungen im Lampenschein. Wir sahen furchterregend aus, jedoch nicht so schlimm wie Jesse, der leblos auf Papas Bett lag.

Nate war kreidebleich vor Sorge um ihn. »Bei Tagesanbruch hol ich den Doktor.«

Die beiden Männer zogen sich in die Dachstube zurück, während Abby und ich ein Bad nahmen. Wir zogen unsere schmutzige Kleidung aus und reinigten unsere schmerzenden Körper, um alle Spuren unseres Angreifers zu beseitigen. Als wir jeden Zentimeter unseres Körpers und sogar unsere Haare gewaschen hatten, zogen wir saubere Nachthemden an und gingen die Wohnzimmerstufen zu meinem Zimmer hoch. Im Dunkeln liegend, klammerten wir uns aneinander und weinten. Ich weinte, weil mein Glaube an das Gute im Menschen bis ins Mark erschüttert war. Abby weinte wegen Jesse.

Der Morgen war längst angebrochen, als Abby und ich aufwachten. Amos hatte die Hausarbeit erledigt, während Nate nach Schellsburg geritten war, um den Arzt zu holen. Jesse, obwohl inzwischen bei Bewusstsein, konnte seine Beine nicht bewegen. Er sagte, seine Hände fühlten sich taub an.

Abby und ich hatten beide ein blaues Auge und viele Schrammen, Kratzer und Blutergüsse.

Dr. Telford untersuchte Jesse und stellte fest, was seiner Meinung nach das Problem war. Bei dem Sturz vom Wagen war Jesse mit dem unteren Teil des Hinterkopfes, direkt über dem Halsansatz, auf einen Stein aufgeschlagen. Die Verletzung und die Schwellung übten Druck auf die Wirbelsäule aus, was die Lähmung verursachte. Der Doktor hoffte, es wäre nur vorübergehend, und dass Jesse, sobald die Schwellung zurückging, wieder gehen könnte. Es würde allerdings lange dauern und viel Bettruhe erfordern.

»Habt ihr Eis im Haus?«, fragte Dr. Telford.

»Ja, das Eishaus ist um diese Jahreszeit randvoll«, antwortete ich.

»Gut. Klopft Stücke ab und drückt das Eis an seinen Hinterkopf. Es betäubt den Schmerz und wirkt der Schwellung entgegen.«

Abby rannte los, um Eis zu holen, und kehrte einige Minuten später mit einer halbvollen Schüssel zurück. Sie setzte sich neben Jesse, drehte ihn sanft auf die Seite und presste das Eis gegen seinen schmerzenden Kopf.

»Du siehst aus wie der Zorn Gottes«, sagte er.

»Zorn schon, aber kein göttlicher«, antwortete sie.

»Was ist da draußen passiert?«

»Er hat versucht, uns zu vergewaltigen.«

Jesse stöhnte, Tränen stiegen ihm in die Augen.

»Vergewaltigen?«, fragte er mit rauer Stimme. »Was habt ihr gemacht?«

»Wir haben ihn abgewehrt. Ich glaube, ich hab ihn umgebracht.«

»Wie?«

»Hab ihm den Schädel mit einem Stein eingeschlagen.«

»Oh, Abby!«, sagte er mit brechender Stimme. »Es tut mir so Leid, dass ich dich da mit reingezogen habe.«

Jesse – das Gesicht entstellt durch eine gebrochene Nase und zwei blaue Augen – drehte den Kopf und betrachtete dankbar und beschämt Abbys zerschrammtes, geschundenes und geschwollenes Gesicht.

»Du bist schon eine unglaubliche Frau, Abby Hill«, sagte er.

Von diesem Moment an übernahm Abby Jesses Pflege. Er erholte sich langsam, Schritt für Schritt, unterstützt von Abbys ständiger Aufmerksamkeit. Als er stehen konnte, führte sie ihn auf die Veranda und las ihm vor. Als er gehen konnte, führte sie ihn zuerst zur Scheune, dann zu Bens Farm und wich ihm während der Mahlzeiten und den Pausen dazwischen nicht von der Seite. Ich konnte sehen, was sich anbahnte, beschloss aber, es nicht anzusprechen. Das war ihre Sache, nicht meine. Ich würde abwarten, bis sie mir davon erzählten, war mir aber sicher, dass es etwas zu erzählen gab.

Nate ritt nach Bedford, um bei dem Freund eines Freundes die Bemerkung fallen zu lassen, man möge dem Constable ausrichten, dass er jemanden zur höchsten Stelle der Straße nach Geistown senden solle. Dort läge angeblich eine Leiche. Einige Tage später hatte sich bis zu uns herumgesprochen, dass man dort tatsächlich einen Leichnam gefunden hatte. Darüber hinaus wurde nichts gefragt oder berichtet.

Jesse kam im Laufe des Frühlings allmählich wieder zu Kräften. Nach und nach gewann er seine Bewegungsfähigkeit zurück, und er konnte auch wieder etwas fühlen. Ich gestattete mir die Hoffnung, dass er seine Pläne, in den Westen zu ziehen, zumindest für eine Weile aufschieben würde. Doch Veränderungen lagen in der Luft.

Kapitel 29

1860 – Sommer

Jesse verschob seine Abreise in den Westen für die Dauer seiner Genesungszeit. Doch es wurde schnell klar, dass er immer noch gehen wollte. Abby wich nicht von seiner Seite und wachte über ihn wie eine Wölfin. Ich zog mich zurück, wenn der unmissverständliche Besitzerblick in ihren Augen auftauchte. Jesse war zu durcheinander, um die weiblichen Manöver zu deuten, die seinetwegen stattfanden. Ihm fiel nur auf, dass Abby sich verändert hatte. Sie war jetzt eine Frau. Im Juni war er endlich so weit, es der Welt mitzuteilen: Er wollte nach Indiana gehen und Abby zur Frau nehmen.

Abby und ich kümmerten uns um die unvermeidlichen Näharbeiten – Bettwäsche, ein Brautkleid für sie und ein Hochzeitshemd für ihn. Die Zeit verging im Sauseschritt, so sehr ich auch versuchte, die bevorstehende Abreise aus meinen Gedanken zu verbannen.

Vielleicht könnte ich sie dazu bewegen, mich mitzunehmen. Nein. Das war albern. Papa brauchte mich. Nate konnte sich um sich selbst kümmern oder heiraten, aber Papa konnte ich nicht verlassen. Es war ohnehin ein kindischer Einfall. Warum sollten Abby und Jesse mich dabeihaben wollen?

Als ich am Morgen des Hochzeitstages aufwachte, war ich vor Aufregung ganz aus dem Häuschen, bis mir wieder einfiel, dass nicht ich, sondern Abby und Jesse heirateten und ein neues Leben begannen. Die ganze Familie, einschließlich des Brautpaares, stieg in Bens Kutsche, um zur Versammlung zu fahren. Dort trafen wir auf Mary und Noah mit ihrer ganzen Kinderschar – strahlende Gesichter und schier platzend vor fröhlicher Albernheit, die sie nur mit Mühe lange genug im Zaum halten konnten, um wenigstens während der Eheschließung still zu sitzen. Betsy und Will McKitrick kamen mit ihren beiden inzwischen hoch aufgeschossenen schlaksigen Söhnen. Sobald sie ihre Cousins und Cousinen aus den Familien Poole und Redfield sahen, gab es kein Halten mehr. Ich liebte diese Familientreffen, sie fanden viel zu selten statt. Die Einzige, die fehlte, war Rachel, die im Mai ihr drittes Kind – John Tyler Schilling – zur Welt gebracht hatte. Man hätte ihr ohnehin nicht erlaubt zu kommen. In meinen Gedanken war sie an diesem Tag jedoch bei mir.

Jesse war sichtlich begierig darauf, nach Indiana aufzubrechen und das Leben aufzunehmen, das er bislang aufgeschoben hatte. Abbys Schönheit hatte sich zwar spät entwickelt, stand aber jetzt in voller Blüte. Ihre Augen strahlten vor Liebe zu Jesse. Wenn ich von meinen eigenen Gefühlen absah, konnte ich gar nicht anders, als mich für die beiden zu freuen, weil sie ihr Glück gefunden hatten – auch wenn das für mich bedeutete, vor einer schmerzlichen Leere zu stehen.

Am nächsten Morgen brachen sie auf, um mit der Eisenbahn von Altoona nach Pittsburgh und dann weiter in die Prärie im Herzen Indianas zu fahren. Meiner Meinung nach waren sie gut gerüstet für das Abenteuer, das sie erwartete. An Mut mangelte es beiden nicht.

Nate fuhr sie in Bens bester Kutsche nach Altoona. Amos und ich ritten mit, um die Nacht bei Rachel und Jacob Schilling zu verbringen. Amos hatte Rachel seit sechs Jahren nicht mehr gesehen. Er würde zum ersten Mal seine drei dort lebenden Enkelkinder zu Gesicht bekommen und zudem im Alter von vierundsechzig Jahren erstmals unter einem anderen als seinem eigenen Dach schlafen.

Jacob war noch bei der Arbeit, als wir eintrafen. Rachel und die Kinder empfingen uns auf der Veranda ihres Hauses an der

10th Street. Die drei blonden, blauäugigen Kinder wirkten anfangs scheu und ernst. Sie erwärmten sich aber schnell für Onkel Jesse, der Geldstücke hinter seinen Ohren hervorzog, und für ihren Onkel Nate, der sie auf sich reiten ließ. Die kleine Ellen übte eine besondere Anziehungskraft auf mich aus, weil sie mich weniger an Sam erinnerte als die Jungen.

Abby und ich halfen Rachel bei der Zubereitung des Abendessens, und die ganze neunköpfige Familie setzte sich zu Tisch. Rachel strahlte. »Ich bin so glücklich, dass ihr da seid! Ihr ahnt ja gar nicht, wie sehr ich mich danach gesehnt habe, euch alle zu sehen. Ich bin so froh, dass ich nicht alles verpasse!« Ihre Freude war ansteckend, und bald lachten und schwatzten wir wie in alten Tagen.

Sobald wir mit dem Essen fertig waren, erhob sich Jesse und bedeutete Abby, ihm zu folgen. »Wir wollen jetzt aufbrechen«, sagte er.

»Oh, natürlich«, antwortete Rachel. »Das Haus der Logans! Es ist in der Nähe der Bahnstation, einige Blocks die 10th Street hinunter.«

Das Brautpaar verabschiedete sich höflich – offensichtlich wollten die beiden nun unbedingt allein sein.

Jacob Schilling stand auf und wandte sich Nate zu. »Komm, kleiner Bruder. Zeit, dass du die Wunder der Großstadt kennenlernst.«

Amos sah gähnend zu, wie sie aufbrachen, und murmelte irgendetwas davon, dass er mit den Hühnern zu Bett gehen werde, wenn er doch bloß ein paar finden könnte, und zog sich früh zurück. Das verschaffte Rachel und mir Gelegenheit, so ungezwungen miteinander zu reden wie schon seit Jahren nicht mehr.

»Was wirst du tun, wenn sie weg sind, Ann? Wenn nur noch Papa und Nate da sind?«

»Ehrlich gesagt, werde ich ohne die beiden völlig verloren sein.«

»Wieso kommst du nicht nach Altoona und bleibst für eine Weile bei uns? Vielleicht lernst du hier einen netten Mann kennen und heiratest.«

»Danke, Rachel, aber nein. Jemand muss sich um Papa kümmern. Nate wird über kurz oder lang heiraten, aber ich kann Papa nicht allein lassen. Außerdem würde Jacob mich nicht hierhaben wollen.«

»Wie kommst du denn darauf?«

»Ich bin ihm vermutlich ein bisschen zu vorlaut.«

Rachel saß einen Moment lang still da, inspizierte die Hände in ihrem Schoß. »Er ist kein schlechter Mann. Er hat seine guten Seiten.«

»Zweifellos, aber ich fürchte, unsere Persönlichkeiten würden nicht harmonieren.« Ich sah sie direkt an. »Wie geht es dir, Rachel? Du siehst zwar gut aus, aber ich vermisse meine alte Schwester. Wo ist sie geblieben?«

»Man wird erwachsen. Drei Kinder und ein Ehemann zähmen das Kind in einem ziemlich schnell.«

»Ist er gut zu dir?«, bohrte ich nach.

»Ja«, Rachel zögerte. »Meistens. Aber ich beuge mich immer seinem Willen. Wenn ich ihn erzürne, kann er gemein werden. Ich weiß, dass viele Männer so sind. Wer so eng mit seinen Nachbarn zusammenlebt wie ich, weiß das.«

»Vielleicht. Ich mache mir trotzdem Sorgen um dich. Du bist nicht mehr die unbeschwerte Schwester, mit der ich aufgewachsen bin, und das hat wohl eher etwas mit ihm zu tun als mit den Kindern.«

»Die Kinder sind mein Glück. Jacob ist mein Aufseher.«

»Wie ich's mir gedacht habe. Du weißt, du kannst ihn verlassen und zu uns nach Hause kommen, vor allem jetzt, wo Jesse geht.«

»Oh nein, das könnte ich niemals! Die Kinder brauchen ihren Vater, und Jacob sorgt gut für uns. Ich würde das Leben im alten Zuhause schwierig finden«, sagte sie. Dann fügte sie entschuldigend hinzu: »Ich hab mich an den Komfort und den Wohlstand gewöhnt.«

Ich musterte sie, hoffte, meine schlimmsten Befürchtungen wären grundlos. Doch im Herzen wusste ich, dass Jacob Schilling und ich gewaltig aneinandergeraten würden, wenn sich die Gelegenheit ergäbe. In dieser Nacht lag ich lange wach, grübelte über die bevorstehende Trennung von Jesse und Abby und über Rachels Lage.

Am Morgen versammelte sich die Familie ohne die Frischvermählten zum Frühstück. Ich half Rachel, die Kinder anzuziehen, und wir machten uns auf den Weg zum Bahnhof. John lag in seinem schönen neuen Korbkinderwagen, der kleine James saß Huckepack auf Onkel Nates Schultern und die herausgeputzte kleine Ellen hielt meine Hand. Jesse und Abby warteten auf dem Bahnsteig. Das Glück ihrer Zweisamkeit stand ihnen offen ins Gesicht geschrieben. Ein Zittern erfasste mich, als ich die beiden sah. Wie sollte ich den Abschied von ihnen ertragen?

Wir unterhielten uns über Belanglosigkeiten, als die Lokomotive angedampft kam, und Fahrgäste aus dem Osten ausstiegen. Jesse kümmerte sich um das Verladen des Gepäcks und gesellte sich anschließend wieder zur Familie. Er nahm mich bei den Händen und sah mir in die Augen. Ich konnte seinen Blick nicht erwidern, ohne zu weinen, also blickte ich weg.

»Leb wohl, Ann«, sagte er leise und zog mich in eine unbeholfene Umarmung. »Ich werde dich vermissen.«

Unfähig zu sprechen, stand ich in seinen Armen da, bis er mich freigab. Dann drehte ich mich um und nahm Abby in die Arme.

»Ich liebe dich wie eine Schwester, Ann«, sagte sie und kämpfte selbst mit den Tränen. »Ich weiß, wie viel dir Jesse bedeutet. Ich werde gut auf ihn aufpassen.«

Sie stiegen in den Zug, und wir sahen, wie sie sich einen Platz suchten. Jesse öffnete das Fenster und unterhielt sich mit uns, während sie auf die Abfahrt warteten. Ich merkte, dass ich mir wünschte, der Zug wäre endlich weg. Es dauerte noch volle fünf Minuten, bis er aus dem Bahnhof rumpelte und Fahrt aufnahm für den langen Anstieg ins Allegheny Gebirge. Ich wandte den Blick ab, während die anderen dem Zug nachschauten, bis er verschwunden war. Um mich abzulenken, steckte ich die Decke des kleinen John fest und nahm Ellen an die Hand. Als ich sah, wie Amos sich eine Träne aus den Augenwinkeln wischte, streckte ich die andere Hand aus und berührte seinen Arm. Er fühlte sich klein und schwach an. Amos sah plötzlich aus wie ein alter Mann.

Gegen zehn Uhr verabschiedeten wir uns von Rachel und den Kindern und verließen die Stadt in Richtung Süden, nach Bedford. Nate versuchte, Amos mit einem Gespräch über die Farm abzulenken, erhielt aber nur genuschelte Antworten. Ich starrte auf die vor uns liegende Straße und traute mich nicht, etwas zu sagen, weil ich Angst hatte, dass mich meine Gefühle überwältigen würden.

Zuhause schirrte Nate die Pferde aus und ich band mir die Schürze um, um das Abendbrot zuzubereiten. Ich sah mich im leeren Haus um, das so still war wie ein Grab. Ein Großteil unser aller Leben hatte hier stattgefunden. Jetzt wirkte es, als sei alles vorbei. Plötzlich überwältigte mich die Sehnsucht nach Sam und Josiah. Ich vermisste sie so sehr, dass ich einfach eine Möglichkeit finden musste, sie zu sehen.

Sam war jetzt fast fünf und laut Josiahs Berichten zu einem großen, hübschen und klugen Jungen herangewachsen. In Briefen von ihm zu erfahren, war besser als nichts. Aber ich musste ihn sehen. Dringend. Ich fragte mich, wie Lettie es aufnehmen würde, wenn ich sie besuchte – für ein paar Tage. Um die Sehnsucht zu stillen.

Noch am selben Abend schrieb ich Josiah bei Lampenlicht einen Brief:

Lieber Josiah,
ich nehme den Stift zur Hand, um dir zu schreiben, und hoffe, dass diese Zeilen dich bei guter Gesundheit erreichen. Jesse und Abby sind jetzt Mann und Frau. Sie sind heute Morgen nach Indiana aufgebrochen. Ich fühle mich allein und brauche Ablenkung.
Um es ganz offen zu sagen: Ich möchte euch und insbesondere Sam besuchen. Meinst du, Lettie könnte einen solchen Überfall ertragen? Bitte sprich mit ihr und verwende dich für mich. Ich erwarte deine Antwort.
Herzliche Grüße,
Ann Redfield

Noch bevor der Brief am nächsten Tag abgeschickt war, bat ich Nate, einen Teil meines Geldes flüssig zu machen. Bei meiner Reise wollte ich mich an dieselbe Route halten, die ich vor vier Jahren mit Lettie und Sam genommen hatte. Dieses Mal verkehrte allerdings ein Zug zwischen Pittsburgh und Erie, sodass ich nicht ganz so lange unterwegs sein würde.

Josiahs Antwort traf zwei Wochen später ein.

Liebe Ann,
ich bin überglücklich, dass du uns besuchen willst. Natürlich bist du willkommen. Lettie freut sich sehr darauf, dich zu sehen. Sie kann es kaum erwarten, dir unser Haus und unsere Familie vorzustellen. Mach deine Pläne bitte unbedingt wahr und teile uns mit, wann wir dich erwarten dürfen.
Herzliche Grüße,
Josiah

Ich staunte über Letties Großmut und beschloss, ihr meine tiefe Dankbarkeit zu übermitteln. Also schrieb ich ihr noch am selben Abend und versuchte, in Worte zu fassen, was ich so lange im Herzen getragen hatte.

Ihre Antwort regelte die Angelegenheit für immer.

Liebe Ann,
ich schreibe dir mit der Hilfe meines Mannes, der besser mit der Feder umgehen kann als ich. Doch die Worte sind von mir. Manche Menschen mögen unsere Beziehung seltsam, peinlich oder untragbar finden. Ihre Meinung sollte uns nicht kümmern. Ich halte mich an die Dinge, die ich weiß. Ich weiß, du bist ein guter Mensch. Ich weiß, Sam ist ein bezaubernder Junge. Ich weiß, Josiah liebt mich. Ich weiß, wir – wir alle – müssen uns umeinander kümmern. Ich weiß, du respektierst mich; andernfalls hättest du mir Sam nicht anvertraut. Es besteht also keinerlei Grund zu Groll und Verbitterung. Das Leben schreitet voran, setzt immer einen Fuß vor den anderen. Du

hast Josiah das Leben gerettet. Du hast uns beiden unsere Freiheit geschenkt. Du hast uns unseren Sohn gegeben. Was können wir mehr verlangen?
Lettie Colton, Freedwoman

Als ich am nächsten Tag Nate und Papa von meinen Plänen erzählte, meinte Amos: »Grüß meinen Enkel von mir.« Es war seine Art, mir zu sagen, dass er mir meine Sünden verziehen hatte.

Die Reise war fast genauso lang, holprig und staubig wie beim ersten Mal. Hinzu kam, dass ich bei der Fahrt über den Erie entsetzlich seekrank wurde. Müde und erschöpft kam ich in Port Stanley, Ontario, an. Es gab keine Postkutsche nach Dresden. Es bestand nur die Möglichkeit, eine nach London zu nehmen, von dort mit dem Zug nach Chatham zu reisen und für den Rest des Weges einen Fahrer anzuheuern, der mich und meinen Koffer ans Ziel bringen würde.

Kurz nach sechs Uhr am nächsten Tag erreichte ich die kleine kanadische Stadt. Es war ein winziger Weiler, deshalb musste ich nur zweimal nachfragen, um das Haus von Josiah Colton zu finden. Ich wurde an einem schmucken Cottage abgesetzt, mit Zaun und Spalier, neuem Anstrich, einem blühenden Gemüsegarten und Blumen an jeder freien Stelle. Ich lächelte anerkennend, bezahlte den Fahrer und wies ihn an, meinen Koffer zur Tür zu tragen.

Lettie empfing mich lächelnd, mit einem Kind auf der Hüfte und dem anderen am Rockzipfel. Ihre herzliche Begrüßung vertrieb alle Befürchtungen, die ich hinsichtlich verbleibender Eifersucht oder Kränkung gehegt hatte. Lettie nahm mich liebenswürdig und ohne Vorbehalt in ihrem Heim auf.

»Sam! Sam! Komm her, mein Junge! Hier ist jemand, der dich sehen möchte!«

Lettie strahlte in freudiger Erwartung des Moments, in dem sie mir meinen Sohn zeigen konnte.

Ein hochgewachsener, kräftiger, hellhäutiger Junge kam aus einem der Schlafzimmer. »Guten Abend, Ma'am.« Er streckte mir die Hand entgegen.

Ich ergriff sie mit beiden Händen, unterdrückte den Drang, ihn zu umarmen und an mich zu drücken. »Guten Abend, Sam. Ich bin Ann Redfield, eine Freundin deiner Familie. Ich freue mich sehr, dich kennenzulernen.«

Der Junge strahlte übers ganze Gesicht und sah mich erwartungsvoll an. »Bist du nicht die Lady, die mir immer Geschenke schickt?«, fragte er.

Ich nickte.

»Hast du mir was mitgebracht?«

Lettie machte ihn umgehend auf sein schlechtes Betragen aufmerksam und entschuldigte sich bei mir: »Eigentlich hat er bessere Manieren gelernt, aber manchmal vergisst er sie.«

Ich lächelte und hielt noch immer Sams Hand. Er kam einen Schritt auf mich zu und legte den Kopf gegen meine Hüfte. »Entschuldigung, Miss Ann Redfield«, sagte er. »Aber ich hoffe wirklich, du hast mir was mitgebracht.«

Ich kniete mich zu ihm hinunter und schaute meinem Sohn ins Gesicht, in dem ich Züge von Josiah und Züge von Jesse sah, auch wenn die schwarzen Locken und tiefbraunen Augen ihn insgesamt mehr nach seinem Vater kommen ließen. Da er zu drei Vierteln ein Weißer war, war seine Haut im Vergleich zu Letties und Josiahs recht hell. Ich fand ihn außerordentlich hübsch und wünschte, Papa und der Rest der Familie hätten ihn sehen können.

»Ja, Sam. Ich glaube, ich kann etwas für dich in meinem Koffer finden«, sagte ich lächelnd und holte meinen Koffer, der noch an der Eingangstür stand. Dort traf ich Josiah, der gerade den Weg herauf kam. Er strahlte übers ganze Gesicht, hob mich hoch und wirbelte mich im Kreis herum.

»Willkommen in Kanada, Ann! Willkommen im Land der Freiheit!«

Den Klang seiner Stimme zu hören, freute mich über alle Maßen.

»Lettie, lass uns essen! Ich habe einen Mordshunger!«, rief er und hob meinen Koffer hoch, der winzig aussah, als er ihn auf seine muskulöse Schulter stemmte.

Wir setzten uns an den Tisch. Der Säugling lag in seiner Wiege, und Sam und die kleine Ann thronten auf Brettern, die über Sessellehnen lagen. Wider Willen empfand ich Stolz auf den Beitrag, den ich dazu geleistet hatte, diese Familie ins ›Land der Freiheit‹ zu bringen.

»Wo sind Amanda und Lovely?«, fragte ich.

»Lovely hat im Frühjahr geheiratet, und Mama ist vor etwa einem Monat zu ihr gezogen. Lovely ist schwanger und es geht ihr im Moment nicht so gut.«

»Wie lange bleibst du bei uns, Miss Ann Redfield?«, wollte Sam wissen.

»Nur ein paar Tage. Bis zur Mitte der Woche.«

»Oh. Warum bist du denn hergekommen?«

»Hauptsächlich, um dich zu sehen, Sam«, antwortete ich ehrlich.

»Und jetzt, wo du mich gesehen hast, fährst du wieder nach Hause?«

Ich lachte. Ich sehnte mich danach, ihn in die Arme zu schließen, mich an ihn zu klammern. Er war so schön, dass mir fast das Herz stehenblieb. Wie hatte ich die Kraft aufbringen können, ihn fortzugeben? Wie sollte ich sie aufbringen, ihn ein zweites Mal zu verlassen?

Nach dem Essen öffnete ich meinen Koffer und überreichte allen Familienmitgliedern Geschenke, sogar der kleinen Athena. Es gab Kleidung, Spielsachen und Süßigkeiten für alle. Tatsächlich hatte ich kaum etwas für mich selbst eingepackt. Als ich alle Geschenke verteilt hatte, war der Koffer so gut wie leer.

Ich sah zu, wie Lettie die Kleinen ins Bett scheuchte. Ich war dankbar für ihr großes Herz, dafür, dass sie stark genug war, sich zurückzunehmen und dies hier zuzulassen. Ich wünschte mir nichts weiter, als meinen Sohn aus der Ferne heranwachsen zu sehen, und ein ganz klein wenig Bedeutung für Josiah zu haben. Irgendwie wusste Lettie das ohne Worte. Dafür stehe ich für immer in ihrer Schuld.

Während sie sich um die Kinder kümmerte, forderte Josiah mich auf, mit ihm in den Garten zu gehen und etwas frische Luft zu schnappen.

»Du machst deine Sache gut, Josiah. Dein Haus und deine Familie sehen prächtig aus.«

Er lächelte. »Es läuft alles gut. Was hältst du von unserem Jungen?«

Dass er ›unser Junge‹ sagte, versetzte mir einen freudigen Schrecken. Dass er unsere Beziehung auf diese Weise anerkannte, machte mich glücklich. »Er ist ein feiner, gescheiter und gesunder Junge in guten Händen. Wie es aussieht, kann er die ganze Welt um den kleinen Finger wickeln, wenn er will.«

Josiah lachte. »Ich versuche, es ihn nicht merken zu lassen.«

»Ich bin froh, dass ich gekommen bin. Es tut gut, dich frei und glücklich zu sehen. Ich weiß nicht genau, ob wir noch viel mit der Railroad zu tun haben werden. Jetzt, wo Jesse fort ist.«

»Sogar wenn er noch da wäre, hättet ihr wohl ein bisschen Angst. Ihr alle.«

Ich wandte mich ihm zu, mein Kinn bebte. »Oh, Josiah, es war schrecklich. So schrecklich, von jemandem misshandelt zu werden, dem wir doch helfen wollten. Abby und ich wurden schlimm zusammengeschlagen. Aber erst Jesse!! Ich hatte furchtbare Angst um ihn. Angst, dass er nie wieder laufen können würde.« Die Tränen liefen mir über die Wangen und ich versuchte nicht, sie zu verbergen. Das brauchte ich auch nicht. »Deshalb musste ich kommen und dich sehen. Ich musste das Gute sehen, das daraus entstanden ist. Jedes Mal, wenn ich Jesse ansah, sah ich das Schlechte.«

Josiah seufzte. »Die Menschen wollen, dass Barmherzigkeit auf fruchtbaren Boden fällt. Doch lass ein einzelnes schlechtes Beispiel nicht mehr Gewicht haben als die vielen guten. Lass nicht zu, dass es dich aufhält oder auch nur bremst. Die armen Sklaven brauchen dich jetzt mehr als je zuvor. Komm. Komm mit mir.«

Josiah führte mich durch die Gartenpforte auf die Hauptstraße von Dresden. Entlang des Weges deutete er auf die Häuser ehemaliger Sklaven, die nach Kanada gekommen waren und ein neues, gutes Leben begonnen hatten. Er war so ernsthaft, so dankbar, so fest überzeugt von der Bedeutung unserer Arbeit, dass ich Mut fasste und meine Tränen trockneten.

Als wir in der heraufziehenden Dämmerung weitergingen, stellte er mich seinen Freunden und Nachbarn vor, und sie kamen mir mit Freude und Dankbarkeit entgegen. Ein älterer Mann ergriff meine Rechte mit beiden Händen und sah mir lange in die Augen. Tränen rannen über sein faltiges Gesicht. »Freiheit ist das größte Geschenk«, sagte er.

Als wir zum Haus zurückkamen, nahm Josiah meine Hand. »Komm rein. Ich muss dir etwas zeigen.«

Im Wohnzimmer zog er ein Buch aus dem Regal, von dem ich gehört, das ich aber noch nie gelesen hatte. *Die Pilgerreise* von John Bunyan. Auf der Innenseite des Buchdeckels zeigte er mir eine Abfolge von Häkchen, die jeweils in Fünfergruppen, vier senkrecht und eine diagonal, angeordnet waren.

»Das sind Menschen, von denen ich weiß, dass du ihnen geholfen hast«, sagte er. »Die Namen habe ich aus deinen Briefen. Jedes Mal, wenn du von einer Aktion für die Railroad geschrieben hast, habe ich die Zahl der Menschen notiert, die du gerettet hast. Das habe ich für Sam gemacht. Ich will, dass er – eines Tages – erfährt, was seine Mutter geleistet hat.«

Ich sah mit tränenverschleiertem Blick auf die Häkchen hinunter. Es waren mehr als einhundertundfünfzig.

»Ich bin sicher, dass ich nicht alle vermerkt habe. Mach weiter mit deiner Arbeit, Ann. Lass nicht zu, dass ein einzelner verwirrter, jämmerlicher Mensch dich davon abbringt.«

»Ohne Jesse fühle ich mich wie jemand, der nur noch einen Arm hat.«

»Dann benutz den anderen.«

Ich hob den Kopf, sah ihm in die Augen und nickte.

Kapitel 30

1861–1862

Eines Tages Ende April kam Nate mit der Post aus Alum Bank zurück. Der lebhafte Ausdruck in seinem jungen Gesicht verriet, dass er aufregende Neuigkeiten zu verkünden hatte.

»Krieg! Sie sind in den Kampf gezogen. Unten in South Carolina.« Amos und ich starrten ihn an. »Jetzt guckt nicht so überrascht! Das Ganze schwelt doch schon seit Jahren. Ich wusste, dass es so kommen würde, als Lincoln gewählt wurde.«

Eher ungläubig als überrascht setzte ich mich an den Küchentisch, um nachzudenken. Nate berichtete Einzelheiten über den Angriff auf Fort Sumter durch die Hafenbatterien von Charleston und über Lincolns Truppenanforderung. Amos saß auf einem einfachen Holzstuhl, rieb mit den Händen über seine Oberschenkel und hörte mit hochrotem Gesicht zu.

»Verlassen sie alle die Union?«, fragte ich.

»Alle, die nach der Wahl gegangen sind. Virginia ist auch ausgetreten. Der Rest wird wahrscheinlich folgen.«

Ich fühlte mich, als ob jemand gestorben wäre. »Daran haben wir wohl unseren Anteil, Jesse und ich«, sinnierte ich. »Ich bedaure es nicht, aber ich hatte gehofft, dass es nie so weit kommen würde. Ich hasse die Sklaverei, aber Krieg hasse ich noch mehr.«

Nate stand mitten in der Küche, eine ungewohnte Erregung im Blick. »Ich schätze, das wird die Dinge hier ordentlich in Bewegung bringen!«

»In Bewegung bringen! Es wird uns wohl eher zerreißen!«, warnte Amos. »Es ist schon schwer genug, die Grundsätze der Quäker einzuhalten, ohne dass so etwas passiert.«

»Einige werden mitkämpfen, auch wenn sie ausgeschlossen werden«, räumte Nate ein. »Andere nicht, auch wenn man ihnen sonstwas verspricht. Und wieder andere werden sich irgendwie davor drücken, Partei zu ergreifen, und am Ende mit irgendeinem Gewinn aus dem Ganzen hervorgehen.«

Amos schüttelte den Kopf. »Das ist nicht meine Welt. Nicht meine Welt.«

In der folgenden Woche erhob sich Papa bei der Andacht und wetterte gegen den Krieg. Niemand sprach sich dafür aus, auch wenn sie, wie Nate meinte, im Grunde ihres Herzens ein Ende der ständigen Zwistigkeiten und Kompromisse begrüßten.

»Quäker sind gegen Gewalt«, schimpfte Amos. »Sollen doch die anderen nach Bedford dackeln und sich zu den Waffen melden. Wir werden immer noch hier sein, wenn es vorbei ist.« Doch als uns im Juli die Nachricht von der Niederlage der Unionstruppen an einem Ort namens Manassas in Virginia erreichte, nahm die Besorgnis zu und die Anzahl derjenigen stieg an, die sich freiwillig beim Militär meldeten. Bei der Andacht blieben auf der Seite der Männer inzwischen viele Stühle leer.

Im Laufe des Frühjahrs saßen Nate und ich abends nach der Arbeit oft auf der Veranda und führten lange Gespräche über den Krieg. Im Kopf meines kleinen Bruders arbeitete es heftig, so viel war sicher.

»Joseph Blackwell hat sich letzte Woche zur Armee gemeldet«, berichtete Nate. »Scheint ein Muster zu sein – an einem Tag noch bei der Feldarbeit und am nächsten Tag weg.«

Ich nickte. »Die Väter wollen die Grundsätze der Quäker einhalten – und ihre Söhne festhalten –, aber der Krieg zieht sie in seinen Bann.«

»Einige schon«, sagte Nate nachdenklich.

»Dich hoffentlich nicht.« Ich machte mir Sorgen um ihn, seit der Krieg ausgebrochen war, und hoffte, er würde es sich nicht in den Kopf setzen, mitzumachen.

»Nun, ich will dir was sagen. Nächstes Jahr um diese Zeit werde ich nicht mehr auf der Farm arbeiten. Ich hasse diese Arbeit. Pa und ich versuchen, den Verlust von Jesse wettzumachen. Aber es ist zu viel. Wenn die Ernte eingefahren ist, gehe ich weg.«

Seine Worte machten mir Angst. »Was wirst du tun?«

»Ich weiß es noch nicht. Aber dies hier nicht mehr.«

Amos kam durch die Küchentür nach draußen. Wir wussten nicht, dass er uns zugehört hatte. »Du hast hoffentlich nicht vor, in den Krieg zu ziehen.«

»Ich kann's nicht sagen, Papa.«

»Du kannst es nicht sagen? Was meinst du mit ›kann's nicht sagen‹? Keiner meiner Söhne wird zu den Waffen greifen! Ich verbiete es!«

»Ben und Elias könnten unser Land übernehmen«, fuhr Nate fort und ignorierte Papas Zorn. »Sie brauchen es für Hafer und als Weideland. Dann liegt es nicht brach.«

»Würdest du denn mit in den Kampf ziehen?«, bohrte ich nach.

»Vielleicht. Ich könnte aber auch mein Erbe nehmen und zu Jesse nach Indiana gehen. Er könnte meine Hilfe bestimmt gebrauchen.«

Mir wurde schwer ums Herz. Nicht noch einer, der nach Westen zog! »Warum eröffnest du nicht ein Geschäft in Bedford? Du hast eine Begabung für Zahlen und so was.«

»Daran hab ich auch schon gedacht. Vielleicht als Kaufmann. Ich weiß noch nicht, was ich machen will. Aber ich habe nicht Jesses Geduld. Ich kann mich nicht zu einer Aufgabe zwingen, die ich hasse, und im Moment hasse ich diese Arbeit hier.«

Ich hatte nie viel darüber nachgedacht, ob mir eine Arbeit gefiel oder ob ich sie hasste. Sie musste einfach getan werden. Punktum. Wenn ich sie nicht erledigte, wer dann? Die Vorstellung, dass einem die Arbeit Spaß machen sollte, war mir fremd und Amos zweifellos auch. Aber für Nate spielte es offenkundig eine Rolle.

In diesen angespannten Zeiten stützte ich mich verstärkt auf Rebeccas Freundschaft und Zuversicht. Sie fragte mich, ob ich nicht zu ihr kommen wolle, um Tomaten für beide Haushalte einzumachen, und ich war froh über die Ablenkung, auch wenn das Gespräch sich wieder um den Krieg drehte.

Gemeinsam mit Rebecca und ihren drei Mädchen arbeitete ich den ganzen Tag in der heißen, stickigen Sommerküche, die vom Geruch der Tomaten erfüllt war.

Ich vertraute Rebecca meine Ängste in Bezug auf Nathaniel an: »Ich fürchte, er denkt daran, in den Krieg zu ziehen.«

»Nate? Hat er das gesagt?«

»Nein. Aber das heißt nicht, dass er sich darüber keine Gedanken macht. Ich wünschte, er würde einfach eine Frau finden.«

Rebecca lächelte. »Das wäre eine Entlastung für dich. Also, was beunruhigt dich?«

»Ich weiß nicht. Er ist so rastlos. Seit Kriegsausbruch.«

»Er hat alle Hände voll zu tun. Aber das gilt auch für Ben und Elias. Dieser Krieg beschert uns einen Mangel an Arbeitskräften, das sag ich dir.« Rebecca verteilte die heißen Tomaten mit einem Schöpflöffel auf die bereitstehenden Gefäße.

»Nathaniel wird tun, was er will«, erinnerte sie mich. »Du und Amos, ihr könnt nur abwarten. Doch ich kann mir nicht vorstellen, dass ausgerechnet Nate sich für den Krieg entscheidet. Er braucht doch immer ewig, um Entscheidungen zu treffen, vom Handeln ganz zu schweigen. Ich kann mir nicht vorstellen, dass er sich freiwillig meldet.«

Doch die nagende Angst wollte nicht verschwinden. Es war Nates Entscheidung, aber ich hielt den Atem an und betete.

An einem Augustnachmittag kam Thomas, der älteste Sohn von Pru Hartley, mit einem toten Eichhörnchen, das von seinem Gürtel baumelte, aus dem Wald spaziert. »Willst du 'n Eichhörnchen kaufen?«, fragte er und hielt den schlaffen Körper in die Höhe. Aus Mitleid für den dürren Jungen mit dem schmutzverkrusteten Gesicht bot ich ihm einen Vierteldollar, obwohl Nate mir jederzeit ein Eichhörnchen besorgen konnte.

»Wie geht's deiner Mutter?«, fragte ich.

Er legte das Gewehr auf die Erde, während er das Eichhörnchen losband. »Liegt mit Grippe im Bett.«

»Oh? Braucht sie Hilfe? Soll ich mal vorbeikommen?« Was Pru anging, hielt die Wachsamkeit mich in einer ständigen Zwickmühle gefangen. Ihr entgegenzukommen, war beängstigend. Ihr aus dem Weg zu gehen, war noch schlimmer.

»Sie kommt schon wieder in Ordnung, aber es ist schwer, jetzt, wo Onkel Cooper weg ist.«

»Weg? Wohin?« Ich hatte Cooper Hartley seit Monaten nicht mehr gesehen. Das zählte eigentlich zu den eher angenehmen Dingen.

»Hat sich als Soldat gemeldet. Bei den Südstaatlern. Er sagt, er muss für die Sklaverei kämpfen.« Das Gesicht des Kindes blieb ausdruckslos. Der Junge zeigte weder Zustimmung noch Ablehnung. »Er hat immer weggelaufene Sklaven gejagt und kann nicht begreifen, dass die die jetzt befreien wollen. Ich wär gern auch alt genug dafür.«

Ich schauderte bei dem Gedanken, dass ein Mann sich derart für die Sklaverei begeistern konnte, dass er bereit war, dafür in den Krieg zu ziehen – und sich damit auch noch die Bewunderung eines kleinen Jungen erwarb. Ich legte Thomas die Münze in die Hand und nahm das Eichhörnchen. »Sag deiner Mutter, dass sie mal vorbeischauen soll, wenn es ihr besser geht.« Der Junge trottete davon und marschierte barfuß über den Hügel zur armseligen Hütte am Bach, die Schrotflinte über die magere Schulter gehängt.

Nathaniel wartete nicht bis zur Ernte. Er meldete sich im September bei der F-Kompanie, 37. Regiment, Pennsylvania Reserves. Sie formierten sich in Camp Wilkins in der Nähe von Pittsburgh. Er meldete sich für drei Monate. Doch die Regierung zog diese Zusage zurück und verpflichtete das 37. Regiment für drei Jahre. In seinen ersten Briefen prahlte er, dass sie den Rebellen eine Abreibung verpassen und Weihnachten wieder zu Hause sein würden. Später übertrug er mir die Verantwortung für die finanziellen Angelegenheiten, was, wie ich schnell feststellte, eine umfangreiche

Aufgabe war. »Wenn ich nicht zurückkomme«, schrieb er, »mach damit, was du für richtig hältst.«

»Red keinen Unsinn« hätte ich geantwortet, wenn er in Reichweite gewesen wäre. Doch er war jetzt entschieden zu weit weg und das vielleicht für immer.

Papa und ich sahen uns von den gegenüberliegenden Enden eines unendlich großen Tisches an und erinnerten uns an die Zeit, als wir zu neunt gewesen waren. Zwei war eine so traurige Zahl.

Ich versuchte, über Familienangelegenheiten zu reden, um die Leere zu füllen. »Mary schreibt, dass ihre Martha in diesem Herbst ihre eigene Quäker-Schule eröffnen wird.« Amos nickte, nahm aber kaum Notiz von mir.

»Sie haben ein wachsames Auge auf Adam. Fünfzehn Jahre alt und voller romantischer Ideen, was den Krieg angeht. Mary hat Angst, dass er wegläuft und sich freiwillig meldet.«

Amos saß still am anderen Ende des Tisches. Sein Gesicht verdüsterte sich. »Man sollte meinen, er wäre besser erzogen.« Er nahm einen Schluck Kaffee, verzog das Gesicht und wischte sich den Mund ab.

»Ich bin sicher, Mary und Noah haben ihr Bestes getan. Sie spricht immer davon, wie schwer es ist, die Kinder zu guten Quäkern zu erziehen, weil so viele Einflüsse von außen kommen.«

»Dieser Einfluss ist immer da. Deshalb müssen wir stark sein. Nicht spontanen Impulsen nachgeben, sondern gründlich nachdenken.«

Ich wusste, er sprach von Nathaniel. Er war außer sich vor hilflosem Zorn. Ich sah, wie er sich mit hängenden Schultern bei den Arbeiten abmühte, die ihm früher mit Leichtigkeit von der Hand gegangen wären. Er wurde alt.

Ich war so einsam in den Tagen, nachdem Nate gegangen war, dass es sich fast gut anfühlte, wenn Pru Hartley vorbeischaute. Jetzt, wo Cooper weg war und sie wieder für sich selbst sorgen musste, tat sie das ziemlich regelmäßig. Ich sah, wie sie mit einem Wanderstock und einem Korb für Almosen über dem Arm den Weg vom Bach hoch kam und wappnete mich für die Begegnung.

»Pru! Frisch siehst du heute aus! Wie wär's mit ein paar Äpfeln? Ich hab ein paar gute für Apfelmus.«

»Dauert zu lang. Ich nehm 'n paar, aber die Jungs haben sie verputzt, bevor ich Mus daraus machen kann.«

Ich führte sie zum Wurzelkeller und zog dabei den Schal fester um meine Schultern, um mich vor dem Oktoberwind zu schützen. »Hast du was von Cooper gehört?«

»Nix. Er kann nich' schreiben und ich nich' lesen. Schätze mal, ich seh' ihn irgendwann die Straße hochkommen, wenn das alles hier vorbei ist.«

Ich nickte. Pru sammelte Äpfel auf und ließ sie in den Korb fallen, ohne darauf zu achten, ob sie Stellen bekamen. Sie nahm weit mehr, als ich ihr gegeben hätte. Doch dann erinnerte ich mich daran, dass wir für zwei Personen überreichlich davon hatten. Pru dachte offensichtlich dasselbe. Denn sie stöberte weiter im Wurzelkeller herum und bediente sich ausgiebig bei allem, was ihr gefiel. Kartoffeln, Kürbisse, Zwiebeln, Karotten, Rüben. Ich fragte mich ernsthaft, wie sie das alles nach Hause tragen wollte.

»Komm mit ins Warme und lass uns eine Tasse Tee trinken«, schlug ich vor. Die warme Küche roch nach frisch gebackenen Apfeltaschen.

»Ich nehm eine zum Tee«, orderte Pru und zog sich einen Stuhl dicht neben den Herd. »Hast du was von deinem Bruder gehört?«

»Jesse? Oder Nate?«

»Jesse. Nate ist weg? Wohin?«

»Nate ist in den Krieg gezogen. Im September. Jesse geht es gut. Sie erwarten ein Kind. Im Dezember.«

»Ich hab nie verstanden, was er an diesem käsebleichen Klappergestell findet. Die schenkt ihm bestimmt keine starken Kinder!«

Ich bemühte mich, mich nicht provozieren zu lassen. Vergiss nicht, mit wem du sprichst, Ann! Lass dich nicht in Rage bringen!

»Verschwendet er immer noch seine Zeit damit, irgendwelche Nigger zu befreien, da, wo er grade is?«

»Indiana. Er ist in Indiana. Er hat dort eine Obstfarm. Apfel-, Kirsch- und Pfirsichbäume. Du hältst also an der Idee fest, dass wir irgendwas damit zu tun haben, entflohenen Sklaven zu helfen. Ich glaube, der Krieg sorgt dafür, dass es kaum noch welche gibt.«

Pru schnaubte verächtlich. »Wie ich Jesse Redfield kenne, ist er immer noch dabei. Rettet irgendwo da draußen die Welt für die Quäker.« Sie nahm sich die größte Apfeltasche, während ich ihr eine Tasse Tee einschenkte. »Wenn sein Arm nich' kaputt wär, würde er garantiert auch 'ne Waffe tragen, wie die andern alle. Na ja, besser er lässt es. Wenn mein Bruder Cooper auf ihn trifft, kriegt er die Quittung für all die Nigger, die er gerettet hat. Cooper freut sich, wenn er Blauröcke abschießen kann.«

Ich seufzte. »Pru, wirst du es nicht irgendwann leid?«

»Was?«

»Das Wüten. Dieses ständige, unablässige Wüten.«

Sie sah weg, lehnte sich in ihrem Stuhl zurück, aß ihre Apfeltasche und trank ihren Tee. »Nein«, antwortete sie nach einer Weile, schnappte sich ihren Korb und Wanderstock, stapfte nach draußen und ließ die Tür hinter sich offen.

Amos und ich warteten ungeduldig auf Post, begierig auf jede Neuigkeit über den Krieg und das 37. Pennsylvania-Regiment. Nathaniel schrieb selten und die wenigen Briefe, die er schickte, waren kurz. Der Glanz des Krieges war schnell verblasst. Er klagte über Langeweile, die Zustände im Lager, das Essen oder den Mangel daran und über die Untätigkeit.

Soll er sich doch beklagen, dachte ich. Hauptsache, er lebt.

Eines Morgens im Dezember stapfte ich durch wadentiefen Schnee, um Rebecca zu besuchen, und fand sie in übler Laune wegen ihres Bruders.

»Dieser Elias! Sei froh, dass du ihn nicht geheiratet hast, Ann. Er ist so ein Dummkopf, manchmal frage ich mich, von wem er abstammt.«

»Was hat er denn jetzt wieder angestellt?«

»Er redet davon, zum Militär zu gehen.«

»Warum? Er ist doch schon fünfunddreißig Jahre alt.«

»Frag mich nicht! Deborah ist außer sich und Ben trifft es fast genauso hart, aber er lässt nicht mit sich reden. Ich geb dir Brief und Siegel darauf, dass es ihm nur ums Abenteuer geht. Manche Männer werden nie erwachsen.«

Ich saß in Rebeccas Schaukelstuhl und strickte ein Paar Strümpfe für Amos zu Weihnachten. »Wann will er gehen?«

»Sobald er eine gerade gegründete Kompanie findet.« Rebecca knetete Brotteig in einem Holztrog. »Was soll Deborah hier allein anfangen – mit Lucy und einem eigenen Kind und einem weiteren, das unterwegs ist?«

»Warten, schätze ich. Und beten, dass er überhaupt wieder nach Hause kommt.«

»Wie stellt er sich das vor? Wie soll Ben die ganze Arbeit allein bewältigen? Erst geht Nathaniel fort, ohne einen Gedanken an Ben zu verschwenden, und jetzt macht Elias dasselbe. Ich sag dir, Ann, ich bin allmählich wütend auf diese Männer und ihren verdammten Krieg!«

Elias meldete sich im Januar 1862 bei der Kompanie von Captain Dick, dem 107. Regiment der Pennsylvania Volunteers, und ging zunächst nach Harrisburg, dann nach Virginia. Er ritt davon, grinsend wie ein kleiner Junge, der zum Jahrmarkt darf.

Nathaniels Klagebriefe endeten abrupt im Juli, kurz nach der sogenannten Sieben-Tage-Schlacht. Nicht zu wissen, wo er war oder ob er tot oder lebendig war, machte uns alle verrückt. Die Tage zogen sich in die Länge. Wir warteten auf Post. Wenn sie kam und wieder keine Nachricht dabei war, warteten wir verdrossen weiter. Dann, Anfang September, erreichte uns ein Brief.

Liebe Ann, lieber Papa,
Ihr habt eine Weile nichts von mir gehört. Ich und etwa fünfzig Soldaten von der F-Kompanie wurden in der Sieben-Tage-Schlacht gefangen genommen. Sie haben uns nach Richmond gebracht. Ich habe den ganzen Juli und den Großteil des Augusts in einem Gefängnis der Rebellen gesessen. Letzte Woche bin ich ausgetauscht worden. Es tut gut, wieder mitten im Kampfgetümmel zu sein.
Nate

Rebecca und ich stöhnten, als ich ihr den Brief vorlas.

»Ich werde die Männer nie verstehen. Tochter eines Mannes, Schwester von vieren, Ehefrau von einem und Mutter von fünfen. Von daher sollte ich eigentlich dahintersteigen. Aber nichts da!« Wir lachten beide. Wenn schon Rebecca die Männer nicht verstand, wer dann?

Ich faltete den Brief zusammen und steckte ihn weg. »Ich bin froh, dass ich eine Frau bin und das nicht erst, seit der Krieg begonnen hat. Männer haben anscheinend ein starkes Bedürfnis zu kämpfen – ja, fühlen sich sogar dazu verpflichtet. Es ist mir ein Rätsel, wie einige den Krieg begrüßen können und sogar danach gieren.«

Rebecca nickte. »Manche entwickeln sogar eine stärkere Bindung an ihre Kampfgefährten als an ihre Ehefrauen. Und wozu? Um verwundet, verstümmelt oder getötet zu werden oder um Zeit ihres Lebens schreckliche Erinnerungen mit sich herumzutragen.« Sie hielt inne und atmete tief durch.

»Und die Frauen – ihre Mütter, Ehefrauen, Schwestern, Freundinnen – warten und können die Nähe, die Männer ausschließlich für ihre Kriegskameraden empfinden, nicht mal ansatzweise begreifen. Ich muss den Krieg nicht kennenlernen, um zu wissen, dass er mir verhasst ist.«

Doch ihn kennenzulernen, blieb Rebecca nicht erspart. Elias Finley starb am 30. August 1862 in der zweiten Schlacht von Bull Run. Sein drittes Kind, einen Sohn, der im Mai geboren und nach seinem abwesenden Vater benannt wurde, hat er nicht mehr gesehen. Ich trauerte um den Verlust eines Freundes. Die Leere schien sich auszuweiten. Die alte Welt ging unter, und die neue verhieß nichts Gutes für mich.

Kapitel 31

1862 – September

Mitte September lag etwas in der Luft. Der Herbst, selbstverständlich, aber das war es nicht. Ein Gefühl nahenden Unheils verfolgte mich in diesen Tagen. Etwas Schreckliches würde geschehen. Manchmal konnte ich es beinahe hören – den Lärm der Geschütze und das gequälte Stöhnen und Schreien der verwundeten und sterbenden Männer. Ich besuchte Rebecca, um auf andere Gedanken zu kommen. Doch das half nur so lange, bis ich wieder aufbrach und allein durch den Obstgarten nach Hause ging.

Nachts lag ich wach, weinte, erfüllt von einer namenlosen Angst. Ich lenkte mich ab, indem ich aufstand, meine Lampe entzündete und Briefe schrieb. Nichts gab mir Trost.

Um den 20. September herum ritt Bens Sohn Jeremiah auf einem schweren Arbeitspferd auf den Hof und ließ sich heruntergleiten, um mir Neuigkeiten zu verkünden. »Da sind Gefechte in Maryland«, sagte er mit geröteten Wangen. »Furchtbare Gefechte. Unten bei Sharpsburg. Pa hat in der Mühle davon gehört.«

Ich holte tief Luft. Das war es also, was mich seit Wochen niederdrückte. Der Krieg rückte näher.

»Pa sagt, die Schlacht fand entlang des Antietam statt. Ein blutiger Kampf, sagt man. Tausende Männer an einem Tag gefallen! Bis jetzt die schlimmste Schlacht des Krieges!«

Meine dunkle Ahnung wuchs sich zur schrecklichen Gewissheit aus. Etwas stimmte nicht mit Nathaniel. Er war verwundet worden. Ich konnte nicht sagen, woher ich es wusste. Ich wusste es einfach. Der Tod beugte sich über ihn, wartete darauf, ihn fortzutragen. Ich musste ihn finden und nach Hause bringen. Ich musste meinen Bruder retten.

Andere von meiner Eingebung zu überzeugen, gelang mir nicht. Amos sah mich verständnislos an, als ich ihm davon erzählte, konnte oder wollte meinem albtraumartigen Wortschwall keinen Glauben schenken. Ich ließ ihn in der Küche stehen und rannte durch den Obstgarten zu Bens Farm. Ben und Rebecca hörten schweigend zu, als ich versuchte, mir ihre Unterstützung zu sichern. »Ich brauche einen Buggy und zwei Pferde. Nate ist verwundet. Er war in dieser Schlacht. In dieser Schlacht am Antietam.«

Ben sah mich an, als ob er mich für verrückt hielt. »Wohin willst du denn fahren?«

»Nach Osten und Süden. Süden und Osten. Es ist irgendwo in Maryland. Ich werde es wissen, wenn ich da bin.«

Jetzt wurde es Ben zu bunt. »Wie willst du Nathaniel finden, selbst wenn deine Ahnung zutreffend ist?«

»Gott wird mich zu ihm führen.«

»Das ist doch Unsinn!«, schnaubte Ben verächtlich. »Du kannst nicht einfach auf blauen Dunst hin losfahren. Warte, bis du zumindest etwas mehr Informationen hast.« Rebecca nickte und schlug sich auf Bens Seite.

»Dann ist es zu spät. Ich muss jetzt gehen. Heute.«

Ben schüttelte den Kopf. »Noch nie im Leben habe ich etwas so Törichtes gehört. Du bist doch normalerweise so vernünftig, Ann. Was ist in dich gefahren?«

»Ich kann es nicht erklären. Es ist nur ein Gefühl, aber ich kann es nicht abschütteln, Ben. Es lässt mich nicht los. Bitte!«

Kopfschüttelnd machte er sich auf den Weg zur Scheune. »Dann nimm wenigstens jemanden mit. Geh nicht allein.«

»Wen soll ich denn mitnehmen?«

»Adam. Er ist ganz wild auf den Krieg. Vielleicht kann er dir helfen, Nate zu finden.«

Marys Sohn, Adam Poole, war gekommen, um Ben zu helfen, solange Elias fort war. Mit seinen sechzehn Jahren war er ein großer, starker Junge mit einem offenen Gesicht und voller Unschuld.

»Was, wenn er sich in den Kopf setzt, wegzulaufen und Soldat zu werden? Ich kann ihn nicht aufhalten, Ben.«

»Wenn ihr so dicht herankommt, dass er den wahren Krieg kennenlernt, wird ihn das vielleicht von seinem Wunsch kurieren.«

Ben spannte unter viel Gemurre die Pferde vor den Buggy, während ich nach Hause rannte, um zusammenzusuchen, was ich für die Reise brauchte. Ich kannte einige Quäker-Familien in McConnellsburg und Hagerstown. Ich hoffte, dass wir bei ihnen übernachten konnten und vielleicht einige Wegbeschreibungen und Hinweise auf den Aufenthaltsort der Verwundeten erhalten würden.

Ben und Rebecca beobachteten, wie ich meine Sachen in den Buggy lud. »Manchmal glaube ich, du bist verrückt«, murmelte Ben. »Reden hat keinen Zweck. Du tust eh, was du willst, mit oder ohne meine Zustimmung.«

Auch Rebecca war skeptisch, aber sanfter. »Ich mache mir Sorgen um dich, Ann. Wir werden uns um Amos kümmern. Gott segne und beschütze dich!«

Ben instruierte Adam: »Pass auf sie auf. Tu, was sie sagt, aber achte darauf, dass sie nicht in Schwierigkeiten kommt.«

Adam Poole nickte, schwang sich behände an meine Seite und nahm die Zügel auf. Sein Gesicht glühte vor Aufregung. Nach Hagerstown waren es zwei anstrengende Tagesreisen. Sharpsburg lag ein paar Meilen weiter südlich. Wir könnten eine Woche oder länger unterwegs sein. Es wunderte mich nicht, dass Rebecca und Ben mich für verrückt hielten.

Wir legten uns ordentlich ins Zeug und schafften es bis nach Saluvia, einem kleinen Dorf nahe McConnellsburg. Dort wurden wir von einem Quäker-Ehepaar aufgenommen, dessen Namen ich durch seine Verbindung zur Underground Railroad kannte. Am nächsten Morgen packten sie uns ein Mittagessen ein und schickten uns weiter nach Hagerstown, wo wir Adams Onkel Matthew Poole aufsuchten, dessen Farm im Westen der Stadt lag.

Je weiter wir nach Süden und Osten kamen, desto stärker wurde meine Gewissheit, dass dies keine Torheit war. Etwas Bedrohliches, das sich nicht abschütteln ließ, lag in der Luft. Ein Gefühl von Tod und Unheil, Seite an Seite mit herrlichem Herbstwetter und ersten bunten Blättern. Adam erwies sich als angenehme Gesellschaft, war immer bereit, meinen Wünschen nachzukommen, ganz gleich, wie seltsam sie ihm erscheinen mochten. Er stritt oder kritisierte nicht, sondern tat einfach, was ich ihm sagte. Ich glaube, es war seine erste Erfahrung mit einer Frau, die von einer Mission erfüllt war. Doch ich vermutete, dass es nicht seine letzte sein würde.

In Hagerstown sahen wir Häuser und Zelte, die zu behelfsmäßigen Lazaretten umgerüstet waren – erste Hinweise auf eine Tragödie. Pferdewagen mit Toten und Verwundeten verstopften die Straßen.

Ich hielt einen Passanten an, um mir ein Bild von der Lage machen zu können und Genaueres zu erfahren. »Wissen Sie, ob jemand Listen über die Verwundeten führt? Ob dokumentiert wird, wohin sie gebracht werden?«

Er schüttelte den Kopf. »Sie sind in alle Himmelsrichtungen verstreut – nördlich bis Chambersburg, westlich bis Hancock und östlich bis Frederick.«

»Gibt es ein Hauptquartier, wo ich nachfragen kann?«

»Am Ende der Prospect Street.«

Wir bahnten uns einen Weg durch das Chaos auf der Straße. Adam hielt vor einem Gebäude, von dem eine Flagge wehte und vor dem mehrere Militärpferde standen. Ich ging hinein.

»Können Sie mir helfen?«, fragte ich einen Mann mit Schnurrbart, der an einem Feldschreibtisch saß und einen Brief schrieb. »Ich suche meinen Bruder. Er ist beim 37. Pennsylvania.«

Der Mann schüttelte den Kopf. »Ma'am, ich wäre froh, wenn ich mein eigenes Regiment finden könnte, und das lagert direkt hinter der Stadt.« Er sah müde und erschöpft aus. »Männer aus Pennsylvania, New Hampshire, Ohio, Wisconsin... sie alle teilen sich, was an Platz und Behandlungsmöglichkeiten vorhanden ist. Unten in Sharpsburg werden sie noch wochenlang die Toten begraben.«

Mein Gefühl sagte mir, dass Nate nicht da unten war. Er war irgendwo anders, aber sein Leben verebbte.

»Ich bezweifle, dass irgendjemand Ihnen helfen kann. Die verbliebenen Einheiten versuchen, die Lage in den Griff zu bekommen, und wir versuchen, im Auge zu behalten, wer wer ist und wer wo ist, aber wir schaffen es nicht. Fragen Sie einfach in der Stadt herum. Das ist der beste Rat, den ich Ihnen geben kann.«

Zurück auf der Straße hing der süßliche Geruch verwesenden Fleisches in der Luft. Er war so stark, dass mir übel wurde. Die Hoffnung auf fachkundige medizinische Versorgung war aberwitzig. Die Stadtbewohner leisteten an Hilfe, was sie konnten, und sei es, dass sie einfach eine Hand hielten oder über eine Stirn strichen, während die Natur ihren Lauf nahm. Ein Verband für die Wunden, etwas zu essen und das einfachste, notdürftigste Bett waren sehr häufig das Äußerste, auf das man hoffen konnte.

Adam und ich stürzten uns in das Chaos von verwundeten und sterbenden Soldaten und suchten verzweifelt nach Nathaniel. Adams junges Gesicht verdüsterte sich beim Anblick so vieler junger Männer seines Alters, die, gebrochen und verzweifelt, nur noch nach Hause wollten. Unsere Aufgabe war von Anfang zum Scheitern verurteilt. Wir gingen von einem Lazarett zum nächsten, fragten oder riefen laut, um Angehörige der Pennsylvania Volunteers zu finden, die uns etwas über das 37. Regiment sagen konnten. Damit verbrachten wir drei Tage, folgten jedem kleinsten Fünkchen Hoffnung und fuhren jeden Abend völlig erschöpft zurück zu Matthew Pooles Farm. Früh am vierten Tag, als wir in der schrecklichen Luft einer zum Lazarett umgewandelten Schule entmutigt durch die Bettreihen gingen, hörte ich plötzlich meinen Namen.

»Ann Redfield!«

Ich drehte mich um und entdeckte Charles Conley, einen Jungen aus Cessna, Bedford County, nicht weit von unserem Zuhause. Sein Kopf war über dem linken Auge bandagiert und sein linker Arm lag in einer Schlinge. Verglichen mit vielen anderen sah er dennoch fast gesund aus.

»Charles Conley! Wie schön, ein vertrautes Gesicht zu sehen! Bist du stark verwundet?«

»Ein bisschen, aber das wird schon wieder«, antwortete er.

»Hast du meinen Bruder Nathaniel gesehen?«

Er schüttelte den Kopf. »Ich hab niemanden gesehen, den ich kenne«, erklärte er. »Was machst du hier?«

»Ich suche Nate.«

»Ich habe gehört, sie haben einige Jungs aus Pennsylvania hoch nach Chambersburg gebracht, aber ich wüsste auch nicht, wo man mit der Suche beginnen sollte.«

Chambersburg! Etwas an Charlies Worten klang richtig. Ich fühlte mich fast magnetisch nach Norden gezogen. Ich berührte den Jungen an seiner mageren Schulter.

»Ich werde deiner Mutter ausrichten, dass ich dich getroffen habe.«

»Ja. Sag ihr, mir geht's gut«, erklärte er mit einer Traurigkeit, die mein Herz berührte. Ich wusste mit tragischer Gewissheit, dass es ihm nie wieder wirklich gut gehen würde.

Die dreitägige Suche zwischen den Toten und Halbtoten machte Adam Poole körperlich krank. Jungen in seinem Alter, tödlich verwundet, die mit gequältem Ausdruck in den Augen auf das Ende ihres viel zu kurzen Lebens warteten. Stapel amputierter Gliedmaßen, die Männern abgenommen worden waren, die mit leerem Blick einer ungewissen Zukunft entgegensahen. Jede romantische Vorstellung, die Adam über den Krieg gehabt hatte, löste sich in der verpesteten Luft in Nichts auf. Einmal verschwand er von meiner Seite und stürzte zum Ausgang eines unzulänglichen Notlazarettes. Als er zurückkam, wischte er sich den Mund am Hemdsärmel ab, sein junges Gesicht war kreidebleich. »Ich werde überglücklich sein, wenn ich hier wegkomme. Ich hoffe nur, dass ich nicht ewig davon träume.«

Er lenkte den Buggy in nördliche Richtung nach Chambersburg, und nach fünf Stunden Gerüttel und Geholper über schlechte Straßen erreichten wir die Stadt gegen drei Uhr nachmittags. Am südlichen Ortsrand kamen wir zu einer Farm. Stärkerer Verkehr deutete darauf hin, dass dort etwas Besonderes vor sich ging. Als wir in den Weg einbogen, fuhr ein Karren an uns vorbei, auf dem drei teilweise uniformierte Leichen lagen.

»Sind das Männer aus Pennsylvania?«, fragte ich den Kutscher und vermied es, den Toten ins Gesicht zu schauen.

»Ja, Ma'am, siebenunddreißigstes Regiment, Pennsylvania Volunteers. Ein stolzes Regiment«, antwortete er.

Mein Herz machte einen Satz. »Sind hier noch mehr Angehörige dieses Regiments?«

»Ja, die meisten sind in der Scheune«, er deutete mit dem Kinn über seine Schulter.

Adam schlug mit den Zügeln auf die Rücken der Pferde und fuhr weiter, ohne sich zu bedanken oder zu verabschieden. Er hielt vor der Scheune und half mir vom Buggy. Ich raffte meine Röcke zusammen und rannte in das dunkle, höhlenartige Gebäude. Im schummrigen Licht sah ich endlose Reihen der furchtbarsten, erbarmungswürdigsten Opfer der schlimmsten menschlichen Unternehmung. Ich stützte mich auf Adams Arm, während wir uns zwischen den bemitleidenswerten Männern bewegten. Einige stöhnten, andere schluchzten und manche streckten die Hand aus, um meinen Rock zu berühren. Zwar waren die meisten Wunden behandelt und bandagiert, doch ein Übelkeit erregender Geruch hing in der Luft und erdrückte uns schier, kaum dass wir eingetreten waren.

Es war sinnlos, die Krankenpfleger nach Namen zu fragen. Diese hohläugigen Männer wussten kaum noch, wer sie selbst waren. Und so griff Adam zu der einzigen Methode, die ihm einfiel, um Nate zu finden: »Nathaniel Redfield!«, rief er, während wie weitergingen. Ich tat es ihm gleich: »Nathaniel Redfield!«

»Hier«, kam eine leise Antwort. Ich rief noch einmal.

»Ann! Bis du es?«

Dort lag er. Auf einer schmutzigen Wolldecke, der linke Arm direkt unter der Schulter abgetrennt. Er trug eine zerlumpte, dreckige Uniform, von der der linke Ärmel abgerissen worden war, sein Gesicht war fahl, die Stirn nass vor Schweiß. Neben dem Bett stand ein Paar schlammverkrusteter Stiefel.

»Nate, ich bin gekommen, um dich nach Hause zu holen.«

Er sah mich mit glasigen Augen an, schwankte zwischen Delirium und Klarheit. »Ich bin bereit«, flüsterte er.

Ich schickte Adam los, um eine Pritsche auf der Ladefläche des Buggys einzurichten und suchte nach einem Verantwortlichen, um die Formalitäten zu erledigen. Der diensthabende Arzt, erschöpft durch Überarbeitung und Schlafmangel, warf einen kurzen Blick auf Nate und unterzeichnete die Entlassungspapiere.

»Er wird es nicht schaffen, wissen Sie. Er hat sehr viel Blut verloren, und ich fürchte, die Wunde hat sich infiziert. Aber hier wird er sowieso sterben. Nehmen Sie ihn also mit«, murmelte er und wandte sich wieder seinen schrecklichen Pflichten zu.

Ich antwortete nicht, weigerte mich, mich der Verzweiflung anheim zu geben. Als ich mich umsah, entdeckte ich einen Krankenpfleger, der mit einem Eimer durch den überfüllten Gang wankte.

»Junger Mann! Könnten Sie meinem Neffen bitte helfen, meinen Bruder nach draußen zu tragen?«

Er sah mich an, als ob ich im Traum redete. Er stellte den Eimer mit blutigem Inhalt ab und wischte sich die Hände an der schmutzigen blauen Hose ab, die einst Teil einer stolzen Uniform gewesen war. »Ja, Ma'am, es ist mir eine Ehre.«

Mit vereinten Kräften hoben die beiden Nate mitsamt der blutigen Decke hoch und trugen ihn zum Buggy. Ich folgte ihnen. Die schlammverkrusteten Stiefel ließ ich stehen. Die Armee konnte sie behalten. Ich kletterte neben Adam auf den Buggy, und er lenkte die Pferde langsam die Auffahrt zurück. Es war spät, schon nach vier Uhr, aber ich war entschlossen, meinen Bruder so schnell und so weit wie möglich von hier – vom Krieg – fortzubringen.

Kurz nach sieben erreichten wir den Weiler Fort Loudon und suchten nach einer Übernachtungsmöglichkeit. Wir kannten niemandem dort. Daher wies ich Adam an, bei einem sauber aussehenden Cottage anzuhalten, stieg vom Buggy und klopfte an die Tür.

»Haben Sie vielleicht einen Platz für uns, an dem wir die Nacht verbringen können? Ich bringe meinen Bruder nach Hause. Er wurde bei der Schlacht am Antietam verwundet.«

Wortlos öffnete die Frau, rundgesichtig und voller Tatkraft, die Tür und eilte nach draußen, um zu sehen, was Nate brauchte.

»Wir können die Decke als Trage nutzen.« Sie warf einen Blick auf Nates Gesicht und konnte ihre Bestürzung nur mühsam verbergen. Er verlor immer wieder das Bewusstsein und nahm nicht wahr, was um ihn herum geschah.

Die Frau wandte sich mit ernstem Ausdruck mir zu. »Bringen wir ihn ins Haus.« Wir trugen ihn ins Esszimmer und legten ihn auf den Tisch. Unsere Gastgeberin, Mrs Eckhart, lief geschäftig in der Küche hin und her, stellte mir und Adam Schüsseln mit Eintopf hin und versuchte, Nathaniel etwas Brühe einzuflößen. Die Nacht verbrachten wir unter ihren wachsamen Augen. Am Morgen versuchte sie, uns zu überreden, einige Tage zu bleiben, damit Nathaniel etwas zu Kräften kommen könnte. Doch mich quälte die Vorstellung, er würde sterben, bevor wir zu Hause waren. Daher beschloss ich, so schnell wie möglich weiterzufahren. Ich konnte ihr nicht sagen, wie groß meine Angst davor war. Wenn ich diese Worte aussprach, würden sie vielleicht Wirklichkeit werden.

Am nächsten Abend hielten wir am Haus eines Freundes in Breezewood, wo sich der Ablauf des vorangegangen Abends mehr oder weniger wiederholte. Die Leute waren neugierig auf den verwundeten Soldaten. Sobald sie jedoch einen Blick auf ihn geworfen hatten, verrieten ihre Gesichter, dass sie keine Hoffnung für ihn hegten. Nathaniels Atem ging flach, sein Gesicht war grau. Er sah aus wie der leibhaftige Tod.

In jener Nacht beugte ich mich an sein Ohr und flüsterte ihm zu: »Verlass mich nicht, Nate! Nur noch einen Tag und dann sind wir zu Hause. Bis dahin kannst du bestimmt durchhalten. Und wenn wir erst mal zu Hause sind, wirst du wieder gesund. Bleib bei mir!«

Er schlief etwas besser in dieser Nacht. Am nächsten Abend, als wir langsam von der Straße von Fishertown auf unseren Hof fuhren, schien Nate zu wissen, dass er zu Hause war. Er hörte auf, sich hin und her zu werfen und zu stöhnen. Sein Atem wurde ruhiger.

Papa trat auf die Veranda, als wir eintrafen. Adam sprang vom Wagen, um mir zu helfen, Nate ins Haus zu tragen. Nach einem kurzen Blick auf Nate eilte Papa voraus, um den Weg freizumachen. Wir legten Nate aufs Bett. Amos stand schweigend daneben, die schwieligen Hände hingen hilflos an seinen Seiten hinab. Er stellte keine Fragen. Er stand einfach mit gesenktem Kopf da, während Adam und ich versuchten, Nate bequem zu lagern.

»Adam, lauf los und hol Ben und Rebecca. Papa, du spannst die Pferde aus«, sagte ich.

Ben und Rebecca waren wenige Minuten später da. Ihre Augen beantworteten ihnen die meisten Fragen, die sie hatten.

»Ich reite zum Doktor.« Ben war die Stufen hinunter und aus der Tür, bevor jemand etwas sagen konnte. Ich hatte den Verdacht, dass er allein sein wollte, wenn sein Mageninhalt den Weg nach draußen suchte. Männer hatten Probleme mit diesen Dingen. Rebecca und ich zogen Nate aus und badeten ihn. Er war jetzt die ganze Zeit ohne Bewusstsein. Ich versuchte, ihm nicht ins Gesicht zu sehen. Es sah so entsetzlich grau aus.

Als der Arzt eintraf, untersuchte er mit ernster Miene Nates Arm. Der Verband war durchnässt und roch übel. Ich brachte ihn nach unten und verbrannte ihn im Ofen, während der Arzt bei Nate blieb. Er schüttelte den Kopf.

»Viel Hoffnung kann ich ihnen nicht machen«, sagte er, während er die hässliche Amputationsstelle neu verband. »Wenn er sich erholt, werde ich versuchen, die Stelle ein bisschen besser aussehen zu lassen, aber ich glaube nicht, dass das eine Rolle spielt.«

Ich setzte mich drei Tage ans Bett meines Bruders, verließ meinen Platz nur im dringendsten Notfall. Ich flößte ihm Brühe ein, wischte ihm die Stirn ab, wechselte seine Kleidung und hielt seine

Hand. Ich sang und las ihm vor, betete für ihn – doch er zeigte keinerlei Reaktion. Ich blieb stur, wollte ihn durch die Kraft meines Willens zwingen, sich zu erholen. Mir war klar, dass es keine Hoffnung gab, aber ich hoffte dennoch. Ich sagte mir immer wieder, dass er zumindest noch nicht tot war. Am vierten Morgen öffnete er die Augen, sah sich im Zimmer um und flüsterte: »Ich schaffe es.«

Und so war es. Langsam, ganz allmählich ließen die Fieberschübe und der Schüttelfrost nach. Mitte Oktober konnte er aufrecht sitzen. Am Ende des Monats konnte er laufen. Er war nur noch Haut und Knochen, aber mit der Farbe in seinem Gesicht kam auch der Appetit zurück.

Nathaniel Redfield sollte 1862 nicht sterben, aber ein anderes Familienmitglied ging von uns. Zwei Wochen vor Weihnachten kam Amos mit einem Brief aus Altoona herein.

»Oh, wie schön! Mach auf und lies vor. Bestimmt hat sie ihr Baby bekommen.« Ich freute mich, von Rachel zu hören.

Amos fing an zu lesen und hielt dann inne. Der Brief in seinen Händen zitterte. Seine Augen suchten meine. »Sie ist tot«, sagte er. »Das Kind war ein Mädchen. Es ist auch gestorben.«

»Wann?«, fragte ich.

»Letzten Samstag.«

Jacob Schilling nannte das Mädchen Rachel und begrub sie im selben Sarg wie ihre Mutter.

Das Wetter war schlecht. Amos, zu erschöpft von der Pflege Nathaniels und zu bekümmert über den Verlust seiner Tochter, war nicht in der Lage zu reisen, und dasselbe galt für Nathaniel. Rachel wurde auf einem kleinen Hügel auf einem Friedhof namens Fairview beerdigt, ohne dass ein Mitglied unserer Familie dabei war.

Kapitel 32

1863 – Frühjahr/Sommer

An einem Aprilmorgen hörte ich einen Wagen auf den Hof fahren. Als ich nach draußen schaute, sah ich, wie Jacob Schilling abstieg und seine drei Kinder, eines nach dem anderen, herunterhob und auf die Erde setzte. Obwohl ich ihn nicht mochte und ihm, so irrational es auch war, die Schuld am Tod meiner Schwester gab, tat er mir Leid, als er dort mit den drei mutterlosen Kindern im Schlepptau stand.

Er kam zur Tür. »Morgen, Ann.«

»Morgen, Jacob.« Unbehagliches Schweigen. Ich sah an ihm vorbei. »Guten Morgen, Kinder! Kommt rein. Es ist kalt draußen.«

Ich schenkte ihm Kaffee ein. Jacob saß am Tisch, nippte daran und blickte sich um. »Wo sind die anderen alle?«

»Alle – das heißt Papa und Nate. Wir sind nicht mehr so viele. Sie sind heute Morgen rüber zu Ben, um ihm zu helfen.«

Die Kinder standen aufgereiht neben der Tür und beobachteten uns. »Der Grund meines Kommens, Ann, ist folgender. Könntest – würdest – du dich ihrer annehmen, bis ich irgendetwas arrangiert habe?« Er drehte den Kopf in Richtung der Kinder. »Ich kann mich nicht um sie und gleichzeitig um mein Geschäft kümmern.«

Ich lächelte Rachels Kindern zu, damit sie nicht das Gefühl hatten, unerwünscht zu sein. »Natürlich, Jacob. Sehr gern.«

Jacob sprang förmlich auf und machte sich daran, die Koffer der Kinder abzuladen. Er wuchtete sie die Stufen hoch, was mich an jenen weit zurückliegenden Tag erinnerte, als er sich mit Rachel und ihrer Truhe die Stufen hinuntergemüht hatte. Irgendwie verläuft das Leben im Kreis und kehrt wieder an den Ausgangspunkt zurück. Nachdem die Koffer verstaut waren, trank Jacob seinen Kaffee im Stehen aus, wischte sich über den Mund und wandte sich dann mir zu. »Ich gehe jetzt am besten. Kann es mir nicht leisten, so lange von der Arbeit wegzubleiben.« Nach weniger als einer Stunde war er wieder verschwunden. Ich wusste, ich würde ihn nie wiedersehen. Mitleid unangebracht.

Drei traurige Kinder standen mit großen Augen in meiner Küche und sahen mich schweigend an. Der sechsjährige James war groß für sein Alter und ausgesprochen mager. Er lispelte, war etwas befangen, vorsichtig. Die vierjährige Ellen war das genaue Gegenteil. Klein, pummelig, selbstsicher und mit Hummeln im Hintern, wie Amos sagte, der vergnügt mit ihr scherzte. John war erst zwei und in vielerlei Hinsicht immer noch ein Säugling. Ein kichernder, glucksender Wonneproppen, der sich als Einziger der drei nicht bewusst war, dass er alles verloren hatte. Wir räumten um und rüsteten Betsys altes Zimmer, das neben meinem lag, zu einem Kinderzimmer um. Plötzlich war das Haus wieder voll. Der Frühling war da. Es gab viel zu tun.

Die Kinder erwiesen sich als Lebenselixier für uns alle. James hängte sich an Nate, folgte ihm auf Schritt und Tritt, stellte endlos Fragen und erfüllte Nates Bedürfnis nach einer ›rechten Hand‹. Er sonnte sich im Glanz seines Onkels, dessen Heldentaten ihm Auftrieb gaben. Schon bald unterhielt James seine Cousins und Cousinen mit Kriegsgeschichten, die größtenteils frei erfunden waren, aber trotzdem Onkel Nate zugeschrieben wurden. Ellen war der Liebling ihres Großvaters, bezauberte ihn mit ihrem offenen Lachen und ihren entwaffnend unverblümten Bemerkungen über die Welt. John, froh, wieder verhätschelt zu werden, füllte die Leere, die Sam vor Jahren in meinem Herzen hinterlassen hatte. Obwohl niemand mir vorwerfen konnte, nicht zutiefst um meine Schwester zu trauern, war klar, dass diese Kinder ein Geschenk waren.

Man hätte erwarten können, dass mit Kriegsausbruch der Strom entflohener Sklaven vollständig zum Erliegen käme. Doch so war es nicht. Anfangs wuchs die Zahl sogar noch an und wurde dann geringer, als der Krieg sich in die Länge zog. Sogar nach Lincolns Proklamation der Sklavenbefreiung, die wir im Januar so begeistert gefeiert hatten, tauchten weiterhin einige arme Seelen bei uns auf. Sie mussten sich zwar nicht mehr vor Sklavenjägern fürchten und kamen bei Tageslicht. Dennoch waren sie in einer über alle Maßen traurigen Lage.

Eines Abends Ende Juni, als ich den kleinen John und Ellen, die jetzt seit einigen Monaten bei uns lebten, gerade ins Bett gebracht hatte und James und Nate in Bedford waren, um Vorräte einzukaufen, hörte ich ein zaghaftes Klopfen an der Küchentür. Ich öffnete sie, aber es war niemand da. Zuerst dachte ich, es wäre James, der mir einen Streich spielte. Nachdem ich mich aber wieder hingesetzt hatte, klopfte es abermals – sehr leise. Dieses Mal nahm ich eine Laterne mit, um James bei seinem Streich zu erwischen. Als ich auf die Veranda hinaustrat und die Laterne hochhielt, konnte ich jedoch niemanden entdecken.

»James!«, rief ich. »Komm schon, Junge, lass den Unsinn! Es ist längst Schlafenszeit!«

Immer noch keine Antwort. Als ich zur Scheune hinübersah, war nichts von James oder Nate zu sehen. Ich machte kehrt, um wieder ins Haus zu gehen. Auf einmal hörte ich ein Weinen – leise, gedämpft, wie von einem Säugling. Ich stieg die Verandastufen hinunter und steuerte das Brunnenhäuschen an, von wo das Geräusch zu kommen schien. Einen kurzen Moment lang hatte ich ein mulmiges Gefühl, doch irgendetwas sagte mir, dass ich keine Angst haben musste. Ich ging zur Tür und schob sie einen kleinen Spalt weit auf.

»Ist dort jemand?«, fragte ich. »Kommt heraus! Ihr braucht euch nicht zu verstecken. Ihr seid bei Freunden.« Ich weiß nicht, was mich auf den Gedanken brachte, dass es Schwarze waren – vielleicht die jahrelange Arbeit mit entlaufenen Sklaven. Jetzt bestand zwar keine Notwendigkeit mehr zu fliehen. Dennoch wusste ich tief in mir drin, dass es darum ging.

Aus den Schatten des kalten, feuchten Brunnenhäuschens trat ein schwarzer Junge, der kleiner und jünger aussah als James. Er war barfuß, obwohl wir einen kalten, feuchten Frühling hatten, der das Herumlaufen ohne Schuhe noch nicht zuließ. Mit weit aufgerissenen Augen und angsterfülltem Gesicht sah der Kleine mich im Lampenlicht an.

»Na, wer bist du denn, junger Mann?«, fragte ich sanft. »Was kann ich für dich tun?«

»Gideon.« Seine Antwort kam so leise, dass ich ihn kaum verstehen konnte. Er war dünn, zerbrechlich, zerlumpt und zitterte.

»›Gideon‹ sagst du? Nun, Gideon, wie bist du hierher gekommen?«

»Mit meiner Mama.« Seine Stimme war kaum mehr als ein Flüstern.

»Wo ist deine Mama jetzt?«

Der Junge nickte in Richtung der Schatten hinter der Tür. Ich zog die Tür zu und hielt die Lampe hoch. Dort, zusammengerollt auf dem feuchten Boden, lag eine magere Frau, nicht älter als fünfundzwanzig Jahre, mit zwei kleineren Kindern, die sich an ihre zerlumpten Röcke klammerten. Wenn Gideon verängstigt aussah, so waren die anderen beiden in heller Panik, und die Frau war kaum bei Bewusstsein.

»Oh, Gideon! Komm, lass uns deine Mama ins Haus bringen, wo es warm ist«, sagte ich leise, um den Kindern nicht noch mehr Angst zu machen. Ich beugte mich hinunter, um der Frau aufzuhelfen. Der Kehle des kleinsten Kindes entrang sich ein durchdringender Schrei. Es war höchstens drei Jahre alt, schätzte ich, und außer sich vor Angst angesichts einer Weißen. »Gideon, nimm deinen kleinen Bruder an die Hand! Ich helfe deiner Mutter und deiner Schwester.«

Der Junge gehorchte, zerrte den Kleinen gegen dessen Willen und unter dessen immer lauter werdendem Protest mit sich. Ich sah der Frau in die Augen, als ich ihr half, aufzustehen. »Habt keine Angst. Ihr seid an einem sicheren Ort.«

Das mittlere Kind, ein spindeldürres, etwa fünfjähriges Mädchen, beobachtete mich daumenlutschend und in ängstlichem Schweigen. Ich führte die traurige kleine Gruppe über den Hof ins Haus. Dort angekommen, brachte mich ihr Anblick fast zum Weinen. Gideon sagte mir, er sei sieben. Dennoch war er viel kleiner als der sechsjährige James. Die Mutter, obgleich schwerkrank, hielt ihre beiden jüngeren Kinder verzweifelt fest.

»Ihr habt bestimmt Hunger«, sagte ich lächelnd, in dem Versuch, sie zu beruhigen. Ich hatte hinten auf dem Herd einen Topf mit Suppe stehen, die ich für Nate und James gekocht hatte, falls sie Hunger hatten, wenn sie nach Hause zurückkehrten. Nun setzte ich sie der kleinen Familie vor, und sie verschlangen die Suppe und die Brotscheiben, die ich dazu reichte, mit erstaunlicher Geschwindigkeit.

Ich ließ sie in Ruhe essen. Unterdessen kamen Nate und James herein, überrascht, mich in Gesellschaft vorzufinden. Ich servierte ihnen ebenfalls einen Teller Suppe. Sie setzten sich Gideon und seiner Mutter gegenüber auf die Bank.

»Das ist Gideon«, sagte ich. »Gideon, das sind mein Neffe James und mein Bruder Nate.«

Gideon nickte düster hinter seiner Suppenschüssel, hielt sie dann hoch, um sich einen Nachschlag geben zu lassen. Seine Schwester aß etwas langsamer, ließ uns nicht aus den Augen, sprach aber kein Wort. Die Mutter nahm abwechselnd einen Löffel für sich selbst und den Kleinen und hielt auf diese Weise sein Schreien in Schach. Als sie satt waren, sah die Frau mich dankbar an.

»Danke, Ma'am«, flüsterte sie. »Ich weiß nicht, ob wir noch viel weiter gekommen wären. Wir waren völlig erschöpft.« Sie streckte mir eine ausgemergelte Hand entgegen. »Ich heiße Maggie.«

»Schön, dich kennenzulernen, Maggie. Du siehst erschöpft aus. Wie können wir euch helfen?«

Maggie warf einen Blick auf ihre Kinder, die jetzt mit vollem Magen still und zufrieden in der Wärme saßen. »Wir sind auf dem Weg nach Kanada. Mein Bruder ist dort. Er kann uns helfen. Wissen Sie, wie man nach Kanada kommt?«

»Ja, wir können euch helfen, nach Kanada zu kommen. Aber es ist noch ein langer Weg. Wieso bleibt ihr nicht eine Weile hier bei uns, bis ihr wieder bei Kräften seid? Ihr müsst nicht mehr fliehen. Ihr könnt am Tage reisen. Ihr seid frei.«

»Ich weiß, ich bin frei. Aber das hält ihn nicht davon ab, mich zu suchen.«

»Wen?«

»Abe. Er will, dass ich ihn heirate und meine Kinder wegschicke. Er lässt mich nicht in Ruhe. Deshalb bin ich weggelaufen.« Sie sah sich nach den beiden Kleinen um, die sich noch immer an ihren Rock klammerten. »Das ist Della und das ist Andrew.«

Ich lächelte den beiden Kindern zu und hoffte, damit ihre Angst zu vertreiben.

»Hat dieser Abe euch verfolgt?«

»Ja. Ich weiß nicht, ob er es immer noch tut. Wir sind jetzt seit über einer Woche unterwegs. Ich habe ihn nicht mehr gesehen, seit er seinen Hund auf Gideon gehetzt hat.«

Ich wandte mich dem Jungen zu, der sein schmutziges, zerrissenes Hosenbein hochzog und eine hässliche, ausgefranste Wunde an seiner Wade zeigte. Die Wunde war geschwollen, eiterte und sah aus, als wäre sie infiziert.

»Maggie, ihr müsst eine Weile hierbleiben. Diese Wunde muss versorgt werden, andernfalls könnte der Junge sein Bein verlieren. Hier seid ihr sicher. Wir passen auf euch auf.«

Nate nickte. »Wir werden nicht zulassen, dass jemand euch etwas antut. Falls Abe hier auftaucht, jagen wir ihn weg.«

»Er ist böse und gefährlich.« Maggies Aufmerksamkeit wandte sich erstmals Nate zu. Sie bemerkte den leeren, ordentlich hochgesteckten Ärmel und holte tief Luft.

»Ist das im Krieg passiert?«, fragte sie.

Nate nickte.

»Oh, mein Gott! Danke. Danke, dass du für uns gekämpft hast. Wir sind euch unendlich dankbar. Wenn ich jetzt noch meine Kinder nach Kanada bringen kann und meinen Bruder finde, ist alles gut.«

Ich räumte den Tisch ab und ließ Badewasser für die Kinder in eine kleine Eichenwanne ein. »Maggie, wir sollten die Kleinen baden, und ich kümmere mich um Gideons Bein. Wir haben genug passende Kleidung für euch alle.«

Nate brachte James nach oben ins Bett und kam zurück, um zu sehen, wie ich die Wunde versorgte. Sie war tief und an den Rändern ausgefranst. Dennoch ließ er es klaglos über sich ergehen, dass ich sie reinigte und mit Streifen verband, die ich von einem alten Laken abriss. Als die jüngeren Kinder gebadet waren, ging ich nach oben und stöberte in den Koffern unserer Kinder nach passender Kleidung. Als ich zurückkam, kämmte Maggie Dellas Haar, während Andrew auf ihrem Schoß saß.

»Meinen Sie, der Hundebiss ist sehr schlimm?«, fragte sie, als ich ihr die Kleidung gab.

»Das ist er mit Sicherheit.« Ich wollte ihr helfen, Della anzukleiden, aber das Kind wich lautlos vor mir zurück.

»Sie spricht nicht«, erklärte Maggie. »Nicht mehr, seit ihr Vater uns verlassen hat.«

»Verlassen? Hat dein Mann euch verlassen?«

»Er musste. Abe hätte ihn sonst umgebracht. Abe wurde zum Aufseher, als der Krieg anfing. Er war schlimmer als die Weißen. Er hat gesagt, der Süden wird gewinnen, und dann kriegt er eine Belohnung für seine Treue. Mein Mann hat gesagt ›Nein, der Norden gewinnt und dann ist Abe ein Niemand‹. Abe ist furchtbar wütend geworden und mein Mann ist weggelaufen – aus Angst, dass Abe ihn umbringt.«

»Weißt du, wo er ist?«, fragte ich.

»Nein. Abe hat gesagt, er hat ihn gefangen und ihm den Kopf eingeschlagen, aber ich glaube ihm nicht. Deshalb gehe ich nach Kanada. Mein Mann kennt meinen Bruder dort. Vielleicht hat er es irgendwie dorthin geschafft.«

»Von wo seid ihr weggelaufen?«

»Virginia. Prince Edward County. Weit weg von hier. Wir haben uns vor den Soldaten versteckt – den Blauen und den Grauen. Die Soldaten wollten mich vergewaltigen.«

Ich pumpte frisches Badewasser für Gideon und Maggie und ging nach oben, um mein Nachthemd zu holen. Ich würde in der Küche schlafen. Sobald alle gewaschen und gut untergebracht waren, legte ich mich in Amos' altes Bett in der Ecke und dachte über meine Gäste nach. Ich dachte an Rachels Kinder, die in einem ähnlichen Alter waren, denen es aber trotz des Verlustes ihrer Mutter so viel besser ging. Ich dachte an Sam und daran, dass er ähnliche Not hätte erleiden können. Nachdem meine Gedanken stundenlang hin und her geschwirrt waren, hatte der Gott des Schlafes schließlich Erbarmen mit mir.

Am Morgen besprachen Amos, Nate und ich, was wir mit Maggie und den Kindern tun sollten. »Dieser Abe ist gefährlich. Er könnte jederzeit hier aufkreuzen. Das Beste ist, wir halten eine geladene Flinte griffbereit«, erklärte Nate.

»Nicht in der Nähe der Kinder. Du kannst sie laden und sie oben im Regal aufbewahren, aber nicht so, dass sie daran kommen können«, sagte ich.

Amos stimmte mir zu. »Schick sie über die frühere Route der Railroad, und zwar so schnell wie möglich.«

»Was das betrifft, bin ich mir nicht sicher.« Ich ließ mir die Situation durch den Kopf gehen. »Abe könnte versuchen, sie einzuholen, indem er dasselbe macht. Außerdem geht es Maggie nicht gut. Ihr Husten klingt nach Schwindsucht. Sie braucht Zeit, um wieder zu Kräften zu kommen. Ich bin dafür, sie eine Weile hierzubehalten. Ich werde Josiah schreiben. Vielleicht kann er ihren Bruder ausfindig machen. Sie sollte zumindest wissen, wohin sie gehen muss.«

»Wie du willst«, antwortete Amos. »Es ist nicht mehr wie früher. Sie können ganz einfach hier bleiben, ohne sich verstecken zu müssen. Aber ich möchte nicht, dass wir uns mit Schwindsucht anstecken.«

»Es sei denn…«

Es klopfte an der Hintertür. Nate öffnete sie und ließ Jeremiah, einen von Bens Zwillingen, herein. »Morgen, Opa, Tante Ann, Onkel Nate. Papa möchte, dass Nate und Großvater rüberkommen. Jemand hat gestern Nacht eins unserer Pferde gestohlen.«

Amos' Gesicht zeigte Besorgnis. »Geh du, Nate! Ich bleibe hier bei Ann und den Kleinen.«

Ich machte mich auf den Weg nach oben, um Maggie und ihre Kinder zu wecken. James war bereits aus dem Bett und zog seine Hose an. »Wohin geht Onkel Nate?« Er hatte gesehen, dass Nate und Jeremiah über den Hof in Richtung auf Bens Farm gegangen waren.

»Beeil dich und lauf hinterher. Jemand hat gestern Nacht ein Pferd gestohlen.«

Ich zog Ellen und den kleinen John an und nahm sie mit nach unten. Maggies drei Kinder saßen bereits am Tisch. Ich tischte ihnen allen Maismehlbrei mit Ahornsirup auf. Gideon, Della und Andrew starrten schweigend auf Ellen und John. James war schnurstracks nach draußen gerannt, ohne einen Gedanken ans Frühstück zu verschwenden.

Auf einmal ließen starke Erschütterungen das Besteck auf den leeren Tellern klappern. Meine Augen suchten die von Amos. Draußen auf der Straße stieg eine Staubwolke empor. Wer oder was dort auch kommen mochte, machte mir Angst. Daher ich trieb Maggie und ihre Kinder die Küchentreppe hoch und in das Zimmer, das Jesse als Versteck für entlaufene Sklaven hergerichtet hatte. Ich zog das Paneel vor und deutete auf den Raum unter dem Dach. Maggie verstand sofort und schob die Kinder vor sich hinein. Ich hatte keine Ahnung, was vor sich ging, aber ich wollte sicher sein, dass dieser kleinen Familie kein Leid geschah.

Unten stand Amos in der Küche, die Flinte griffbereit, und beobachtete einen Trupp Reiter, der an unserem Haus vorbeigaloppierte. Sie hielten nicht an, sondern ritten weiter zu Ben, als hätten sie eine wichtige Aufgabe zu erfüllen.

»Ich geh rüber und schau mal, was da los ist.« Noch bevor Amos antworten konnte, war ich aus der Tür. Eilig lief ich über den Hof und durch den Obstgarten zu Ben. Als ich atemlos ankam, sah ich gerade noch rechtzeitig, dass ein Haufen wild aussehender Gesellen Bens Koppeln öffnete und die Pferde hinaustrieb.

Rebellen! Einige trugen Überreste von grauen Uniformen, aber die meisten hatten unbestimmbare zerlumpte Kleidungsstücke an. Der Anführer saß auf seinem Pferd und richtete einen langen Pistolenlauf auf Bens Familie, während einige seiner Männer bereitstanden und aufpassten, dass sich niemand einmischte. Neben dem Anführer saß Cooper Hartley, auf einem großen Rotschimmel, abgerissen und verlottert wie immer – seine Kumpane standen ihm in dieser Hinsicht allerdings in nichts nach. Ich zog mich zwischen die Bäume zurück und wagte kaum zu atmen, aus Angst, entdeckt zu werden.

»Was gibt euch das Recht, unsere Tiere zu stehlen?«, brüllte Ben.

»Dies hier!«, knurrte der Offizier und reckte seine Pistole in die Höhe. »Und das Recht der Konföderation.«

»Ihr habt kein Recht, hier einfach einzudringen und unser Eigentum zu beschlagnahmen«, protestierte Nate.

Cooper Hartley warf den Kopf in den Nacken und stieß ein widerliches, gehässiges Lachen aus. »Wir machen, was wir wollen. Sieht nich' so aus, als ob einer von euch uns aufhalten könnte«, schnaubte er verächtlich. »Ihr alle zusammen ergebt doch nich mal 'n ganzen Mann.«

Der Offizier lehnte sich in seinem Sattel nach vorn und starrte auf Nates leeren Ärmel. »Wo hast du das her?«

»Sharpsburg.«

»Recht so! Ich war auch da. Hab ein paar Freunde verloren. Vielleicht ist dir das eine Lehre, dich nicht mehr mit uns anzulegen.«

Nate wollte zu einer Antwort ansetzen, aber Ben griff nach seinem gesunden Arm. »Sag nichts, sonst bringen sie uns um.«

»Mit Vergnügen«, knurrte Cooper und brachte sein Gewehr in Anschlag.

Der Offizier griff nach dem Lauf und drückte die Waffe hinunter. »Die Klappe zu halten, ist ein guter Rat. Wir machen uns jetzt wieder auf den Weg. Wir sind nur wegen der Pferde gekommen.« Er nickte in Nates Richtung. »Danke. Im Namen von Jefferson Davis und Robert E. Lee.« Er spuckte auf den Boden und ritt davon.

Ich wagte mich aus dem Obstgarten hervor, während Ben Rebecca und die Kinder tröstete. Nate stand frustriert daneben, von hilfloser Wut überwältigt.

»Verdammte Rebellen«, murmelte er. »Ich hätte mehr von ihnen umbringen sollen, als ich die Gelegenheit dazu hatte.«

»Hör auf«, tadelte ich ihn. »Solange Männer wie du kämpfen wollen und solange sie glauben, dass sie gewinnen können, wird es Kriege geben.«

»Also, die werden jedenfalls nicht gewinnen«, erklärte Nate. »Wir sind jetzt zwei Jahre dabei und kein Ende in Sicht, aber irgendwann brechen wir ihnen das Genick. Wart's nur ab! Cooper Hartley wird es nicht mehr wagen, hier aufzukreuzen, wenn es vorbei ist.«

Die Räuber gehörten zur Armee von General Lee, der Ende Juni dreist in Pennsylvania einmarschiert war. Die Armee brauchte Schuhe, Lebensmittel, Pferde. Dieser pöbelnde Haufen besorgte sich alles durch derartige Überfälle. Zum großen Zusammenstoß sollte es eine Woche später in der Nähe der Versammlung in Menallen bei Gettysburg kommen.

Ben schätzte sich glücklich, nicht mehr verloren zu haben als etwa ein Dutzend Pferde. Auf der Südweide und in der Scheune befanden sich noch weitere Pferde, aber die Plünderer hatten sie in der Eile nicht bemerkt. Der Verlust war nicht unerheblich. Doch Ben würde ihn verkraften.

»Die Besten sind ihnen entgangen«, meinte er. »Egal – solange ich hier keine Hilfe habe, ist es sowieso besser, wenn ich weniger Pferde versorgen muss.« Er sah sich nach seinen beiden ältesten Söhnen um, den jetzt achtjährigen Zwillingen. »Ihr zwei beeilt euch besser mal mit dem Erwachsenwerden. Ich bin es allmählich leid, alles allein zu machen.«

Nate nahm einen Stein auf und warf ihn gegen die Scheune. »Verdammte Rebellen!«

»Ist schon gut, Nate«, sagte Ben beschwichtigend. »Es hätte schlimmer kommen können. Sie haben den Hof nicht abgebrannt und niemanden getötet.«

Ich dankte Gott im Stillen, dass die Rebellen nichts von Maggie und ihren Kindern wussten, die sich in unserem Haus verbargen. Es hätte tatsächlich wesentlich schlimmer kommen können.

Kapitel 33

1863 – Sommer

Unsere Farm war nicht die einzige, die an jenem Tag von den Rebellen heimgesucht wurde. Die meisten unserer Nachbarn verloren Vieh, Vorräte oder beides. Ich war stocksauer auf Cooper Hartley, weil er sie zu uns geführt hatte. Das ließ sich nun aber nicht mehr ändern. Pru wollte ich allerdings ordentlich zur Schnecke machen. Nach allem, was ich im Laufe der Jahre für sie getan hatte – ohne je auch nur ein Wort des Dankes zu hören!

Am nächsten Tag setzte ich meine Sonnenhaube auf und marschierte über den Hügel zum Haus der Hartleys. Dort war alles still, und niemand tauchte auf, als ich näherkam, nicht einmal ein magerer Hund. Der Hof war zertrampelt und mit Müll übersät, wie nach einem *Camp Meeting*. Nichts rührte sich. Ich ging auf die Veranda und rief. Keine Antwort. Vorsichtig bahnte ich mir einen Weg um morsche Holzdielen herum, klopfte an die Tür und wartete. Nichts. Ich rief noch einmal. Keine Antwort.

Behutsam schob ich den Riegel hoch und trat ein. Es sah aus wie nach einem Wirbelsturm; kein Möbelstück stand aufrecht, der Boden war übersät mit zerbrochenen Flaschen und Tellern, mit Lumpen und den Fetzen der von den Fenstern gerissenen Vorhänge. Ich stand in der Tür. Vom Bett an der anderen Seite des Raums ertönte ein Wimmern. Dort kauerte Pru, eingewickelt in einen schmutzigen Quilt, die Knie hochgezogen bis zum Kinn, und schaukelte langsam vor und zurück.

»Pru! Was ist passiert?« Ich rannte zu ihr, aber sie hob einen verletzten Arm, um mich abzuwehren.

Ich konnte sie im schwachen Licht kaum erkennen. Ihr Haar war schmutzig und verfilzt, das Gesicht fast bis zur Unkenntlichkeit zerschlagen und geschwollen. Eine Seite hing schlaff herunter, und das linke Auge war völlig zugeschwollen.

»Wer hat dir das angetan?«

Sie wandte sich wimmernd ab, verbarg das Gesicht und fing wieder an, hin und her zu schaukeln.

»Wo sind deine Jungs?«, fragte ich und zog einen der zerfetzten Vorhänge auf, um mehr Licht hereinzulassen. Die Fensterscheibe war zerbrochen.

Pru sah mich an wie ein verirrtes Kind. Sie senkte den Kopf auf die Arme und wiegte sich langsam vor und zurück. Als mir klar wurde, dass sie nicht in der Lage war, zu sprechen, sammelte ich Müll ein und stellte die Möbel wieder hin. Alles, was nur den geringsten Wert hatte, war verschwunden. Es gab keinerlei Lebensmittel oder Vorräte. Die Gerätschaften waren ebenfalls verschwunden. Im Kamin fehlte der Spieß. Alle noch vorhandenen Gegenstände waren völlig ruiniert, sodass sie nicht mehr zu gebrauchen waren. Der Tisch hatte nur noch drei Beine, und das Einzige, worauf man sitzen konnte, war ein Stuhl ohne Rückenlehne. Blinde Zerstörungswut, wohin ich auch schaute.

Ich griff nach einem Maisbesen mit abgebrochenem Stiel und kehrte damit Glas- und Porzellanscherben zusammen. Pru beobachtete mich.

»Ich werde sterben«, sagte sie.

»Nein, Pru. Alles wird gut. Ich sorge dafür, dass man sich um dich kümmert. Es ist wirklich nicht so schlimm.«

»Ich werde sterben.«

Eine eiskalte Angst in meinem Inneren sagte mir, dass sie Recht hatte. Ich konnte genügend Verletzungen sehen, um zu erkennen, dass sie zusammengeschlagen und vergewaltigt worden war. Allerdings hatte ich keine Vorstellung davon, wie schwer ihre inneren Verletzungen waren. Ich streckte die Arme aus, um ihr aufzuhelfen.

Sie griff danach, konnte aber nicht aufstehen. Unter ihr, auf dem schmutzigen Bett, sah ich einen riesigen dunklen Blutfleck.

»Pru, ich hole Rebecca. Ich kann dich allein nicht hochheben. Ich schicke Nate zum Doktor.«

Sie sank wieder aufs Bett zurück und lag mit hochgezogenen Knien auf der Seite. Bei jeder Bewegung wimmerte sie vor Schmerzen.

»Nein. Bleib! Ich hab nich mehr lange. Hilfe zu holen, nützt doch nix mehr.«

»Wo sind deine Jungs?«

Sie sah mich mit dem gesunden Auge an. »Weg. Weg. Wollen Soldaten werden.«

»Soldaten? Aber, Pru, sie sind doch noch viel zu klein. Sie können nicht zu den Soldaten.« Ich hielt inne, setzte die Mosaiksteinchen zusammen. »Haben die Soldaten das hier angerichtet?«

Pru nickte fast unmerklich.

»Rebellen? Coopers Rebellen? Die Männer, die unsere Pferde gestohlen haben?« Ich nahm ihre Hand. »Pru. Nicht dein Bruder!«

»Er hat sie gelassen. Sie waren alle betrunken. Hätt' sie wohl nich' aufhalten können, auch wenn er gewollt hätt'.«

Pru Hartley lag hilflos und gebrochen da. Ich weinte. Trotz all ihrer Gehässigkeit – das hatte sie nicht verdient. Ihr Atem wurde flacher. Sie öffnete das rechte Auge und sah mich an.

»Sie haben die Hunde getötet«, sagte sie und dann glitt sie hinüber.

Ich hielt ihre leblose Hand noch eine lange Weile und dachte an all den Zank und die Streitigkeiten. Nichts davon war jetzt noch wichtig. Ich zog den blutbefleckten Quilt über sie. Das kurz und klein geschlagene Haus sah erbärmlich aus. Niederschmetternd. Ich schloss die Tür. Krieg ist etwas so Entsetzliches.

Der Antietam lag etwa fünfundsiebzig Meilen Luftlinie von der Redfield Farm entfernt. Gettysburg etwa fünfundfünfzig Meilen.

Beide zu nah. Einige von Bens Pferden kamen wahrscheinlich in Gettysburg ums Leben. Besser die Pferde als einer von uns.

Der Juli 1863 war fast so schlimm wie der von 1856, in dem ich Sam fortgegeben hatte. Ich dachte, der Monat wäre mir auf immer vergällt. Doch damit lag ich falsch. Denn der Juli sollte wieder gutmachen, was ich an Schlechtem mit ihm verband.

Wir behielten Maggie und die Kinder bei uns, um sie vor diesem Abe zu beschützen und wieder gesund zu pflegen. Die kleine Della sprach kein einziges Wort, mit keinem von uns. Doch sie taute ein wenig auf – genug, um Pfirsichscheiben von mir anzunehmen oder mir zu erlauben, ihr das Gesicht abzuwischen, aber nicht genug, um zu sprechen. Gideons Bein heilte schnell und dank regelmäßiger Mahlzeiten wurde er allmählich ein bisschen fülliger. Er hatte den Schalk im Nacken, spielte mir ständig Streiche und versuchte, mich auf die Palme zu bringen. Ein liebenswerter Kobold, der mich an mein eigenes Kind oben in Kanada erinnerte. Auch der kleine Andrew taute auf. Er kletterte auf meinen Schoß und schmiegte sich an mich wie ein verirrtes Lämmchen.

Wer mir Sorgen machte, war Maggie. Sie war so dünn, dass mein altes Kleid wie ein Sack an ihr hing. Sie versuchte, mir bei der Arbeit zu helfen, aber sie war am Ende ihrer Kräfte. Manchmal hustete sie Blut, wollte aber unbedingt aufstehen und mir zur Hand gehen. Es war zu spät für Maggie. Der Tod wartete an der nächsten Biegung. Sie war entschlossen, sich wieder auf den Weg nach Kanada zu machen, aber ich redete dagegen.

»Maggie, ich weiß, wie schlecht es dir geht. Du würdest es nie bis Kanada schaffen – nicht einmal, wenn Kanada in Fishertown läge.«

»Wo liegt Fishertown?«, fragte sie mit fiebrigen Augen.

»Nicht sehr weit von hier«, antwortete ich. »Du musst hierbleiben, damit du unterwegs nicht krank wirst. Deine Kinder wüssten nicht, was sie tun sollten. Bleib hier, wo wir uns um sie kümmern können.«

Sie senkte den Blick, nickte fast unmerklich und ließ die mageren Schultern hängen.

»Mach dir keine Sorgen, Maggie. Ich habe an meinen Freund in Kanada geschrieben und ihn gebeten, deinen Bruder ausfindig zu machen. Wenn jemand das schaffen kann, dann er. Wenn du dich nicht wieder erholst, sorgen wir dafür, dass die Kinder dorthin gelangen.«

»Hm, hm.« Sie stimmte zu, hatte keine Kraft mehr zum Kämpfen. Bald darauf legte sie sich ins Bett und stand nicht mehr auf.

Ich nutzte diese Zeit, um die Kinder ein wenig von ihr abzunabeln und auf diese Weise den Schmerz zu mildern, den der Tod der Mutter ihnen bereiten würde. Gideon und Andrew kamen – beide auf ihre eigene Weise – ganz gut mit der Situation zurecht. Mit der kleinen Della aber war es schwierig. Sie irrte mit dem Daumen im Mund auf der Farm umher, eine Stoffpuppe hinter sich herziehend, völlig verloren ohne ihre Mutter.

Keine sechs Wochen, nachdem die kleine Familie zu uns gekommen war, begruben wir Maggie auf dem Friedhof der Freunde in Spring Meadow. Vom dubiosen Abe ward nichts mehr gehört. Doch kurz bevor Maggie starb, brachte der Constable den rotbraunen Wallach zurück, den man Ben in der Nacht von Maggies Ankunft gestohlen hatte. Er sagte, man habe den Wallach bei einem Schwarzen sichergestellt, der ein weiteres Pferd gestohlen hätte. Das war wohl Abe.

In der Woche nach Maggies Tod erreichte uns ein Brief von Josiah. Er teilte uns mit, dass er Maggies Bruder gefunden habe und dass der Vater der Kinder tatsächlich bei ihm sei. Ein weiteres Mal brach eine Gruppe von Redfield Farm auf, um die anstrengende Reise von Alum Bank nach Erie zu machen, damit eine schwarze Familie hinüber ins Land der Freiheit gelangte. Diesmal war es Nate, der sie begleitete – und James, der wie eine Klette an seinem Onkel hing. Sie brachten Maggies Kinder auf die Fähre, und Josiah holte sie am nördlichen Ufer ab, um sie zu ihrem Vater zu bringen.

Arme kleine Würmer, so allein in der großen, weiten Welt! Ich dachte an Rachels Kinder, die ebenfalls vor Kurzem verlassen und zu Waisen geworden waren. Immerhin hatten sie mich, und daran würde sich auch nie etwas ändern. Doch ich brauchte einen Ausgleich für all die Traurigkeit, für die schrecklichen Geschichten, die infolge der großen Schlacht bei Gettysburg nicht abrissen. Ich brauchte die Gesellschaft einer anderen Frau. Ich schrieb an Mary.

Kapitel 34

1863 – Spätsommer

Mary kam im August und blieb eine Woche lang. Es war das erste Mal seit ihrer Heirat vor neunzehn Jahren, dass wir beide allein waren. Sie kam, um mich zu trösten und um ihren Sohn zu besuchen, der ganze Arbeit an der Seite seines Onkels leistete. Sie kam, um zu lachen und zu reden, um mir vieles abzunehmen und mich aufzuheitern. Mit ihrem runden Gesicht, ihrem üppigen Busen und ihren fröhlichen blauen Augen erinnerte Mary mich von uns allen am stärksten an unsere Mutter. Nathaniel, der mittlerweile von Erie zurück war, schien dasselbe zu empfinden. Er suchte Marys Gesellschaft wie ein verlassenes Kind.

»Er hat noch einen weiten Weg vor sich«, meinte Mary, als wir an einem sonnigen Nachmittag auf der Veranda saßen und Bohnen brachen.

»Ja. Manchmal frage ich mich, ob er je völlig darüber wegkommt.«

»Es braucht seine Zeit, aber irgendwann ist es so weit.«

»Er und James haben sich gesucht und gefunden. James hungert nach der Aufmerksamkeit eines erwachsenen Mannes. Ich bezweifle, dass Jacob ihm je viel Beachtung geschenkt hat«, sagte ich. »Aber Nate hat ihn unter seinen ›gebrochenen Fittich‹ genommen und beide scheinen dadurch aufzublühen.«

»In dieser Familie fehlen ein paar Männer«, fuhr Mary fort. »Wir haben zwar jede Menge Jungs, aber kräftige Männer sind Mangelware. Ben wird sich völlig verausgabt haben, bevor seine fünf Söhne zu starken Kerlen herangewachsen sind. Du musst dir einen Mann suchen, Ann.«

Ich widersprach erst, kicherte aber dann. »Na ja, eigentlich hast du ja Recht, Mary! Wieso hab ich noch nicht selbst daran gedacht? Ich gehe einfach los und sage zum ersten leidlich passablen Mann, der mir über den Weg läuft: ›Los, komm mit mir! Wir brauchen einen Mann auf der Farm!‹ Es sind allerdings kaum noch gute Männer übrig, und wenn dieser Krieg nicht bald zu Ende ist, sind auch keine guten Jungen mehr da.«

Mary griff lächelnd nach einer weiteren Handvoll Bohnen. »Na ja, Ben braucht einen Partner. Du solltest überlegen, was du tun kannst, bevor er sich totarbeitet. Mir graut davor, es ihm zu sagen, aber Noah braucht Adam zu Hause. Ich muss ihn mitnehmen.« Sie schlug nach einer Fliege, die ihr um die Nase schwirrte.

»Das kann ich Noah nicht verdenken, aber Ben wird ohne Adam nicht zurechtkommen. Im Krieg ist alles schwierig. Ich hätte gedacht, die Rebellen wären leichter zu schlagen.«

Ich sah zur Straße, die menschenleer in der Nachmittagssonne lag, und dachte an die Jungen von Pru, die der Armee der Rebellen hinterherliefen. Arme verwahrloste Kinder. Was ihnen an Unschuld noch geblieben war, hatten sie mittlerweile sicher verloren. Mary unterbrach meine Gedankengänge.

»Ich bin froh, dass Adam Gelegenheit hatte, die Wirklichkeit zu sehen, als ihr beide auf der Suche nach Nate wart. Das war sicher eine heilsame Lektion für ihn. Was ihr gesehen habt, muss entsetzlich gewesen sein.«

Ich nickte. »Ich habe mir Sorgen gemacht, dass es zu viel für ihn sein könnte, aber er hat einen kühlen Kopf bewahrt und sich wie ein ganzer Mann verhalten.« Ich schirmte meine Augen mit der Hand ab. Im gesprenkelten Sonnenlicht kam ein einsamer Reiter langsam die Straße herauf. Mary hatte ihn auch entdeckt und gemeinsam beobachteten wir, wie er das Pferd durch unser Tor lenkte. »Wer könnte das wohl sein?«

Er bog um das Haus, hielt an und blickte von seinem Pferd herab. Ein gut gebauter Mann, etwa in meinem Alter.

»Könnt ihr mir sagen, wo Elias Finley wohnt?«, fragte er und lehnte sich in seinem Sattel vor. Er sah erschöpft und ein bisschen niedergeschlagen aus.

»Elias Finley ist tot. Letztes Jahr bei der zweiten Schlacht von Bull Run gefallen.«

»Oh. Und was ist mit seiner Familie?«

»Seine Witwe und seine drei Kinder leben etwa eine Meile weiter die Straße hinunter, auf der rechten Seite«, erklärte ich und musterte ihn neugierig. Ich war mir sicher, dass ich ihn nicht kannte, und fand es seltsam, dass ein Fremder vorbeikam und nach Elias suchte.

»Witwe?«

»Ja.«

»Ich dachte, seine Frau sei gestorben.«

»Seine erste Frau, ja. Er hat wieder geheiratet.«

Der Mann sah verwirrt aus. »Was ist mit seiner Tochter?«

»Er hat zwei Töchter.« Die vielen Fragen waren mir unbehaglich. »Geht es um Lucy?«

»Ja. Lucy. Was ist mit ihr?« Er nahm den Hut ab und schlug ihn gegen sein Knie, was eine Staubwolke aufwirbelte.

»Sie lebt bei seiner zweiten Frau.«

»Oh. Ich sollte sie nach Hause bringen.«

»Nach Hause?«

»Ihre Mutter, Melissa, war meine Schwester«, erklärte er. »Ich bin gekommen, um mit Elias über Pferde zu verhandeln und um meine Nichte zu sehen. Es tut mir Leid, dass er gestorben ist. Dann sollte ich Lucy jetzt aber wohl mit zu ihren Großeltern nehmen. Meine Mutter wäre außer sich, wenn sie wüsste, dass ihre Enkelin Waise ist und bei Fremden lebt.«

»Nicht wirklich Fremde«, korrigierte ich. »Elias' Schwester lebt nebenan, sie ist mit meinem Bruder verheiratet. Lucy erinnert sich an keine andere Mutter als an Deborah, ihre Stiefmutter.«

Der Mann sah besorgt aus. »Nun ja. Vielleicht. Ich sollte mich vorstellen. Ich bin Preston Neff aus Chambersburg.«

»Schön, dich kennenzulernen.« Ich erhob mich und ging zum Rand der Veranda. Aus der Nähe erkannte ich die starke Ähnlichkeit mit Melissa. Ich streckte die Hand aus. »Ich bin Ann Redfield. Das ist meine Schwester, Mary Poole. Darf ich dir ein Glas gekühlten Pfefferminztee anbieten?«

Preston Neff saß steifbeinig ab und schlug weiter den Staub mit dem Hut von seinen Kleidern. Ich entschuldigte mich und ging in die Küche, um den Tee zu holen. Ich kam mit drei Gläsern auf einem Tablett zurück und stellte es auf einem Tisch neben Mary ab.

»Mr Neff hat mir erzählt, dass er Witwer ist«, informierte Mary mich mit einem Blick, der mir sagte, dass sie diesen Umstand für einen Wink des Schicksals hielt.

»Oh. Tut mir Leid, das zu hören.«

»Cholera«, erklärte er. »Meine Frau und meine drei Kinder – im letzten Sommer.«

Ich stieß einen Seufzer aus. Das war es also, was ihn belastete. »Das ist ja furchtbar.«

Er senkte den Blick. »Ja. Aber man muss irgendwie weitermachen.«

Er trank seinen Tee und machte Anstalten zu gehen, als Nathaniel und James vom Angeln am Bach zurückkehrten. James sprudelte über vor Geschichten über gefangene Fische, nicht gefangene Fische und gesichtete Monsterfische, die in dunklen Tiefen lauerten. Preston Neff hörte dem Geplapper des Jungen zu und ich sah, dass ein Lächeln seine Mundwinkel umspielte. Er gehörte offenbar zur fröhlichen, gutmütigen Sorte. Ein Mann, der nett zu Kindern und Tieren ist, lässt Gutes erwarten.

»Der Krieg?«, fragte Preston mit einem Blick auf Nates Arm.

Nate nickte.

»Der Krieg hat uns alle schwer getroffen, und dabei sind wir doch eigentlich Pazifisten!«

»Ich bin jedenfalls bedient«, antwortete Nate.

»Hilft euch sonst noch jemand auf der Farm?«

Nate schüttelte den Kopf. »Du siehst alle Arbeitskräfte vor dir, die wir haben. Pa ist nicht mehr der Jüngste. Ich würde das nicht sagen, wenn er dabei wäre, aber bei der Farmarbeit ist er keine große Hilfe mehr.«

»Hier herrscht also Arbeitskräftemangel, was?«, meinte Preston.

»Das kann man wohl sagen«, erklärte Nate mit einem Seitenblick auf Mary. »Mein Bruder ist völlig überlastet, und ich kann nicht viel machen. Elias ist nicht mehr da und mein anderer Bruder ist gen Westen gezogen. Verstehst du etwas von Pferden?«

»Ja, allerdings.« Preston wandte sich zu mir. »Du weißt, dass unser Vater Pferdezüchter war, oder? Ist Elias dadurch nicht überhaupt erst zu uns gekommen?«

»Ben könnte Hilfe gebrauchen«, fuhr Nate fort. »Vielleicht solltest du mal mit ihm sprechen.«

Und so blieb Preston Neff bei uns, um Ben am nächsten Tag zu helfen. Er bewies von Anfang an, dass er sich mit Pferden sehr gut auskannte. Ruhig, überlegt, fleißig. Durch und durch ein guter Quäker.

Am ersten Abend saß er bei uns am Tisch und half James, ein kleines Holzpferd zu schnitzen. »Hättet ihr Platz, um mich eine Weile bei euch aufzunehmen?«, fragte er. »Ben hat das Haus voll und bei Deborah Finley würde ich mich nicht wohlfühlen, obwohl sie Platz hat.«

Ich nickte, froh über die Hilfe, zumal Adam am nächsten Tag mit Mary abreisen würde. »Sicher. Wir können ein Feldbett in Nates Zimmer stellen, wenn es dir nichts ausmacht, dass Amos nebenan schnarcht. Eine Lokomotive ist nichts dagegen.«

Er lächelte. »Das macht mir nichts. Ich habe einen festen Schlaf.«

Ich legte bei Tisch ein weiteres Gedeck auf. Das Arrangement war zu unserem Vorteil, da wir dringend Hilfe brauchten. Doch ich fragte mich, was Preston davon hatte. Er arbeitete hart von Sonnenaufgang bis Sonnenuntergang, ging sonntags zur Andacht und blieb die meiste Zeit für sich – abgesehen davon, dass er eine innige Beziehung zu Rachels Kindern aufbaute. Offensichtlich versuchte er, sein altes Leben hinter sich zu lassen.

Einige Tage später machte ich abends ein Feuer im Wohnzimmer, um die Kälte zu vertreiben. Preston kam herein und half mir, es in Gang zu bringen. Wir saßen schweigend eine Weile zusammen. Ich stickte beim Licht der Lampe und Preston blickte nachdenklich in die Flammen.

»Kaum zu glauben, dass es schon fast ein Jahr her ist, seit ich mich mit Adam auf die Suche nach Nate gemacht habe«, sagte ich, um ein Gespräch zu beginnen.

Preston nickte, dann fragte er: »Ann, was ist mit deinem Mann passiert? Hat der Krieg ihn dir auch genommen?«

»Ich war nie verheiratet. Die Kinder sind von meiner Schwester Rachel. Sie starb im letzten Dezember, und ihr Mann hat die Kinder im Frühjahr zu uns gebracht.«

»Oh, es tut mir Leid, dass du deine Schwester verloren hast. Aber offenbar hast du eine Familie gewonnen.«

»Sie sind ein Geschenk des Himmels. Wir alle haben sie gebraucht.« Ich nahm meine Stickerei wieder auf und arbeitete weiter an dem Kissenbezug, den ich Abby zu Weihnachten schicken wollte.

»Die drei erinnern mich an meine eigenen«, meinte er. »Meine waren ein bisschen älter – neun, sieben und fünf. Zwei Mädchen und ein Junge. Aber Kinder sind Kinder.«

»Ich hoffe, die Erinnerung ist nicht zu schmerzlich.«

»Nein. Die Kinder tun mir gut. Sie erinnern mich zwar an das, was ich verloren habe, aber auch daran, dass das Leben weitergeht.« Er stocherte mit einem Stöckchen in dem kleinen Feuer. Es war eine dieser Nächte, in denen es ohne Feuer zu kühl und mit Feuer zu warm war.

»Ja, das tun sie wirklich.« Ich warf Preston einen verstohlenen Blick zu und merkte, dass er mich ansah. Schnell wandte ich den Blick ab.

»Was ist mit deinem Bruder, der nach Westen gegangen ist? Ich wollte das auch immer machen, aber das Leben ist mir irgendwie dazwischengekommen.«

»Es geht ihm und seiner Frau gut in Indiana. Sie haben vor einem Jahr ein Kind verloren, aber jetzt ist wieder eines unterwegs.« Ich hielt meinen Faden gegen das Licht, um seine Farbe zu überprüfen.

»Hat er nicht für die Underground Railroad gearbeitet? Als Schaffner?«

Ich fragte mich, mit wem er geredet hatte. »Woher weißt du das?«

»Ben hat es mir erzählt. Er sagt, ihr wart alle beteiligt, aber hauptsächlich Jesse. Hast du auch mitgemacht?«

»Ein bisschen. Nachdem Jesse fort war, habe ich nicht mehr viel getan. Dann kam der Krieg. Zuerst nahm die Zahl der entlaufenen Sklaven zu. Nach der Proklamation kamen allerdings nur noch wenige nach Norden. Im Süden bricht alles zusammen, fürchte ich. Mir geht es trotzdem nicht schnell genug.«

Er nickte. »Ich war immer gegen die Sklaverei, aber ich habe nie etwas dagegen unternommen. Es hat sich nie die Gelegenheit ergeben, und ich habe nicht danach gesucht.«

»Das gilt für die meisten. Aber du hättest geholfen, wenn man dich gefragt hätte. Jesse konnte einfach nicht damit aufhören. Im Grunde war er ganz unbeschwert, aber bei der Sklaverei lief ihm die Galle über.«

Eine Weile saßen wir wieder schweigend da und beobachteten, wie das Feuer allmählich herunterbrannte. »Ann, wie gut kanntest du Elias Finley?«

Seine Direktheit überraschte mich. »Ganz gut. Warum?«

»Meine Schwester war nicht glücklich mit ihm. Deshalb würde ich gern wissen, was für ein Mensch er war. Melissa war ein so fröhliches Kind. Dass sie am Ende so traurig war, hat uns zu denken gegeben. Ich habe Elias nie richtig kennengelernt. Meine Eltern haben allerdings nicht viel von ihm gehalten.«

»Warum hast du dich dann auf die Suche nach ihm begeben?«

»Ich habe nicht unbedingt nach ihm gesucht. Ich habe versucht, wegzukommen. Ich bin Richtung Westen aufgebrochen und fand mich in Bedford County wieder. Da ich nun schon mal da war, dachte ich, ich mache Halt und besuche Elias, aber ich hatte nie die Absicht zu bleiben.«

»Elias war kein schlechter Mensch. Einfach nur unbeholfen. Er konnte wohl nur seine eigenen Bedürfnisse wahrnehmen.« An Prestons Worte anknüpfend, fragte ich: »Glaubst du, dass du je zurückgehst?«

»Nein. Wahrscheinlich nicht. Ich irre einfach umher. Versuche, mich selbst zu vergessen.«

»Lucy ist froh, dass du gekommen bist. Und außerdem ist es ein Glück für sie. Sonst hätte sie die Verwandten ihrer Mutter vielleicht nie kennengelernt.«

»Ich glaube, ich werde sie zu Weihnachten mit nach Chambersburg nehmen.« Er stand auf, um die Tür zu öffnen. Das kleine Feuer hatte die Kälte vertrieben.

»Deborah sorgt für sie, aber sie kann ihr nicht geben, was wir ihr geben können.«

Das stimmte. Elias hatte zwar lange mit Pferden gehandelt, letzten Endes hatte er für seine jahrelange Tätigkeit jedoch nicht viel vorzuweisen. Den Eindruck von Reichtum zu wecken, war ihm immer wichtiger gewesen, als wirklich klug zu wirtschaften. Deborah und die Kinder hatten ein anständiges Haus, aber wenig für den Lebensunterhalt.

»Willst du Lucy bei ihren Großeltern lassen?«

»Wir werden sie selbst entscheiden lassen. Sie ist alt genug.«

Ich nickte. »Ich weiß nicht, was Deborah davon halten wird. Sie hat Mühe, die Kinder satt zu bekommen, aber sie hat Lucy praktisch großgezogen. Es wird ihr schwerfallen, sie fortzugeben. Wenn sie allerdings bei ihren Großeltern bleiben möchte, wird Deborah ihr wohl nicht im Wege stehen.«

»Meine Eltern werden glücklich sein, Lucy bei sich zu haben. Und es gibt jede Menge Onkel und Tanten, Cousins und Cousinen.«

»Wirst du selbst auch dort bleiben, oder kommst du nach Weihnachten wieder zurück?«, fragte ich.

»Ich werde wohl zurückkommen. Bens Zuchtbetrieb läuft gut, obwohl er einen Teil der Herde verloren hat. Und er braucht wirklich Hilfe. Außerdem wüsste ich nicht, wo ich sonst hingehen sollte.«

»Was ist mit deiner eigenen Farm und deinem Haus?«

»Mein Bruder will meinen Hof kaufen. Er grenzt an das Land unseres Vaters. Ich möchte dort nicht mehr leben. Davon abgesehen, scheint mir Ben ein solider Mensch zu sein. Vielleicht kann ich mich bei ihm einkaufen.«

Wenn ich ehrlich sein wollte, musste ich zugeben, dass ich durchaus schon einmal mit dem Gedanken an eine Zukunft mit Preston Neff gespielt hatte. Er war attraktiv – groß, rotblond, mit tief liegenden Augen. Liebenswürdig. Intelligent. Aber Enttäuschungen und jahrelange harte Arbeit mit wenig Anerkennung hatten mich schüchtern gemacht. Ich schob den Gedanken beiseite. »Werden deine Eltern damit einverstanden sein?«

»Meine Brüder und Schwestern leben alle in der Nähe. Sie kommen schon ohne mich zurecht.«

»Nun, es steht außer Frage, dass Ben dich braucht. Ich hoffe, dass du Bedford County vielleicht irgendwann als dein Zuhause betrachtest.«

»Vielleicht«, sagte er. »Zumindest fürs Erste.«

Unser Gespräch wurde durch Amos, Nate und James unterbrochen, die aus der Scheune zurückkamen. »Hey, wehe, du nimmst das letzte Stück Kuchen«, rief Nate James zu. »Lass mir was übrig!«

Preston nickte in Richtung Küche. »Ich habe den Eindruck, Nate legt ein bisschen zu, seit ich hier bin.«

»Er lacht jetzt auch mehr. Er und James! Manchmal lässt sich schwer sagen, welcher der beiden sieben und welcher neunundzwanzig ist! Vielleicht heilt die Zeit tatsächlich alle Wunden.«

Prestons Gesicht nahm einen wehmütigen Ausdruck an. »Man kann es nur hoffen.«

James und Nate kamen aus der Küche herein, noch immer um den Kuchen streitend. Amos setzte sich in seinen Sessel am Fenster und nickte Preston zu.

»James, geh dich waschen und dann ab ins Bett! Ellen und John schlafen schon seit fast einer Stunde«, sagte ich ihm. James schnitt eine Grimasse.

»Ich werde ihm das Gesicht waschen!« Nate packte den Kopf des Jungen mit seinem gesunden Arm. »Komm, wir gehen zum Bach runter und nehmen ein bisschen Sand!«

James kicherte, wand sich los und tänzelte auf die Tür zu. »Du kriegst mich nie«, sagte er frech. »Du solltest lieber nett zu mir sein, sonst sag ich Hattie Kissinger, dass du in sie verliebt bist.«

Nate fing ihn ein und rang ihn mit einem Arm zu Boden. »Wage es und ich nehm' dich nie wieder mit zum Angeln.«

»Nate, wenn du Hattie heiratest, kann ich dann euer Sohn sein?«, fragte das Kind, hilflos gefangen in Nates Griff.

»Klar, James. Du bist doch schon mein Junge«, antwortete Nate.

Amos, Preston und ich wechselten Blicke miteinander. Nathaniel hatte offensichtlich Pläne.

Kapitel 35

1864–1865

Nate blieb seiner schweigsamen Natur treu und sprach nicht über seine Heiratspläne mit Hattie Kensinger, was vermutlich zum Teil damit zusammenhing, dass Hattie nicht den Freunden angehörte. Denn das bedeutete, dass eine Heirat mit ihr den Ausschluss aus der Versammlung nach sich ziehen würde.

»Sie haben mich ausgeschlossen, bevor ich in den Krieg gezogen bin«, sagte er, als ich ihn fragte, wie er darüber dachte.

»Ja, aber du wurdest wieder aufgenommen.«

»Wieder aufgenommen schon, aber nicht rehabilitiert. Ich bin kein Pazifist. Ich bin immer noch überzeugt davon, dass ein Mann manchmal kämpfen muss.«

»Das könnte sein«, antwortete ich. Ich war einmal mehr froh, dass ich eine Frau und nicht den Kräften ausgesetzt war, die Männer zur Gewalt trieben. Ich hatte nur ein einziges Mal den Drang zum Kämpfen verspürt: in jener Nacht auf der Straße nach Ogletown – zur Selbstverteidigung.

»Wie auch immer«, fuhr Nate fort. »Die Freunde brechen weg. Bei jeder Versammlung sind es weniger. Einige gehen in den Westen, andere sterben, manche heiraten Andersgläubige, wieder andere werden ausgeschlossen und manche hören einfach auf. Der einzige Grund, weshalb ich um die Wiederaufnahme gebeten habe, war Papa. Er war so außer sich, als ich in den Krieg zog.«

Ich seufzte. Dieser jüngere Bruder würde mir immer ein Rätsel bleiben. Ich kannte Hattie Kensinger kaum. Doch dasselbe konnte ich eigentlich von Nate sagen. Er würde seinen eigenen Weg gehen. Ich hatte keinerlei Bedürfnis, irgendjemandes religiöse Neigungen oder Abneigungen zu kritisieren. Dieser Teil des Lebens war etwas absolut Persönliches. Wenn Nate die Gesellschaft der Freunde verlassen wollte, würde uns das nicht entzweien.

»Haben Du und Hattie schon entschieden, wo ihr leben wollt?«, fragte ich.

»Ich verhandle gerade mit dem alten Mr Jakes, um seinen Stoff- und Kurzwarenladen in Bedford zu übernehmen. Hatties Vater besitzt ein kleines Haus an der Richard Street, das er mir verkaufen will, wenn es soweit ist.«

»Das klingt gut. Deine Pläne stehen also schon ziemlich fest, was?«

»Es gibt da noch eine Sache, über die ich mit dir reden möchte.«

»Und das wäre?«

»James. Ich brauche jemanden mit zwei gesunden Armen, der mir im Laden hilft. Hattie und ich würden ihn gern an Kindes statt annehmen.«

Das überraschte mich nicht. Wie sehr die beiden einander brauchten, war für jeden offensichtlich, der zwei Augen im Kopf hatte. James war selten mehr als drei Fuß von Nates gesundem Ellenbogen entfernt, und er half seinem Onkel tatsächlich bei den alltäglichen Verrichtungen. Er knöpfte ihm das Hemd zu, schnitt ihm das Fleisch, sattelte sein Pferd und steckte die Köder auf seine Angelhaken. Einige dieser Aufgaben hätte natürlich seine Ehefrau übernehmen können, aber James und Nate wären ohne einander trotzdem verloren gewesen.

»Ich möchte die Kinder ungern voneinander trennen, nachdem sie schon ihre Eltern verloren haben. Aber wenn du versprichst, in der Nähe zu bleiben, sodass sie weiter am Leben der anderen teilnehmen können und einander eng verbunden bleiben, erlaube ich es.«

Damit war entschieden, dass James in Bedford als Sohn von Nate und Hattie leben würde. Die Hochzeit fand an einem kalten Februartag im Jahr 1865 in der Presbyterianerkirche in Bedford statt. Während der Zeremonie stand der knapp neunjährige, aber älter wirkende James neben seinem Onkel. Als es Zeit war, ein neues Schild für Nates Laden zu malen, lautete der Schriftzug: ›Redfield & Schilling – Stoffe und Kurzwaren‹.

Eines Morgens im April kam Rebecca mit hochgerafftem Rock durch den Obstgarten gerannt, als wäre der Teufel hinter ihr her. Ich kam ihr auf der Veranda entgegen, befürchtete schon das Schlimmste. »Es ist vorbei! Der Krieg ist aus! Lee hat sich gestern unten in Virginia ergeben!« Ihr Gesicht war gerötet, die Augen leuchteten. Ich umarmte sie und wir tanzten ausgelassen auf der Veranda umher. Amos hörte das Treiben und kam von der Scheune herüber.

»Papa! Papa!«, rief ich. »Die Rebellen haben kapituliert! Der Krieg ist gewonnen!«

Amos stand schweigend, mit gesenktem Kopf mitten auf dem Hof und dachte wahrscheinlich daran, dass endlich wieder Frieden und Gewaltlosigkeit einkehren würden.

Fünf Tage später kam Rebecca abermals, diesmal jedoch langsam und mit aschfahlem Gesicht. »Oh, Ann. Sie haben Lincoln getötet!«

Ich starrte sie an. »Er war so ein liebenswerter Mann, genau das, was das Land brauchte, um zu gesunden«, klagte Rebecca. Wir setzten uns auf eine Bank in die Weinlaube, deren Grün gerade zu knospen begann, und versuchten zu begreifen, was geschehen war.

Eine Tragödie war der nächsten auf dem Fuße gefolgt. So viele Neuigkeiten in so kurzer Zeit. Das mussten wir erst einmal verkraften.

Ich dachte an die ehemaligen Sklaven, die immer noch im Süden lebten. Inzwischen nahm kaum noch jemand Notiz davon, dass Schwarze ungehindert auf den Straßen Bedfords spazierten.

Mir kam es ein bisschen merkwürdig vor – so, als würde ich nicht länger gebraucht. Ich dankte Gott für Rachels Kinder. Ohne sie wäre mir das Leben vielleicht sinnlos erschienen.

Ich schrieb an Josiah und teilte ihm mit, wie glücklich ich darüber war, dass der Krieg endgültig vorbei war, und wie inständig ich hoffte, dass die ehemaligen Sklaven jetzt das Glück der Freiheit kennenlernten. Die Railroad würde bald nur noch Geschichte sein, und der Gedanke an meine eigene Rolle dabei erfüllte mich mit stiller Genugtuung.

Josiah, der jetzt seit zehn Jahren ein freier Mann war, schrieb, dass er skeptisch sei, was das Schicksal der befreiten Sklaven im Süden anging. Aus seiner Sicht war die bittere und vollständige Niederlage des Südens und die schockierende Unwissenheit der meisten Schwarzen ein Nährboden für Ausbeutung und Diskriminierung. Dennoch freute er sich über die Freiheit für sein Volk und arbeitete noch härter, um mehr von ihnen nach Kanada zu holen, wo eine bessere Zukunft zu warten schien als im Süden.

Durch Nates Heirat saßen auf der Redfield Farm wieder einmal zwei Personen weniger am Tisch. In gewisser Weise kam es mir vor, als wären wir eine kleine Familie: Großvater Amos, Mutter Ann, Vater Preston und zwei Kinder. Diese Familie existierte natürlich nur in meiner Fantasie, war aber trotzdem alles, was ich mir je gewünscht hatte.

Preston pendelte zwischen unserem Haus und Bens Farm hin und her, verlangte wenig und arbeitete viel. Rebecca meinte, er habe Bens Rücken und Seelenfrieden gerettet. Darüber war ich froh, doch mein Interesse an Preston galt einer anderen Seite. Aus meiner Sicht war er ein Mann von Welt. Er war häufig nach Philadelphia und Baltimore gereist, um an den Jahresversammlungen teilzunehmen, und er öffnete mir die Augen für die größere Welt des Quäkerglaubens. Die Gesellschaft der Freunde mochte in diesen westlichen Countys an Boden verlieren. Im Osten und an weit entfernten Orten wie Indiana, Iowa und sogar in Kalifornien war sie jedoch sehr lebendig.

»Du solltest zur Jahresversammlung gehen, Ann. Du würdest interessante Leute kennenlernen und erfahren, wie weit der Einfluss der Freunde reicht«, meinte Preston.

Das war eine verlockende Vorstellung, aber ich zögerte. Warum fragte er mich? Würde er diese Höflichkeit auch jedem anderen entgegenbringen? Ich schob meine Zweifel beiseite und beschloss, mich ihm und einer kleinen Gruppe der Versammlung aus Dunning Creek anzuschließen, um nach Baltimore zu reisen. Ich liebte den Glauben der Quäker noch immer, war stolz auf die Grundsätze von Gewaltfreiheit, Gleichwertigkeit, Mäßigung und Selbstbeherrschung, für die er stand. Einst hatte ich davon geträumt, die Jahresversammlung an der Seite von Elias Finley zu besuchen. Jetzt verstand ich, wie die Antwort auf einige Träume lautete, nämlich: »Warte!«. Preston Neff an meiner Seite haben zu wollen, war ein viel besserer Traum.

Ich bat Deborah Finley um einen Gefallen: »Können Ellen und John bei dir bleiben, wenn ich zur Jahresversammlung fahre?«

»Natürlich! Ellen und Sarah freuen sich, wenn sie ein paar Tage zusammen spielen können. Und John übernimmt für sein Leben gern die Rolle des großen Bruders bei meinem Elias. Was ist mit Amos?«

»Rebecca sagt, er kann bei ihnen essen.«

»Die Jahresversammlung! Bist du nicht furchtbar aufgeregt, Ann?«

»Doch! Ich kann es kaum erwarten, obwohl ich ja noch nie da war. Ich weiß gar nicht genau, was mich erwartet.«

»Ich würde für mein Leben gern hingehen«, erklärte Deborah mit strahlenden Augen.

»Das wirst du noch«, versicherte ich ihr und drückte ihre Hand. »Du hast noch so viel vor dir.«

Auf diese Weise von unseren Pflichten befreit, trafen Preston und ich die Gruppe im Versammlungshaus und reisten nach Hagerstown, wo wir den Zug nach Frederick bestiegen. Die erste Nacht verbrachten wir bei dort ansässigen Quäkerfamilien. Am nächsten Tag fuhren wir mit dem Zug weiter nach Baltimore. Preston begleitete mich zum Haus seines Onkels, Robert Neff, wo ich Roberts Frau Susan und seinen Töchtern Mariah und Miranda vorgestellt wurde. Wir vier Frauen verstanden uns auf Anhieb und redeten lange über die Probleme, vor denen die Gesellschaft der Freunde stand.

»Du wirst von der Jahresversammlung begeistert sein«, versicherte Susan Neff mir. »Dieses Jahr stehen Frauenrechte auf der Tagesordnung – und das wird auch höchste Zeit!«

Die Gesprächsthemen weckten Interessen bei mir, von denen ich nicht gewusst hatte, dass sie in mir schlummerten. Die Frauen der Familie Neff waren offen und aufgeschlossen. Ihre lebhaften Unterhaltungen hielten mich jeden Abend lange wach. Ich hatte noch nie so viel geistige Anregung erhalten, und ich genoss die Energie, mit der sie mich erfüllte.

»Ich habe schon einmal von diesen Sachen gehört – von Seneca Falls und der Deklaration, wenn auch nur in vagen Andeutungen. Dies ist das erste Mal, dass ich jemanden kennenlerne, der auch danach handeln will«, sagte ich zu Susan Neff, als wir eines Abends im Wohnzimmer saßen. Preston und Robert hatten noch mit Angelegenheiten der Gesellschaft zu tun und würden erst spät heimkehren.

Am nächsten Tag hörte ich gespannt zu, als eine lange Reihe von Quäkerinnen vor der Versammlung sprach, sich selbst bescheiden zu den Siegen der Sklavenbefreiung und der Underground Railroad beglückwünschte und die Gruppe dazu anhielt, auf dem Gebiet der Frauenrechte aktiv zu werden. »Was nützt es schwarzen Frauen«, fragten sie, »die Fesseln der Sklaverei abzuschütteln, wenn sie weiterhin die Fesseln ihres Geschlechts tragen müssen? Warum sollte irgendjemand der Rechte beraubt sein, die andere einfach durch den Zufall der Geburt besitzen?«

In meinem Kopf drehte sich noch immer alles, als Preston und ich drei Tage später den Zug für unsere Heimreise bestiegen. Zuerst scheute ich mich, das Thema Frauenrechte ihm gegenüber anzuschneiden, aber er fing von sich aus damit an.

»Was hältst du von meinen Cousinen?«, fragte er. »Und von ihrer kämpferischen Haltung zur Gleichberechtigung der Frau?«

»Ich fand das großartig!«, platzte ich wider Willen heraus. »Ich war schon immer der Meinung, dass Frauen sich stärker behaupten müssten, und jetzt habe ich endlich einige Gleichgesinnte kennengelernt.«

Preston lachte. »Ich wusste, dass eine Reise nach Baltimore für etwas Tumult im Hause Redfield sorgen würde.«

Er fühlte sich kein bisschen von der Vorstellung bedroht, mit einer starken Frau zusammen zu sein. Denn genau das war ich – und war es immer gewesen. Jetzt war ich selbstbewusst genug, um es nicht mehr zu verbergen. Fast auf der gesamten Rückfahrt nach Bedford waren wir in ein angeregtes Gespräch vertieft und stellten bei vielen Punkten zu unserer Freude fest, dass wir einer Meinung waren. Mir war schwindlig vor Aufregung über all die neuen Ideen und neuen Horizonte, und ich hoffte – so sehr ich es auch zu unterdrücken versuchte –, dass es für mich vielleicht doch noch einen Bund mit einem wahren Seelenverwandten geben könnte.

Als wir zu Hause ankamen, dauerte es nicht lange, bis meine neu entdeckte Inspiration sich Gehör verschaffte. Am folgenden Ersttag erhob ich mich bei der Andachte und predigte – ja, predigte – mein erstes Bekenntnis zur Gleichberechtigung von Mann und Frau.

»Ihr könnt euch nicht zu gleichen Rechten bekennen und trotzdem den Frauen in euren eigenen Familien ein politisches Stimmrecht und ein Mitspracherecht bei Entscheidungen verwehren.«

Die Ideen waren nicht neu, aber mein Aufruf zum Handeln rührte an der grundlegenden Unzufriedenheit der Frauen und gab den Anstoß für ernsthafte Diskussionen über den Mittelgang hinweg.

Preston unterstützte mich von seiner Seite des Ganges und drängte die Männer, die Gleichberechtigung, an die sie angeblich glaubten, in die Tat umzusetzen. Es war die lebhafteste Versammlung seit Langem – zumindest seit der Zeit vor dem Krieg, als es um die Abschaffung der Sklaverei ging. Anschließend standen die Leute in kleinen Gruppen draußen und waren bis zum späten Nachmittag in Gespräche vertieft. Ich gesellte mich mit Rebecca und ihrer

Schwester Hannah dazu. Doch mein Blick glitt immer wieder suchend über die Menge, um zu sehen, wo Preston gerade war.

So sehr ich versuchte, dagegen anzukämpfen, fühlte ich mich doch zu ihm hingezogen. Mein vorsichtiges Wesen ließ mich auf der Hut sein. Elias' Verrat war noch nicht vergessen. Es war jetzt fast ein Jahr her, dass Preston in unser Leben getreten war, und meine gute Meinung von ihm hatte sich immer weiter verfestigt. Dennoch versuchte ich, meine Gefühle im Zaum zu halten, und wollte dieses Mal niemandem preisgeben, dass er für mich ein noch nicht realisierter Traum war – auch wenn es vermutlich bereits Gerede gab. Gerede gibt es immer.

Der Sommer kam in voller Pracht. Das Leben auf der Redfield Farm ging seinen gewohnten Gang, war jedoch nie langweilig. Mein neu gewecktes Interesse an Frauenrechten verlor nichts von seinem Reiz. Bald war ich der Mittelpunkt einer kleinen, aber entschlossenen Gruppe von Quäkerinnen, die sich beim Einmachen oder Quilten über die Schriften von Autorinnen wie Lucretia Mott und Elizabeth Cady Stanton austauschten. Bei Versammlungen erhob ich mich häufiger und sprach offener und mutiger. Ein Kampf ist gewonnen, und der nächste tritt an seine Stelle. Das Leben geht weiter. So ist es immer.

Nachdem Preston mir an einem Juliabend beim Abtrocknen des Geschirrs geholfen hatte, flüsterte er: »Lass uns einen Spaziergang am Bach machen.«

Ich band meine Schürze ab und fuhr mir glättend übers Haar. Die Kinder spielten draußen auf der Veranda mit Amos, und so folgte ich Preston über den Hof und den Hügel hinab zum Dunning's Creek. Beim Gehen nahm er meine Hand. Er hatte mich noch nie zuvor berührt, außer zufällig in einer überfüllten Kutsche oder weil er mir die Hand gereicht hatte, um mir irgendwo herauf- oder herunterzuhelfen. Bei seiner Berührung erschauerte ich und fing unwillkürlich an zu zittern.

»Ist dir kalt?«, fragte er.

»Nein. Gerade ist jemand über mein Grab gelaufen«, scherzte ich, entschlossen, meine Freude zu verbergen.

Hand in Hand spazierten wir in der Dämmerung des Juliabends über den Hügel zum Bach. Wir schauten auf das klare Wasser, spürten intensiv die Gegenwart des anderen. Dann wandte er mir sein Gesicht zu und ergriff meine Hände. »Ich habe nachgedacht.«

»Ach ja? Worüber denn?«

»Über uns.«

»Uns?«

»Ja. Über dich und mich.«

»Was ist mit ›uns‹?« Jetzt pochte mein Herz bis zum Hals. Ich befürchtete, dass Preston es hören würde.

»Nun, ich habe gedacht, dass wir vielleicht heiraten könnten. Die beiden Kinder großziehen. Vielleicht noch ein oder zwei eigene bekommen«, sagte er hoffnungsvoll. »Ich habe dich lieben gelernt, Ann.«

Meine Hände fingen an zu zittern und ich zog sie weg. Liebe! Er hatte gesagt, dass er mich liebte! Niemand, nicht einmal Josiah, hatte das je gesagt. War ich dessen wirklich würdig?

»Preston, es gibt so vieles, was du nicht weißt«, sagte ich stockend.

»Was? Ich weiß alles. Josiah. Sam. Alles.«

»Woher? Woher weißt du das?«

»Die Leute reden, Ann. Sie reden immer – über jeden. Ich habe es bei meiner Schwester Melissa, bei Deborah Finley und bei Ben und Rebecca aufgeschnappt. Du wärst überrascht, wie offen die Menschen mit Informationen umgehen, wenn sie davon ausgehen, du weißt ohnehin schon alles. Aber das ist egal.«

Unsere Blicke trafen sich, und ich hatte das Gefühl, von einem gewaltigen Sog erfasst zu werden. Meine Beine gaben nach und ich sank zu Boden. »Wie kann ein Mann wie du mich lieben? Was siehst du in mir?«, fragte ich.

»Ich sehe eine Frau, deren Träume zerbrochen sind, die jedoch Verantwortung übernommen und sich den Aufgaben gestellt hat, die das Leben ihr stellte. Ich sehe eine Frau, die große Opfer bringt und die viele Risiken eingegangen ist, vor denen mancher Mann zurückgeschreckt wäre.« Er kniete neben mir und hatte den Arm um mich gelegt. Langsam zog er mich hoch, führte mich sanft den Pfad entlang, bis wir zu demselben kleinen Gehölz kamen, an dem Jesse und ich vor achtundzwanzig Jahren die beiden Sklaven getroffen hatten. Wir ließen uns auf einen umgestürzten Baumstamm nieder, schauten auf den plätschernden Bach und lauschten dem Chor der Frösche.

Preston setzte sich rittlings auf den Baumstamm und sah mich an. »Ich möchte, dass du meine Frau wirst, Ann. So und nicht anders möchte ich es.« Er zog mich an sich und küsste mich.

Ich lehnte mich an seine Brust, den Kopf an seiner Schulter, und atmete seinen Duft ein. Es fühlte sich so gut an. Tränen stiegen mir in die Augen. Ich hatte so lange gewartet.

»Willst du mich heiraten?«, fragte er.

»Ja, gerne.«

Und so wurde die Heiratsabsicht von Ann Redfield und Preston Neff bei der zweiten Versammlung im Achten Monat verkündet. Im September 1865 wurde die Zeremonie von Familienangehörigen und Freunden bezeugt.

Ich war siebenunddreißig. Da ich vorher nur eine einzige derartige Begegnung gehabt hatte, sah ich mich genötigt, keine weitere kostbare Lebenszeit mit Keuschheit zu vergeuden. Von unserem ersten Zusammensein am Ufer des Bachs bis zu unserer Hochzeit gaben wir uns täglich unserer Leidenschaft hin, wobei wir sehr geschickt sein mussten, um Amos' wachsamem Auge zu entgehen. Das machte das Ganze nur noch reizvoller und das Verlangen umso stärker. Ich rechnete fest damit, an meinem Hochzeitstag schwanger zu sein. Tatsächlich wünschte ich mir genau das.

Weihnachten 1865 hätte das glücklichste seit Jahren werden sollen. Doch der Herr gibt und der Herr nimmt, wie ich nur zu gut wusste. Preston, Amos und ich waren uns einig, dass Weihnachten für Ellen, John und James besonders schön werden sollte.

Am frühen Nachmittag des zwanzigsten Dezember machte Amos sich auf den Weg, um einen Weihnachtsbaum zu schlagen. Als er zur Abendbrotzeit noch nicht zurück war, wusste ich intuitiv, dass etwas nicht stimmte. Preston und ich mummelten die Kinder ein und brachten sie zu Ben. Ellen und John, die nichts von meinen Befürchtungen ahnten, waren sofort in das Spiel mit ihren Cousins und Cousinen vertieft, während Preston und ich Ben baten, uns bei der Suche zu helfen. Wir fanden Amos auf dem Hügel hinter dem Haus. Er lag tot im Schnee, neben einer halb gefällten Tanne.

Preston hielt mich fest umschlungen, während Ben nach der Axt griff und wortlos den Baum zu Ende fällte. Dann legten die beiden Amos auf den Schlitten. Ben und ich zogen den Schlitten mit der Last, die uns fast das Herz zerriss, nach Hause. Preston folgte mit dem Baum.

Kapitel 36

1866

Amos' Testament legte fest, dass sein Nachlass verkauft und der Erlös zu gleichen Teilen unter seinen sechs noch lebenden Kindern aufgeteilt werden sollte. Rachels Anteil sollte zu gleichen Teilen an James, Ellen und John fallen. In einem regen Briefwechsel mit Indiana kamen die Brüder und Schwestern überein, dass Preston und ich die Farm behalten und die Geschwister auszahlen würden. Preston überließ mir die Verhandlungen und ermutigte mich, meine finanziellen Angelegenheiten selbst in die Hand zu nehmen. Dafür war ich ihm dankbar. Nachdem der Nachlass geregelt war, führten wir einige kleinere Veränderungen durch, um den Hof auf den neuesten Stand zu bringen.

Die Farm liegt in steinigem Hügelland. Daher plante ich für den Anbau von Mais und Hafer nur wenige Morgen ein. Den Rest nutzten wir als Heuwiesen und als Weideland für die Pferde von Ben und Preston. Die Scheune diente als Lager für das Heu und bot Schutz für unsere Kuh und ein paar weitere Pferde, die Ben nicht mehr unterstellen konnte. Noch heute stehe ich manchmal in der Scheune, schaue zum Heuboden hoch und erinnere mich an die Menschen, die hier Station gemacht haben. Mir kommt es immer so vor, als ob dort oben Geister wären.

Die Gemeinde ebenso wie das ganze Land kehrte nach dem Krieg allmählich wieder zur Normalität zurück, doch es würde nie wieder so sein wie vorher. Zu viele Männer und halbe Kinder waren gegangen und nie zurückgekehrt. Zu viele waren verwundet oder verstümmelt heimgekommen. Einige dieser Wunden waren unsichtbar, machten sich aber in anderen, unvorhersehbaren Formen bemerkbar. Diese Ausdrucksformen ließen sich nicht eindeutig auf den Krieg zurückführen. Doch ich bin immer der Ansicht gewesen, dass Untaten und Fehlverhalten – wie etwa Missbrauch oder Gleichgültigkeit gegenüber dem Leid anderer – dort ihre Wurzeln hatten.

Im Juli 1866 brachte ich ein Mädchen zur Welt, dessen Name, ›Patience‹, prompt zu Polly abgekürzt wurde. Prestons Freude darüber, wieder ein Kind zu haben, war ebenso groß und tief wie meine eigene. Der Name – ›Geduld‹ – war ein Bekenntnis zu meiner Lebenseinstellung: Das Gute kommt zu denen, die warten.

Der Oktober brachte einen lang ersehnten Besuch von Jesse und Abby, die nach Osten kamen, um mehr Jungpflanzen zu kaufen. Sie waren inzwischen eine fünfköpfige Familie. Dazu gehörten seit kurzem die kleine Margaret Ann, benannt nach ihrer Großmutter mütterlicherseits und ihrer ›Lieblingstante‹, sowie die Zwillinge Jesse und Josiah, der ganze Stolz des Vaters.

»Ich wäre nicht nach Westen gegangen, wenn mir klar gewesen wäre, wie wichtig es für diese Kleinen ist, ihre Cousins und Cousinen kennenzulernen«, sagte Jesse. Bei seinen Worten regte sich Hoffnung in mir. Ich wünschte immer noch, er wäre nie fortgegangen.

Zeitlich abgestimmt mit Jesses Besuch, aber ohne mein Wissen, kamen weitere Gäste. Als wir eines Abends alle am Abendbrottisch saßen, vier Erwachsene und sechs Kinder, klopfte es an der Tür. Jesse und Preston wechselten einen Blick, und Jesse sagte: »Ann, du sitzt am dichtesten an der Tür. Würdest du nachsehen, wer da ist?«

Ich stand auf, wischte mir die Hände an der Schürze ab und ging zur Tür, um sie zu öffnen. Dort stand ein hochgewachsener, hübscher schwarzer Junge von etwa elf Jahren. »Hallo, Ann Redfield«, sagte er mit einem breiten Lächeln. »Kennst du mich noch?«

Mit einem Aufschrei zog ich ihn in die Arme. »Sam! Wo kommst du denn her?«

Sam kam in Begleitung von Josiah, Lettie, Ann, Athena und Amanda (oder den ›drei A's‹, wie Sam sie nannte). Jetzt drängten sich sechzehn Menschen um den Tisch. Alle machten sich miteinander bekannt, und für das leibliche Wohl wurde auch gesorgt. Es war schöner als Weihnachten.

»Ich hatte ja keine Ahnung, dass ihr kommt«, sagte ich zu Josiah.

»Ich weiß. Das war der Plan, den ich mit Jesse ausgeheckt habe.«

Ich blickte von Josiah zu meinem Bruder. »Das hätte ich mir denken können!«

Wir richteten Schlafgelegenheiten für sechs Erwachsene und zehn Kinder her. Als die Betten für die Kinder schließlich über den gesamten Wohnzimmerboden und im Kinderzimmer verteilt waren, saßen Preston und ich, Josiah und Lettie sowie Jesse und Abby noch lange um den Küchenherd herum und redeten bis tief in die Nacht. Es gab so vieles zu erzählen, was sich in Briefen nicht sagen ließ.

Nachdem die Kinder eingeschlafen waren, nahm ich Preston beiseite. »Bist du sicher, dass das in Ordnung für dich ist? Dass sie hier sind, meine ich.«

Er lächelte und küsste mich auf die Stirn. »Mach dir keine Sorgen, Frau. Was dich glücklich macht, macht mich auch glücklich.«

Beruhigt gab ich mich der Freude des Wiedersehens und dem Stolz auf meinen Sohn hin.

Die Gäste blieben eine Woche lang, und die Wände des alten Hauses erbebten unter dem Ausbruch jugendlicher Lebensfreude. Kinder überall, von Sam bis hin zu Polly, und als dann noch Bens Kinder und Betsys Jungen auf Besuch kamen, schien die ganze Welt erfüllt von wilder, lärmender Fröhlichkeit. Mary und Noah Poole kehrten nach der Versammlung mit ihrer Familie aus Osterburg bei uns ein, und Nathaniel und Hattie brachten aus Bedford den jungen James und die Ankündigung mit, dass sie der Kinderschar bald einen weiteren Enkel hinzufügen würden.

Es war Altweibersommer, eine kurze Atempause vor dem kommenden Winter. Wir Frauen versammelten uns auf der hinteren Veranda und sahen zu, wie die älteren Jungen rauften und tobten, während die Mädchen ihren ruhigeren Fantasiespielen nachgingen.

»Hätten Mama und Papa nicht ihre helle Freude hieran?«, fragte ich in die Runde. »Zweiundzwanzig Enkel! Wir waren zweifellos fruchtbar und haben uns fleißig vermehrt!«

»Ich liebe Familientreffen«, meinte Rebecca. »Sie sind weder ein Anfang noch ein Ende, sondern ein Markstein zwischen Vergangenheit und Zukunft.«

Ich nickte, befriedigt über meinen Anteil daran. Wir waren starke, hart arbeitende, verantwortungsbewusste Menschen – die Art, von der die Welt mehr brauchte. Amos und Martha waren nicht hier, um es zu sehen, aber das tat ihrer Bedeutung keinen Abbruch. Eines Abends suchte ich Prestons Nähe. Ich sehnte mich danach, ihn zu berühren und unsere Verbundenheit zu bekräftigen. Das Band zwischen uns war nicht gefährdet – nein, es war gestärkt, weil es sich sichtbar in das große Gewebe meiner Familie und meines früheren Lebens einfügte. Ich wollte ihn einfach nur berühren, geistig und körperlich, bevor ich mich wieder zu den anderen gesellte.

»Viel Ruhe wird man hier heute Nacht wohl nicht finden«, meinte ich, als wir zwischen den Bäumen in Bens Obstgarten hindurchschlenderten.

»Sehr wenig«, bestätigte er. »Gelobt sei der Herr!«

Peter McKitrick sprang einige Meter vor uns mit lautem Gebrüll aus einem Apfelbaum. Sofort hagelten Holzäpfel auf ihn ein, die von Bens Zwillingen Jeremiah und Jonas mit Stöcken auf ihn abgefeuert wurden. Einige Reihen weiter kam Sam durch die Bäume gestürmt und bewarf Paul McKitrick im Laufen mit Äpfeln.

»Ich hatte auf ein wenig Ruhe gehofft, nur für einen Augenblick«, meinte ich voller Zweifel.

»Tja, dafür wirst du wohl ziemlich weit gehen müssen«, sagte Preston schmunzelnd.

»Machst du einen kleinen Spaziergang mit mir?«

»Natürlich. Beunruhigt dich etwas?«

»Nein. Ich brauch dich einfach nur. Das ist alles.«

Er nahm meine Hand und hielt sie an sein Gesicht. »Lass uns zum Bach gehen.«

Wir traten durch das Tor aus Bens Obstgarten und folgten dem ausgetretenen Pfad über den Hügel. Das war jetzt seit über einem Jahr einer unserer Lieblingsplätze. Wir setzten uns auf denselben Baumstamm, auf dem wir vor mehr als einem Jahr an jenem Juliabend gesessen hatten, und beobachteten schweigend, wie sich der Mond im plätschernden Wasser spiegelte.

»Es ist wunderbar, weißt du«, sagte ich.

»Was denn?«

»Das Leben. Wunderschön, wenn es anfängt. Wunderschön, wenn es endet. Wunderschön, weil es weitergeht. Denn wenn du glaubst, es ist vorbei, hat es gerade erst begonnen. Ein Leben endet und ein anderes beginnt und wir alle sind ein Teil davon. Niemand ist vor dem Leid gefeit, das das Leben bringt, und niemand ausgeschlossen von dem Glück. Es ist alles da und wartet auf uns.«

»Ich liebe deinen Blick auf das Leben.« Lächelnd drückte er meine Hand gegen seinen Schenkel.

Links von uns knackte ein Zweig. Wir spähten aus dem kleinen Gehölz und entdeckten Sam, der zielstrebig über den Fußweg zum Bach marschierte. Er kam auf uns zu und blieb in respektvollem Abstand stehen.

»Ann Redfield?«, fragte er. »Kann ich mit dir reden?«

Preston erhob sich und warf mir einen fragenden Blick zu. Ich nickte und er ging davon, vorbei an Sam, der schweigend auf mich zukam und sich neben mich auf den Baumstamm setzte.

»Miss Ann Redfield?«

»Ja, Sam?«

»Ich möchte dich etwas fragen.«

»Ja, Sam. Was denn?«

Er saß schweigend neben mir, sah auf den Boden. Offenbar sammelte er seinen Mut. Dann, zögerlich: »Bist du meine Mutter?«

Verblüfft wegen der Direktheit seiner Frage zögerte ich einen Moment. »Ja, Sam, das bin ich. Aber woher weißt du das?«

»Ich weiß es einfach. Es war klar, dass du jemand Besonderes sein musstest. Diese ganzen Briefe und Pakete. Und dass Papa mir immer von dir erzählt hat.« Er wandte sich ab und sah ganz still den Weg hinunter. Ich beobachtete ihn und fragte mich besorgt, ob dieses Wissen ihn verletzte. »Ich habe hellere Haut als Papa und Lettie. Darüber musste ich immer nachdenken, vor allem weil die drei A's auch dunkler sind.« Er griff in seine Tasche und holte die Uhr heraus, die ich ihm auf dem Bootsanleger in Erie gegeben hatte. »Und dann war da noch das hier.«

Ich lächelte. »Wann haben sie dir die Uhr gegeben?«

»Haben sie gar nicht. Ich hab sie in einem Koffer gefunden, als ich zehn war. Sie war in ein paar Babysachen eingewickelt. Ich wusste, dass sie nicht von Lettie war. Das fand ich irgendwie komisch. Alles hat auf dich hingedeutet, aber ich wusste nicht warum.«

»Willst du wissen, warum?«

Ein ernsthaftes Nicken: »Ja, Ma'am, das möchte ich.«

Und so saßen wir also allein auf dem Baumstamm und schauten auf den Bach, während ich die Geschichte von Josiah und mir und dem kleinen Sam erzählte.

»Dein Name ist Samuel Redfield Colton. Weißt du das?«

»Ja, das weiß ich, aber ich dachte, das wäre, weil du meinen Vater gerettet hast.«

»Es ist üblich, dass ein Junge den Mädchennamen der Mutter als mittleren Namen erhält.«

»Dann ist Jesse also mein Onkel?«

»Ja.«

»Das ist gut. Und Polly, dein Kind, ist meine Halbschwester?«

»Ja. Sie ist genauso mit dir verwandt wie Ann, Athena und Amanda.«

Er lächelte. »Ich hätte gern einen Halbbruder, bitte!«

Ich lachte. »Mal sehen, was sich machen lässt.« Ich beobachtete sein junges Gesicht, sah, wie sein schneller Verstand alles verarbeitete. »Ich hätte es dir irgendwann gesagt, Sam. Ich wollte nur warten, bis du älter bist. Josiah oder ich hätten es dir gesagt.«

Er schwieg eine lange Zeit. »Es tut mir Leid, dass du mich weggeben musstest.«

»Ich bedaure es mehr als alles, was ich mir vorstellen kann. Es war das Schwerste, was ich je getan habe. Aber schau dich an! Schau, was aus dir geworden ist – was für ein gutes Leben du mit deinem Vater und Lettie hast.«

»Lettie ist gut zu mir.«

»Ich wusste von Anfang an, dass sie ein guter Mensch ist, sonst hätte ich dich ihr nie anvertrauen können.«

Wieder langes Schweigen. Ich rückte näher an meinen Sohn heran und legte den Arm um ihn. »Du bedeutest mir so viel, Sam. Ich erwarte nicht, dass du dies alles jetzt schon verstehst, aber ich hoffe, du hast den Eindruck, dass ich das Richtige getan habe. Es gibt viel Hässliches in der Welt, und das Beste ist, das Hässliche in jeder uns möglichen Weise zu bekämpfen. Manchmal bedeutet das, dass wir das Kostbarste, was wir haben, vor ihm in Sicherheit bringen müssen.«

Sam nickte. »Ich bin dir nicht böse.«

»Danke, Sam. Ich hab dich lieb.«

»Hmm, ich weiß. Ich hab dich auch lieb.«

Gemeinsam machten wir uns auf den Rückweg zur Redfield Farm. Mutter und Sohn. Zusammen.

Nachwort

Niemand ist je zum Haus der Hartleys zurückgekehrt. Ich habe mich oft gefragt, was aus Sawyer, Cooper und Prus Jungen geworden war. Das Haus verfiel. Das Dach stürzte ein und die Veranda verrottete. Als ich das letzte Mal da war, hatte jemand es abgerissen, um ein paar Planken für einen Schweinestall zu retten, und den Rest liegen gelassen. Ich komme nicht mehr oft über den Hügel.

Nach dem Krieg sank die Zahl der Anwesenden bei den Versammlungen. Viele zogen in den Westen, und die großen Städte locken mit guten Arbeitsplätzen und einem leichteren Leben. Die Gemeinde der Quäker schrumpfte im Laufe der Jahre. Es sind nur noch wenige von uns übrig, aber ich finde immer noch Trost dort. Jeder braucht einen Ort, an den er gehört. Dies ist meiner.

Meine Zeit mit Preston war nur kurz. Im Juni 1875 stand er oben auf dem Heuwagen, lud mit einer Forke das Heu in die Scheune, als er zu Boden stürzte und nie wieder aufstand. Man sagte, es sei ein Schlaganfall gewesen. Ich weiß es nicht. Ich weiß nur: Der Herr hat's gegeben, der Herr hat's genommen.

Polly war das einzige Kind, das Preston und ich hatten. Sie lebt heute in Bedford und ist mit einem Arzt verheiratet. Sie hat vier eigene Kinder zu versorgen, ein ganzes Haus voller Lärm und Leben. Sie macht sich ständig Sorgen um mich, weil ich nach Jesses Tod allein hier auf der Farm lebe. Doch ich habe ihr zu verstehen gegeben, dass dies der einzige Platz ist, an dem ich sein möchte.

Bens Kinder sind über das ganze Land verstreut. Die Mädchen sind alle verheiratet. Jonas hat die Farm übernommen und züchtet Pferde; er kommt täglich vorbei und hat ein Auge auf mich. Dafür bin ich dankbar. Und ihr Jüngster, Micah, ist jetzt Senator. Er hatte schon immer das gewisse Etwas: freundlich, liebenswert – ein bisschen wie sein Onkel Jesse. Ben ist mit Anfang sechzig gestorben, manche sagen an Überarbeitung. Rebecca aber ist noch über siebzig geworden. Ist grad im letzten Jahr gestorben. Ich vermisse sie schmerzlich.

James Buchanan Schilling hat es bis nach West Point geschafft und ist Soldat geworden. Er war immer fasziniert von den Soldaten. Das Letzte, was ich hörte, war, dass er auf den Philippinen stationiert ist. Ich habe einen Globus auf dem Regal in der Küche, sodass ich verfolgen kann, wohin er geht. Man stelle sich das vor! Er ist jetzt Hauptmann und wer weiß, wie weit er noch aufsteigt?

Unsere kleine Ellen ist zurück in Altoona, wo ihr Leben begann. Sie hat zwei kleine Jungen, die sie allein großzieht. Ihr Ehemann ist vor zwei Jahren um Weihnachten herum gestorben. Zwei Kinder allein großzuziehen, ist keine leichte Aufgabe für eine Frau. Sie betreibt eine Pension, um über die Runden zu kommen.

Der kleine John war Arzt geworden. Doch er ist an einer Art Grippe erkrankt und schon mit vierzig Jahren gestorben. Sie haben ihn oben auf jenem Hügel in Altoona beerdigt, neben seiner Mutter. Das hätte ihm gefallen. Er schien nie genug Mutterliebe bekommen zu haben.

Auch Josiah ist nicht mehr da. Er hatte angehalten, um einem Schwarzen zu helfen, dessen Wagen im Schlamm feststeckte. Ein verängstigtes Pferd schlug aus und traf ihn am Kopf. Das war so furchtbar. Ich habe sehr um ihn getrauert, ebenso wie um die anderen. Doch ich habe dafür gesorgt, dass Sam in Ontario aufs College gehen konnte. Er ist ein richtiger Rechtsanwalt geworden und wurde ins Parlament von Ontario gewählt. Ich höre regelmäßig von ihm. Er ist verheiratet und hat zwei wunderbare Kinder. Lettie wohnt noch bei ihnen. Ab und zu kommen sie zu Besuch.

Jesse hat seine Abby im Jahr 1870 im Kindbett verloren – er hat sie hierher zurückgebracht und in Spring Meadow begraben. Sie war wirklich ein guter Mensch. Wenn ich hier nicht alle Hände voll zu tun gehabt hätte, wäre ich wahrscheinlich nach Indiana gegangen und hätte ihm geholfen, die Kinder großzuziehen. So musste er die Aufgabe allein bewältigen, was er fünf Jahre lang getan hat. Dann beschloss er, zurückzukommen und nach Prestons Tod hier bei mir zu leben. Das war schön. Zwischen Jesse und mir waren keine Erklärungen nötig.

Jesse hat sein Land da hinten in Indiana nie verkauft. Seine Jungs sind zurückgegangen und haben die Obstplantage übernommen. Er ist jetzt wieder mit Abby zusammen.

Es ist ein gutes Gefühl, zu wissen, dass sie beide hier sind, nicht weit fort. Ich werde in ein paar Jahren wieder mit ihnen vereint sein. So habe ich mein Leben verbracht – immer mit zwei Jahren Abstand zu Jesse.

34003302R00209

Printed in Poland
by Amazon Fulfillment
Poland Sp. z o.o., Wrocław